地獄公寓

THE INFERNO APARTMENT

卷4 不存在的房間

黑色火種——著

主要人物介紹

李隱： 男主角。網路寫手，一個善良熱情的青年，因離家出走而誤入地獄公寓，又因屢屢通過高難度的血字指示而被公寓的住戶推舉為樓長。他一度懷有要拯救所有住戶的理想，本身有著敏銳的洞察力和推理能力，在每次要執行血字中抽絲剝繭、尋找生路。後來他愛上了嬴子夜，決定只為守護她而努力活下去。

嬴子夜： 女主角。大學物理老師，早逝的父母都是教授學者。她性格堅韌，冷靜睿智，外表冷漠卻內心善良。在她進入地獄公寓後，發揮其過人才智，連續通過幾次血字，對李隱日久生情。多年來一直暗中調查小時候母親離奇死亡的真相，最後發現，這個事件和公寓有著千絲萬縷的連繫……

深　雨：詭異孕育的「鬼胎」，因為怪異悲慘的人生經歷，被人們所厭憎和歧視，故而悲憤厭世、思想極端，擁有著可以提前畫出與公寓血字有關的場景的預知能力。她利用預知畫來誘惑、操縱公寓住戶，被稱為「惡魔之子」。

柯銀夜：智商不遜於李隱、嬴子夜的住戶，一直深愛著與自己沒有血緣關係的妹妹銀羽，在得知妹妹受地獄公寓控制後，毅然跟隨她主動進入公寓。他對愛情極其忠誠，即使知道銀羽並不愛自己，卻依然義無反顧、不求回報地守護她。

柯銀羽：被柯銀夜一家收養的女孩，與哥哥銀夜手足情深。在一次和男友阿慎約會的途中進入了地獄公寓，她在公寓裏一直受到銀夜的悉心保護，但心裏仍然掛念著已死去的男友。她智商很高，感情細膩。後來得知她的親生父母以前也是公寓的住戶。

公寓

主要人物介紹

上官眠：外表為十六歲可愛女孩，實為西方「黑色禁地」組織的頭號殺手。因得罪勢力龐大的埃利克森家族而逃亡到中國，意外進入公寓。由於從小就活在生死之間，死亡對她來說反而是最親近的事物。

卞星辰：跟隨著哥哥卞星炎從美國來到中國，一直生活在優秀哥哥的陰影下。在一次車禍中受傷導致一隻眼睛失明，開始自暴自棄。無意間救下了輕生自殺的敏。後來他得知了預知畫的事，卻受到深雨的操縱，犯下殺戮的罪行。

楚彌真：李隱大學死黨楚彌天的雙胞胎姐姐，暗戀李隱多年。楚彌真為執行十次血字的公寓住戶，然而始終還處於第十字血字的執行狀態，和弟弟同受公寓詛咒，且楚彌天目前下落不明。

戰天麟：對研究毒藥極為熱衷、狂熱。用蠍子、毒蛇、毒蜘蛛等各種具有強烈毒性的動物來研製不同的毒藥，經過多年研究，研製出幾種可以在一瞬間置人於死地，卻讓人無法在體內查出藥物成分的毒藥。他所合成的毒藥，絕對不比上官眠的蜘蛛毒弱，而且別人無法製出解藥來。

神谷小夜子：外表美麗自信，十分睿智。來自日本京都，從小就對中國文化非常感興趣，精通漢語。高中畢業後，開了一家偵探事務所。陸續偵破了幾起讓警方很頭痛的殺人案件，迅速成名，和《名偵探柯南》中的工藤新一有很多相似之處。

裴青衣：頭腦清晰的普通白領族。記憶力出眾到連李隱都感到嘆服。她只進入了公寓倉庫一小時，便記下了所有抽屜上的道具名稱和大致用途。

皇甫壑：靈異研究者，組織了「靈祈會」的團體，專門針對靈異現象進行研究。進入公寓是為了想證明這個世界上有鬼魂，而這是其母親臨死前的願望。

卷4

第一幕 致命魔畫

1 殺手之王……10
2 度過十次血字的人……37
3 無敵催眠……60
4 月溪鎮追魂……86

第二幕 地獄復仇者

5 死亡聚會……106
6 冤魂重現……132
7 鬼魅住户……163
8 亡命停屍間……190
9 雙重鬼殺手……223

目錄
CONTENTS

第三幕 極限恐懼

10 丟不掉的碎紙片……254
11 鏡子陷阱……281
12 噬魂之眼……311
13 李隱的最後四十八小時……335

第四幕 無人生還

14 復活的執念……362
15 毒藥師……385
16 血手印……415
17 不存在的房間……444

致命魔畫

PART ONE

第一幕

地點：公寓之外

人物：上官眠、安雪麗、仲恪言、李健飛、邱希凡

規則：公寓大門外，放著五個盒子，每個盒子裡有一幅水墨畫。盒子上標有公寓的房間號碼，住户必須在今天12：30以前，根據房間號碼取走屬於自己的水墨畫，隨身攜帶，不能離開自己身體半徑一米的範圍，不能將水墨畫帶入公寓，也不允許以任何方式損毀。血字執行期間，住户不能進入公寓。24小時之後，血字指示結束，住户即可返回公寓。

地獄公寓

1 殺手之王

天南市，市中心白嚴區。李隱正漫步在白嚴區一條繁華的商業街上，這條街有許多著名的美食店，其中就有他在大學時代經常去的一家咖啡館「藍眼」。

李隱在大學的時候，經常和幾個朋友在「藍眼」聚會。當時，和李隱關係最好的人，就是楚彌天。

李隱走到咖啡館門口，服務員笑容可掬地問道：「先生，您幾位？」

「我約了人。」李隱一眼看見，在咖啡館當初他經常坐的那個位置上，坐著一個熟悉的身影。

那是一個穿著一身白色連衣裙、眉目如畫的女子。她一頭披肩的烏黑長髮，瓜子臉，兩道黛眉下是一雙溫婉動人的眼眸、玲瓏的鼻子和嬌嫩的櫻唇，配上淡雅的妝容，一如從前。

「彌真……」李隱走到那個女子面前，「好久不見了。」

「李隱？」女子這時才注意到李隱來了，她匆忙站起身，卻差點將桌上的咖啡杯弄翻。

「你來了啊！」她沒有注意到自己的冒失，微笑著說：「太好了，多年不見，你沒有什麼變化啊。好像，比以前還長高了一些？」

「是嗎？我沒有注意。」李隱拉開椅子，二人一起坐下了。

「你的小說我拜讀了哦！」楚彌真連忙把桌上的糖包遞給李隱，「這家店的咖啡味道還是和從前一樣啊，真好呢……」

「是啊。」李隱把糖包撕開，「你這幾年過得還好吧？」

「還可以啦，我現在也打算要寫作呢。雖然待在海外這麼久了，還是感覺回國更自在……」

「你也……想寫作？」李隱一愣。

「嗯，因為這是，彌天的夢想啊……」

楚彌天，是李隱大學時代關係最鐵的死黨，也是楚彌真的雙胞胎弟弟。

「自從發生那件事以後……」彌真攪拌了一下咖啡，喝了一口，「啊……好甜！我好像糖放多了……」

李隱微微一笑，楚彌真一點兒也沒變。「我有點驚訝呢，還以為你出國後變化會很大……」李隱把面前的咖啡移過去，「你喝我這杯吧，糖放得不多。而且，你也知道，彌天出事之後，我就很少喝咖啡，改為喝茶了。」

氣氛略微有些凝重起來。雙手端著咖啡杯的彌真，也沉默了下來。但沒過一會兒，她就又笑了笑說：「不提這個了。對了，你現在……有女朋友了嗎？韓真他們，都已經有女朋友了呢。」

李隱點了點頭，說道：「有了，我現在有一個很相愛的女朋友。」

彌真的手微微地顫抖了一下，眼神中掠過一道黯然之色：「是……這樣啊……」她甩了甩頭，「啊，那真是恭喜你了。韓真說你肯定還是單身一人，看來他們都不瞭解你嘛……」

「他們不知道也很正常的，我認識她，也就是一年以前的事情。」李隱忽然話鋒一轉，「彌真，今天能見到你，我很高興。畢業後因為工作繁忙，同學們都很少聚會了。今天能在這個咖啡館裏見到你，讓我感覺好像回到了大學時代一樣。」

「是嗎？」彌真有些慌亂地拿起咖啡杯，低下頭，喝了一口。此時，她的眼眶微微發紅，有些淚光閃爍。

彌真放下咖啡杯，還是低著頭，輕輕地說：「是這樣的，其實，我有一件事情，想要拜託你……」

走出「藍眼」咖啡館，彌真抬頭看了看湛藍的天空。李隱也走了出來，他看了看錶，說道：「那我先走了，彌真。你拜託我的事情，我會儘快幫你……」

「沒關係的。」彌真搖了搖頭，「你不用那麼急，遲一些也無所謂。我也要走了。我就住在這附近。」

「你買了房子？」

「是啊。」彌真對李隱擺了擺手，「可以再見到你，我也很高興呢。真的，非常非常高興。」

「那就好。嗯，我走了，再見，彌真。」

彌真一直凝視著李隱遠去的背影，直到他完全消失在街道的拐角處：「你一定要幸福……」

彌真喃喃地說著，回過頭，朝相反的方向走去……

李隱走回公寓的路上，回想起彌真拜託他的那件事情，也很有一番感慨：「時間過得真快啊……」

楚彌真和楚彌天姐弟，雖然長相酷似，性格卻是兩個極端。楚彌真性格很開朗、很愛笑，而楚彌天卻陰鬱內向、猶如一座冰山。只有在李隱面前，楚彌天才會敞開心扉。在大學同學裏，李隱和楚彌天最談得來，正因為這樣，李隱和楚彌真的關係也很好。

然而，在大學最後一個學年，彌天打來了一個電話：「李隱，也許我很快就會遭遇很可怕的事情。彌真，就拜託你照顧了，對不起……」接著，就失去了他的蹤跡。時至今日，都不知道他是死是活。

彌真去國外，就是為了尋找彌天的下落。剛才李隱本來想問她有沒有線索的，但是又想到，如果有了線索她必定會告訴自己的，而她什麼都不說，那麼，她就是一無所獲地回國了。

李隱很清楚，彌真和彌天的姐弟情有多深。雖然二人性格迥異，但自小失去父母、相依為命長大的這對雙胞胎姐弟，血脈之情已經深入骨髓。就算其他人都認為彌天肯定已經死了，彌真依然沒有放棄努力。

彌真坐在一輛公車上，她此刻正翻開一本紅色封皮的日記本，看著上面的內容。

一九九一年六月二日

今天畫的預知畫，看起來還是很不錯呢。很美麗，很恐怖，也很令人迷醉。

來到紐約已經三周了。雖然遊歷各地有些累，不過也樂得輕鬆。經濟來源完全不用擔心，只要和住戶交易，他們都會把錢奉上。錢真是好東西，這個世界上最好的東西就是錢了，真不明白為什麼人們把追求金錢看成罪惡。

上一本日記裏，我寫下了這本日記所在地點的線索。不知道有沒有哪個住戶能夠發現呢？嗯，應該會，只要放在未來會執行血字指示的地方，多半有住戶能發現。而這些從公寓裏帶出來的日記本還真是好用，不管怎麼樣都不會損壞。

最近，我發現預知畫能預知到的未來越來越遠了呢，已經達到將近二十年以後了。這樣的話，不是有些失去樂趣了嗎？

再過二十年，新的魔王級血字指示就要開始了。真是懷念啊，我親手將魔王封印的那一天，至今還記憶猶新呢。

寫到這裏，我突然有了一個想法。

如果，未來的住戶看到了這本日記會怎麼樣呢？一定會很想知道魔王級血字指示的線索吧？這樣的話，留下一點線索不是很有趣嗎？

好吧，如果正在看日記的你是公寓住戶的話，請看我接下來的一番話吧。當然，信不信由你。

我會寫下魔王級血字指示的一個秘密。聽到秘密，是不是激動起來了？一定很想知道吧？

很可惜，我也畫不出魔王級血字指示的預知畫來。不過，別急著失望。

我會撕下我寫的日記的內容，然後將紙片分別放在各個地方，每一張紙片上，都會寫著下一張紙片所在的地點。當你找到最後一張紙片的時候，自然就能夠知道魔王級血字指示的秘密了。

線索呢，我會一個個記錄在以後的日記中。只有找到下一本日記，才能得知最後的日記在什麼地方。不過，我必須聲明的是，日記藏匿的地點，都是過去或者未來執行血字指示的地點哦。

身為公寓的住戶，看到這裏也應該明白了吧？要想知道秘密，就得親身涉險啊。

好，下一張日記紙片，我藏在什麼地方好呢？我想，還是放在天南市吧，畢竟我們家的祖屋在那裏。好，決定了！那麼，地點就在……

彌真把日記本放回了包裏。「真是的，寫得像諾查丹瑪斯的預言一樣。」彌真苦笑著，「不過，必須承認，的確無法忽視這個東西啊。」

「你認為這很好笑嗎？」彌真的旁邊，坐著一個紮著馬尾、容貌清秀的女子，她說道：「李隱居然有女朋友了？其實我當初一直都感覺，他會和你在一起的。而且，你從大學時就一直暗戀李隱了吧。」

「嗯，是啊。」彌真理了理額前的瀏海，「而且李隱心裏也清楚。可是，我們誰都沒有說破這件事。後來彌天出事了，我就去了國外……」

「你花了那麼多年，終於找到的線索就是這本日記？」女子苦笑道，「彌真，你確定能靠這本日記找到彌天的下落？」

「總要試一試。」彌真說道，「心湖，謝謝你，願意陪著我。不過，我仔細想了想，還是不要把你捲進來為好。日記裏說得很清楚，那個『血字指示』，很可能是非常危險的事情。」

「少來了。」女子臉上完全沒有懼色，「我好歹也是你大學的室友，無論上刀山下火海，我都會陪著你一起去！」

「有那麼誇張嗎……」

「不過，彌真。」心湖說道，「你現在很難過吧？雖然你這些年都在國外，但是，每年都會給李隱家寄明信片。你還是一直很喜歡他吧？今天聽說他有了女朋友，如果你心裏很難過，不用顧忌我，壓抑情感是很難受的……」

彌真的表情微微一滯：「李隱他現在，應該很幸福。我並不是很難受，李隱和我見面的時候，臉色一直有些黯然，可是，提及他的女朋友時，我的確看到他眼中閃爍著光芒。我以前從來沒有看到李隱流露出那樣的眼神，他一定深愛著那個女朋友。好嫉妒啊，居然能讓李隱那麼傾心……不過，算了吧，只要李隱快樂，我也會感到快樂的。接下來，我就全力去尋找彌天的下落了。」

「你也……太善良了吧？」

「我很早以前就知道了，李隱只是把我當成他最好朋友的姐姐罷了，他從沒有喜歡過我。所以，當初出國尋找彌天的下落時，我也沒有和李隱說。我知道，李隱心裏沒有我，那麼還不如不要待在李隱身邊，那樣反而很痛苦。現在，我只想找到彌天，為此付出多大代價都在所不惜。」

公寓裏，新一輪血字指示發佈了。

「公寓大門外，放著五個盒子，每個盒子裏都有一幅水墨畫。盒子上標有公寓的房間號碼，住戶必須在今天十二點三十分以前，根據房間號碼取走屬於自己的水墨畫，然後隨身攜帶，不能離開自己身體半徑一米的範圍，不能將水墨畫帶入公寓，也不允許以任何方式損毀。血字執行期間，住戶不能進入公寓。二十四小時之後，血字指示結束，住戶即可返回公寓。」

要執行血字的住戶為：上官眠、安雪麗、仲恪言、李健飛、邱希凡五個人。值得一提的是，新住戶安雪麗精通製作人皮面具，只要分析他人面孔，就能夠製作出極為逼真的面具。這可以說是相當有用的才能，如果是一些受到很大限制的鬼，那麼一旦利用這個能力，說不定可以蒙混過關。

李隱回到公寓的時候，五個住戶已經聚集在一起了。他們在公寓大門外，看到了五個盒子，盒子裏各有一個卷軸。每一幅水墨畫上，都畫著一個容貌異常豔麗的女子，這五個女子都穿著古裝。

上官眠拿到的那幅水墨畫上，畫著一個宮裝女子，在一座古舊建築物前面翩翩起舞，女子面如玉盤，唇紅如血，很有韻味。

「這一次的血字……」李隱看著這五幅水墨畫，「看來很詭異……」

彌真沿著樓梯緩緩走著，感到頭暈乎乎的。眼前的一切似乎有些縹緲，而她此刻猶如一個提線木偶一般，不由自主地向下走去。

光線很昏暗。彌真走到樓梯的最下面一級，周圍異常寂寥。牆壁和走廊都是白色的，走廊很狹窄，她邁動腳步，朝著一個方向走去。

這裏是哪裏？這裏是什麼地方？

忽然，她聽到一陣低鳴聲。然後，眼前的走廊開始扭曲割裂。在四周就要全部碎裂的一瞬間，彌真醒過來了。

「你怎麼了？」林心湖看著滿臉是汗的彌真，問道：「做噩夢了嗎？」

彌真抹了抹額頭上的汗水，她發現，自己還在公車上。剛才，她只是做了一個夢。可是，感覺如此真實，那真的是一個夢嗎？

在公寓大門前，上官眠依舊板著那張古井無波的臉孔。住戶們現在都很清楚，她是一個身手極為恐怖的魔女，因此，誰也不敢接近這個煞星。另外四名住戶，都是首次執行血字指示。最近一段時間，新住戶第一次執行血字的成功率低得可憐，這和過去第一次執行血字較容易通過的情況相比，簡直就是天差地別。這也讓很多住戶喪失了信心，精神崩潰，甚至有一名住戶自殺未遂。

這四名住戶此時緊張恐懼到了極點。上一次裴青衣雖然活了下來，但也只是僥倖而已。因此，新住戶們都將求助的眼神看向李隱，猶如看著神明一般。

「公寓的血字指示必須要絕對遵守。」李隱不厭其煩地對這四名新住戶強調，「一旦違背血字指示，你們的影子就會操縱你們自殺。這一點你們絕對不用懷疑。所以，你們絕對不能讓水墨畫離開你們的身體超過一米。」

「李，李樓長……」李健飛說道，「我們，我們有什麼辦法可以度過這次血字指示？之前的新住戶都死了，我不想死，我不想死啊！」

這時，其他住戶都在公寓內，沒有一個人敢踏出公寓半步。誰知道這水墨畫到底有什麼古怪？

「你冷靜一點。」李隱冷峻地說，「生存的機會，對每個住戶都是均等的，新住戶也未必就沒有存活的希望。聽好了，你現在越是驚慌恐懼，就越難活下來。」

李健飛只好強行鎮定心神，但是，談何容易？越是想鎮定，恐懼就越像泉水一般噴湧而出。和他一樣，其他三名住戶內心也對這次血字指示恐懼不已。

最讓住戶們鬱悶的是，這一次的血字指示，還是沒有發佈第五張地獄契約碎片的下落。七張地獄契約碎片，是許多住戶按捺住不去執行魔王級血字指示的最大原因。雖然不是說有了完整的地獄契約就一定可以成功地執行魔王級血字，但是，相比之下，總要安全得多，更是一條很明顯的「生路」。

「你們也不要一直待在公寓門口。」李隱繼續說道，「你們不能進入公寓，待在公寓門口也沒有用。有不少住戶在公寓大門口時，也一樣被鬼殺死了。你們選擇去人比較多的地方吧，有任何情況，隨時聯絡我。」

「好，好的，樓長。」

「那麼……希望明天這個時候，可以看到你們活著回來。」但是李隱很清楚，這是根本就不可能的事情。血字指示實在太過殘酷，找不到生路就只有面對恐怖的結局，成為這個公寓的住戶，和墮入地獄毫無區別。

從目前的情況來看，血字指示顯然越來越難了，靠度過十次血字離開公寓，明顯已經是一個不理智的想法了。第一次執行的血字，難度就被提升到這等程度，那麼第十次血字的難度會有多高？公寓很明顯是逼迫他們去執行魔王級血字指示，當七張地獄契約碎片湊齊，便是住戶們執行魔王級血字指示的開始！那個時候，將會是和這個公寓的最終決戰！人類的智慧和毅力，是否可以敵得過這個公寓的恐怖？這一切，都會在二〇一二年到來之前，徹底終結。

「上官眠。」李隱說道，「你的身手和實力比較強，可以的話，還是多幫一下他們吧。」

上官眠抬起冰冷的眼眸，看了一眼站在旋轉門內的李隱，什麼也沒有說，繼續看著手裏展開的水墨畫。

李隱見她不理自己，就轉向安雪麗：「你製作的面具怎麼樣了？」

「最近我都在熬夜製作面具，差不多可以進行試驗了。」安雪麗答道，「不過，我對這樣可以逃過鬼魂追殺，不抱多大希望。」

「我想也是，但還是要試一試吧。現在，也只能死馬當成活馬醫了。」

五個住戶的身影消失在巷道後面，公寓內的住戶也漸漸散去。時間長了，大家的神經也都麻木了，誰都清楚，這五個人不可能全部回到公寓來。至於誰生誰死，都不重要了。重要的是，能有幾個人回來。

李隱回過頭，對站在他身後不遠處的深雨說道：「你是畫家，對那些水墨畫，有沒有什麼看法？」

「我對國畫的研究不多……」深雨搖搖頭，「國畫和油畫畢竟完全不一樣，所以我也說不上來。」

子夜站在李隱的身旁，在沉思著什麼。

上官眠等五名住戶，離開公寓所在的社區之後，開始商量去什麼地方。此刻氣氛真是壓抑到了極點。

誰都清楚，手上這幅水墨畫，絕對有問題！如果水墨畫上真的封印著一個鬼，而公寓又規定不能丟棄水墨畫，不是逃都無法逃了嗎？明知道水墨畫這麼可怕還必須帶在身上，想想都讓人驚懼不已。

「上官小姐，」安雪麗問道，「你怎麼看？你是第二次執行血字，比我們有經驗。」

雖然據大家所知，上官眠執行的第一次為鬼魂送信的血字，她本人也相當狼狽，兩隻手都被弄斷，最後是被變態法醫慕容蜃救了，才讓她有命回到公寓。但她在那次血字中表現出來的身手和配備的武器卻讓人清楚瞭解到她的不凡，不少住戶都猜測她很可能是犯罪組織的殺手。然而，縱然是上官眠這麼強大的殺手，面對鬼魂，依然是毫無反抗能力。

「去白嚴區吧。」上官眠終於開口了，「市中心幾個繁華的商業地段，人都比較多，待在那裏比較好。」

待在人多的地方，就算沒有實際作用，但是心裏至少可以有一些膽氣。所以，其他住戶都同意了她的提議。而在去公車站牌的路上，安雪麗取出了她製作的人臉面具。面具取出來後，其他人都驚歎不已，一旦嚴絲合縫地戴上，恐怕就算親生父母，也難以認得出來。

「先找個地方戴上這些面具吧。」安雪麗說道，「這些面具是第一批製作的，還來不及試一試，剛製作完成就發佈了血字，難不成是公寓故意安排的……」

於是，大家在附近找了一家餐廳，進了裏面的廁所，把人臉面具戴到了自己臉上。等大家都從廁所裏出來，重新聚集到一起時，根本認不出來誰是誰了。然而，上官眠卻沒有戴上面具。她既然堅持，其他人也不勉強。

安雪麗戴上的面具，是一個面容普通的有雀斑的女子，仲恪言扮成一個面容和善的中年人，邱希凡裝扮成一個容貌比較醜陋的男人，李健飛則變成了一個長相有些兇狠的男子。相互重新認識了新面孔後，他們就走出餐廳，上了公車。

「那麼，大家來分析一下吧。」坐在幾個相鄰的座位後，安雪麗馬上開口道，「首先，這五幅水墨畫，大家都各自研究一下吧。」

雖然五個人拿到的水墨畫上，都畫著一個美豔絕倫的古代女子，但是，她們的容貌完全不同，氣質相差很大。上官眠的畫中，是一名翩翩起舞、氣質脫俗的宮裝女子；安雪麗的畫中，是一個站在一座樓閣的窗前，一身輕紗的女子；仲恪言的畫裏，是一個站在一個金黃色大鐘面前，雙眸緊閉、用手帕捂住嘴部、身著素白衣裙的女子；邱希凡的畫裏，是一個站在一艘經過石橋下方的小船上、撐著一把傘、盈盈淺笑的黃衫美女；李健飛的畫裏，則是一個站在庭院內，姿態妖嬈、露出香肩、媚態百生的女子。

欣賞這五幅水墨畫中的美女，確實讓人賞心悅目。可是，在這五個人眼中，這些畫卻是那麼駭人……

上官眠說道：「先調查一下水墨畫的情況。這五幅畫的作者是誰，還有，這些畫中的人物是否有歷史原型。」

「嗯，這個……」坐在她身旁的安雪麗說道，「如果是名家的畫，應該會蓋印章的。不過，我對國畫也談不上有研究，也說不上來。」

「不過畫得的確很好。」邱希凡在後面說道，「實在是好畫。公寓要我們一直帶著這五幅畫，究竟意味著什麼？」

大家其實都有一個很可怕的猜測。難道，畫中的美女，就是鬼魂嗎？

「不要那麼快下結論。」安雪麗說道，「未必就是如此。如果真是這樣，我們連逃都沒有地方可以逃，實在是太危險了。這不太符合李隱樓長向來強調的血字制衡難度的規則吧。」

現在公寓裏幾乎每隔兩天就會召開一次集會，討論血字的應對方案以及對住戶進行心理輔導。對於李隱反覆強調的一些內容，住戶們也逐步瞭解了。這幾個新住戶很確信，這一次絕對不會是首次血字指示的難度。上一次日本的血字，大家就已經充分領教了這一點。

上官眠把畫卷好，放回盒子裏，然後看著車窗外，一言不發。其他四名住戶一時間也不知道該說些什麼才好。

在這輛公車上，在這五個人的座位前面，隔著幾個座位的位置上，正坐著楚彌真和林心湖兩個人。

「真是不可思議，居然保存到現在，紙都完全沒有發黃呢。」林心湖驚訝地看著彌真手中的一張紙片，不解地說道，「但是，這張紙上指示的地點是什麼地方？寫日記的人故意要你的吧？」

「我也不知道。」彌真反覆看了很久，把紙片重新折好，頭朝後靠了靠，「我到底能不能找到彌天呢……」

這時，距離司機很近的一個座位上，突然站起了一個戴著墨鏡的光頭外國男人。那個外國男人走到司機旁邊，把手伸入口袋，居然取出一把手槍來！槍口對準了公車後部的上官眠！

「『睡美人』。」光頭外國男人微微一笑，「接收我的『死亡通知書』吧……」他的話剛說到一半，就有三根針迅疾地射向他，然而他輕輕地一伸手，就把那些針抓住了。

這一切發生得太突然了，乘客們都嚇得大叫起來，司機也臉色蒼白。這時候，又有五個外國男人從座位上站起來，其中一個用槍頂住司機的腦袋，命令道：「繼續開車！敢多說話，就要你的命！」

而安雪麗等人都看得很清楚，剛才是上官眠飛出了那些針。他們都不敢相信。

「你是誰？」上官眠站起身，冷冷地看著光頭男人：「埃利克森家族派來的？還是『黑色禁地』的人？」

「『黑色禁地』？」光頭男人獰笑一聲，「那種組織也配指使我？要不是埃利克森家族這次給我開的條件實在太過誘人，我根本懶得出手對付你。說起來，如果不是因為你殺死了『黑色禁地』的首領愛德華，我們也沒有辦法查出原來你根本沒有離開這座城市。無論如何，你能死在我『冥王』路菲斯的手上，應該感到榮幸了！」

「冥王」這個名號一說出來，上官眠的眼眸中也閃過一絲震驚。「冥王」在殺手界中，可以說是一個屹立於金字塔頂端的人物，是一個來自東歐的超級殺手，和「死神」一樣，也是一個獨行俠。他收取的報酬高得驚人，但是一旦出手，肯定可以將目標殺死，只要「冥王」發出了「死亡通知書」的人，沒有一個可以免於一死。「死亡通知書」上詳細寫明了被狙擊目標的準確死亡時間，而時至今日，從沒有人晚於或早於這個時間被殺害。「冥王」堪稱歐洲地下世界毫無爭議的第一殺手！

「冥王」路菲斯隨手一甩，一個黑色信封丟向上官眠，她馬上接住了。上官眠把黑色信封撕開，取出了一封信。

「根據這封信，我將在五個小時後取你的性命。」

這時候，那些拿槍的外國男人，都用槍頂住了乘客的腦袋，逼迫他們交出手機來，阻止他們報警。

「五個小時？」上官眠冷冷地說，「這五個小時之內你不會殺我？」

「『冥王』一向守時，我宣告了你的死亡時間，就既不會早，也不會晚。這五個小時之內，在這輛車上，你可以隨意向我攻擊，我絕對不會殺你，就算傷了你，也不會讓你馬上死掉。你可以使用任何武器，炸彈也可以，只要你不在意這輛車上的人的生死就行。哈哈，如何？當然，你想逃是不可能的，能從我手中逃掉的人，還沒有生出來！」

他的話是用英語說的，但是，安雪麗還是聽懂了一些。安雪麗四人根本不敢和上官眠說話，否則的話，只怕比起公寓，會更早地死在這些外國人手上！

一個持槍外國男子走到「冥王」身邊，問道：「你真的要給她五個小時？」

「是的。你們讓司機在城裏環行五個小時。五個小時之後，我會親手殺死她。嗯，這輛公車做你的棺材是挺合適的，『睡美人』。我本來想在僻靜的地方解決你，不過，你看起來要到市中心去。在那裏下手，多少有些麻煩。」

此時，彌真和林心湖已經哆哆嗦嗦地把手機交給了身邊的外國人。

「彌真，」林心湖壓低聲音問道，「我們會死嗎……」

「不知道……」彌真也很驚恐，「看來他們是衝著後面那個女人去的……」

上官眠把裝著水墨畫的盒子放進身後的背包裏，說道：「五個小時？在這段時間內，絕對不殺我？」她的聲音越來越冷，最後一個字出口時，她猛然向前一躍，一把槍已經出現在手中，對準「冥王」的頭扣動了扳機！

在車上，躲避的空間有限，而且上官眠馬上連射了第二槍！而「冥王」在槍出現的一瞬間，就猶如幽靈一般躲開了，然後朝上官眠一腳飛踢而來，狠狠踢中了上官眠的脖子，她被緊緊壓在了公車的扶手上！

「我還以為你有多厲害，原來不過如此。」「冥王」放下了腳，「別那麼急啊，我給了你五個小時呢。慢慢來啊。」

上官眠突然抬起拿槍的手，「冥王」立刻抓住她的手腕，猛地一折，上官眠立刻慘叫一聲，隨即她的頭髮被「冥王」死死抓住，狠狠摁在地上！

「哎呀，不是叫你慢慢來嗎？才剛開始，右手就被我折斷了，這可怎麼是好呢？」

「冥王」的力量，竟然恐怖到了這個地步！當初面對「金眼惡魔」，上官眠還有一戰之力，可是現在卻被「冥王」壓制到這種地步！

這時，上官眠又抬起了左手，一把手槍出現在手上，對準了「冥王」的頭部，可是她還來不及開槍，「冥王」的手就迅速伸出，居然將槍管硬生生地折彎，子彈打進了公車的地板上！

整個過程只有幾秒鐘，安雪麗等人看得瞠目結舌。雙方使用的槍械都用了消音器，公車外的人都沒有發現。而且，公車逐漸駛離了市中心。

「這個人……」安雪麗結結巴巴地說，「該不會就是血字指示的鬼吧？」

「不知道……」李健飛忽然想起了什麼，輕聲道：「我現在反而希望鬼能出現，收拾掉這個人。公寓還會給我們生路，可是這個傢伙不會給我們生路的……」

居然徒手能將槍管折彎，這等蠻力看得乘客們難以置信。彌真和林心湖也都倒抽了一口涼氣，不敢相信會有這麼可怕的人。

上官眠在不能用槍的情況下，忽然昂起頭，狠狠撞向「冥王」的胸口，隨即一腳飛起，踢向對方的襠部！這一招雖然陰毒，但對於男性，卻是百試百靈的招數！

然而，在她做出這一系列動作時，「冥王」臉上的冷意更甚，他的雙手死死抓住上官眠的雙腳，然後將她整個人拽起來甩了一圈，朝公車後部砸去！

上官眠的身體被摔到公車最後面，撞到了坐著的一個青年。她忽然一腳飛起，就想衝出公車！

然而，一隻強有力的手死死地掐住了她的脖子，把她重新摔到地上，一隻腳立刻踩在她的胸口上！

「我說過，我盯上的目標，沒有一個能活下來。要不是我必須按照事先寫好的『死亡通知書』來殺人，你現在就真的要去見『冥王』了。」

上官眠的額頭上慢慢流出血來，而那隻腳踩得很重，她根本就抬不起身來。

「好了，五個小時很長呢。慢慢享受吧，這是你人生中最後的時間。」「冥王」挪開了腳，往回走去，故意把後背留給上官眠。這等輕視的舉動，說明他完全不把上官眠當一回事。

上官眠重新站起身，她抓住扶手，看著眼前的「冥王」路菲斯。現在，她似乎也明白，自己根本就不是「冥王」路菲斯的對手了。

機會，就只有在血字指示執行過程中了！一旦鬼魂現身，那麼，縱然是這個「冥王」，也毫無生還的希望！

「喂，你們怎麼都抱著盒子？」一名外國男人拿槍指著安雪麗四人，「你們是『睡美人』的同夥吧？這是什麼重要的東西？」

「會不會是炸彈？」旁邊一個人連忙說道，「如果是的話，別拿槍指著啊！」

「你，把這個盒子交給我！」那個外國男人不耐煩地說道，「否則我就馬上殺了你！」而他此刻手槍所指的，正是安雪麗！

「喂，這，這是很重要的東西，」安雪麗嚇得連忙搖頭，「裏面只有一幅畫而已，沒有炸彈。你們看……」

她剛要打開盒子，卻被那個外國男人狠狠打了一耳光，怒罵道：「把它給我！你想死嗎？」

安雪麗立刻將求救的目光看向上官眠，然而上官眠此時自身難保，哪裏還會來救她？

「求，求你，別拿走這東西，這對我而言很重要的……」

「冥王」忽然開口了：「你們怎麼那麼磨蹭？槍都裝了消音器，這附近的路上已經很少有車子了。這四個人都殺掉，不就知道裏面裝的是什麼了嗎？」

這句話是用英語說的，彌真馬上站起來，用流利的英語說道：「住手！」

正打算開槍的那個人也愣住了，看向突然站起來的彌真。

「冥王」緩緩走向彌真，來到她的面前，將臉湊近她，說道：「哦？這位小姐，你有什麼資格命令我的人『住手』呢？」

安雪麗此時已經嚇得手都軟了，盒子掉了下來，蓋子打開了，那卷水墨畫滾了出來，緩緩展開了。

那個持槍外國男子將畫撿了起來，一看，就是一愣。畫裏是一個站在樓閣上的女子，然而，女子的額頭上，有一道很明顯的裂痕，顯得有些詭異。

安雪麗馬上抓起畫來看，她也注意到了那條裂痕。她非常確信，畫上的女子頭上……本來是沒有這道裂痕的！

「冥王」接近彌真時，身上散發的恐怖殺意，讓彌真的手不由得顫抖起來。但是，彌真還是鎮定地對「冥王」用英語說道：「無論你們有什麼目的，我們已經交出了手機，人質安全的話，你們的目的才能達到吧……」

全車的乘客都用看怪物的眼神看向彌真，這個光頭外國人的可怕，每個人都看在眼裏，而這個女人居然敢做出頭鳥，她是腦子有問題還是被嚇傻了？

就在每個人都在心中為這個美麗的女子悲哀的時候，「冥王」卻哈哈一笑，轉過頭去，然後身體又猛然一轉，一把森寒的匕首架在了彌真的脖子上！

「『冥王』大人。」後面的外國人說，「這些人帶的只是普通的畫，看來不是什麼危險的東西。」

「冥王」卻不理會他們，盯著彌真說道：「真是很久沒有聽到有人敢這麼對我說話了啊。你難道不怕死嗎？」

安雪麗等人心中對彌真充滿了同情。可是，同情歸同情，沒有人敢出聲幫她說話。上官眠則看向彌真，她的右手動不了了，但左手還勉強能用。只要打了禁藥，身上的痛感會逐漸消失，只是，副作用太大了。現在的她，猶如受傷的豹子，在等待反戈一擊的時機！突然，上官眠身體暴起，向前彈出，她的左手上，出現了很多根毒針！

上官眠在公寓裏飼養了很多毒蜘蛛，不斷地萃取提煉出毒素。緊接著，她將手中的毒針全部飛出，她考慮了「冥王」可能躲避的所有角度，無論他朝哪個地方躲，至少會被一根毒針刺中！而他現在看著彌真，沒有注意自己的動作，這就是最佳時機！

即使「冥王」攜帶著解毒血清，他被刺中的一瞬間肯定會影響反應速度，那個時候，她就會用身上藏著的第三把槍，要了他的命！

毒針朝著「冥王」迅疾射去！而且，有幾根向著彌真的方向而去！很顯然，上官眠根本不在意會不會誤殺彌真或其他乘客。

「冥王」眉頭微微一皺，立刻挪開匕首，身體躍起，猛一個翻滾，狠狠踢向面前的另一個持槍男子，把身體完全躲在他的後面！

上官眠左手飛出了一百多根毒針。結果，有六名乘客被毒針射中，這些人都倒在地上，痛苦地大叫著，隨後很快一個接著一個地死去了！而那個外國男子自然是死得最慘的，他至少中了十根針！他根本沒有想到，「冥王」居然拿他來做擋箭牌！

「好險……」「冥王」此時也感到從鬼門關走了一遭，這麼多年，誰曾讓他有過這樣的體驗？只有他將死亡帶給別人，怎麼可能有人將死亡帶到他的頭上！他是「冥王」！是歐洲地下世界的第一殺手！居然有人差點將「冥王」殺死？

「『睡美人』！」「冥王」青筋暴起地怒吼道，「你想死嗎？」

看著那些倒地死去的乘客，安雪麗等人臉色慘白。邱希凡看著上官眠的背影，無比恐懼地說：「她的針那麼厲害？」

上官眠冷冷地對「冥王」說：「失敗了……這個公車的狹窄局限了你躲避的範圍，而且，你太自大了，面對著我，居然還去和那個女乘客糾纏……」

彌真很幸運，毒針都從她身旁飛過，沒有傷到她。

上官眠拉開了和「冥王」的距離，她身上的毒針已經不多了。剛才的話，她是故意說的，在這個狹窄的公車上，對二人都是不利的，如果能夠離開這裏，就可以放手大戰一場了。

「冥王」此刻把彌真拋到腦後了，他一步一步逼近上官眠，右手不斷攥緊又鬆開，強烈的殺意在他的眼中湧動。那些持槍外國男子連忙讓開了一條路，誰也不敢接近暴怒中的「冥王」。

「『睡美人』，」「冥王」怒極反笑道，「我知道你在打什麼算盤。我就是故意選擇這個公車來成為你的葬身之地的！你以為，我在五個小時內不能殺你，你就可以恣意妄為了嗎？」

上官眠還是面無表情，她又後退了幾步，左手一抖，一枚手榴彈出現在手心裏。

「冥王」身後的外國男子臉色都是一變，急忙後退。

「你在狹窄的地方和我搏殺，也怕我用這一招吧？」上官眠冷冷地說，「歐洲第一殺手？你也只有一條命而已，和鬼魂比起來，你至少能殺得死。」

「冥王」沒有在意這句話，以為只是上官眠的比喻而已。他眼中殺意更甚，說道：「你有本事就用用看啊。難道，你以為我身上沒有這種東西嗎？你敢不敢賭，我能比你更早逃出去？」

上官眠的手緊抓著手榴彈，沒有說話。「冥王」此時感覺到對手實在捉摸不透，根本無法捉摸她的心理變化。雖然自己身為歐洲第一殺手，但是，和「睡美人」近身搏鬥，似乎還是太危險了。可是，「冥王」是靠近身戰擊殺對手而出名的，如果遠端狙擊殺死她，傳了出去，豈不是間接承認自己也忌憚「睡美人」的近戰能力嗎？正是為了限制她使用炸彈，所以，經過策劃，他才決定在這個局限近身戰的公車裏殺死她。

此時，「冥王」有些後悔了，他把死亡通知書的時間寫得太晚了一點。二人現在形成了僵持的局面，如果把上官眠逼到絕境，她來個玉石俱焚，就算自己可以逃出去，在死亡通知書規定時間之前讓對手死亡，依然不利於自己的名聲。更何況，他心裏也有些擔憂，自己真的能毫髮無傷地逃出去嗎？

於是，「冥王」後退了。很明顯，他對上官眠有了一些忌憚。現在畢竟是他占盡上風，沒必要把命豁出去。而被逼到絕境的上官眠，絕對有可能拚死一搏。「冥王」決定還是保持目前的僵持局面，等時間一到，再取她的性命！

「冥王」坐在一個空位子上，目光死死鎖定上官眠，經過剛才的教訓，他再也不敢把視線挪開了。上官眠也坐回了原來的位子。

「你沒事吧……上官小姐？」安雪麗結結巴巴地說，「你，你能殺死那個人嗎？」

上官眠的視線始終鎖定著「冥王」，說道：「機率不超過一成。」

「可是，你的針……」

「針不多了。而且在他有防備的情況下，更難射中了。」

前面的林心湖緊緊抓著彌真，淚如泉湧地問道：「你沒事吧，彌真？」

「還好……」彌真的臉色有些蒼白，她看著自己腳邊的一具屍體，死相頗為淒慘。

乘客們現在都看出來了，光頭外國男人的目標是上官眠，於是有一個人說：「能讓我下車嗎？我不會去報警的，求求你們了……」

而說出這句話的人，額頭立刻被一把槍頂住，然後，一聲槍響，這名乘客就腦袋開花，倒在了血泊之中！

「少廢話！」開槍的外國人怒道，「誰敢再多說一句話，他就是榜樣！」

頓時，公車內陷入了沉寂。而「冥王」和上官眠的視線針鋒相對，難熬的五個小時開始了。

然而，真正的恐怖並非是「冥王」，而是那些水墨畫！

安雪麗對剛才那幅水墨畫發生的異變感到不可思議，此時她再度展開一看，畫上女子的額頭上又多了幾道裂痕，看起來就好像風化的岩石一般。因為那些裂痕，女子絕美的容顏錯開了，猶如被打碎的鏡子映照出的樣子。

其他人也發現自己的畫發生了變化。仲恪言的畫中，那個站在大鐘前、穿著素白衣裙的女子，這時脖子明顯地伸長了，甚至超過了大鐘的高度；邱希凡的畫中，那個打傘站在船頭的黃衫女子，她的雙瞳被黑暗覆蓋，沒有一丁點兒眼白；而李健飛的畫中，那個妖嬈女子此時嘴巴大張著，可以隱隱看到，嘴巴裏有一隻正向外伸出的手！

上官眠沒有去看她的畫，想必也發生了變化。如今，她竟然要面對人和鬼的雙重威脅！然而，不可以丟棄畫，也不可以毀掉畫！

在這樣的情況下，就是一個死局！怎樣才能找到生路呢？手機被收了，無法聯繫李隱。被外國男子監視著，大家也不敢交頭接耳。住戶們在思索著對策，現在，每個人只能自救了。

此時，李隱回到了家中。父母都不在家，他拿出很久沒用過的鑰匙，打開了門。

「應該是在我的臥室裏吧……」李隱沿著樓梯走上二樓，走進自己的臥室，來到書桌前。

桌子上擺著幾張鑲在鏡框中的照片，其中一張是李隱和彌真、彌天的合影。彌天和彌真長得非常像，這張照片上，彌真笑得非常開心，而彌天也難得地露出一絲淺笑。

拿起鏡框，李隱在心裏默默地說：「彌真還是沒有放棄尋找你啊，彌天。只是，我也許活不到和你重逢的那一天了……」他的視線又移向照片上的彌真，「現在的我，連有沒有未來都不知道。其實我很清楚，當初你說要我『照顧』彌真是什麼意思，我也清楚彌真對我的心意……希望，我們能夠活著再相見吧。」李隱輕輕放下了鏡框。

2 度過十次血字的人

此刻，彌真的想法和李隱是一樣的。「彌天，李隱……」彌真心裏默默地說，「我們，還能夠活著再見面嗎？」

這輛在市內行駛的公車沒有引起任何人的注意，在這個和外界完全斷絕聯繫的地方，也無法報警。幾個外國人監視著乘客的舉動，不讓他們有求救的機會。那個死去的乘客，也讓他們再不敢說出任何求饒的話來。

「冥王」依舊一動不動地坐著。上官眠則坐在靠近窗戶的位置上，她的右手雖然無力地垂著，但是左手始終握著那枚手榴彈。現在已經過去了一個小時，「冥王」和上官眠都在警惕著對方。公車上的氣氛很緊張壓抑，另外四名住戶也都在心中自問，今天是會死在鬼的手上，還是這個殺手的手上？

安雪麗非常期待畫中的鬼魂能出現，把這個光頭外國人殺死，可是，她的祈禱絲毫沒有起到作用。就在她看著手中的水墨畫時，前方又有一名乘客被殺死了！

「居然想跳窗逃走，不要命了嗎？」

被殺死的，是坐得離彌真很近的一個黃頭髮青年，此時他的腦門上出現了一個血洞，身體無力地倒下。殺死他的那個外國人狠狠踢了一下他的腦袋，喊道：「還有誰敢逃走的，這就是下場！」

一些膽子小的乘客嚇得甚至尿了褲子，而「冥王」卻連頭都沒有回一下。他知道，絕不能讓視線離開眼前的上官眠。「睡美人」，絕對不是一個能夠輕視的對手！

上官眠到現在也沒有打開她的水墨畫，去看是否發生了變化，但她注意到其他住戶拿著的水墨畫都發生了異變。不過，她絲毫沒有表現出焦慮和擔憂，目光始終沒有離開「冥王」。

就在這時，前方又傳來了一聲大叫。一個黑人殺手揪住林心湖的頭髮，用槍口對準她的鼻尖，吼道：「你給我去死吧！」

「怎麼回事？」另一個外國人皺眉問道，「她怎麼了？」

「哼，我不過摸了摸她的胸口，她居然敢用手指抓傷我，潑辣得很啊。」黑人殺手怒不可遏地說，「乾脆殺了她算了！」

「不要！」彌真立刻撲到林心湖面前，護住她的身體，用英語說道：「很抱歉，先生，弄傷你了，請你放過她吧！」

黑人殺手獰笑一聲，槍口轉而對準彌真的額頭，說道：「又是你！好，既然如此，我就先把你殺了！」

公車上的乘客都為彌真痛惜，不少人都非常同情和佩服她，但是，她顯然會像之前的乘客一樣遭到厄運。此時，沒有人能夠救她了！

黑人殺手很欣賞彌真眼眸中掠過的恐懼，他忽然注意到，彌真腳下掉下了一張紙片，他瞥了一眼，說道：「在看男朋友的情書？不過這是你最後一次看了。嗯，『蒲靡靈』？這是名字嗎？呵呵，就讓你看著這張紙死去吧……」他準備扣下扳機。突然，他的脖子被一把飛來的匕首狠狠刺穿！匕首的強大衝擊力甚至讓他撞向前方，倒在地上！

「嗯？」「冥王」開口了：「真是難得啊，『睡美人』一向以冷酷無情著稱，居然會去救別人，太奇怪了。」

上官眠卻充耳不聞，雙眼緊盯著彌真，問道：「你和蒲靡靈是什麼關係？」

彌真難以置信地看著倒在不遠處的黑人殺手的屍體，回頭看向出手救她的上官眠。

「你知道他嗎？」彌真拿起那張日記紙，「你知道寫日記的這個男人嗎？」

上官眠縱身躍向彌真，「冥王」也立刻一下子站起來，朝她的身後衝去！然而，上官眠的動作極快，轉眼間就到了彌真面前，搶過了那張日記紙。

這時，「冥王」已經到了上官眠身後，雙手高高舉起，朝她的頭部抓去！上官眠根本來不及閃躲，就被「冥王」一把抓起，朝一旁的車窗狠狠砸去！

「殺了我的人，還不把我放在眼裏，你真的以為我『冥王』的名號是擺設嗎？」

上官眠的額頭狠狠撞在玻璃上，鮮血頓時淌下。她忽然用左手狠狠地擊碎玻璃，將那枚手榴彈扔到了公車外面！

這時，公車正好行駛到一座大廈前面。那枚手榴彈立刻爆炸了！爆炸的氣浪把大廈的一樓牆面震塌了，這輛公車也被氣浪席捲，好幾面車窗玻璃被震碎了。馬路上其他的車子都停了下來，附近的行人驚愕不已，不少人拿出手機來拍攝這個場面。

「你……」「冥王」頓時明白過來，上官眠一直都在做這個打算！這輛公車被注意到之後，警方一定會立刻採取行動！到時候局面混亂，上官眠就可以渾水摸魚了！

安雪麗等人被玻璃碎片劃傷了身體，不過他們的第一反應都是立刻護住水墨畫！還好，畫都沒有什麼問題。但是，上官眠的行動把他們每個人都嚇壞了！

「好，好狠……」安雪麗呆呆地說，「大廈前面人來人往的，這一下得死多少人啊？這個女人，眼睛都不眨一下，就把他們全部犧牲掉了？」

「你找死！」不知道多少年來，「冥王」都沒有憤怒到這個程度，此刻他的面容因為憤怒而扭曲著，他狠狠一拳揮向上官眠的胸口，吼道：「我要讓你生不如死！」

上官眠吐出一口血來，說道：「沒用的。我打了禁藥，你怎麼攻擊我都不會感到疼的。怎麼樣？你是放棄這輛公車，還是選擇和員警周旋？這裏是市區，肯定會出動大批警力的。你就算能夠把那些員警全部殺死，也足夠牽制住你了。」

「你不也一樣嗎？扔手榴彈的人可是你！」

「冥王」又是一拳揮出，打在上官眠的臉上，她的身體倒飛出去，嘴巴裏吐出了幾顆帶血的牙齒，鼻子也流了不少血。

「你以為我暫時不能殺你，你就可以逍遙了？」「冥王」滿臉獰色，「我現在就把你的雙手剁掉！」

「等一下……」「冥王」忽然說道，「真奇怪，你為什麼一直背著那個包和我戰鬥？明明脫掉那個包，你的速度可以提高很多的。莫非，你有什麼必須隨身攜帶、一刻也不能離開身邊的東西？」

那個包裹放著的，正是水墨畫！如果水墨畫離開上官眠的身體一米以上，影子詛咒就會馬上啟動！

「冥王」的手一抖，衣袖中抖出兩把長刀來。這是「冥王」慣用的雙刀！這兩把刀，不知道奪走過多少人的性命！他走近上官眠，說道：「接下來，就讓我看一看，你的包裹面到底裝著什麼？」

上官眠抓住一旁的椅子，支撐著站了起來。她抹去嘴角和鼻子流出的血，要不是打了禁藥，她現在根本無法活動。剛才「冥王」那一拳用上了全身力氣，她的身上斷了好幾根肋骨，內臟受了一些傷。上官眠現在右手被廢了，只有左手可以用，而「冥王」身上幾乎沒有任何傷。

忽然，所有外國男子都舉起槍來，對準了上官眠。這些人也都是歐洲數一數二的殺手，同樣受了埃利克森家族的重金委託。

「『睡美人』受了重傷，大家一起開槍殺了她！」

「她死了，那筆巨額酬金就是我的了！」

「大家一起殺了她！」

然而，他們還來不及扣動扳機，上官眠忽然伏下上身，隨即左手掏出了第三把槍，左手猛然轉了一圈，所有殺手全被射中了額頭！畢竟射擊胸口並不保險，這些人和她對戰，不可能不穿防彈衣。

一道道鮮血頓時飆射而出，公車內除了「冥王」之外的所有殺手，都死了！

「你……」「冥王」怒吼著正要衝過去，公車突然歪歪扭扭起來。他忽然意識到了什麼，回過頭去一看，駕駛座上的司機，竟然也被上官眠射死了！她居然殺死司機來讓車失去控制！

「『睡美人』！」「冥王」憤怒地大吼，然而公車失去控制之後，就朝著前方的一座大樓狠狠地撞了過去！

這一撞，「冥王」的身體自然因為慣性狠狠地向前一衝，而上官眠則利用這一機會，迅速接近他，用槍口對準了他的脖子！

「你給我去死吧！」「冥王」揮舞出長刀，狠狠砍向上官眠！他雖然躲閃開了，但是，子彈還是穿透了他的肩膀。他因為對自己有絕對的信心而沒有穿防彈衣，因此中彈後馬上倒在地上，但是兩把長刀也割斷了上官眠身上的背包帶子！

公車的車頭被撞爛了，車窗玻璃碎了一地！乘客們立刻紛紛起身，要從車窗衝出去！後面已經有許多輛警車追上來了！

「冥王」聲嘶力竭地喊著：「『睡美人』！我『冥王』路菲斯發誓，一定要讓你下地獄！」

多少年來，能夠在自已身上留下傷口的，「睡美人」是第一個！他的手猛然抓向上官眠的黑色背包，上官眠也正抓著背包！

「看來這是對你非常重要的東西……」「冥王」的肩膀雖然還在流血，但他一點兒也不鬆手，他的腳朝上一踢，那個盒子立刻飛到了空中！

上官眠迅速抓住了盒子的一頭，而「冥王」則抓住了另外一頭！

這時，安雪麗和彌真等人都已經逃出了公車，警車將公車團團圍住，許多荷槍實彈的員警包圍了公車！

「這個東西對你真的那麼重要？」「冥王」又揮舞起長刀，「既然如此，把它毀掉，應該也是一件非常有趣的事情吧？」

「冥王」的長刀狠狠地朝著盒子猛劈而下！上官眠立刻舉起手槍，頂住了迅速砍下的長刀，然後她打開盒子，將水墨畫卷軸取出，立刻和「冥王」拉開了距離！與此同時，她把安雪麗留給她的一張人臉面具戴了起來！

這時候，車外的員警用喇叭喊話了：「裏面的兩個人馬上出來！公車就要爆炸了！」

話音剛落，上官眠就衝出了公車。「冥王」也一起衝了出來，揮舞著兩把長刀說：「『睡美人』，我要親手毀掉你手上那卷東西！」

「你們兩個都舉起手來！」員警都舉起手槍對準了上官眠和「冥王」，只要這兩個人一有異動，就會馬上射殺他們！

「你們敢叫我舉起手來？」「冥王」拔出腰間藏著的一把槍，迅速扣動扳機，一下子把包圍他的員警盡數殺死！

「開槍，大家都開槍！」有人下令了，於是所有員警都開槍了。上官眠朝包圍圈外移動，因此，也有一些員警將槍口對準了她。但是，他們還來不及開槍，毒針就刺入了他們的喉嚨！上官眠的動作太快了，根本沒有人注意到她是什麼時候飛出針的！

「『睡美人』，你跑不了的！」「冥王」掏出一枚手榴彈，朝身後的警車拋去！

安雪麗等人就算已經遠離了現場，依舊聽到了巨大的爆炸聲！

「天啊……」邱希凡死死抱住水墨畫，「上官眠她到底是什麼人物？『睡美人』是她的殺手代號？」

「誰知道，反正，我再也不想和她待在一起了……」李健飛說著，看向自己手上的水墨畫，不看不打緊，這一看，他嚇得差點尖叫出聲！

水墨畫中，那個妖嬈美女的嘴巴裏，竟然露出了一顆幽藍的頭顱和兩隻同樣幽藍的手！

大街上，許多警車被捲入火海，員警也死傷無數。而在戰場中心，只剩下「冥王」和上官眠了！

「路菲斯，」上官眠左手緊緊抓著那卷水墨畫，聲音依舊冰冷：「你最好不要逼我。」

「冥王」怒極，吼道：「逼你？你還真以為自己是什麼人物了？別說是你，就算是當年的『地獄王』歐法里亞和『修羅』雷傑特，還不是照樣死在我的手上？你以為殺了一個『死神』金迪斯利，就能得意成這樣？」

上官眠忽然一閃身，她剛剛站立的地方，一發子彈猛然射過！那是一個身體被壓在警車下的員警，對上官眠射出了一槍。而接下來，一根毒針立刻刺入了他的額頭，馬上取了他的性命！

「『地獄王』死在你的手上？」上官眠說道，「『墮天使』昔日的頭號殺手，『金眼惡魔』蒙修特斯的師父？」

「不錯！怎麼樣，你現在明白了嗎？你殺死『金眼惡魔』，根本沒有什麼值得驕傲的！而且，當初你不是連埃利克森家族的家主都接近不了嗎？我要殺你，根本沒有什麼難度！」

「那你就試試看吧。」上官眠說完，立刻縱身一跳，朝著一個方向跑去！

「冥王」冷笑一聲道：「你逃不掉的。我看上的獵物，沒有一個可以逃脫！等時間一到，我自然會送你下地獄！」他也立刻加快腳步，緊追著上官眠！

上官眠卻是朝著彌真和林心湖跑去！她的速度何其之快，一到達彌真面前，第一句話就是：「跟我走！」

「膽敢背對著我，『睡美人』，你是想死嗎？」「冥王」接近上官眠身後，高高舉起長刀，對著上官眠的背後狠狠劃下！

上官眠抓住彌真的手，腳一蹬，躲開長刀的攻勢，身體迅速朝遠處挪閃！彌真這時卻緊緊盯著上官眠，問道：「你知道蒲靡靈？那你知道彌天在哪裏嗎？」

上官眠沒有回答，她不時回過頭去看越來越接近的「冥王」，拐入了一條巷道。但是，她現在有傷在身，又帶著彌真，速度自然遠遠不如「冥王」！

「居然進入這麼狹窄的巷道，『睡美人』，你腦子壞掉了嗎？」

上官眠突然停下來，回過頭來，直接面對著「冥王」！

「你好像忘記一件事情了。」上官眠把畫放入懷中，手槍對準「冥王」說道：「在狹窄的地方，受到限制的也包括你！」

「你說什麼？」

「我和你一樣，都擅長近身戰。在狹窄的地方決一勝負，才是取你性命的最佳地點！」

「冥王」怒極反笑道：「呵呵，不愧是『睡美人』，敢這麼和我說話的，也只有你一個了！但是，你終究還是要死在我的手上！」

僻靜的巷道內，此刻充滿了肅殺之氣。

「冥王」大喝一聲，筆直衝了上來。他很清楚，使用雙刀，在狹窄的巷道裏確實被限制了發揮，而慣用手槍的上官眠受到的限制卻較小。而且，他的肩膀被子彈射中了，也會影響出刀的速度和力度！但是，他怎麼能夠退縮？自己可是「冥王」，歐洲最強殺手！

上官眠對身後的彌真說：「你如果敢逃跑，我會馬上砍斷你的腳。你信不信，就算你離我很遠，我也可以做到？」

「我不會逃的。」彌真卻鎮定地答道，「你放心吧。」

上官眠的槍口對準「冥王」，說道：「那麼，給我去死吧！『冥王』路菲斯！」

子彈呼嘯而出，在這狹窄地方，鎖定幾個方位後，要完全躲開子彈難度自然是增加了不少。可是，「冥王」依舊躲過了最初的三發子彈。他雙腳一蹬，身體頓時躍到幾米高的空中，明顯是想借用重力，提高刀的攻擊力度，砍傷上官眠的左手！

上官眠舉起左手，剛要扣動扳機，忽然她的身體一抖，斜著重重撞到一旁的牆壁上，她喃喃道：「禁藥的副作用……」

話音剛落，長刀已經劃過她的左手，手臂接近關節的地方被劃出了一道深深的傷口，「冥王」立刻抓住了手槍，將其奪下，隨即將槍口頂住了上官眠的額頭！

「你輸了，『睡美人』……對了，這幅畫……你那麼緊張，我來看看？」「冥王」的手一抖，立刻抽出了水墨畫，迅速展開。

「喂，這是什麼畫？」

這幅水墨畫中，原本翩翩起舞的宮裝女子，此刻卻滿臉是血，雙瞳變成一片白色，女子的面容變得異常猙獰……

「這幅畫太怪了。」「冥王」用槍一頂上官眠，「回答我，你帶著這幅畫，有什麼特別意義？」

上官眠立刻做出了回答：「這是我從愛德華手上拿到的東西。」

「黑色禁地」的首領愛德華，是一個極其陰險狡詐的人物，他自然不會沒事拿著一幅水墨畫。

「冥王」心中有了一些想法，讓上官眠如此竭力保護的，莫非是什麼至寶？

「說，這東西究竟有什麼意義？」

「我說了，你就不殺我了嗎？」

「你沒有資格和我討價還價！」

上官眠的視線始終集中在水墨畫上，只要水墨畫離開她身體一米以上，那麼一切將徹底終結。

「你少給我……」「冥王」突然發現，水墨畫上的宮裝女子，此時頭部竟然轉動了，一對翻白的雙眸，好像在死死地盯著他！這一瞬間，他有一種靈魂被窺視的感覺……雖然很短暫，但是他拿槍的手顫抖了一下！上官眠立刻抓住槍管，扳著槍口朝上，隨即一腳飛出，狠狠踢到「冥王」的襠下！而被水墨畫中的宮裝女子嚇到的「冥王」，在被踢中下體的時候，才感覺到了劇痛！

上官眠一把抓回水墨畫，然後手槍立刻對準了「冥王」，迅速扣動了扳機！而「冥王」立刻躲閃開了，但是臉頰卻被子彈擦過，鮮血飛濺！上官眠抓住彌真的手，就朝巷道逃去！這種七拐八彎的巷道，用來逃開追蹤再容易不過了！

而「冥王」此時還倒在地上，滿臉的不可置信，喃喃道：「不，不可能的……怎麼會轉過頭來？」

此時，安雪麗四人已經逃到了公寓大門口。經歷了剛才那一幕，他們想來想去，最安全的地方，還是公寓門口！畢竟，那個「冥王」再厲害，除非被選為公寓住戶，否則是不可能進入這裏的！

安雪麗喘著粗氣，說道：「嚇，嚇死我了……不是死在鬼手上，反而死在那個『冥王』手上的話，也太冤枉了……」

「可不是嘛……」邱希凡索性躺倒在地上，「還有，這幅水墨畫的不斷變化說明了什麼？我們該怎麼辦？」

「誰知道啊……還是在公寓門口進行研究吧。」

仲恪言忽然問道：「對了，上官眠不會有事吧？」

「難說。不過她也太狠了，殺人連眼睛都不眨一下。」

「如果這次血字可以活下來，以後在公寓裏見到她，我一定要繞道走。和她在一起，多少條命也不夠啊！」

「當初嬴子夜說她如何如何厲害，我還以為是她太誇張了，現在看來，比她說的更可怕啊！」

「不說這些了，快看水墨畫！」

將手中的水墨畫展開後，安雪麗發現畫發生了更可怕的變化！畫中的女子，臉上已經佈滿了裂痕，就像一個壞掉的瓷娃娃。裂開的部分，五官扭曲著，原本白皙的皮膚也變得幽暗了。而看著畫中女子的眼睛，竟然感到好像被窺視著一般！

「這，這樣下去的話，會變成什麼樣子？」這種變化持續下去的話，後果會有多可怕？安雪麗連忙說道：「叫，叫李隱出來！去問李隱，他也許能找到辦法。誰，誰快打電話！」

李隱已經被住戶們視為一個不可超越的「神」，也是住戶們在這個公寓的絕望生活中唯一的希望。

李隱在臥室裏，打開了電腦。

「果然是在這個資料夾裏面。嗯，按照彌真說的，拷貝一份給她吧。」剛插入隨身碟，李隱口袋裏的手機響了。

「是上官眠打來的？」李隱摸出手機，卻是安雪麗的來電，她大叫道：「李樓長，你快下來，我們現在在公寓門口啊！這幅畫，不斷在變化！」

「你是說……畫在不斷變化？」

天南市某座廢棄的大樓內，上官眠正拿著槍，指著一個穿著白大褂的醫生，說道：「快點幫我包紮。還有，明天我會放你回去，告訴醫院，你有一個緊急病人需要出診，要晚些回去。」

彌真站在上官眠的身後，奇怪的是，看著這麼駭人的一幕，她的臉色卻很平靜。

上官眠的面前，被挾持的醫生只能幫她進行緊急的傷口處理。傷勢最重的地方，是關節處嚴重受損的右手和被砍出一個很深傷口的左手。

「傷口包紮好了。」醫生抹了抹額頭上的汗，「可是，小姐，你的右手需要儘快治療才行……」

上官眠說道：「不勞你費心。處理得還可以。」然後，她狠狠敲了一下醫生的後頸，讓他昏迷了過去。她又把目光看向彌真，說道：「那麼，回答我。」她用槍指著彌真，「你是怎麼拿到那本日記的？」

彌真早已知道，這是不可迴避的問題。她一開口，就是驚人之語：「你是第幾次血字？」

上官眠的臉色沒有多大變化，她用槍指著彌真手上的日記，說道：「你是從這本日記上知道了血字指示的事情？」

「不是。」彌真搖了搖頭，「看來，你果然是公寓的住戶？我看到這幅水墨畫的變化，就明白了。」

上官眠把槍口湊近了彌真，語調變得無比冰冷：「不要挑戰我的耐心，告訴我！你到底是誰？」

「一二〇六室。」彌真又補充了一句，「這是我以前在公寓時住的房間號碼。」

上官眠的槍口微微垂下了。

「沒錯，正如你所猜想的一樣，我是執行了十次血字指示，離開了那個公寓的住戶。我和我弟弟，都曾經住在那個帶來無盡噩夢和恐怖的公寓，我和他都執行了十次血字指示。這本日記，就是我在第十次血字指示的地點找到的。」

執行了十次血字指示的住戶！這是什麼概念？所有住戶都知道，要成功執行一次血字指示有多困難。智慧、運氣、體力、心理素質、應變能力，就算所有因素綜合在一起，能夠度過血字指示的又有幾個人？至今為止，他們還不知道有任何住戶，曾經成功地執行十次血字指示而離開公寓！而楚彌真，她卻做到了！

饒是幾乎沒有任何感情的上官眠也動容了，問道：「如果我沒有猜錯的話，你的弟弟就是那個『彌天』？他失蹤了？」

「是的。在最後一次血字指示執行完的時候。雖然通過了最後一次血字指示，但是，對我而言，只是解除了影子詛咒而已，我的身上被加了新的詛咒。」

「什麼意思？任何詛咒，只要回歸公寓就可以解除。你以為我不知道嗎？」

「沒錯。但是，我所執行的第十次血字指示，卻是非常特殊的。」

彌真回憶起在那個公寓度過的歲月。那段痛苦至極的生活，讓彌天的性格變得極為陰鬱，他好幾次嘗試自殺，都是因為有了自己的陪伴，才讓他支撐到了最後一次血字。

進入那個公寓時，楚彌真和楚彌天姐弟還是初中生。那一天，他們外出遊玩回家時路過那個住宅區，就進入了那個可怕的公寓，然後，開始了地獄一般的生活。無數次面臨精神崩潰，無數次險死還生，無數次推理血字的生路……

原本，姐弟倆是打算放棄考大學的。但是，由於二人的成績實在太好，被直接保送進了大學。在大學裏，他們和李隱相遇了。那個時候，彌真已經完成了七次血字指示，彌天完成了六次血字指示。

和李隱認識、被這個男人所吸引的彌真，重新燃起了生存的意志。她深深愛上了這個男人，並且也知道，唯有活著離開公寓，才能獲得未來。那是彌真在黑暗的歲月中唯一擁有的希望。還有三次，只要完成了血字指示，她就可以向李隱告白，追求她的幸福了。

李隱無論如何都不會想到，他心目中那個開朗樂觀的女孩，居然曾經是這個公寓的住戶。公寓的住戶，是沒有幸福和快樂可言的。但是，彌真卻能笑對每一次血字。

那時候，就連彌天都難以理解姐姐的樂觀。她卻對彌天說道：「無論如何，我都不會輸給這個公寓，這個公寓是為了帶給我們恐懼而存在的，那我就要笑著面對這個公寓！即使被詛咒，我的笑容和希望也不會被公寓奪走！彌天，我們一定要完成十次血字指示，然後……我要親口向李隱告白！」

終於，她等到了夢寐以求的那一天。第十次血字指示發佈了！

「本次血字是最後一次血字指示，完成本次血字，住戶就可以永久離開這個公寓。本次血字完成，住戶回歸公寓後，一旦離開，就永遠不會再次進入公寓。」

說到這裏，上官眠問出了最關鍵的問題：「第十次血字指示的內容是什麼？」

這是很多住戶都非常關心的一個問題，那謎一般的、屹立於所有血字頂峰、僅次於魔王級血字指示的第十次血字指示，究竟有多可怕？

「血字執行地點是在一個古代遺址，位於天南市東南郊外，是在地下的，在公寓的指示下才能找到。那裏埋藏著許多古代的器具和雕塑。第十次血字，只有我和彌天兩個人執行。血字的時間非常短，只有五個小時。就是在那裏，我發現了這本日記。」

「那一次，真的非常可怕。我們進入了一個地下塔中，但是，那個塔隨後就封閉了，塔的地下開始湧出無數鬼魂！那些鬼魂黑壓壓的一片，不斷朝著塔頂爬來！似乎是受到公寓的限制，所以，它們爬得非常慢。而我們就需要在這段時間內找到生路。彌天在塔頂發現了一個公寓留下的道具，是一個雕像，我們使用這個雕像來共同分擔詛咒，加強公寓的限制，讓鬼魂爬到塔頂的速度減緩了很多。可是，也正因為如此，導致我和彌天的詛咒徹底相連，如果我們之中有一個人被詛咒，另外一個人也會同樣被詛咒。如果一個人死去，另外一個人也會死去。」

「原來如此。靠加強詛咒來增大公寓的限制，拖延時間？」

「是的。而且詛咒也會因此變成雙倍。但當時我們沒有其他辦法，只能選擇這樣做。所以你殺死那麼多人我是理解的，成為那個公寓的住戶，很少有人能再保留人性了。」

「我的行為不需要你來評價！」上官眠的聲音一下子變冷了，「再說多餘的話，我就讓你付出代價！」

彌真繼續說道：「鬼魂最後爬到了塔頂，那時我們依然沒有找到生路。我回歸了公寓，可是彌天沒有回來。但是，現在我沒有死，說明彌天也還活著，他還活在那個地下遺跡裏。後來我又去了那裏，卻發現那個地方根本就不存在。究竟怎樣才能找到彌天呢？我根據日記的指示去了國外，尋找再度進入那個空間的辦法。」

「你剛才說的新的詛咒，是什麼意思？」

彌真答道：「彌天所遭受到的一切詛咒，也會加到我的身上。即使離開了公寓，我依舊不能擺脫這一切。我時常會被那些東西糾纏，這幾年，我能活下來，已經是奇蹟了。彌天依舊在那個地方遭受著詛咒……我也因此沒有向我所愛的人告白，而現在，他已經有了愛人了。」

上官眠沉默了。她忽然收起了槍，說道：「我明白了。這本日記給我吧，反正裏面的內容你早就記住了吧？」

「你……是第幾次血字？」彌真問道，「我想，我可以給你提供一些經驗。」

「第二次血字。這次的血字，是必須持有這水墨畫，直到明天中午。你也真是個特例，離開了公寓，卻依舊遭受詛咒。」

這時候，李隱正在趕往公寓。

「不斷變化的水墨畫……到底，接下來會發生什麼？」

公寓大門口。安雪麗四人都手捧著水墨畫，臉上的表情很絕望。

子夜、銀夜和銀羽已經站在公寓門口了。子夜正在和李隱通話，她讓李隱不要回公寓來。

「目前，還不知道水墨畫的秘密是什麼，你現在不在公寓裏，如果過來的話，會很危險，還是暫時待在外面吧。」

「嗯，你說得也對。子夜，你的智商似乎已經恢復得差不多了？」

「還差很多。」

子夜說道：「另外，上官眠的背景似乎遠遠超出我們的想像。當初執行了送信那次血字之後，就應該對她多加注意的。」

李隱此時正在烈焰騰騰的事故現場，他攥緊雙拳道：「這個女人，比我想像的更加殘忍和恐怖。」掛斷電話後，李隱長長地吁了一口氣，這麼慘烈的景象，實在讓人難以接受。上官眠……她到底是什麼人物？

公寓門前，隔著旋轉門，銀夜和銀羽仔細觀察著一幅幅水墨畫。銀夜拿著放大鏡看了許久，說道：「雖然我對國畫有不少研究，但是這絕非古代名家的真跡，這些古建築也實在看不出是在哪裏。」

安雪麗焦急萬分地說：「你看了半天就只有這幾句話嗎？柯先生，你好歹說些對生路的分析啊！」

「目前，有兩種可能。」

銀羽說道：「第一，畫中的女人就是鬼魂，隨著畫的不斷異變，最終會變成真正的鬼魂；第二，這幅畫會吸引鬼魂出現，所以你們不能丟棄它。血字中提及你們不可以用任何方式損毀畫，這句話非常厲害，用『任何方式』這個詞，就讓你們沒有任何空子可鑽了。」

「這我當然知道，我想知道的是生路啊！」

「接下來就是重點了。」銀羽繼續說道，「聽好了，生路絕對不會是將水墨畫毀掉。也就是說，這幅水墨畫即使在找到生路的情況下也不可以毀掉。你明白了嗎？我剛才說過，有兩種可能，無論是哪一種，在不可以丟棄畫、也不可以損毀畫的前提下，都會造成你們被鬼殺死的結局。」

安雪麗四人聽得一愣一愣的，還是不明白銀羽的意思。

銀夜補充道：「她是說，生路是在水墨畫之外的地方。在水墨畫之外，或許有阻止畫進一步異變的方法。」

「可是……」安雪麗端詳著水墨畫，「這麼講也太籠統了吧，什麼叫水墨畫之外的地方？那是什麼地方？」

銀夜搖搖頭說：「這一點暫時還沒有想出來。你們聚集在公寓門口，也無法解決問題。因為，你們不能進來，所以，實際上沒有安全可言。」

現在這個局面，實在是太過被動了。只能眼看畫不斷發生變化，卻絲毫不能夠做任何事情。銀夜和銀羽都沒有辦法了，智商下降了的子夜也愛莫能助，至於李隱……他是否能夠想出生路來呢？

「下車！」黑洞洞的槍口對著寶馬車上的中年男子，他驚恐地看著眼前的女人，心說：不會吧？出門前明明拜了關公啊，怎麼還會碰上這種倒楣事……

還不等他回答，女子的手就像鐵鉗一樣抓住他，把他拽出了寶馬車，然後腳一抬，踢在他的胸口上，這個男人眼前一黑，就昏迷了過去。

彌真從旁邊的巷子裏走出來，看著昏迷的男人，問道：「他不會有事吧？」

「死不了。」

上官眠坐進車裏，說道：「快點上來。」

彌真坐進車子，上官眠先把車門關好，然後問道：「你會開車吧？」

「會。」

「那你來開車。給我聽好了，我知道很多辦法可以讓一個人求生不得求死不能，所以，你最好不要欺騙我……」

「知道了……」彌真又補充了一句，「你不通知其他住戶嗎？他們……」

「我說過，我不喜歡聽多餘的話。」

上官眠雖然戴了人臉面具，但是眼眸中的殺意卻清晰可見。彌真發動了車子，她不是聖人，既然上官眠都如此明確表態了，她不會刻意找死。不過，就算上官眠非常可怕，但是，連第十次血字指示都度過了，她自然也不會怕上官眠。

車子開了一段時間，彌真一直目光警惕地注意著四周。在公寓度過了那麼多年的恐怖歲月，讓她時至今日都沒有改變這個習慣。而且，現在她依舊被一個可怕的詛咒纏住了，如果無法救出彌天的話，她很清楚，自己也活不了多久。

她的心頭忽然湧上一陣悲涼。李隱的選擇是正確的，她是無法帶給李隱幸福的。而李隱也有了真正深愛的人。那個讓她如此癡心深愛的男人，現在也許正擁抱著另外一個女人，將來會組建家庭吧？最終，自己只是李隱生命中的一個匆匆過客而已。

在公寓的那麼多年裏，彌真很少流過淚。但是，當李隱說出他有了愛人，彌真回家之後痛哭了一場。如今，她活下去的唯一精神支柱，就是救出依舊被困在那個空間、受到詛咒的彌天了。

3 無敵催眠

寶馬車上了高速公路。上官眠又開口了：「你確定這條路是最近的？沒有弄錯嗎？」

「不會弄錯的。」彌真點點頭道，「去了那個地方，應該就可以……」

「楚彌真，把頭低下來！」

彌真頓時反應過來，馬上低下頭，上官眠隨即把槍對準了旁邊一輛黑色轎車，轎車內的司機，腦袋立刻被洞穿了！

「被包圍了……」

周圍很多輛汽車把這輛寶馬徹底圍住了，而「冥王」就坐在後面一輛車上！

「『冥王』大人，你的傷沒事吧？」那輛車的後座上，一個金髮女子坐在「冥王」膝蓋上，關切地問道。

「這點傷，和她帶給我的恥辱相比，根本不算什麼！」

「冥王」怒不可遏地凝視著眼前那輛車子，大吼道：「給我聽好了！殺她的工作，要交給我！我要好好折磨她，讓她知道我『冥王』的恐怖！」

「你專心開車。」上官眠開始準備武器，聲音冰冷地說，「無論發生什麼事情，都不要停車，否則我就馬上殺了你！」

彌真立刻點點頭道：「我知道，我絕對不會停車的……」

上官眠查看了一下槍裏的子彈，又檢查了她所持有的所有武器裝備。就在這時，那些包圍她們的車輛，車窗都搖下了，有人大喊道：「大家動手，擒下『睡美人』，就可以讓『冥王』欠一個人情，還可以獲得埃利克森家族的秘密金礦的分成！大家上啊！」

這兩大條件，足以讓人無視上官眠的恐怖。這個世界上，敢於富貴險中求的人，還是很多的。「冥王」的一個人情，足以讓一個人在歐洲地下世界橫著走。而埃利克森家族的秘密金礦的分成，就更讓人瘋狂了，埃利克森家族富可敵國！很多人都知道，秘密金礦是埃利克森家族的主要收入來源！

雖然大家都知道「睡美人」有多可怕，但是，現在這些車子上坐的，都是歐洲殺手界赫赫有名的人物。埃利克森家族為了追殺上官眠，不惜付出任何代價。這一切都是因為他們的家主被上官眠斬斷了一隻手臂！

「『凶神』法斯諾克，『魔眼』森斯雷，還有……」上官眠的目光突然鎖定了後方的一輛汽車，頓時大喊出那個司機的名字，「『幻魔女』琳斯洛！」

這個人，可以說是對上官眠具有最大威脅的人物！她是歐洲地下殺手排名第二的超級殺手！是一個會催眠術，可以在一瞬間讓對手陷入幻覺的可怕殺手！她之所以排名第二，是因為，「冥王」是唯一可以克制她的催眠術的人。要不然，排名第一的殺手，必定是琳斯洛！

高速公路上，埃利克森家族派遣的殺手陣營開始了對上官眠的圍剿！

上一次，僅僅派遣了「墮天使」的「金眼惡魔」和「邪神」的「魔蠍」二人，就已經讓埃利克森家族付出了很大代價。但是，非但沒有殺死「睡美人」，反而讓兩大殺手雙雙陣亡。不僅埃利克森家族顏面掃地，也讓「墮天使」和「邪神」這兩大頂級殺手組織淪為歐洲地下世界的笑柄！這等奇恥大辱，豈能不報！

於是，埃利克森家族和兩大殺手組織聯合，發誓定要拿到「睡美人」的首級，來血洗這一恥辱！因此，精英殺手盡出，埃利克森家族為確保萬無一失，更不惜請來了「冥王」路菲斯這等重量級人物。而「邪神」組織為防萬一，也讓該組織的頭號殺手「幻魔女」琳斯洛參與這次獵殺行動，一旦「冥王」失手，就由她來協助「冥王」！要不是「冥王」對自己信心十足，不希望被分了賞金，最初劫持公車的時候，琳斯洛就會出現了。這等殺手陣容，可以說，就算是「冥王」本人，都要忌憚三分，更何況是上官眠？

「這是怎麼回事？」開車的楚彌真也感覺到了周圍可怕的殺意，「現在，該怎麼辦？」

「你專心開車就行了。」上官眠將水墨畫牢牢綁在身上，看著為數不多的武器，依舊用冰冷的口吻說道：「絕對不能夠停下！」

這時，一頭金髮長髮、容貌極為妖媚的「幻魔女」琳斯洛通過對講機對周圍車子上的精英殺手們說道：「怎麼還不動手？已經把她包圍了，現在只要把車子的輪胎打爆，不就可以了嗎？」

「這裏還在市區的範圍內。」「凶神」法斯諾克答道，「剛才的爆炸已經讓不少員警出動了，何況，我們是以生擒『睡美人』為目標吧？」

「不。」琳斯洛搖搖頭，「剛才，我接到組織高層的最後決定，不惜一切代價，要取『睡美人』的性命！」

「你說什麼？」「冥王」大怒，「我已經發出了『死亡通知書』，而且，我一定要親手殺死『睡美人』！」

「住口。」琳斯洛卻絲毫不給他面子，「不要以為你頂著歐洲第一殺手的頭銜，我們就怕了你。單打獨鬥，或許沒有人是你的對手，但你要知道，我們代表的是兩大殺手組織！更何況，惹怒了埃利克森家族，就算是你，也很難應付吧？再說，你親自出馬，還讓『睡美人』逃走了，現在還有資格對我們指手畫腳嗎？」

「『幻魔女』！你別以為有『邪神』組織做靠山，我就怕了你！只要我想，我隨時可以取你的性命！」

「恭候大駕。」「幻魔女」琳斯洛中斷了對講，隨後下令道：「動手！不惜一切代價，殺死『睡美人』。這次是兩大殺手組織首度聯合行動，整個歐洲地下世界都關注著這次行動，如果沒有處理好，你們應該知道後果。」

話說到這裏，已經沒人反對了。在這些人裏，論單人實力，除了「冥王」之外，就屬琳斯洛最強。但「冥王」畢竟是個獨行俠，而琳斯洛卻代表著歐洲頂級殺手組織「邪神」！

「動手！」於是，某輛車子上伸出一隻手，拿著一支霰彈槍。槍一發射，寶馬車的輪胎立刻被打爆了！

輪胎爆了，車子只能停了下來！

「果然到了這一步嗎？」

一個留著濃密大鬍子的金髮中年男人走下車，扛著一把步槍，對著天空連開三槍！然後他對著後面駛來的汽車，用中文大喊道：「接近這裏的人，殺無赦！全部給我退回去！」

此時，兩大殺手組織在天南市的市中心大量製造爆炸案，牽制了大批警力，讓他們無法及時趕到這裏來。殺手們一一下車來，共計有十二名精英殺手，其中多數是兩大殺手組織的人馬。

「『睡美人』，你死定了！」金髮中年男人冷笑著用英語說，「今天，沒有人可以救你了！」

很多把槍對準了寶馬車，但是，沒有一個人開槍。大家都知道，「睡美人」身上攜帶著威力巨大的炸彈，這個時候接近她非常危險。殺手們距離車子的位置，都是經過計算的安全距離。

上官眠看著包圍住她的殺手們，事實上，這時她的手上已經沒有炸彈了。如果這些殺手知道了這一點，絕對會立刻開槍，把她打成馬蜂窩的。

「『睡美人』！」琳斯洛大喊道，「你已經沒有炸彈了吧？現在，你頑抗已經毫無意義了！」

寶馬車上沒有傳來任何回答。

「別給她時間！」金髮中年男人，也就是「墮天使」組織的「魔眼」森斯雷說：「如果給她時間的話，我們會陷入被動！到了那個時候……」

「我知道。」琳斯洛剛開口，「冥王」忽然走到前面來。

「冥王」說道：「你們都把我當成空氣了嗎？我說過，我要親手殺死『睡美人』！我要讓她嘗盡地獄般的痛苦和折磨，再把她殺死！我……」

森斯雷舉起槍，對準了「冥王」，說道：「你難道想違逆埃利克森家族和兩大殺手組織的共同決定嗎？你可別……」

森斯雷的話剛說到一半，「冥王」突然微微低下身子，兩把長刀出手，森斯雷還沒有反應過來，喉嚨就濺出一團血花，他的頭顱高飛到天空中，鮮血從斷開的頭顱中噴湧而出！

「你！」旁邊一名殺手怒喝道，「『冥王』，你瘋了嗎？你敢殺我們『墮天使』的人？」

「笑話！」

「冥王」獰笑著舔了舔長刀上的鮮血，說道：「我如果怕『墮天使』和『邪神』，早就加入這兩個組織了，何必還要一個人獨來獨往？敢在我面前叫囂，真以為我『冥王』的名頭是白來的嗎？」

此刻，雖然大家都怒不可遏，但是剛才「冥王」一瞬間殺死森斯雷的一幕，卻讓殺手們心驚膽戰，一時間沒有人敢再上前。

「冥王」冷冷地強調著，「我再說一次。我要親手殺死『睡美人』，誰也不許奪走我的獵物。否則，他就是榜樣！」

在「墮天使」組織凶名滔天的「魔眼」森斯雷，居然這麼輕易就被「冥王」殺死了，這個男人畢竟是歐洲第一殺手啊！雖然有不少人挑戰過這個位置，但是，絕大多數人都成為了雙刀之下的亡魂！

琳斯洛皺著眉說，「『冥王』，現在不是內訌的時候吧？殺死『睡美人』才是最要緊的。」

「你們只要不殺死『睡美人』就行了，我要親手殺死她。你以為集合那麼多人，就可以殺了我嗎？想殺我的人不計其數，群戰我也不是沒有打過，你們所有人一起上，我或許會受傷，但我絕對有信心送你們一半以上的人下地獄！考慮一下吧，你們打算怎麼做？」

琳斯洛沉默了。組織已經給她下了死命令，一定要親手殺死「睡美人」，奪取她的人頭，才能血洗當初「魔蠍」被殺死、導致組織威望下降的損失。但是，真要把這個機會讓給「冥王」不成？如果她不能完成任務，組織必定會責怪她。可是，她也認為，如果和「冥王」拚命，她殞命的可能性要更高一些，「冥王」絕對不是一個憐香惜玉的人。

琳斯洛做出了讓步，說道：「我知道了。但是，等你殺死『睡美人』之後，必須要把她的人頭交給我們。你也知道，『魔蠍』德斯比被殺後，我們組織的威望下降了很多，接到的委託也減少了。唯有親手殺死『睡美人』，我們在殺手界的威信才能夠重振！」

「可以。既然你這麼說，我就把頭留下來吧。」

「冥王」豎起兩把長刀，一步步走向寶馬車。他也和琳斯洛一樣，認為上官眠多半已經沒有炸彈了。

「冥王」邊走邊說道：「『睡美人』。你應該知道，從被我盯上的那一刻起，你的死亡就已經是必然了！現在，我就讓你好好懺悔對我的反抗！」

楚彌真和上官眠此時坐在寶馬車上，靜靜地等待「冥王」的接近，而那些殺手也緊跟其後。到了這個地步，似乎已經是必死之局了。上官眠的右手廢了，武器彈藥也用得差不多了。那些殺手無一不瞭解她攻擊的手段，絕對不會留給她任何逃走的死角。無論怎麼看，她都已經沒有任何希望了。

然而，就在這時，楚彌真的雙眼突然被一團黑色徹底覆蓋了。她的身體猶如雕塑一般僵硬了，在她前方幾十米處的高速公路上，一大團黑色霧氣升騰而起，然後變化為一個背生黑色雙翼的巨人。隨著巨人一聲哀鳴，黑暗開始向周圍擴散開來！

上官眠看著前方鋪天蓋地而來的黑暗，不禁脫口而出：「這就是……第十次血字指示的詛咒嗎？」

黑暗猶如潮水一般湧來，一瞬間就接近了「冥王」等人。而他們沒有一個人反應過來，身體就被黑暗完全包裹了進去！

仔細看去，那個黑暗巨人已經不見了。眼前的黑暗不再具有任何形體，只是朝著寶馬車湧來，讓人感到絕望和恐怖！

在距離寶馬只有不到六米的時候，那團黑暗終於停下了。上官眠看見，在黑暗的深處，一個身形開始湧現出來。那是一張死人一般的面孔，冰冷而陰白。黑暗把他的身體完全包裹住，他慢慢伸出手，伸向寶馬車。可是，離得這麼遠，根本搆不著。接著，這團黑暗開始退回去，最後，消失得無影無蹤了。

這時候，楚彌真雙眼中的黑色才散去了，她的眼眸再度恢復了清明。她扶著額頭，看著前方，那些殺手已經全部消失了。

她看向上官眠，問道：「你看到了吧？距離我，還有多遠？」

「不超過六米。」上官眠答道，「你都知道嗎？」

「是的。」彌真答道，「每一次我都會失去意識，然後，我就感覺到，有什麼極為邪惡的東西不斷接近我。上一次，距離還是八米呢……」

那些殺手，在黑暗席捲而來時，被吞噬得乾乾淨淨，連一點塵埃都沒有留下！眼前的高速公路，也從中間完全斷開了，很整齊地消失了一截。

「走吧。」上官眠走下車，對表情並沒有多大變化的彌真說道：「就上那輛保時捷吧。」

上官眠和彌真坐進了保時捷。上官眠取出了畫軸，緩緩展開。一張占滿了整個畫面、鮮血淋漓的面孔正死死地凝視著她！上官眠立刻把畫重新捲了起來。

「怎麼了？」正在發動車子的彌真問道，「你為什麼把畫捲起來了？」

「沒什麼。倒是你，不害怕嗎？這個詛咒讓那團黑暗不斷接近你，遲早會把你完全吞沒在黑暗中吧。」

「我知道。」彌真緊握著方向盤，淡淡地說道，「但是以前我發過誓，我會一直笑著面對恐懼的，直到我死的那一刻。就是死，我也不要被那個公寓奪走我的笑容，還有……對愛人的愛。這是我活下來的最大支柱。」

「是嗎？」

上官眠說道，「算了，反正我也不明白。不過，我感覺待在那個公寓，比待在正常社會要好得多。至少死在那個地方，比死在外面的世界強。我遲早有一天會在殺戮中死去，所以，我就在想，一定要死的話，我希望至少殺死我的，不是那些駕馭我、把我當做吐鈔機，或者是為了同樣的利益要奪取我性命的人。死在鬼魂和詛咒的手中，我感覺這是我最能夠接受的死法。當然，這並不代表我就會等待死亡，我會嘗試可以挑戰到第幾次血字，在第幾次血字中死去。」

彌真苦笑了一聲說：「我們的想法好像完全不一樣呢。我很想活下去，但是你卻一心求死。」

「因為我生活的世界和你們不一樣。」上官眠將水墨畫的匣子重新綁在腳上，「我的世界永遠都和死亡相伴，所以我根本就找不到非要活下去不可的理由。只是，我想自己選擇死去的方式罷了。」

上官眠忽然將自己的手機扔給楚彌真，說道：「發簡訊吧，在我改變主意以前。手機裏存著和我一起執行血字指示的那幾個人的號碼，名字是安雪麗、邱希凡、李健飛和仲恪言，給他們發簡訊，然後關機。不許打電話，否則我就馬上讓你的腦袋上多出一個大洞來。明白了嗎？」

「你……」彌真拿起手機，她一時間不明白為什麼上官眠改變了主意。

「哦，對了，他們的手機，都已經被『冥王』的部下收走了。」上官眠又拿回手機，「而且，你現在也要開車。算了，我來發吧。」

上官眠點開通訊錄，把簡訊發給了李隱。一直在開車的彌真，視線沒有轉到上官眠手中，因此沒有看見這個名字。上官眠發完簡訊之後，就關機了。

「你發給了誰？」彌真好奇地問。

「公寓現任樓長。」

「樓長啊……」彌真回憶起當初在公寓度過的歲月。

「我們那時候的樓長叫夏淵。我在度過了第十次血字指示的時候，特別告訴了他，我的詛咒沒有消除，所以，我的存在就不要告訴後來的住戶了，否則他們恐怕會因此而絕望吧。因為就算執行第十次血字指示成功，也一樣有可能逃脫不了詛咒。他答應了我，對任何人都會絕口不提我的存在。對了，他現在還活著嗎？」

「他去年死了。在執行第六次血字指示的時候。」

「這樣啊……真是可惜。」

「另外，」上官眠繼續說道，「關於蒲靡靈的事情，我可以給你引薦一個人，蒲靡靈的外孫女。和那個人見面，你應該能瞭解到不少關於他的事情。目前，她也是公寓的住戶。」

「是嗎？」

「而且我想……既然你和夏淵是同一個時期的住戶，她應該會知道你的存在吧。或許你現在遭遇到的情況，她也會知道一些。」

「真的嗎？」彌真頓時驚喜地說，「太好了，她叫什麼名字？」

「等一切結束後，我會安排你們見面的。但是，如果你敢私下和公寓住戶接觸，被我發現的話，我會把你和那個住戶一起殺死。這不是恐嚇，是警告！」

保時捷選擇偏僻的道路前行，而且一直保持警惕，因此行駛了三個多小時，才離開了天南市市區。這個時候，天色已經完全暗了下來。

經過公路收費站後，車子又行駛了一段路，來到了一條不見人影的鄉間小道。在這個地方，可以說是恐怖氣氛最濃厚的場所了。

車子雖然加速到了極限，可是，上官眠手中的畫，情況越來越不妙了。

在畫裏，鮮血從女人臉上流出來，眼眶裏、鼻子裏、耳朵裏、嘴巴裏，下巴幾乎完全斷裂了，臉上每一個部位就像碎裂的餅乾一樣，血水流下的同時，一隻同樣在不斷流血的手，伸向畫面中央。

「快了……」彌真連忙說道，「快了，就快到那個地方了！」

「我知道。」上官眠將畫重新捲好，「但是，我恐怕也沒有多少時間了。如果我死了，你就馬上棄車逃走吧。蒲靡靈的外孫女，名叫蒲深雨。」

「謝謝你告訴我，『睡美人』小姐。可是，你放心吧，『睡美人』小姐，你不會有事的……」

「別用那個稱號稱呼我。」上官眠冷冷地說，「我有名字。我的名字是上官眠。當然，就算你知道這個名字，也查不出我的身分。」

上官眠是一個不存在的人，沒有國籍，沒有任何關於這個人的檔案，完全是一個無中生有的人物。說到底，這個名字只是當年的教官給她起的中文名字罷了，這個名字沒有任何意義。

「上官眠？真是個好聽的名字。嗯，是睡眠的眠嗎？我感覺恰好和『睡美人』很相配呢。」

「是的。」

彌真猛踩油門，說道：「上官小姐，我不會讓你死的。絕對，絕對會讓你活下來的！還有，你說我們生活的世界不一樣，我雖然不是很明白這是什麼意思，但是我覺得，你的生命不是沒有意義的。不要輕易說到『死』。」

這時候，安雪麗等人也正驅車趕往市郊。車子是安雪麗的，她此時不斷踩下油門，說道：「快，快一點！到了那個地方，我們就可以活下來了！」

「水墨畫，水墨畫還在變化啊！」坐在副駕駛座上的邱希凡看著手中的水墨畫，聲音淒慘地說：「你們，你們看啊……」

他的畫中的黃衫女人，身體已經飄浮起來，正從遠處漸漸移向近處！她的嘴巴此時也大張著，裏面是一團深不見底的黑暗！

「上官眠發給李隱的資訊也不知道是真是假？」邱希凡這時已經哭出來了，「我該怎麼辦，我該怎麼辦啊！」

就在這時候，只聽後座傳來一聲大叫：「李，李健飛！」

他們回過頭去，只見後座上，李健飛坐著的地方，只剩下了一幅水墨畫！而在水墨畫上，那個妖嬈女子的嘴巴完全裂開了，有半截身體露出那張嘴巴外面，還在不停掙扎著！

安雪麗馬上踩下煞車，回過頭問道：「怎麼一回事？李健飛他，他怎麼不見的？仲恪言！」

「我，我也不知道啊……」仲恪言哆嗦著說，「我，我剛才只是看了一眼窗外，突然回過頭，就看到只有水墨畫了……」

「丟出去！」安雪麗大喊道，「把這幅水墨畫丟出去！」

於是，仲恪言馬上打開車門，一腳把水墨畫踢出了車子，接著立刻關上車門，大喊道：「快，快啊！我的畫，我的畫也差不多了……」

彌真駕車又轉過眼前的一片樹林，說道：「快了，上官小姐，就快到了。到了那個地方，就可以找到『生路』了！無論如何……」

她本想說「再忍耐一會兒」，可是隨即自嘲地想：忍耐？這種事情如何忍耐呢？

「沒關係。」上官眠卻一臉平靜地說，「我和死神是多年的好友，他無數次造訪過我，但至今還沒有一次成功地把我帶走。」

就在這時，從另外一條岔路上突然開出了一輛銀色雪佛萊，狠狠地撞向保時捷！這一撞，保時捷的車門幾乎凹陷了下去！

「趴下！」上官眠大吼一聲，就扣動扳機射向眼前的雪佛萊，然而，這輛保時捷也步了剛才寶馬車的後塵，輪胎被打爆了。

那輛雪佛萊上，走下了兩個人。「冥王」路菲斯和「幻魔女」琳斯洛。這兩個人在那團黑暗侵襲而來的時候，立刻跳下了高架橋，恰好落在了一輛卡車上面。

「時間終於到了。」「冥王」將雙刀取出，「雖然我的確想好好折磨你一番再殺死你，不過我感覺，侮辱你的屍體，然後將你的肉一塊塊切下來，也是很不錯的享受。琳斯洛，你對付車上另外一個女人，她既然和『睡美人』在一起，估計也不是泛泛之輩。」

「她的屍體歸你了，首級一定要交給我。」琳斯洛看向保時捷駕駛座的彌真，「那麼，動手吧！」

上官眠下了車，擋住了彌真。

「抱歉，她只是一個手無縛雞之力的弱女子罷了。別說是你，就算是個普通人也能夠輕易殺了她。」

彌真沒有想到上官眠居然擋在車子前面保護自己，一時間竟然不知所措。

「別誤會。」上官眠一抖手臂，亮出手槍來，「你對我有用處，所以我才保護你。否則的話，我才不管你會被誰殺死。」

「可是，水墨畫……」彌真急切地說，「我們沒有時間了！」

「我知道。」上官眠走向「冥王」和「幻魔女」，「你背下來了嗎，手機號碼？我不喜歡重複同樣的事情。」

「背下來了……」

上官眠面對著眼前的兩大殺手，說道：「『幻魔女』琳斯洛，我知道你的催眠術很厲害，但前提是我必須看著你的眼睛，同時距離不能超過兩米。當然，你可以不借助外物催眠的能力確實很強，但是，我發誓，只要你進入離我兩米範圍以內，我就立刻送你去見上帝。」

話音剛落，上官眠用槍對準琳斯洛的額頭射去！

「冥王」怒吼著跳上車的引擎蓋，接著飛躍而下，而他的右手不知道何時，拿著的不再是刀，而是一把托卡列夫手槍！

李隱望著房間窗外的皎潔月光。他的手中捧著一杯熱氣騰騰的茶，碧綠的茶葉漂浮在水面上，混合在泡沫中。

「很美的月色。」子夜站在他身邊，此時手上也拿著一杯茶，「和你認識之後，我也喜歡喝茶了。」

「是麼？」李隱輕笑一聲，將茶杯放到唇邊，微微抿了一口，「真香啊。」

「你好像從來都不喝咖啡？」子夜說道，「以前和你一起執行血字的時候也是，明明喝咖啡最提神，你卻寧可喝茶，總是帶著茶葉。」

「因為……」李隱把茶杯放在窗台上，「喝咖啡的話，會讓我想起一個舊友。那個舊友，是我在大學時代最親密的知己，而他和我都很喜歡喝同一家店的咖啡。所以回憶起他的時候，就會自然憶起咖啡的香味。」

子夜喝了一口茶，她的表情很平靜，眼睛雖然注視著茶杯，但看起來更像是在注視茶水中倒映出的月亮。

「那個舊友……後來發生了什麼事情吧？」

李隱微微點了點頭，雙手插進口袋，用很低沉的聲音說：

「當時他不知道為什麼失蹤了。大學時期，我最好的兩個朋友，一個是他，一個是他的雙胞胎姐姐。那兩個人是我最珍視的朋友，在他失蹤之前，我受託照顧他的姐姐。他們對待任何人都非常和善，從來不會輕視別人。這也是我非常欣賞他們的一點，人一般都是自私的，可是，我在那兩個人身上很少看到自私的一面。說起來，進入公寓之後，我就很少再回憶起他們了，感覺和他們一起度過的時光，猶如是前世發生的事情。」

說到這裏，李隱沉默了一會兒，轉移了話題，說道：「你認為，上官眠發來的水墨畫生路，是真的嗎？」

「我認為是真的。」子夜毫不猶豫地說，「這樣的事情很難造假。月溪鎮，天南市郊外最古色古香的小鎮，有許多歷史古跡，而那些水墨畫中的背景大多取景自那個地方。」

「是呢。」李隱端起茶杯，「剛才我上網查了一下月溪鎮的照片，有很多都接近水墨畫的背景。上官眠居然真的在這個時候找到了……」

這時候，李隱放在窗台上的手機響了。他馬上抓起手機，打來的是借用了其他住戶手機的安雪麗：「李，李隱樓長……」

「說吧。」李隱急促地問道，「你們到月溪鎮了？」

「李，李，李健飛死了！他被鬼抓進了那幅水墨畫裏！我們該怎麼辦？」

「是嗎？」李隱思索了一會兒，「既然出現了犧牲者，應該會間隔一段時間吧。血字是明天中午結束，也就是說，接下來應該會有一段緩衝期。這是你們的好機會。」

「好，好的。我們到了月溪鎮，馬上去找對應水墨畫的景點！」

「隨時和我保持聯繫。」李隱抓了抓額前的頭髮，「還有，不要慌亂，恐懼會影響你們的邏輯判斷。」

「好的。樓長，如果上官眠再次和你聯絡，務必通知我們。她現在還是關機。」

「嗯，我知道了。」

掛斷手機後，李隱拿起茶杯，坐回到沙發上，說道：「李健飛死了。又死了一個新住戶。不知道從什麼時候起，聽到有住戶死了，就感覺好像只是死了一隻鳥、一隻貓一樣毫無感覺了。真是可怕，這個公寓……」

說到這裏，李隱忽然一把舉起眼前的茶几，狠狠朝牆壁砸去！朝著那發佈血字的牆壁砸去！

茶几砸到牆壁上，立刻摔得粉碎！當然，碎裂的玻璃很快就又聚集在了一起。

「你怎麼了？」子夜感到有些意外，「你很少這樣的……」

李隱坐回到沙發上，喘了一口氣道：「沒什麼。我只是，想發洩一下而已。」

這時候，碎玻璃已經完全聚合，重新形成了完整的茶几，牆壁上的痕跡也完全消失了。

「子夜。」李隱說道，「我最近越來越沒有信心了。也許是真的害怕了？最初進入公寓的時候，我雖然絕望，但是遇到了夏淵、歐陽菁等度過多次血字的住戶，我覺得是有一線希望的。遇見了你，我有了堅定的信心，我認為可以保護住戶們，度過十次血字後離開。我甚至有種自己是救世主的錯覺。可是，現在我終於明白，從來沒有過什麼希望。我進入公寓時認識的住戶，現在已經全部都死了。我……根本就不是什麼救世主，我只是一個普通人啊！」

子夜站在李隱身後，手中端著的茶杯還冒著騰騰熱氣。「發洩出來了，好一些了吧？」她走過來，把茶杯放下，「沒什麼的。在這個公寓裏，沒有人抱著能夠活下去的絕對信心來執行血字的。你是公寓的樓長，不是嗎？」

李隱一把將子夜擁入懷中，緊抱著她，低聲說道：「我知道。我是樓長，就和當初的夏淵一樣，是唯一不可以軟弱的住戶。」

那張完好無損的茶几，在二人的身後，彷彿嘲笑著他們的不自量力。

在同樣的一片月色下，彌真正看著眼前的一場大戰。

「上官小姐……小心啊！」

上官眠雖然躲開了「冥王」射出的子彈，但是，她移動的速度明顯沒有之前快了。而琳斯洛也從一旁包抄過來，她的手指輕柔地舞動著，猶如美麗的天鵝。

曾經有人這麼評價過，「幻魔女」最美麗的瞬間，便是她殺人的時刻。

「冥王」第一擊雖然沒有命中，他卻沒有絲毫失望，說道：「你果然已經不行了吧？『睡美人』，我之前因為不能殺你，所以沒有使出全力。你該不會以為，我只有這點實力吧？」

「不敢。」上官眠說完，手突然一甩，卻被在左邊逼近她的琳斯洛一手抓住她的絲線，然後手一揮動，上官眠的肩膀上就出現了一條血線！

此時，琳斯洛已經開始釋放催眠術了。她的最強催眠，必須在兩米內生效，一旦超過兩米，效果就會減弱很多。做殺手做到這個層次，精神都會很強大，像上官眠這種近乎機械一般的「人形兵器」，要催眠的難度更大，因此催眠必須在兩米以內才能發揮出最強效果。

上官眠立刻和琳斯洛拉開距離，同時，對準她頭部就是一槍。

「果然厲害，『睡美人』。可是，你的對手是我。」

話剛說完，「冥王」的長刀已經向上官眠的脖子迅速砍來！上官眠立刻把頭一低，一縷頭髮被割斷飛起！

上官眠滾到地上，重新站起身，剛拿起槍，「冥王」已經出現在她身後，又是一刀砍下！上官眠拿槍去擋，然而槍管一下被砍斷了！

「不愧是歐洲第一魔刀師打造的最強兵器啊。」琳斯洛慨歎道，「『冥王』能夠成名，這兩把刀居功至偉啊。」

「冥王」卻對琳斯洛的奉承充耳不聞，他將刀高高舉起，狠狠揮下！

槍被砍斷的上官眠，對「冥王」已經沒有威脅了。此刻，上官眠無力再戰，就是俎上魚肉，只能任人宰割了！

鮮血飛濺，上官眠的頭顱高飛到空中，然後墜落。無頭的她，身體倒下了，死得不能再死了。

「哈哈！」「冥王」狠狠踢著上官眠的屍體，「太美妙了！好了，按照說好的，人頭給你，這具屍體我就帶回去慢慢享用了。」

琳斯洛也微笑滿面地走過來，提起上官眠的人頭，說道：「很好，這一下，對組織我就可以交代了。」

「冥王」一伸手，扛起上官眠的屍體，看了看坐在保時捷裏的彌真，說道：「對了，那個女的，也交給我處理吧。」

「隨便你。」琳斯洛走到雪佛萊前，取出一個盒子，將上官眠的首級放了進去，蓋上了蓋子。

「冥王」忽然問道：「對了，琳斯洛，首級給了你，你們會宣佈是你們殺了『睡美人』吧？」

「嗯。你不滿意？」

「當然，埃利克森家族委託我殺死『睡美人』，如果你們聲稱殺人的是你們，對我可是大為不利啊。」

琳斯洛回過頭，目光兇狠地說：「你想怎麼樣？」

「我想了想。首級你還是還給我吧。還有，你，還是死在這裏吧！」

長刀猛然劃來，直向琳斯洛的脖子砍去。可是，琳斯洛卻冷笑一聲，彷彿根本就不在意。

「冥王」暗暗感覺不妙，可是刀還是砍了過去。琳斯洛的頭被砍斷了，身體倒在地上。「冥王」冷笑著看過去，卻發現，地上的頭……是他自己的！

「啊！」鮮血噴湧而出，威震歐洲殺手界的「冥王」路菲斯，就這樣被砍斷了頭，身首異處。琳斯洛手裏拿著一把劍，站在他面前，冷冷地道：「從今天起，歐洲第一殺手的頭銜，就屬於我了！」

然後，她看向身旁的上官眠，說道：「如何?上官小姐?」

剛才，就在「冥王」準備揮刀殺死上官眠的時候，已經中了琳斯洛的催眠術。一直以來，琳斯洛屈居路菲斯之下，就是因為她的催眠對「冥王」無效。但琳斯洛這幾年一直在修煉最強的催眠術「幻華冥夢」，已經達到了讓「冥王」也無法抵抗的催眠效果。她首次嘗試，就成功殺死了

「冥王」。

她看向上官眠，獰笑道：「好了，礙眼的人物清除了。作為我當上歐洲第一殺手的禮物，你的人頭，最合適不過了！」

上官眠依舊活著，「冥王」卻陷入砍下她頭顱的幻覺而被琳斯洛殺死，這說明了琳斯洛有多可怕。而如今琳斯洛和上官眠之間的距離不到一米，只要立刻發動催眠，就可以殺死上官眠。

「你不叫我『睡美人』？」上官眠冷冷地問。

「既然你都要死了，這麼稱呼你，算是對你的致敬吧。你不喜歡？」

「現在的我，其實也可能是被你催眠著吧？」

「嗯，你要那麼認為也可以。我的催眠對精神意志較弱的人，催眠效果甚至可以達到一年以後都無法發現是活在幻覺之中。而這個『幻華冥夢』，即使要讓一個人一生都在幻覺中度過，也能實現。」

說到這裏，琳斯洛露出一個笑容，美得驚心動魄：「好了，現在，說說看，你喜歡怎樣的夢？讓對手在自己喜歡的夢中死去，也是我的仁慈。」

彌真看著車外的緊張局勢，她知道，自己根本幫不了上官眠。那個外國女人太恐怖了，自己絕對不是她的對手。

「有一個問題我不明白。」上官眠忽然問道，「你為什麼不在殺了『冥王』之後催眠我？而且，還和我說那麼多廢話？這不像是歐洲第二殺手的樣子。」

「聰明。」琳斯洛微笑著說，「因為，我必須親手殺死你。而且，要讓你好好品嘗一下絕望的滋味。將『金眼惡魔』都殺死了的女人，如果讓這個光頭殺了你，不是太可惜了嗎？親手殺死你的榮耀，任何人都不會抗拒的。」

琳斯洛又走近了一步，「你不可能逃掉的，我隨時可以釋放『幻華冥夢』。好了，告訴我吧，你決定做一個怎樣的夢？」

此時，上官眠的水墨畫的整個畫面，已經完全被一個巨大的血紅瞳孔佔據了！

琳斯洛和上官眠只是咫尺相隔，只要琳斯洛願意，一瞬間就可以要了上官眠的性命。雖說對於琳斯洛的催眠，只要閉上眼睛就可以拒絕，但是，「幻華冥夢」作為最高級的催眠術，已經可以超越視覺，直接對大腦產生作用。所以，哪怕上官眠這時閉上眼睛，也無法逃脫。

水墨畫中，那隻血紅的大眼睛越來越鮮紅，現在已經到了最危險的關頭。

琳斯洛見上官眠不出聲也不閉眼，知道她已經近乎絕望，於是冷笑著說：

「知道害怕了？可惜，已經晚了。你的實力，在整個歐洲殺手界絕對能排入前五，已經可以和當年的『地獄王』相提並論了。如果來我們的『邪神』組織，也絕對能夠得到最好的培養。但是，你註定要死在這裏了。」

琳斯洛的眼中閃現出一抹殘忍，然後，準備要使用她的催眠術！

「等一下。」上官眠忽然說道，「你真的以為，你可以殺得了我嗎？」

「怎麼？」琳斯洛不以為意，「想拖延時間？沒用的。你現在根本不可能逃開我，催眠一發動，你就只有任我宰割。所以……」

「所以……」一把尖利的長刀，忽然穿過了琳斯洛的喉嚨，她驚愕地看著穿過自己喉嚨的長刀。「『冥王』的兵器，如今就歸我所有了。」長刀被狠狠抽出，琳斯洛的喉嚨頓時噴湧出鮮血來，她艱難地看向後面，站在身後的人，竟然也是上官眠！

「兩個……」

琳斯洛倒在地上，捂著被刺穿的喉嚨，心中難以置信地想：「怎麼可能有兩個……」

而琳斯洛眼前的那個上官眠，此時全身癱軟倒在地，說道：「嚇，嚇死我了……」她扯著臉頰，一把撕下了她的「面孔」，她居然是安雪麗！

琳斯洛死不瞑目地看著天空，她怎麼也想不通，這兩個人是什麼時候交換過來的？

安雪麗之前接到了上官眠的電話，要求她馬上來這裏，同時帶上一個上官眠的面具。安雪麗製作了很多住戶的面具，以備未來不時之需。上官眠在電話裏特意強調，如果她敢不來，回到公寓之後，就一定會殺了她。這個威脅，由上官眠說出來，比任何人都來得可怕。如果上官眠真的能逃回公寓，被她盯上要殺死的目標，根本不可能生還，某種程度來說，比公寓更可怕。

而二人交換的時刻，就在琳斯洛對「冥王」使用催眠術、將他殺死之時。那個時候，她是背對著上官眠的。雖然背對另一個殺手很冒險，但是驕傲的琳斯洛，根本不把上官眠放在眼裏，不認為受了重傷的上官眠能利用這個機會殺了她。這時候，安雪麗就從附近出來，和上官眠交換了位置。

「還好，你真的及時殺死她了。」安雪麗連忙說道，「我們快走吧，時間不多了！」

「可以了，走吧。」上官眠看了一眼死不瞑目的琳斯洛，收起了「冥王」的雙刀，朝那輛雪佛萊快步走去！

這時候，彌真也走下保時捷，朝雪佛萊這邊走來。剛坐進車內，安雪麗就疑惑地問道：「請問，這位小姐是誰？」

上官眠冷冷地說：「今晚以後，忘記她的臉，以及和她見過面的事情。以後無論任何人問起，都要說你沒見過她。明白了嗎？」

「知……知道了！」

安雪麗嚇得連忙點頭，「一定，你放心吧，我一定忘得乾乾淨淨的！」

彌真發動了車子，說道：「坐穩了！」

4 月溪鎮追魂

上官眠再度展開了自己的水墨畫。水墨畫的中間，一個大大的血紅瞳孔，佔據了三分之二的畫面，嚇得安雪麗大叫了一聲。安雪麗也將自己的畫展開一看，畫上女子的頭歪著，臉不斷裂開，越來越扭曲，好像肉在不斷蠕動！

「不，不要……」安雪麗嚇得魂飛魄散，「這位小姐，快，再快一點！」

車子穿過一片田地，周圍開始出現了房屋。開始進入月溪鎮了！

「終於……終於要到了！」安雪麗驚喜交加地大叫，「快，快一點，再快一點！」

安雪麗畫中的女子，是在一個樓閣上的，而上官眠的畫，則是一座古建築。駛入小鎮後，彌真問道：「先去哪裏？」

這兩處都是月溪鎮的景點，一個叫「聽雨閣」，另外一個叫「月竹軒」。先去哪裏，的確是個問題。

安雪麗當然想說先去她那個，但是有上官眠在，她知道自己爭不過。而如果徒步去，誰知道是否來得及。

「先去她那裏吧。」上官眠說出的話，讓安雪麗幾乎不敢相信自己的耳朵，她還以為自己聽錯了，但上官眠又重複了一次：「到聽雨閣去。」

這時候，距離李健飛死去，已經過了一個小時左右。雖然間隔未必那麼短，但是誰敢賭這個公寓的可怕？

彌真有些意外地看著上官眠，問道：「你……不先去你的畫那裏？」

「開車。」上官眠很平靜地回答。

「謝，謝謝你！」安雪麗低下頭，感激涕零地說：「上官小姐，你的大恩大德，我沒齒難忘！」

同一時間，邱希凡和仲恪言也進入了月溪鎮。二人首先來到邱希凡畫中的「寒楓橋」。

「這座橋……」邱希凡將畫和眼前的橋對比了一下，驚喜萬分地說：「就是這裏，沒錯，就是這裏！」

這時，在邱希凡的畫裏雙眼和嘴巴都湧動著黑暗的女子，就站在橋頭！

忽然，一輛雪佛萊經過了這座橋。上官眠看到了邱希凡和仲恪言，她立刻對彌真說：「停車！」

彌真連忙踩下煞車。上官眠推開車門就朝橋頭走去。

「上……」邱希凡回頭一看，嚇得差點跌倒在地，口齒不清地說著：「上……上官眠，你，你來了？」

上官眠卻沒看他，而是看向橋頭，左手舉起「冥王」的長刀，一步步走了過去，然後猛地一揮長刀！

此時，在邱希凡的水墨畫中，女子的脖子上忽然出現一個傷口，然後，大量鮮血竟然從畫中噴射而出，濺滿了邱希凡的臉！

「果然是這樣。」上官眠看著長刀，上面沒有一點兒血跡。

這，就是水墨畫血字的生路！

「鬼……鬼被殺死了？」邱希凡難以置信，「這，這怎麼可能？」

「這是公寓安排的生路，當然可以了。」上官眠拿著刀快步回到雪佛萊上，關上車門，說道：「繼續開車。」

看著雪佛萊揚長而去，邱希凡摸了摸臉，看著滿手的血，喃喃道：「這，這就是……鬼的血？」

水墨畫中，女鬼的頭已經掉在地上了，斷開的脖子仍然不斷噴出鮮血。邱希凡呆呆地看著水墨畫，再看向前方的橋頭，那個地方已經空空如也了。

雪佛萊終於到了「聽雨閣」門口，這是一座非常雅致的茶樓。上官眠打開車門，說道：「下去。」

「啊？」安雪麗一愣：「可是……」

「我說下去！」

安雪麗哪裏有砍斷鬼頭的能力，然而上官眠這麼說了，她也只好下車。然後，車子調轉方向，絕塵而去。

雪佛萊朝著月竹軒疾馳而去！上官眠緊抓著長刀，自言自語道：「歐洲第一魔刀師『妖匠』最得意的兵器，用來殺鬼，也一樣銳利啊。」

安雪麗抬起頭，看著眼前這座二層的茶樓，匾額上清晰寫著「聽雨閣」三個字。比對著手裏的水墨畫，她一咬牙道：「我拚了！我就不信沒辦法弄死那個鬼！」

她死死盯著畫上的女鬼，朝前走去，推開茶樓的門。這個地方，平時是作為一個景點供人參觀，並不是真正經營的茶樓，一樓挺空的，只擺放著一些桌椅。安雪麗緊張地走著，每走一步，她都感覺好像黑暗中會出現鬼影。

該怎麼去殺死那個女鬼？她身上雖然帶了刀子，可是，真的能像上官眠那樣順利地殺死鬼嗎？畢竟上官眠的動作很快，而鬼會待在那裏等著讓她殺嗎？

安雪麗握著刀子，非常緊張。她看到了樓梯，要走到那裏，要經過幾張桌子。她注意著手中的水墨畫，目前畫還沒有發生進一步的變化。

「南無阿彌陀佛，南無阿彌陀佛……」安雪麗不斷念著經，一步步挪向樓梯。終於，走到了樓梯口，她咬著牙朝二樓走去！

一步、一步，又一步……安雪麗從來沒有像現在這樣，感到時間過得這麼慢。她畢竟是第一次執行血字指示，經驗和心理素質自然比不了那些老住戶。

「不，不行……」安雪麗咬牙給自己鼓勁，「這只是第一次血字指示而已，如果我那麼容易就倒下的話，那以後的九次血字指示怎麼辦？不行，我絕對不能倒下！」

她終於來到了二樓！她開始尋找那扇窗戶。這個時候，她忽然注意到，手中的水墨畫又開始變化了！

畫中的女鬼此時站在了一條走廊上，她的身後有一扇門，門上寫著「墨川間」。安雪麗快步走動起來，她不知道這個「墨川間」在什麼地方，無論如何，都要找到那個地方，然後立刻動手殺了鬼！

這時，安雪麗又注意到，畫中女鬼的臉，從裂開的部分開始生長出了一些類似手的東西！她忽然害怕起來，如果將鬼殺死後，屍體還能夠繼續分裂，而導致鬼魂不斷出現的話……但是，現在非要殺鬼不可了，否則，她很快就要面對最可怕的結局了。所以，就算會造成這樣的局面，她也必須賭一賭……

女鬼碎裂的面孔逐漸占滿了整個畫面。安雪麗的手上出汗了，越來越濕，她又怕弄濕了水墨畫，不知道這算不算「損毀」。

「是不是在這裏？」安雪麗走上了一條走廊，注意著兩旁的房間。可是，這條走廊走到了底，也依舊沒有找到那個房間。

「可惡，到底在哪裏？」

安雪麗忽然想到，這時或許應該戴上面具。於是，她馬上從懷裏摸出一張人皮面具來，戴在臉上。她回過頭，用手電筒照向前方，走廊裏依舊空無一人，周圍太安靜了，反而讓人感到更加可怕。

安雪麗緩步朝前面走去，她發現，畫中的女鬼又變化了方向。這次是要去哪裏？她忽然睜大了眼睛看著水墨畫，那個女鬼竟然就站在這條走廊的入口處！

「就在這裏？」安雪麗手上緊握著刀子，按理說她現在應該馬上衝過去殺了那個鬼才對。但是，她卻雙腿顫抖，根本無法移動身體。

「不行，必須馬上過去！」安雪麗強行移動著腳，可是恐懼感不斷在內心升起。她可不是上官眠，揮一刀就能夠結果一個鬼，如果她有那麼厲害，就不至於像現在這麼被動了！

即使要殺的是一個人類，也要刺中心臟或者割斷喉嚨才能做到。但是，除非被殺的人完全不反抗，否則這很難做到。對於女性來說，就更是如此了。而且，現在畢竟看不到鬼，脖子在哪裏也只能按照畫面來估計。不過，割斷脖子就能殺了鬼嗎？還是必須像上官眠一樣把頭徹底割斷才行？

她心裏突然非常嫉妒邱希凡，他的運氣怎麼那麼好？被上官眠當做實驗的白老鼠，卻幸運地通過了第一次血字！

不……她忽然感覺不對。邱希凡的水墨畫中的那個女鬼，真的已經死了嗎？雖然女鬼的頭是被砍斷了，可是並不代表這個鬼就死了。只要水墨畫還在，只要住戶還沒有進入公寓，就不能保證絕對安全，會不會反而觸發死路了？

安雪麗拿出手機，開始編輯簡訊，內容是：「你還活著嗎？」然後發送給了邱希凡，他們現在都是借用其他住戶的手機。如果邱希凡真的觸發了死路，那麼現在他應該已經死了。

她看著眼前的走廊，不知道該進還是該退。她在等邱希凡的回覆，至少要確定這樣做不會觸發死路，她才敢動手。否則，豈不是找死嗎？

這時，邱希凡的簡訊回覆過來了：「我很好，現在沒事！」

安雪麗頓時喜出望外！她終於下定決心，朝走廊口衝了過去！但是，她忽然看到，水墨畫上的女鬼突然張大了嘴巴，嘴巴幾乎占滿了整幅畫，彷彿就要從畫裏衝出來！

不……不是彷彿……而是真的衝出來了！

那張碎裂的巨大面孔，竟然從水墨畫的紙面上鑽出，面孔的縫隙中，伸出了一隻隻手，將安雪麗拿著刀子的手緊緊抓住了！安雪麗現在距離走廊口，只有很短的一段路了！

「不，不要！」安雪麗嚇得面色如土，她的身體被畫中伸出的手高高舉起，而那張大嘴巴就在她的身下！

水墨畫此時掉在了地上，不過還好，和安雪麗的距離還沒有超過一米。

「殺……殺了你，我要殺了你！」

安雪麗的身體開始被拖向巨大的嘴巴，這張大嘴裏，是一片無邊的黑暗！

「不，不要啊！」

安雪麗的身體已經有一半被送入了那張嘴巴裏！她看向前方的走廊，只差一點點，就可以殺了，就可以殺了……

安雪麗很不甘心！她狠狠地將刀尖扎入一隻緊抓著她的手，那隻手立刻流出血來，垂了下去！她大喜過望，立刻去刺另外的手。然後，她手撐著地面，大喊一聲，朝前一躍，狠狠地將刀子刺向虛空之中！

為了防止沒有刺中要害，她又向好幾個地方刺過去。這時，那張伸出水墨畫的臉，頓時噴出鮮血來，血雨灑下，整條走廊都被染紅了，安雪麗也完全變成了一個血人！

受傷的巨臉終於緩緩地縮回水墨畫中。安雪麗立刻抓住水墨畫，邱希凡的水墨畫上也灑了很多血，但他還活著，這說明灑上血不算是「損毀」。

「成功……成功了……」安雪麗身體癱倒靠在牆上，喃喃說道：「謝天謝地……」

她的水墨畫上，此時只剩下一張被刺得千瘡百孔的面孔。

月溪鎮的上空，此時佈滿了陰雲。黑暗似乎是所有恐怖的源頭，在黑夜之下，即使是平時看起來很平凡的東西，也會充滿恐怖感。

仲恪言對這一點相當有體會。他現在來到了他的目的地，月溪鎮東面一座古舊的書院。月溪鎮裏將近百分之四十的建築是古建築，古建築都保護得相當完好，因此曾經被一些拍攝古裝劇的劇組作為外景地。

那座書院建於唐代，名為「尊儒書院」，而水墨畫中的那口大鐘，就在這個書院裏的一個塔樓上。

仲恪言親眼看到邱希凡得以死裏逃生，內心相當激動。如果順利，那麼他也可以活下去了！之前的血字，新住戶死得太多了。如今有了生存下去的機會，說什麼都要拚命把握，絕對不可以放棄。

這個被石牆圍起來的龐大院落大門洞開，裏面有一座座古色古香的建築，門口有兩隻石獅子和「尊儒書院」的匾額。在書院門口，還立有一塊碑，介紹了這座書院的歷史。

仲恪言走了進去，他手裏緊握著刀子。最近，住戶們普遍開始使用公寓裏的刀子，因為這種刀子絕對不會被破壞，用來殺鬼實在是再合適不過了。

這時，他的畫中的女鬼頭頸伸得更長了，猶如是麵團捏的一般，臉也隨著脖子的變長而顯得詭異。不過，女鬼還站在那口大鐘面前。這口大鐘的用途，是書院以前用撞鐘來宣告上課開始，這是仲恪言在網上查到的資料。

鐘樓在哪裏呢？仲恪言仔細地查看周圍的環境。無論如何，他都要活下來，就算是為了妻子，也一定要活下去。

仲恪言會進入公寓，是因為他的情婦就住在那個社區裏的另一座公寓。但是，那個社區裏其他公寓的住戶，很少會進入那個可怕的公寓。似乎正因為近在咫尺，反而很少有人會走進那個巷子。

仲恪言現在覺得，果然是有報應的啊。

結婚一年來，他沒有對妻子有任何不滿，但是，在和那個女人邂逅之後，他卻感到很刺激。他知道那個女人不是正經女人，可是，在深夜下班的地鐵上和那個女人邂逅時，他就被那個女人的狂放和性感強烈地吸引了，莫名其妙地跟著她回家，發生了關係。那個女人每一次都能把仲恪言伺候得極其舒服，妻子完全不能和她相比。久而久之，他越來越迷戀那個女人的身體。

他當然不可能為了她而與妻子離婚，畢竟妻子是那麼善良賢慧。他知道，他需要的僅僅只是那個女人的身體，他迷戀她那誘人的身材和各種熟練的技巧。就好像吸毒一樣，仲恪言欲罷不能。

他除了知道那個女人的名字（其實很有可能是假名）以外，對她的其他事情一無所知。這個女人從不要求他離婚，也從不向他索取金錢。

最開始，仲恪言堅信自己很快會和她分開，後來卻越陷越深。雖然對妻子的愧疚不斷加深，看著她操勞家事的樣子，仲恪言一次次在心裏痛罵自己是個畜生。可是，不管感到多麼內疚，他都沒有辦法做到不再去找那個女人。

那一天，他又走進那個社區，內心有兩個畫面在交替閃現，一邊是妻子在家裏賢慧地洗衣做飯，一邊是那個女人的魔鬼身材。他不知不覺地在那個巷子裏徘徊，走著走著，忽然發現自己的影子脫離了腳邊，然後，他跟著影子進入巷子深處，見到了那個公寓！

仲恪言怎麼也沒想到，報應竟然來得如此之快。如果他能夠戰勝自己的欲望，就不會遭遇這麼可怕的結局了。現在，他不得不面對自己種下的苦果。如果可以離開公寓，他絕對不會再去找那個女人，一定會好好地對待妻子。但是，這個世界上沒有「如果」。

「心潔，如果能夠活下來，我一定會加倍補償你的……」

仲恪言終於看到眼前一百米處，一片寬闊的草地上，正是那一座鐘樓！鐘樓大約有三米高，只要爬上去，就馬上可以殺了女鬼！

然而，和安雪麗一樣，仲恪言也有點猶豫了，那畢竟是鬼啊。不過，現在，他沒有其他選擇了。如果不過去，他一定會和李健飛一樣，被拖入這幅水墨畫中！

仲恪言向著鐘樓拚命跑去！由於跑得太快，他不小心絆到了一塊石頭，整個人摔倒在地，手裏的水墨畫一下飛了出去！仲恪言嚇得立刻衝過去，死死抱緊水墨畫，在地上翻滾了好幾下才停住。他真是嚇得心跳都要停止了。

他不顧被擦傷的手背和臉頰，重新站起來，朝著鐘樓繼續跑去！

「我不能倒在這裏，我還得回去見心潔！」

仲恪言的水墨畫上，女鬼的脖子越伸越長，那張臉高高在上，彷彿在蔑視著什麼似的看著下方。

仲恪言終於跑到了鐘樓下方，他氣喘吁吁地將刀子對著前方，一步一步走了上去。

「上天保佑啊，不要出事，千萬別出事……」

仲恪言上到了鐘樓上面，看著眼前的大鐘，和水墨畫上完全一樣，除了……前面並沒有脖子伸長的女鬼之外。

他跨出兩步，根據畫面的位置判斷，那個長脖女鬼現在就在眼前。被逼到了絕境，也就無所謂害怕不害怕了。仲恪言咬著牙，將刀子狠狠朝前刺去！

就在這時，長脖女鬼的頭竟然從水墨畫裏猛地伸出來，對著他的臉衝來！仲恪言嚇得連忙將手中的水墨畫朝著鐘樓下扔去！

這一瞬間，他立刻意識到，他已經違背了血字指示！

一道月光突然照下，仲恪言的影子清晰地映照在地面上。他發現，自己一動也不能動。然後，自己的影子突然伸出雙手，而仲恪言的雙手也不由控制地伸出，手成爪形，一點點地扯起自己的臉皮來，手狠狠地抓著臉，竟然要將面部皮膚全部扯下！

仲恪言拚命想躲開手，可是，手根本就不聽他的指揮，繼續將面部的皮膚一塊一塊抓下，丟在地上！

淒厲的慘叫聲響徹在鐘樓上方。仲恪言的臉上不斷流下血來。最後，他的手緩緩伸向雙眼眼眶，大拇指狠狠地戳了進去！鮮血猶如水槍一般飆出，仲恪言慘號著，他的臉上滿是鮮血，已經沒有一塊完好的皮膚了。

終於，因為失血過多，仲恪言的身體倒下，停止了呼吸。

公寓裏的新住戶，之所以在知道血字指示有多麼恐怖的情況下，還照樣咬著牙關去執行血字，就是因為他們看到了太多像仲恪言這樣違背血字指示、結果被影子操縱、極為恐怖的「自殺」景象！

上官眠終於到達了她的目的地，名為「月竹軒」的古建築。這時，她的水墨畫上的宮裝女子，卻已經進入了月竹軒深處！

上官眠下了車，對彌真說道：「在外面等我。」

「知道了。」彌真點點頭，「你小心一點，上官小姐。」

上官眠目光銳利地看向眼前一個被四方牆壁圍起來的小庭院，與水墨畫上的一模一樣。她一腳飛起，將兩扇木門踢倒，很快就走了進去。她的水墨畫上，那個血紅瞳孔裏映照出來的景象，是一個茶桌，上面擺放著一個圍棋棋盤，棋盤上是下到一半的棋局。棋盤旁邊的杯子上，刻著「月竹軒」三個字，顯然是手工製作的陶藝品。

上官眠將長刀繫在身上，左手只拿著水墨畫，她的右手被「冥王」廢了，只有回歸公寓才能恢復。

上官眠沿著走廊快步走著，她的臉上沒有露出絲毫恐懼，隨時注意著身邊的風吹草動。但是，在多個房間裏找過，卻都沒有看到那個棋盤。

通過院落內一個圓形拱門，上官眠看到了另一座建築。這座四方形的二層建築，由四根柱子支撐著，大門敞開，可以看到一個屏風。她快步走了進去，就看到屏風上畫的是一群翩翩起舞的美麗女子，屏風四周擺放著一些木椅。

上官眠看向左邊，有一段樓梯，她迅速上到二樓。剛走上二樓，她一眼就看見，一張八仙桌上放著一個圍棋棋盤和兩個陶製杯子！她立刻看向水墨畫，卻發現……那個血紅瞳孔映照出的，竟然是自己！

上官眠立刻抽出長刀，向眼前狠狠砍去！但是，這個時候，她的眼前卻變成了一個到處都是火堆的地方。然後，她發現自己被捆在樹上，一群人正在樹的下方冷冷地注視著她。

催眠術！這是琳斯洛在臨死的一瞬間，看向身後的上官眠，對她發動的最後催眠。上官眠在刺死琳斯洛之後，立刻和她拉開了兩米以上的距離。但是琳斯洛的催眠還是產生了一定的效果，只是，催眠術會延遲一段時間，才能讓上官眠看到幻覺。

陷入「幻華冥夢」之後，只有琳斯洛本人才能解除。「幻華冥夢」一旦發動，被催眠的人就會完全迷失，永遠在幻覺的世界中徘徊！當然，這是琳斯洛臨死前發動的催眠，效果不是最強的，不會一直持續下去，但是，短時間內肯定不會解除。

長刀停滯在半空中，然後，上官眠的手鬆開了，長刀掉落，插在地面上。上官眠就這樣呆滯地站著，猶如一個木偶。她手裏的水墨畫也掉落在腳下。

這時，水墨畫上的血紅眼睛又發生了新的變化。更多的血從眼睛中滲出來，那些鮮血竟然溢到了水墨畫外，染紅了地板！

彌真在月竹軒外面等候著，她不斷焦慮地看著手錶：「都進去那麼長時間了，上官小姐不會出事了吧？」

彌真隱隱有種不好的預感。她執行過十次血字指示，自然比任何人都清楚，血字指示有太多太多不可預測的因素存在。她能夠度過十次血字，靠的不僅僅是她和彌天二人智慧的結合，也和她的超強判斷力和快速應變力有很大關係。

彌真回憶起，之前琳斯洛要對她動手的時候，上官眠阻攔在她的面前。雖然上官眠自己說是要利用自己，可是在當時的情形下，她還是很受感動。自己的生命如同風中殘燭一般脆弱，如果無法將彌天從那個空間裏解救出來，她最後的結局完全可以預料。

「彌天……」她走下車，看著黑暗的天空，喃喃自語道：「也許我就要去陪伴你了。姐姐很想念你，你現在一定很害怕吧？姐姐會和你一起面對的。你知道嗎？李隱已經有了他喜歡的人，而且，看起來很幸福的樣子呢。」

彌真關上車門，朝月竹軒走去。「上官小姐，你救過我一次，現在，我來回報你了。」

彌真踏入月竹軒的時候，知道自己重新陷入了危險。不過，經歷了太多血字，她對黑暗和陰森都已經沒有了感覺。

「這個血字指示，是在明天中午結束，也就是說，現在公寓應該還對鬼施加著限制，」彌真自言自語道，「不過施加的『限制』再大，我們依舊是那麼無力。」

彌真親眼看到了太多太多死在血字指示中的住戶。她知道血字指示對住戶而言是多麼可怕的噩夢，這種痛苦和黑暗，對於任何人來說，都是無邊無際的絕望。正因為如此，她更加不能坐視不管。

此時，彌真的雙眼非常清澈，猶如清水一般，因為她從未被公寓奪走笑容和心中的愛。她已經習慣了在黑暗中行走，習慣了面對恐怖和詛咒，所以，她非常從容。

彌真推測著上官眠行走的路線，努力尋找著上官眠。她匆匆走著，進入一個又一個樓閣仔細搜索。

此時，上官眠依舊陷在琳斯洛的催眠裏。在這段時間裏，血水不斷從水墨畫中湧出，最後，瞳孔裏噴射出大量鮮血，整個房間被一片血海覆蓋！

因為動靜實在太大，終於引起了彌真的注意。她發現，附近一個樓閣上，血浪從一個窗戶裏噴射而出！彌真立刻來到那座樓閣下方，從一樓大門衝了進去！

鮮血從樓梯和天花板的縫隙漫下，讓人感覺到觸目驚心！短短一瞬間，彌真身上就被鮮血染紅了！她立刻朝樓梯飛奔而去！

「你一定要撐住啊，上官小姐！」

彌真終於走到樓上的時候，看到了恐怖的一幕……一個渾身鮮血的女人，趴在上官眠的身後，正要將上官眠拖入水墨畫中！

彌真立刻衝上前去，她看著地上那幅水墨畫。畫上雖然還在滴血，但是她能隱約看清，畫面上正是自己現在所在的位置！

「原來如此，就是在這裏嗎？」

彌真衝到上官眠身邊，一把抽出她繫身上的另外一把長刀！而那個女鬼卻根本沒有阻攔。

「原來如此，是只針對住戶的類型嗎？」彌真輕輕一笑，「血字難度不高嘛。好，那麼……」

彌真立刻回過頭，用長刀劃過眼前的空氣。於是，那個女鬼的臉上，一道血線從額頭一直延伸到下巴，女鬼的頭顱被劈成了兩半！鮮血噴灑而出，那個女鬼立刻倒地，化為了一大團墨蹟！

「區區一幅畫而已。」彌真拿著刀，微笑地看著鮮血中的那團墨蹟，「也就這種程度而已。要讓我絕望，最起碼也得是七八次難度的血字吧？」

十多分鐘之後，上官眠清醒過來。她睜開眼睛，看著滿房間的血跡以及正坐在她對面的彌真。彌真笑著打了個招呼：「嗨，上官小姐，沒事了。畫中的女鬼已經被我殺死了。那把刀很好用呢。你先坐在這裏休息一下吧。還要等一段時間才能回公寓呢。」

上官眠立刻抓起水墨畫收好，又收起了兩把長刀。水墨畫上，現在已經看不到那個女鬼了。上官眠說道：「走吧。我現在這個樣子，得先洗掉身上的血跡，換掉衣服才行。」

李隱早早就醒了。事實上，他根本就睡不著。他回憶起昨晚的事情，看了看睡在身旁的子夜，幫她把被子蓋緊了一些，然後下了床。這段時間，他和子夜一直都住在一起。當然，兩人都很注意避孕措施，否則，在這個公寓裏如果有了孩子，那實在是一件相當悲劇的事情。

他打開冰箱門，裏面的東西已經吃得差不多了。

「做點什麼好呢？煎雞蛋？還是蛋糕？」

這時，他回憶起，以前曾經做蛋糕給子夜吃。那個時候，他度過了四次血字指示，子夜度過了第一次血字指示。那個時候，唐醫生、楊臨、歐陽菁都還活著……

這才過了多長時間呢？為了子夜，自己捨棄了三次執行過的血字指示，換回了更多的絕望和恐懼。他並沒有後悔，如果讓他再選一次，他仍然會那麼做。但是，當他和彌真見面的時候，他才意識到，自己和這些昔日認識的朋友，已經生活在完全不同的世界裏了。

他忽然想到，如果當時，他和彌真一起去國外尋找彌天的話，會怎麼樣呢？那麼他就不會進入公寓，也不會和子夜相遇。那麼，也許自己會度過平凡普通的一生，永遠也不會經歷這些痛苦和恐怖的事情。

李隱見到彌真的時候，彷彿看見了自己的「前世」。而自己的「今生」，就是在這個冰冷恐怖的公寓裏，等待一次次血字指示的發佈，然後等死。

沒有辦法抗拒，也沒有辦法超脫。如果自己沒有去見彌真就好了，如果沒有答應她那件事情就好了。現在，他已經快崩潰了。他還有六次血字指示，未來會發生什麼事情呢？誰也不知道。

李隱從冰箱中取出一杯水來，慢慢喝著。然後，他關上冰箱門，將杯子狠狠地砸在地板上！

「今天，還要去見彌真吧？」

去，還是不去呢？李隱突然產生了一個想法。真的有人能夠通過第十次血字指示，踏出這座公寓嗎？如果真的有這樣的人存在，李隱還真想見一見這樣的人，這樣穿越了無數絕望和恐怖、最終戰勝了詛咒的人。真的有那樣的人嗎？真的存在這樣的人嗎？

中午時分，上官眠、安雪麗和邱希凡回到了公寓。上官眠踏入公寓的那一刻，廢了的右手馬上就復原了。進入公寓的時候，上官眠看了安雪麗一眼，眼中是毫不掩飾的冰冷殺意，明顯是在警告她，不要說出彌真的存在。安雪麗自然明白，馬上點頭。

「居然有兩個新住戶活著回來了！」

這讓公寓的新住戶都為之振奮雀躍！雖然還是死了兩個新住戶，但是有兩名新住戶活下來了，已經是太好的消息了！

這個時候，大家也都知道了，上官眠是個何等可怕的人物。所以，她經過的地方，立刻有人自動讓開一條路，沒有人敢接近她。

李隱卻沒有心情去理會上官眠，見他們回來了，就朝公寓外走去。按照和彌真的約定，他要把彌天留下的東西還給她。

「你去哪裏？」子夜在他身後問道，「要我陪你一起去嗎？」

「不，不用了。」李隱搖搖頭說，「我一個人去就可以了。」他推開旋轉門，走出了公寓。

地獄復仇者

PART TWO

第二幕

時 間：2011年5月23日00:00 ～ 5月24日00:00

地 點：公寓之外

人 物：李隱、蒲深雨、封煜顯、黎焚
霍河、袁啟東

規 則：5月23日一整天，跟隨住在白嚴區弄月路265弄7號1103室的嚴琅、千汐月夫婦二人中任何一人半徑百米範圍之內，即使二人死亡，也要待在屍體一百米範圍之內。血字指示期間，住户和嚴琅、千汐月夫婦都不能進入公寓。

地獄公寓

5 死亡聚會

彌真醒了。最近，她的睡眠都不太好。上一次詛咒再度出現，似乎也意味著她的時間所剩不多了。

目前彌真和心湖合租著這套房子。彌真坐起身，披上衣服，揉了揉眼睛，走到咖啡機面前，取出櫃子裏的一罐咖啡豆。這是從國外帶回來的咖啡，和彌天一樣，彌真很喜歡喝原味咖啡。

今天彌真特意請了假，因為這是她和李隱約好見面的日子。最近，她和不少大學同學都取得了聯繫，大家都很高興，決定借這個契機聚一次。有很多同學相信，彌天一定還活著。

將泡好的咖啡倒入精製的馬克杯中，彌真輕輕端起了杯子。

「是不是該答應韓真他們聚一聚呢？」

彌真走到客廳裏，這時候，心湖還在呼呼大睡。她一旦睡下之後，必然是鼾聲如雷，而且她睡相極差，每次都是手腳攤開呈「大」字形。

「給她做早餐吧。」打開冰箱，彌真忽然感到精神有些恍惚。雖然離開公寓很長時間了，每次打開冰箱，她總會不由自主地想起那個一貼上便利貼就可以自動變出食物的冰箱，以至於她很長一段時間裏都不習慣正常的冰箱。

「嗯，雞蛋、優酪乳、沙拉和培根，這裏還有一罐果醬嘛。」彌真把食物取出來，走進了廚房。

彌真回國後和心湖見面，得知她租住在這裏，就提出和她合租。這也是因為，她這一生都不想再住公寓了，她甚至不想住進兩層樓的房子。離開公寓很長一段時間，她看到白色的牆壁都會厭惡，看到有血腥鏡頭的電影就反胃。所以，在這個房子裏，她做的第一件事情，就是換掉牆紙。在那個公寓裏面，所有的牆壁都是白色的，似乎是為了方便住戶們辨認血字。

做完早飯後，林心湖才呵欠連連地從房間裏走了出來。

「嗯，彌真啊？」她揉了揉眼睛，「麻煩你了，又為我做早飯……」

彌真抿嘴笑道：「我看你根本沒這麼覺得吧。如果真覺得麻煩我了，上次買衣服的時候，借我信用卡刷的錢就快點還給我吧？」

「啊，那個……」

「好了。我開玩笑的，那些錢我根本不在意。」

把早飯端上桌，彌真拉開椅子坐了下來。她這時已經把窗簾拉開了，和煦的陽光撒入室內。她把優酪乳倒在杯子裏，遞給心湖，問道：「最近還做噩夢嗎？公車上的那件事情……」

「別提了，我也太背了。說起來，彌真，你不感到奇怪嗎？那個叫什麼『睡美人』的女人，好像知道寫那本日記的人？」

「嗯。是的，她是那麼說的。」

「不過算了，那個女人多半是黑社會的殺手，她當時在大街上引爆炸彈，還殺了很多員警，現在正在被通緝呢。」

彌真喝了一口優酪乳，然後放下杯子，說道：「心湖，我想問你一句。韓真的建議，你覺得怎麼樣？就是同學聚會的事情，而且他們希望在李隱家裏舉辦。」

「那是自然，李隱家最大嘛。他那個院長老爸，經常上電視啊，聽說最近又要建立分院了。不過正天醫院是非也很多，一直都有一些傳聞。當然，我相信李隱他爸爸應該不會……」

「我今天要和李隱見面。」

「嗯？」心湖一愣，問道：「是商量聚會的事情嗎？」

「不是。在大學的時候，彌天曾經將他的小說處女作的上半部分，給過李隱一份拷貝。他失蹤以後，留下的文檔我沒能保留下來。最近回憶起來，還蠻懷念的，所以想向李隱要一份。」

「哦，是這樣啊。李隱之所以想做網路作家，也有一部分原因是受到了彌天的影響吧？」

「也許吧。」

「那，你會和李隱提聚會的事嗎？」

「會的。這次會有很多人來，韓真、白秀敏、杜楓，對了，還有嚴琅和千汐月，他們結婚了。」

心湖忽然一拍腦袋，說道：「對了！畢業前一年發生的那起血案，震驚了全市啊！嚴琅當時被警方鎖定為嫌疑犯的，後來，是因為千汐月為他做了不在場證明，才沒有進一步調查他。千汐月難道從那個時候起，就和嚴琅談戀愛了？」

「不知道呢。韓真說最近和嚴琅見了一面，他現在是著名的遊戲設計師，人變得成熟穩重多了。前一段時間剛開始公測的那個網遊《獸魂大陸》，就是他負責策劃的，你聽說過嗎？」

「不知道，網遊我只玩過《星際》和《魔獸》。」

「嚴琅現在在震桓集團工作，《獸魂大陸》是這家公司最新推出的角色扮演類遊戲。」

「是嗎？待會兒我上網查查，獸魂大陸……嗯，韓真見到千汐月了嗎？」

「見到了。她最近剛懷孕。」

「真的？」心湖頓時站起來，驚喜地說道：「那真是要去恭喜她啊，要做媽媽了啊。」

吃完早飯後，彌真和心湖一起洗了碗。彌真擦了擦手，看看牆上的鐘，說道：「我得走了。心湖，我不一定回來吃午飯，你一個人先吃吧。」

「好啊。你和李隱一起吃午飯？」心湖看著彌真換衣服，「其實，我知道你對李隱有了女朋友的事情非常難過，不如你再去爭取一下？有了女朋友又怎麼樣呢，還沒有結婚嘛。我敢肯定，那個女朋友絕對沒有你那麼愛李隱！」

「好了，別說了。」彌真拎起包，「我先走了，有電話找我的話，跟他們說我下午回來。」

彌真走到公車站牌，其實現在離和李隱見面還有一些時間，不過，她還是打算早走一步。

這時，她包裹的手機響了。她拿出手機一看，是一個陌生號碼。接通後，傳來了一個女子的聲音：「請問，這是楚彌真的手機嗎？」

「嗯，是的。你是……」

「太好了，彌真！我是汐月啊，還記得我嗎？」

彌真頓時開心地笑道：「是你啊，我剛才還在和心湖說起你呢。聽說你要做媽媽了？恭喜你啊！」

「韓真的嘴真快啊。你回國了，都不聯繫我嗎？」

「你不是搬家了嗎？連手機號碼都換了。我也是聽韓真說了，才知道你和嚴琅結婚了，這幾年在國外，所以都不知道你們的情況呢。」

「彌真，真高興你能回來。對了，你見到李隱了嗎？」

「幾天前見過了。韓真說想在他家裏舉行同學聚會，我現在打算去和他見面商量一下。對了，聽說你老公現在很能幹，我流覽過《獸魂大陸》的遊戲官網了，做得很出色啊。」

「是啊，他就是喜歡做這個啊。真好，現在大家又可以聚在一起了……」電話裏稍稍沉默了一會兒，「如果彌天能來就好了。」

彌真聽得出，汐月非常難過，她連忙說道：「汐月，別為我難過。大家聚在一起高高興興的不是很好嗎？對了，孩子的預產期是什麼時候？」

「醫生說是明年一月。彌真，你還真是一點兒都沒變啊，還是那麼充滿活力。你現在有沒有男朋友？」

「沒有啦，孤家寡人一個。嗯，公車來了，我現在要去和李隱見面，下次有機會再聊吧。」

半個小時後，彌真下了公車，她忽然想起了心湖的話。她在心裏默默地說：「心湖，如果沒有這個詛咒的話，我一定會去爭取的，拚了命也會去爭取。可是，現在就連我還有沒有未來，都是一個很大的問題了。」

關於解除詛咒的方法，她考慮過很多。她後來也和夏淵接觸過幾次，但是一直找不到辦法，除非能夠救出彌天。她去了國外之後，沒有再和夏淵聯繫。沒想到，那個男人也死了。

「彌真。」正打算朝附近的「藍眼」咖啡館走去的彌真，聽到身後響起一個無比熟悉、令她魂牽夢縈的聲音。她回過頭去，李隱正站在一棵樹下，微笑著向她打招呼。

「我想你肯定會早來的，所以就在這裏等著你了。」李隱緩緩走到她面前，「果然被我猜中了。好了，我們走吧。」

彌真癡癡地看著李隱，好半天才說出一句話來：「你知道嗎？你知道我期待你在這個月台出現嗎？」

「嗯。」李隱點點頭說：「你的想法我當然知道。你和彌天都是我最為珍貴的朋友，也是我大學時代最美好的回憶。」

只是朋友啊。彌真這麼想著，但是，李隱能出現在這裏，還是讓她很高興，縱然被詛咒威脅著，但是只要有李隱陪伴，她就好像有了無限的信心。

「嗯！」彌真微笑著說道：「當然了，李隱，你也是我最好的朋友啊。」

「多少年了，咖啡的味道還是一樣啊。」李隱這一次破天荒地點了一杯咖啡。

「那是當然啊。」彌真看了看身後的吧台，「老闆是同一個人嘛，那麼多年了還是他啊。他應該還認得我們吧？」

「應該會吧。以前，總是韓真、你們姐弟倆、我，還有林心湖、千汐月、杜楓幾個人來。哦，對了，這個給你。」

李隱把隨身碟遞給彌真，說道：「都在裏面了。這兩天我又重新看了一遍，彌天的文筆比我好多了，他真的適合當作家。」

「嗯？是嗎？」彌真一隻手拿著隨身碟，一手攪拌著咖啡，然後端起杯子一邊喝一邊說：「我倒是感覺你寫得更好嘛。」

彌真將隨身碟收好，繼續說道：「其實，韓真說，希望我們舉辦一次同學聚會。你覺得怎麼樣？到時候大概會有二十多個人，能夠容納下那麼多人的，自然只有你們家了。」

「同學聚會？」李隱一怔，「韓真提出來的？」

「是啊。哦，對了，你知道嗎？嚴琅和千汐月結婚了！呵呵，你可別像心湖那樣噴出咖啡來啊，李隱。」

「真的假的？」李隱放下咖啡杯，感到非常意外地看著彌真：「確定嗎？」

「確定。她本人都和我通過電話了。而且，明年一月，她就要做母親了。怎麼樣？李隱，你同意嗎？我其實蠻希望大家聚會一次的。」

「這樣啊，也不知道我父母會不會同意。」

「沒關係吧？李隱，你父母應該是很好說話的啊，以前我和彌天去你家，你母親招待我們可周到了。」

「這倒是，我母親特別喜歡你。不過她不太喜歡彌天。」

「因為彌天總是陰沉著臉嘛。」

「嗯，大概是吧。」李隱長吁了一口氣，「好吧。我也想和大家見見面。」

這時，李隱卻想起了當年學院發生的那起血案。被殺害的人一共有四個，其中有一個是李隱的同班同學王紹傑，也是千汐月的追求者之一。血案發生後，第一個受到懷疑的，就是嚴琅，後來千汐月為他做了不在場證明，才洗脫了他的嫌疑。畢業後他們居然結婚了？

他們雖然是同班同學，但是幾乎毫無交集。因為嚴琅個性懦弱，又非常內向，很不合群，和千汐月幾乎沒有說過話。可是，案發當日，那四個被害人死亡推定時間的兩個多小時內，這兩個人居然一直都在一起。但也正因為兩個人之間實在沒有什麼關係，所以千汐月的證詞反而很可信。

而且，當時第一個發現王紹傑屍體的人，正是李隱。他清楚地記得，王紹傑死去的面容上，滿是怨毒和憎恨，那對瞳孔中釋放出的強大惡意，讓人感覺到彷彿被詛咒了一般。

彷彿，那不是一具屍體，而是一個兇惡的厲鬼……

彌真和李隱分別之後，第一個聯絡的人就是千汐月。千汐月是彌真大學時同住一個寢室的閨蜜，以前二人無話不談。所以，千汐月也很清楚彌真對李隱的感情。

「喂，汐月？」彌真說道，「李隱答應了，就在他家裏聚會。嗯，你通知嚴琅吧。說起來，你們兩個結婚，我居然到現在才知道。就算我在國外，只要你給我一個電話，我就會馬上回國參加你的婚禮的。」

這時，電話另外一頭的千汐月，正站在窗前，手中端著一杯牛奶。房間裏已經擺放了嬰兒床，牆壁上貼著一張大大的嬰兒海報，書桌上則有許多胎教書籍。

「其實我們的婚禮辦得很低調的。」千汐月喝了一口牛奶，「當時只有家人參加。我們是在畢業後半年結婚的，那時候真的很辛苦，沒有房子，沒有存款。你也知道，我家和嚴琅家裏的經濟條件都很不好。畢業後一段時間裏，我們一直找不到工作，實在是沒有辦法大辦婚宴。」

「這些我知道，不過現在你們的生活肯定不錯了吧？你老公開發了那麼火爆的遊戲啊。」

千汐月笑道：「好了，別說這些了。聚會時再聊吧。」

「你現在懷孕了，不知道出來方不方便？」

「沒關係的，醫生說適當的活動有利於寶寶健康。我現在也去上一些產前課程培訓。」

「嗯，你一定會生一個很健康的寶寶，再次祝賀你啊，汐月。」

和彌真的電話掛斷後，撫摸著已經隆起的肚子，千汐月露出了非常滿足的笑容。她是個非常美麗的女人，即使現在懷孕了，仍然顯得極有風韻。當初在大學裏，有很多人都很喜歡千汐月。

現在千汐月住的這座房子非常大，地段也很好，不知道羨慕死了多少人。這是她和嚴琅互相扶持，不知道經過了多少艱苦，才有了今天的。回憶起來，她感到非常辛酸。不過，昔日的所有痛苦和不幸，都已經遠去了。現在，千汐月感覺到很滿足、很快樂。她想著在身體內孕育的孩子，心中祈禱著這樣的幸福生活可以一直持續下去。

晚上，嚴琅回家進門，興高采烈地說：「汐月，我回來了！好消息啊，《獸魂大陸》的線上玩家已經突破……」

嚴琅看到妻子坐在沙發上，閉著眼睛，戴著一副耳機，看樣子是在聽胎教音樂，估計她根本沒聽到自己進來了。和千汐月的美貌形成強烈對比，嚴琅算不上帥氣，長相極為普通。

「啊？你回來了。」

這時千汐月終於發現丈夫回家了，連忙取下耳機，站起身來。

「你坐著就好了。」嚴琅連忙走過來，「晚飯吃了嗎？」

「還沒有，我讓小華等你回來再做晚飯。」

「你現在有身孕了啊，要早點吃飯才行。我扶著你。」

「看你……」千汐月笑著挽住丈夫的手，跟著他一起在餐桌前坐下，兩人都笑得很甜蜜。結婚這些年來，夫妻倆互相扶持著，感情一直很好。

「對了，彌真剛才聯繫我了。」

「楚彌真？」嚴琅脫下西裝掛在客廳的衣架上，意外地說：「你和她聯繫上了？是韓真告訴你她的聯繫方式的？」

「對啊。她說，這一次會在李隱家舉行同學聚會，到時候你也會去吧？」

嚴琅愣了一下，他隨即說道：「你有身孕啊，要緊嗎？」

「我想和大家見一下面啊，反正李隱家也不遠，都在白嚴區。尤其是彌真和李隱，我很想再見見他們呢。」

「也是呢，那個時候你和彌真是同寢室的，關係很好。」

嚴琅對於同學聚會沒有很大的期待，畢竟當初他在班裏很受排斥，沒有什麼好朋友，他總是一個人玩遊戲。

「好吧，既然你想去，那我們就一起去吧。但是絕對不可以喝酒啊，不能玩得太晚，我們要早些回來。」

「嗯，好了，我知道。」

聚會那一天很快到來了。

李隱決定把子夜也帶到同學聚會去，介紹給大家認識。因為韓真會帶他的女朋友來，大家紛紛要求也見李隱的女友。反正父母也都見過子夜了，所以李隱就答應了。

公寓四〇四室裏，子夜幫李隱打好領帶。這幾天，似乎是因為和李隱住在一起，子夜的面容滋潤起來，陰鬱的臉色也有了一些血色。李隱挽住她的手，說道：「我的那些同學都是非常好的人，所以你放心好了。如果有血字發佈，裴青衣會馬上聯繫我的。」

「嗯。你的大學同學，我也很想見見。」子夜說道，「這件西裝很不錯啊，不過見同學為什麼穿得這麼正式？」

李隱苦笑了一聲，說道：「莊重一點好。」因為，這也許是他和大家最後一次見面了……

離開公寓後，李隱和子夜坐計程車回家。這個時候，李雍和楊景蕙還在醫院加班，最近開始進行正天醫院分院的建設，他們忙得不可開交。

李隱和子夜到家以後，家裏沒有人在，他們就開始進行聚會的準備，將客廳騰空，圓桌挪到中間，然後就進入廚房，開始忙碌起來。

李隱家的食品儲藏相當豐富。子夜忙著切菜，李隱則朝鍋裏倒油：「嗯，差不多了。好，再倒一點白酒。子夜，把菜放進鍋裏去……」

李隱又把家裏珍藏的葡萄酒和白酒取了出來。終於，一切都準備停當了，桌子上擺滿了菜肴。

最早來到的人是韓真和他的女友。韓真留了一撮鬍子，讓李隱差點沒有認出他來。

「李隱！」韓真一進門就拍著李隱的肩膀，「很久沒見了呢，我們都快兩年沒有見面了吧？你最近都在忙什麼？」

此刻的李隱，幾乎忘記了自己受到的詛咒，忘記了自己是那個恐怖公寓的住戶。迎接著大學時代的好友，他感到非常高興。哪怕只有一個晚上也好，他想成為普通人，而不是那個公寓的樓長。

客人們陸續到了。白秀敏，羅城，唐文，周正亮……每一個人看到子夜的時候，都讚歎著李隱眼光真好，他的女友不但容貌美麗，而且很有氣質。

彌真是和心湖一起來的，她來之前就知道，李隱會帶他的女朋友來。彌真一直很好奇，是誰如此幸運，可以獲得李隱的愛。而第一眼看見子夜的時候，彌真就無法將視線挪開了。

真是一個完美的女人……這是彌真發自內心的感歎，那冷淡卻優雅的氣質，那雙睿智、似乎能洞悉一切的明亮眼眸，好像和她對視，心裏就無法藏住任何秘密。

「心湖。」彌真輕聲說道，「我承認我敗了，敗得很徹底。李隱果然選擇了一位很優秀的女子。」

彌真緩步來到李隱和子夜面前，笑著說：「李隱，不給我介紹一下嗎？」

「你來了，彌真。」李隱說道，「她就是我上次和你提過的，我的女朋友，嬴子夜。」

「很高興見到你，嬴子夜，我叫楚彌真。」

「你好。」子夜微微點了點頭，「李隱也和我提起過你。」

這個時候，氣氛非常微妙。心湖在後面看得有些緊張，心想：這種見面，還真是尷尬啊。但願不出什麼問題才好。

「李隱是個非常溫柔、善解人意的人。嬴小姐，你很有眼光啊。」楚彌真始終微笑著，任何人看到她的笑容，心底就無法對她產生一絲敵意。當年在大學裏，暗戀彌真的人也不在少數。當然，比起千汐月，就要遜色一籌了。

這時，嚴琅和千汐月夫婦終於到來了。

嚴琅最後還是拗不過妻子，帶著她一起來到了李隱家。雖然過去了多年，但是千汐月對李隱家的地址還是記得非常清楚。

「李隱也有女朋友了，時間過得很快呢。」千汐月撫摸著已經隆起的肚子，「不過，我沒想到，他當初說想跟楚彌天一樣成為小說家，現在真的成了現實。」

在李隱家門口，嚴琅攙扶著妻子，動作相當小心。他無比珍視著妻子腹中的這個小生命。那麼痛苦的日子都熬過來了，終於等到了這個小生命。無論如何，他都要抓牢手中的幸福。

「不過，以前你和班上的人都不怎麼說話啊。」千汐月說道，「成天在上課的時候看遊戲雜誌，或者玩遊戲，那時候，唯一願意和你搭話的人，好像只有楚彌真了吧。」

「你還記得真清楚。」嚴琅苦笑著，這時候已經可以清晰聽到室內傳來的笑鬧聲。他按了門鈴。

「嚴琅，千汐月！」李隱開門後立刻說道，「快請進！」

二人進了屋子，整個房間裏的人都看向他們。還是有一些同學不知道他們結婚的事情，尤其是看到千汐月隆起的肚子，很多人都驚呆了。

「喂，不是吧？」以前班級裏的「話癆」白秀敏難以置信地說，「千汐月結婚了？」

「秀敏，很久不見，」千汐月微笑著跟她打招呼，「我和嚴琅在畢業後不久就結婚了，很抱歉沒有邀請大家來參加婚禮。」

「啊呀呀，你終於來了！」

彌真是顯得最為激動的人，她立刻衝到千汐月面前，說道：「太好了，又和你見面了。大家有沒有準備什麼禮物，當初婚禮都沒參加，是不是該補一補呢？」

「啊，好像是應該啊。」韓真打著馬虎眼，「雖然晚了一點，不過恭喜你們兩個。」

「真的假的？嚴琅娶了千汐月？」白秀敏完全傻眼了。

畢竟，這兩個人怎麼看都不相配。千汐月實在是太過出眾，她雖然家境不好，可是待人和善溫婉，當初在班裏人緣非常好，這一點和嚴琅幾乎是完全相反。而且，當時追求她的人也有不少，除了王紹傑外，還有許多各方面條件都遠遠優於嚴琅的人。雖然嚴琅現在成了優秀的遊戲設計師，不過那時候的他，在班裏是個沒有任何存在感的人，長得不英俊，性格也極為懦弱。可是這樣的事情居然就發生了！

除了幾個已經知道情況的人之外，其餘的人都是好半天才反應過來，表示了祝賀。

「看起來你的同學們都很驚訝的樣子。」子夜走到李隱身邊說道，「你和他們夫妻倆熟悉嗎？」

「千汐月很熟，可是嚴琅，我大學四年和他說過的話絕對不超過十句，他的性格太孤僻了。」

「彌真看起來和他好像蠻熟的樣子？」

「嗯，彌真比較特殊，班裏的人幾乎都和她很熟，她當初在我們班的人緣絕對是第一的。千汐月是很受男同學的青睞，而彌真則是無論男女生，都和她關係很好。她在人群裏，必定能夠引起大家的注意，永遠是最受到矚目的人。」

人都來齊了。大家圍桌而坐，臉上都掛著由衷的笑容，畢業多年再度聚首，這樣的時刻的確是非常快樂的。而嚴琅和千汐月，自然成為了大家矚目的焦點。這頓飯吃得極為熱鬧，而話題一直集中在嚴琅夫婦身上。

「嚴琅啊。」韓真特意坐在嚴琅身旁，右手纏住他的脖子，湊近他的耳朵說：「從實招來啊，你是怎麼娶到我們的系花的？」

「也沒有什麼。」嚴琅搖搖頭說，「畢業之後，我們才開始確立戀愛關係的。」

「這麼敷衍的回答怎麼行呢？」白秀敏急著問道，「快說，到底怎麼回事？我都被你吊足胃口了，對了，你現在是遊戲設計師？」

「嗯，是。前一段時間我設計的《獸魂大陸》剛剛公測，你們去震桓集團官網首頁就可以看到了。」

嚴琅和以前完全不同了，語速很快，聲音也很洪亮，這和以前個性懦弱的他，完全判若兩人。

韓真想給嚴琅的杯子裏倒啤酒，嚴琅卻說道：「我等會兒要送汐月回家，不喝酒了。」

「啊，我說，大家來回憶看看，」白秀敏突然說道，「嚴琅和汐月是什麼時候開始有交集的呢？對了，好像就是那起兇殺案……」

這時候，大家都沉默了下來。李隱正端起啤酒喝了一口，他注意到，千汐月握著筷子的手猛地抖了一下，差點把筷子掉在地上。而嚴琅的表情，也明顯不自然起來。

「對哦，好像是的。」班裏以前的副班長羅城說道，「對，就是王紹傑被殺害的那個時候。」

「嗯，王紹傑啊，」周正亮也說道，「那起案子到現在都還沒有抓到兇手呢。當時引起了很大轟動啊。他是和其他三個學生一起被殺的，那三個學生不是我們班的。這傢伙雖然仗著有個有錢有勢的老爹總是一副很拽的樣子，不過死得也太慘了一點。那個時候，嚴琅你還被懷疑是兇手呢，我一開始就知道肯定不是你，你才沒有這個膽子呢，當時是因為千汐月幫你做了不在場證明……難道你們那時候就開始戀愛了？」

「不，沒有。」嚴琅立刻搖頭道，「我和汐月是在畢業後才開始戀愛的，那一次我們是恰好在一起而已。」

「不過也是汐月救了你啊，」韓真說道，「你們肯定因此熟悉起來了吧？這麼說來，你倒是因禍得福啊。」

「周正亮，你說嚴琅沒有膽子？我看未必吧。」端著一杯白酒，臉上已經有些紅暈的文倩卻冷冷地說道，「當時，警方可是把嚴琅鎖定為第一嫌疑犯呢！」

文倩當時一直暗戀著王紹傑，這是一個公開的秘密。王紹傑人長得帥，家裏又富裕，有人喜歡也不是一件奇怪的事情。但是她在這個場合這麼說，大家都感到火藥味很濃。

「喂，文倩，你喝多了！」韓真連忙擺了擺手，「今天是大學同學好不容易聚會，你怎麼這麼說話呢？」

「怎麼了？」文倩卻指著嚴琅說，「你，一直被王紹傑欺負！你以為我不知道？我還知道，你還曾經被紹傑他們脫光了衣服毆打，被拍了照片呢！呵呵，還有另外三個人，也是一直欺負你的人！」

「什麼？」大家都大驚失色地看向嚴琅。他們的確聽說過，嚴琅被鎖定為第一嫌疑人是因為受到過幾個被殺者的欺負。但是，嚴琅被脫光衣服毆打還被拍下照片的事情，卻是第一次聽說！

嚴琅一言不發，不回答文倩的話。千汐月卻憤怒了，她剛要開口，嚴琅卻拉住了她的手。

「怎麼，不敢說了？」文倩索性站了起來，大聲說道：「誰知道你的不在場證明是真還是假？說不定你們那個時候就已經談戀愛了，那麼這個證詞根本不可靠！我當時告訴過員警，紹傑說過，那天會找你出來，有那些照片在，你就不敢不聽他的話！不是嗎？呵呵，現在想來，紹傑當時在追求千汐月，加上你和他的仇，你就殺了他！不是嗎？」

李隱也站起身來，冷冷地對文倩說：「文倩，指控一個人謀殺不是小事，沒有證據就這麼說，你太不負責了！」

嚴琅自始至終沒有說過一句話，只是，他的臉色越來越陰沉了。

「怎麼？不敢說話嗎？」文倩冷笑著說，「你這個殺人兇手！兇手！」

「抱歉。」嚴琅站起身說，「難得和大家見面，現在看來，我們不適合繼續待下去了。汐月懷有身孕，不能受刺激，我們就先告辭了。」

「真的很抱歉。」李隱連忙走過來說，「我送你們吧，以後有時間再聯絡。」

「嗯，一定。」汐月說道，「不過我很熟悉附近的路，李隱，那就再見了。」

嚴琅和千汐月正準備離開，文倩卻還是不打算住口，儘管她被韓真和周正亮死死拉住，她還是說道：「怎麼？被我揭穿了想逃？告訴你們，你們會有報應的！會有報……」

忽然，只聽「啪」一聲，文倩被打了一個響亮的耳光。她看著站在自己面前的，正是彌真！

「哎呀，抱歉。」彌真連忙搓了搓手，笑著說道：「剛才有隻非常噁心的蟲子停在你臉上，我看了非常反胃，飯也吃不下去了，所以幫你趕走它了。不用謝我了哦。」

彌真做出這一動作，大家都呆住了，文倩的醉意似乎也被打醒了一些，呆呆地看著她。接著，彌真來到嚴琅夫婦面前，說道：「李隱，我也送他們一程吧。」

走出李隱家後，汐月的臉色變得非常難看。嚴琅一直攙扶著她，彌真也在一旁安慰道：「你別在意，文倩她就是這樣，口無遮攔，當初不也一樣嗎？別跟她計較就是了。」

「我知道。」千汐月勉強露出笑容，「謝謝你了，彌真。沒想到好不容易聚會，卻變成了這個樣子。我沒有想到文倩居然會那麼想我們。」

「送到這兒就可以了。」嚴琅停住腳步，冷冷地對李隱說：「我今天來這兒真是一個錯誤，李隱，你回去吧。」

「真的很抱歉……」

「沒有什麼可抱歉的。」

接著，嚴琅加快腳步，帶著千汐月朝馬路對面走去。李隱和彌真站在馬路旁，看著二人的身影，李隱說道：「他們看起來真的很恩愛。」

「是啊，汐月選丈夫的眼光不錯呢。」彌真突然看向李隱，「李隱，你也選了一個很好的對象。你和子夜……打算結婚嗎？」

「不，暫時我們還沒有這個打算。因為，我們都有一件事情必須完成。」

李隱說到這裏，神色黯淡下來。這個變化，自然被彌真捕捉到了。

「回去吧。」李隱回過頭，朝家的方向走了幾步，忽然停了下來，說道，「彌真，有些話，我一直想和你說。你不用再對我有任何期待了，你和彌天都是我最重要的朋友，我相信，今後你一定會有一個幸福的歸宿的。」這句話，已經說得非常明白了。

「李隱，你果然早就發現了？」彌真的心裏不禁有些酸澀，「真是，讓人頭痛啊……」

「彌天以前和我旁敲側擊地提過一些。而且，我也看得出來，雖然你掩飾得很好，但畢竟我很瞭解你。」

「沒什麼，李隱。」彌真甩了甩頭，「還有啊，你不用發好人卡給我啊。好了，快回去吧，總不能讓子夜一個人應付啊。」

嚴琅坐在車上，幫千汐月繫好了安全帶，然後發動了車子。

「想不到王紹傑居然無恥到把這件事情告訴文倩。」千汐月看向丈夫，眼神中閃爍著不安：「王紹傑還告訴了她，那天你會和他在一起。」

「的確，完全沒有想到，幸好警方沒有採納她的證詞。」嚴琅踩下油門，「我就奇怪，警方是怎麼查到他們毆打我、拍照片的事情的，看來當初告密的人就是文倩。好在警方採納了你的證詞，否則我就麻煩了。」

「我還是很擔心，王紹傑的父親肯定也知道了這件事情，他絕對不會善罷甘休的。萬一……」

「別說了！」嚴琅的表情非常懊惱。

真不該來的……不該到這裏來的……

回到家裏的時候，李隱和彌真剛走進來，就看到文倩陰沉著臉坐著，大家現在都有些尷尬，走也不是，留也不是。

李隱坐回子夜身旁，盯著文倩。文倩看到彌真走進來，立刻站起來，惱怒地說：「楚彌真！

你居然敢打我？」

「夠了！」李隱怒氣沖沖地說，「文倩，大家難得聚會，你卻把整個聚會搞亂了！你沒有證據就指控一個人謀殺嗎？」

「好啦，大家都少說一句吧。」韓真連忙出來打圓場，「文倩，你也過分了。不過，李隱，你也知道文倩很喜歡王紹傑，他死的時候她也很傷心的，今天她應該是喝醉了酒才會亂說話的，你就別和她計較了。」

李隱坐了回去，不過，大家心裏卻都產生了同樣的想法。那就是，嚴琅會不會真的是殺死了王紹傑的兇手？

嚴琅的性格很懦弱，他和人說話從來都不敢大聲，這一點大家都很瞭解。他被王紹傑等人欺負的事情，其實有些人也有所瞭解，只是因為和嚴琅沒有交情，當初也就睜一隻眼閉一隻眼了。只是沒有想到，嚴琅居然被欺負得那麼慘。

而這個時候，彌真也開始回憶起那段大學的歲月……

彌真拿到大學錄取通知書的時候，已經執行了五次血字指示。當時血字的間隔時間很長。那時候，夏淵還沒有進入公寓，公寓的樓長是彌天，副樓長是彌真。他們姐弟二人在公寓裏的地位，就如同現在的李隱、銀夜一樣。夏淵畢竟是靠深雨的預知畫才能度過五次血字，而彌真當時度過五次血字，完全是靠自己。

彌天原本是不打算上大學的，但是彌真勸他，如果上大學，也算能夠打發等待血字的漫長時間。公寓住戶很容易在沒有執行血字的時候，陷入種種恐懼的想法中，最後自殺的也不在少數。有一個精神寄託，也是一件好事。所以，二人最後決定去上大學。

現在想來，彌真非常慶幸那個時候做出了這個決定，她才能認識李隱。這一切，實在是很奇妙的緣分，李隱的存在，成為了她日後成功執行五次血字指示的精神支柱。

韓真、林心湖、白秀敏、周正亮、千汐月等人，是彌真非常要好的朋友。千汐月是學校裏很受歡迎的女生，幾乎班裏所有男生都對她有一些念想。而王紹傑，是表現得最為明顯的人。他的父親是學院最大的贊助者，靠著這個背景，性格相當囂張跋扈，所以，不少人並不喜歡他。

彌真記得，王紹傑追求千汐月的那段時間，常常會給她送上一束鳶尾花。鳶尾花是千汐月最喜歡的花，當王紹傑知道這一點之後，常常把花放在千汐月的課桌上，對她百般示好，花束的卡片上也寫滿了肉麻情話。時間長了，千汐月感到很困擾，王紹傑對她已經發展到糾纏不休的地步了。

然而，雖然喜歡千汐月的人有不少，卻沒有幾個敢和王紹傑正面叫板的。有三個其他班的人，經常跟隨在他身邊充當打手，叫薛龍、羅子強、鄭華。而他們三個，正是那起血案的另外三名死者。

嚴琅也經常跟在王紹傑身後，卻並非像薛龍三人一樣是打手，而是類似小弟一樣。不知道怎麼的，王紹傑似乎和嚴琅很看不對眼，總是威脅嚴琅，要他跟在自己身邊。很多人都隱約猜到嚴琅被王紹傑欺負，不過，大家都是睜一隻眼閉一隻眼，誰會跟一個不怎麼熟悉的人說話？何況也沒有人想去得罪王紹傑。

事實上，後來的確有不少人看到，嚴琅被王紹傑等人欺負。有人看到，他被夾到操場上的兩根欄杆中間，然後被他們從頭頂灑上許多黃沙和泥土，也有人看到，嚴琅被四個人踩在地上，不停地毆打。

當時，身為班長的韓真也聽說了這件事。但是他完全沒有去理會，因為他知道，就算出面也沒有用，王紹傑又不會服他，更何況，如果得罪了王紹傑，對方完全可以對自己打擊報復。不光是韓真，班裏的其他人也都對平時不合群、沉默寡言、膽小的嚴琅沒有什麼同情心，他們認為，嚴琅會落到這個地步，自己也有責任。就連李隱，也是抱著這樣的想法。

畢業的前一年，那起血案發生了。

屍體是在學校的一座廢棄大禮堂裏發現的。王紹傑、薛龍、羅子強、鄭華四個人，死在禮堂裏，有明顯的打鬥痕跡，其中王紹傑是被利器刺中心臟而死的，另外三個人，都是頭部被重創而死，兇器似乎是大禮堂內的椅子。而殺死王紹傑的兇器，在現場沒有找到。當時，李隱無意中經過那裏，聞到血腥味，才發現了屍體的。死得最慘的人就是王紹傑，他的身上有多處刀傷，眼睛睜得很大，一副死不瞑目的樣子。

死了四名大學生，還是在學校裏被殺害的，社會影響非常惡劣，警方立刻介入調查，並且鎖定了兇嫌，就是嚴琅。因為他平時總是跟著那四個人，案發時卻不在他們身邊，未免有些奇怪。而且他也有作案動機，因為他被那四個人欺負過。

不過，千汐月出面為他做了不在場證明的證詞。案發當天是在周日，她說和嚴琅在外面偶然相遇，所以二人一起逛街。而二人在一起的時間，恰好是作案時間範圍內。所以，千汐月就成為了嚴琅的不在場證人。而千汐月和案件沒有利害關係，她本人和嚴琅以前也並不熟悉，幾乎沒有作偽證的可能，所以，警方採信了她的證詞。這個案件到現在還是懸而未決，沒有任何新的線索。

其實，當年在千汐月出面作證之後，大家基本上就相信嚴琅不是兇手了，一來他們認為嚴琅沒有那個膽子，二來也想不出千汐月為他作偽證的理由。

可是，現在想來，如果兩個人其實早就相戀，理由就有了。嚴琅被王紹傑欺負，千汐月又被王紹傑糾纏，二人最後聯手殺死了那四個人，然後互相為對方做不在場證明，這完全是有可能的。像文倩這樣抱有這一懷疑的人，其實也不在少數。

這個聚會，因為這個插曲，不歡而散了。大家離開的時候，都是各懷心事。

李隱和子夜最後送別了彌真和林心湖。李隱有些抱歉地對彌真說：「我還以為，大家再次相聚會很開心，沒有想到會這樣。」

「沒事啦，」彌真擺了擺手，「可以見到你，我就很開心了，還有，我不會放棄尋找彌天的。無論如何都不會放棄。」

「彌天，」李隱回憶起那個陰鬱的男子，不由得問道：「你有他的線索了嗎？」

「暫時還沒有。不過，我想今後會有的。」

「如果你知道了彌天在什麼地方，一定要讓我一起去。」李隱正色道，「千萬不要一個人逞強，知道了嗎？」

「嗯，好的，一言為定，李隱。」

彌真和林心湖離開後，李隱感到很疲憊，對子夜說道：「我們回公寓去吧。」

子夜看著楚彌真的背影，突然說了一句：「她看起來很喜歡你。吃飯的時候，她一共看了你三十二次。」

李隱吃了一驚，看向子夜，她居然數得如此清楚？

「你別誤會，子夜……」

「我沒有誤會。」子夜的話語顯得冷了一些，「只是我突然發現，我對你的過去好像不是很瞭解。你在昔日的朋友面前，似乎更快樂。」

「因為，我不知道自己還有多少時間了。」

這一刻，李隱又回歸為那個恐怖公寓的樓長了。現在，他還有六次血字指示，為了子夜，他給自己增加了三次血字。但是，李隱沒有後悔，因為他早已決定，即使到地獄最深處，也要一直陪伴子夜。

至於彌真，他也只能辜負了。

6 冤魂重現

第二天，千汐月醒來的時候，驚訝地發現，嚴琅竟然在家。

「今天你要去上產前課程。」嚴琅正在衣櫃裏幫她挑選孕婦裝，「嗯，是這件好呢？還是這件……」

「嚴琅！」汐月突然說道，「我們談一談吧？」

嚴琅的手抖了一下，他知道，汐月果然是沒有辦法安心的。他放下衣服，回過頭說：「你還在擔心昨天文倩的話？」

汐月雖然剛睡醒，但頭髮並不凌亂，一雙幽如明珠的美眸中，滿是憂慮和不安。她走下床，說道：「你也知道，員警始終沒有放棄調查那起案件吧？雖然我們對所有人都反覆說明，我們是在畢業之後才開始談戀愛的，可是還是有人會察覺到的。我感覺，員警會繼續調查我們的，畢竟在你之後，沒有出現新的嫌疑犯。」

「你別說了。」

嚴琅搖搖頭，勸慰她道：「你安心待產就可以了。我們做得很妥當，當初，我們的不在場證明沒有破綻，在繁華的大街上逛，去過一些大商場，沒有人可以反駁我們的證詞。你當時和我根本沒有交集，而且當時我們擦掉了所有指紋，殺死王紹傑的兇器，我已經丟到宛天河裏去了。你放心吧，今年年初發生了那起斷頭魔殺人案件，死了那麼多人，警方現在都沒有破案，肯定把精力都放在那件案子上了，這個多年的懸案，你又何必擔心呢？」

「不過目前都沒有發生新的斷頭魔殺人案了，警方會不會轉移視線呢？」

「那起案子關注的人還是不少的，警方還不至於那麼快轉移視線。何況我們也不是剛剛結婚，如果警方要查，早就查了。你放寬心吧，文倩再鬧，沒有證據，她也不能誣陷我們的。」

正天醫院的婦產科，是千汐月上產前課程的地方。嚴琅在課間休息的時候，攙扶著千汐月走出教室。

「內容蠻複雜的呢。」千汐月撫摸著肚子，「這家醫院，以後就是李隱的了吧。」

「應該是吧，正天醫院最近籌建分院了，一年前，正天醫院就買下了附近許多土地，醫院的規模越來越大了。」

二人坐在醫院走廊上，享受著溫馨的時刻。

「汐月，」嚴琅問道，「給我們的孩子取什麼名字好呢？」

「這個嘛……」千汐月歪著頭想了想，「男孩女孩都不知道呢。如果是男孩的話，就叫嚴真善怎麼樣？」

「真善？我倒覺得……叫嚴誠比較好，做人要誠實。」

「那女孩呢？嚴雪花怎麼樣？或者嚴心雨？」

這時候，又要開始新的課程了。丈夫們又陪著產婦進入教室。嚴琅和千汐月回到他們的桌子前剛坐下，突然，二人的目光死死盯著桌子上的一樣東西。

那是一個讓他們無比恐懼的東西！一束……鳶尾花！

那束鳶尾花，一如當初那樣擺放在桌子上，就連花束的包裝紙都完全一樣，在花束中間，也夾著一張卡片。

「這，這不是巧合。」汐月的手顫抖著指著那束花，「包裝紙也好，鳶尾花也好，還有那張卡片，全都一樣，和王紹傑當初送我的，完全一樣！」

「別緊張，」嚴琅連忙安慰汐月，「只是巧合罷了，巧合而已。」

嚴琅將夾在花束中的卡片取出來，輕輕展開了。卡片上，一個字都沒有寫。

到底是誰，刻意這麼做來恐嚇他們呢？

「只是一張空白卡片。」嚴琅鬆了一口氣，「你別想太多了，汐月。」

然後，嚴琅叫住旁邊一位孕婦，問道：「請問，你看到是誰在這張桌子上放了鳶尾花的嗎？」

「不知道啊。」那位孕婦茫然地搖了搖頭，「我完全沒有看到。」

嚴琅將手中的空白卡片揉成一團，丟出了窗外，說道：「好了，汐月，別擔心了，我想，大概是誰送錯花了吧。」

儘管嚴琅再三勸慰，可是，汐月還是禁不住胡思亂想。她想，這束花會不會是文倩送來的？她對自己懷恨在心，認定自己是殺死了王紹傑等人的兇手，所以故意送這束花來恐嚇自己？仔細想想，的確很有這個可能。文倩昨天的那個樣子，實在讓汐月無法安心。

汐月也沒有心思繼續上課，早早讓嚴琅陪著她離開了。她把那束花丟到了垃圾桶裏。走出正天醫院後，汐月的臉色還是非常蒼白。嚴琅知道，那束鳶尾花還是讓她耿耿於懷，但是現在也不能和她再說什麼了，反正她會慢慢想明白的。

與此同時，上官眠來到公寓的二五〇五室門前，先是注意了一下四周，然後輕輕敲了敲門。門打開後，深雨看著上官眠，頓時露出驚訝的表情，然而上官眠不等她開口，就走了進去，環顧著深雨的房間，說道：「把門關上。」

「上官小姐？」

上官眠走了幾步，來到客廳的茶几前，撕下一張便利貼，寫了幾個字，遞給深雨看。那張紙上寫著：「不要說話，客廳裏有竊聽器！」

上官眠的身上，自然有可以探測出竊聽器的儀器。裝竊聽器的人，當然是神谷小夜子。上官眠其實可以很容易就殺死神谷小夜子，只是，公寓裏智商高超的人，不會輕易列入上官眠的殺戮名單。她又寫下幾行字：「和我去見一個人，不要通知任何人，如果違背我，我就殺了你。」

可以說，上官眠的恐怖，深雨比公寓中任何一個人都要更早瞭解。於是，深雨點了點頭，上官眠就走過去，拉住她的手，走出了房間。

來到走廊上，等深雨關上門後，上官眠開口說道：「跟我走，如果看到住戶，就假裝我們恰好同路，我們之間隔開一段距離。」

深雨點頭道：「我知道了。」

上官眠已經和彌真約定好，今天讓她和蒲深雨見面。但是，約定的內容也包括，不能夠讓深雨將彌真的存在告訴其他住戶。同時，上官眠也再三警告彌真，絕對不可以和公寓的其他住戶有任何接觸，一旦被她發現，自然是殺無赦！來自上官眠這等人的殺戮威脅，絲毫不亞於公寓的詛咒，畢竟，那麼多精英殺手都死在上官眠手上，普通人在她面前，根本連讓她練手的資格都沒有。

一路上，她們沒有遇到其他住戶，二人順利地離開了公寓。

深雨開口問道：「上官小姐，你到底要帶我去什麼地方？」

「有一個人，我希望你見一見，僅此而已。」

蒲深雨的臉色陰沉了下去，但是，她也只能夠繼續跟著上官眠。

約見的地點，定在附近的一個公園裏。公寓的住戶很少有心思娛樂，平常的時間都是在健身館裏鍛煉，或者是聚在一起研究血字，會到公園裏去的可能性很低。

上官眠和深雨進入公園之後，繞過了不少花叢和湖泊，終於見到了正在百無聊賴地盪著秋千的彌真。

「啊，上官小姐。」看到上官眠和深雨，彌真立刻站了起來，目光看向深雨。

「就是她。」上官眠指著彌真說道，「蒲深雨，她叫楚彌真，是公寓以前的住戶。」

深雨先是一愣，隨即露出了駭然不已的神色！

昔日公寓的住戶，還能夠活著，這代表了什麼，自然不言而喻！能夠離開公寓的方式，要不就是完成十次血字，要不就是變成屍體！

「你，你是說真的嗎？」她的雙眼大睜，衝上去抓住彌真的雙肩，「你，真的是公寓的住戶？不，不對啊，如果是以前的住戶，我怎麼會不知道？我以前……」

「預知畫？」彌真卻說道，「上官眠和我提過了，你以前有辦法將和公寓住戶有關的一切都畫出來，甚至連血字都能夠洞悉吧？」

「對，那段時間我一直在畫和公寓有關的預知畫，但為什麼我對你沒有任何印象？」

如果她真的曾經畫出過彌真，就憑這一點，每年的五月一日，彌真就不可能逃過殺劫。畢竟，那個詛咒，是今年才剛剛解除的。

深雨的目光中開始有了懷疑的神色，彌真卻會心一笑，說道：「蒲深雨小姐，我離開公寓的時候，你應該剛剛才和夏淵建立聯繫吧。我叮囑過夏淵，不要跟任何人提起我的事情。估計你那時候畫的預知畫還不多，所以你也就不知道我的存在。讓你來，是因為……我看過蒲靡靈的日記。」

「什麼？」深雨仔細地打量著彌真，更愕然地說：「你讀過他的日記嗎？」

「嗯，他說，他知道魔王級血字指示的秘密。」

蒲靡靈曾經在日記裏提及，無論如何都不要去執行魔王級血字指示，這究竟意味著什麼，一直是住戶內心的一根刺。

不過，大家認為，這句話，應該只是在沒有取得完整地獄契約的前提下。事實上，如今幾乎沒有住戶指望可以靠十次血字來活下去了，魔王級血字成為了大家唯一的希望。種種威脅之下，沒有一個住戶敢在地獄契約碎片沒有湊齊的情況下去執行魔王級血字。如今地獄契約碎片已經發佈了四塊，還有三塊，就可以成為一份完整的地獄契約！

這時候，千汐月正待在家裏。嚴琅最近工作比較忙，但他還是勉強抽出幾天假期來陪伴她，讓她感覺到，自己沒有選錯這個丈夫。

回憶起來，過去就好像是一場噩夢。她本以為，現在已經可以擺脫那個噩夢了，但是，汐月卻感到彷彿又被進一步吸到那個深淵中去。

但是，如果時光倒流，她還是會那麼做，還是會嫁給嚴琅。她絕對不為自己所做的事情感到絲毫悔恨。如果後悔的話，那麼她就對不起嚴琅了。所以，即使知道這是一條不歸路，她還是決定和嚴琅一起走下去。

只是，現在有了這個孩子，讓她心中開始有了彷徨。她不希望自己的孩子出生後，就知道自己的父母是一對殺人犯。無論如何，她都不能夠讓自己的孩子成為殺人犯的子女。如果那樣，終其一生，孩子都會在世人面前抬不起頭來的。所以，無論如何，汐月發誓一定要掩蓋當年那起凶案的真相，無論用什麼手段！

門鈴響了。汐月打開門，門外站著的是保姆小華。小華提著一大袋菜走了進來，說道：「太太，我去準備午飯，你先坐著吧。」

「嗯，好。」汐月坐回到客廳沙發上，打算看看電視解悶。小華坐在旁邊，開始剝毛豆。

小華和汐月搭起話來：「對了，太太，我剛才來的時候，看到門口站著一個男人，我就問他，是來找誰的。」

「男的？」汐月疑惑地看向小華，「他長什麼樣子？」

「嗯，個子挺高的，長得帥帥的一個小夥子，我問他找誰，他也不說話，直接就走了。」

「他什麼都沒有說？」

「嗯，可是他的確盯著門看了好一會兒呢。對了，我想起來了，他的嘴巴旁邊，有一顆黑痣。」

汐月手上拿著的遙控器一下子掉在地上，摔得連電池都掉了出來！

「你剛才，說什麼？」

王紹傑的嘴巴旁邊，就有一顆黑痣啊！汐月的身體顫抖著，好半天才回過神來，在內心說服自己，嘴邊有黑痣的人，又不是只有王紹傑一個。這一定是巧合，只是巧合而已！

但是，結合鳶尾花的出現，讓汐月的內心產生了一種陰森的恐懼感覺。她不會忘記，王紹傑臨死前那雙充滿怨毒的眼睛。後來很長的一段時間裏，她常做噩夢。在那些噩夢中，讓她印象尤其深刻的，就是王紹傑嘴角的那顆黑痣。

「不，不會的！」汐月的手緊抓著沙發，慘白的臉色讓小華有些訝然，立刻問道：「太太，我說錯了什麼話嗎？」

「不，沒有。」汐月搖著頭，她此刻只想把腦海中的恐怖念頭趕走。那個念頭太過荒誕了。不管王紹傑生前再怎麼囂張兇狠，他死了就沒有辦法再做到任何事情了。

汐月只能認為自己多疑了，但是，文倩的話對她造成的影響確實很大。如果不是嚴琅和自己一起分擔著，她根本不可能一個人支撐下來。她原本以為，隨著時間的流逝，黑暗的過去就會真正過去了。但現在想來，這似乎是她的一廂情願而已。

公寓裏，正坐在電腦前看著同學聚會的照片的李隱，突然感到心臟部位有一陣灼燒的劇痛！他立刻扭轉椅子，看著後方的雪白牆壁。鮮紅的血字一如往常浮現而出。

血字完全顯現後，心臟的灼燒感停止了。這段血字的內容，卻讓李隱愕然到了極點！

「五月廿三日一整天，跟隨住在白嚴區弄月路二六五弄七號一一〇三室的嚴琅、千汐月夫婦二人中任何一人半徑百米範圍之內，即使二人死亡，也要待在屍體一百米範圍之內。血字指示期間，住戶和嚴琅、千汐月夫婦都不能進入公寓。」

李隱愣愣地看著這段血字，幾乎無法相信自己的眼睛。怎麼可能？待在嚴琅和千汐月身邊？即使變成屍體？換句話說，這二人會有生命危險嗎？

李隱坐不住了，他立刻衝出房間！他必須馬上到底樓去，和其他執行這次血字的住戶見面！衝到電梯前，他按下電梯按鈕，大腦飛速思考起來。怎麼會那麼巧？還是說，這根本就是公寓針對自己而設定的血字指示？

嚴琅和千汐月夫婦會有生命危險，誰會威脅二人的生命？如果是血字指示，那麼肯定不是來自人類的威脅，那個威脅……必定是靈異恐怖現象！也就是說，他們受到了詛咒！

電梯門打開了，李隱一腳邁入。接著，他靠在電梯裏思考起來。到底該怎麼做？要直接去問他們嗎？但是，要怎麼問？如果把公寓的存在告訴他們，他們會相信這麼荒唐的事情嗎？

此時，正在和彌真見面的深雨，也感覺到了心臟部位的劇烈灼燒感！

深雨是第二次感覺到這樣的痛楚，所以還是相當不習慣，她一下跪倒在地，頭狠狠磕在地上。「血字……」深雨用雙手支撐起身體，「新的血字發佈了！」

彌真連忙將深雨扶起來，關切地問道：「你是第二次接到血字指示吧？不習慣很正常。那你快回公寓去吧，以後有機會再見。」

深雨連忙點點頭：「好的，楚小姐，我先回去了。」然後，深雨頭也不回地飛奔而去。

看到她這個樣子，彌真莞爾一笑：「她這樣單純的女孩真是很少見了，僅僅因為有一個人愛她，就願意為那個人付出所有，自願進入公寓。居然還有人自願進入公寓，這可是我這輩子聽到的最瘋狂的話了。」

彌真看向上官眠，「下次再見面吧。我感覺和深雨小姐很投緣，我會盡力幫助你們的。」

「你先走吧。」上官眠冷冷地說，「下次見面我會安排，在此期間，你不要私自和深雨聯繫。」

目送著上官眠的背影，彌真拍了拍胸口，吁了口氣道：「好可怕，上官眠真是個可怕的人啊。」

彌真口袋裏的手機響了，她取出來一看，來電的是汐月。她立刻欣喜地接通電話：「喂，汐月？心情好一點沒有？」

「彌真，你還有沒有王紹傑的照片？我記得，大學時有過幾次聚會，我們拍過一些集體照。」

「那個啊，我的網路空間裏有，我沒有設密碼。」

「好，我，我馬上去看！」

汐月立刻掛斷了電話，她站起身對小華說：「你跟我來。」

汐月知道自己此刻的想法根本就是荒誕至極，但是不確認一下，內心的恐懼陰霾又無法散去。所以，她還是將小華拉入房間，打開了電腦。在等待開機的這段時間內，她發現自己的心臟跳動得非常快。儘管不斷在內心安慰自己，這是不可能的，這是絕對不可能的，可是，她還是害怕到了極點。

終於，電腦啟動了。她急忙抓住滑鼠，去訪問了彌真的相冊。她點開了一張照片，那張是王紹傑抓著話筒正在唱歌的照片！

「就是這個人！」小華馬上指著照片上的人說，「剛才我在門外看到的就是這個人。」

「你，你再看清楚！你確定真的就是這個人？」汐月感到心臟猛跳起來，即使現在是大白天，她依舊感到毛骨悚然！

「真的沒錯啊。而且，太太，你看他嘴巴旁邊不就有顆黑痣嗎？不會錯的，太太！」

怎麼可能？怎麼可能！小華沒有理由撒謊，她不可能騙自己啊，在家裏做保姆的這幾個月，她一直都表現得很淳樸的樣子。可是如果她沒有撒謊，那麼這算是怎麼回事？王紹傑可是獨生子，他絕對沒有什麼雙胞胎兄弟啊！

此時，汐月的手機響了！她連忙抓起手機，說道：「喂，喂？」

可是，手機裏卻一點聲音都沒有。

「喂，你再不說話，我就掛了！」

她立刻將手機掛斷，隨即把手機關機了！然而，她剛關機，客廳裏的電話就響了起來。小華連忙跑到客廳，接通電話道：「喂，找哪位？喂？喂喂，說話啊。」

「不，不要！」汐月連忙衝入客廳，搶過話筒，就死死扣在電話機上，然後一把拔掉了電話線！

「不可能的，不可能的！」汐月的臉色越來越蒼白，把一旁的小華嚇壞了。

與此同時，嚴琅在公司裏剛開完會，就急忙衝向廁所。剛才憋了太長時間，覺得很難受。上完廁所後，他長舒了一口氣，然後走到盥洗台前開始洗手。這時，他眼角的餘光注意到，身旁也有一個人打開了水龍頭在洗手，而這個人右手的手臂上紋著一隻龍頭。

洗完手後，嚴琅關掉水龍頭，隨意朝旁邊一看，可是，旁邊卻沒有人了。他有點納悶，怎麼那麼快就走了？他回過頭，什麼人也沒有看到。

旁邊的水龍頭還開著，而且開得很大，水「嘩嘩嘩」地流著。嚴琅皺了皺眉頭：「真是浪費。」

他把水龍頭關上，便準備離開，突然，他感到有些不對勁。剛才那隻手臂上的龍頭，怎麼那麼眼熟？那段黑暗的記憶在他的腦海裏湧現了出來。他記起，薛龍的右手手臂上，就紋著一隻血紅的龍頭！和剛才洗手的那個人手臂上的龍頭一模一樣！

嚴琅立刻衝出廁所，沿著走廊飛奔，可是，他沒有看到那個人的蹤影。一路上，他還撞倒了好幾個職員。

嚴琅甩了甩頭，靠在牆壁上，開始整理思緒：巧合，一定是巧合，那種紋身，不都是大同小異的嗎？我是太緊張了，薛龍早就已經死了，早就已經死了……可是，仔細比對著記憶，卻感覺到，太相似了！難道，是找同一個師傅紋的？還是照著同樣的圖案紋的？但是紋身的部位也完全一樣啊！

嚴琅用手蓋住額頭，不斷地深呼吸著，對自己說：「沒事，巧合，巧合罷了……」可是，在這平日走慣了的公司走廊裏，他還是感覺到一陣陰森。他連忙跑回自己的辦公室，打開電腦，想沖淡自己的恐怖思緒。

突然，手機振動了起來。他馬上抓出手機，都沒看是誰打來的就接通了：「喂，小華？太太出什麼事情了？我知道了，讓她聽電話。」

「嚴琅！他回來了！那束鳶尾花是他送來的，王紹傑，他的鬼魂回來找我們了！」

「你，你說什麼瞎話？」

「真的，不會錯的！小華看到了，她看到……王紹傑在我們家門口徘徊，剛才還有無聲電話打進來，不光是這樣，還……」

「你，你說清楚一點，什麼王紹傑在我們家門口徘徊？」

「我問過了，我拿照片給小華看的……」

「是她看錯了，怎麼可能，王紹傑已經死了啊！」

「我怕，我好怕啊，你快回來啊，嚴琅，你快回來！」

深雨趕到公寓底樓的時候，執行這次血字指示的住戶都已經到了。

「最後一個是深雨？」李隱看著推動旋轉門跑進公寓來的深雨，連忙走了過去。深雨看了看李隱身後其他住戶，是封煜顯和三個新住戶。

「好了，人到齊了。深雨，你要先上去看一下血字內容，還是我們告訴你？」

深雨急促地問道：「血字內容是什麼？要到什麼地方去？」

「是必須要跟在兩個人身邊。他們是我大學同學，現在是一對夫妻。我們在廿三日那一天，必須跟在他們中任意一個人一百米範圍之內！」

彌真這幾年的日子過得非常辛苦。在國外時，她輾轉各地打工，忍受著種種艱苦，才堅持到了現在。如今回國了，至今還沒有找到工作。

她的父母在姐弟倆剛上初中不久就去世了，是發生了一起列車事故，靠獲得的撫恤金才生活到現在。當時，想撫養姐弟倆的親戚，都是為了要這筆撫恤金，於是，彌真決定承擔姐姐的責任，和弟弟相依為命、獨立生活。

這段痛苦的經歷造成了彌天尖銳、憤世嫉俗、悲觀陰沉的性格。但彌真卻在逆境和痛苦中越挫越勇，她總是對未來抱著希望，絕不輕言放棄。有好幾次，當彌天要放棄的時候，是她咬牙鼓勵他堅持了下來。

一年又一年，在公寓生活的日子裏，彌真需要補充知識來作為未來執行血字的籌碼，因此有很強的求知欲。哲學、宗教、心理學、神秘學等書籍她都看過，也深入研究了靈異和詛咒現象。而她鑽研得最深的，是心理學和邏輯推演，後來也的確用到了爐火純青的地步。

執行到第六次血字之後，每一次血字發佈，都是她和彌天一起執行。因為，很少有人能夠執行到第五次血字。姐弟二人單獨執行的血字，難度也不斷增大。直到最後一次血字指示。

「姐姐，我不想死！好不容易熬到這一天了，我不想死啊！」

彌真撫摸著手中的一個雕像。那個雕像是兩個身體纏繞在一起、沒有頭顱的人。因為沒有頭顱，身體的部分又纏繞得很緊，也看不出來雕刻的兩個人是男是女。這個雕像所用的材料不是地球上存在的任何物質。雕刻的使用方法和作用，是在那個古老遺跡的一塊石碑上用篆文書寫的。

彌真重新將雕像放回身上，她一直都是隨身攜帶著的，詛咒已經越來越強了，她很清楚，目前蒲靡靈留下的線索是唯一的希望了。一旦彌天死了，她也會重新被拉入那個空間，萬劫不復。可以說，她至今依舊在「執行」第十次血字指示。

不過，她聽上官眠提到道具倉庫的事情之後，有些意動。那個消失的倉庫，說不定有可以解除她詛咒的道具，有沒有辦法可以將倉庫重新召喚出來呢？只是，這種興奮只持續了一段時間就消失了，因為，她感到太不同尋常了。

道具倉庫從開始出現到最後消失，都很不尋常。在公寓裏生活了那麼多年，彌真自然很清楚，公寓對所有血字都有很強的制衡，不會平白無故出現道具。雖然目前看來是以削弱限制為代價，但是道具的數量和異能也未免太多了一些，而且給了住戶太多選擇。

彌真向上官眠詳細詢問了道具和倉庫消失的情況。很詭異的是，公寓門口長出來的血瘤樹也消失了。為什麼倉庫一消失，連道具也不見了？如果要徹底收回倉庫，最初就沒有必要出現。目前住戶們都認為是發生了某種異變，導致了這一現象，但是沒有人能推理出真正的原因。

剛才和深雨的短暫交談，更讓彌真進一步確定了自己的假設，大致猜出了倉庫出現的原因。倉庫的出現絕非為了幫助住戶度過血字，而是為了進一步減弱公寓規則對住戶的保護。而且，如果是要將難度保持在原來的水準，只是改變制衡的形式，公寓不可能安排這種毫無意義的事情。也就是說……這個倉庫是為了讓住戶觸發「死路」。

彌真得出的結論是……道具倉庫本身就是公寓發佈的一條血字指示！是針對公寓全體住戶發佈的一條血字指示！除非執行到第十次血字指示，看到其中的提示，否則沒有人能夠知道自己現在是在執行第幾次血字。公寓發佈了一條血字，讓住戶們進入倉庫，血字原文是「用於執行血字指示的道具」，而並非是「用於克制鬼魂的道具」。血字玩文字遊戲，實在是不稀奇。

當得知道具無法帶入公寓的時候，彌真更加確定了這個推測。公寓對鬼魂的最大限制是，鬼魂或有靈異現象的物件被完全排斥在公寓之外，這個限制是為了制衡血字難度，為了最大限度地保護住戶。

但是，在發佈魔王級血字指示的時候，公寓會發佈一條特殊的、針對全體住戶的血字，而且這是一條不限定時間和地點的血字指示，包括當時正在執行血字的柯銀夜等人都接到了這條血字。那個倉庫，就是血字指示的執行地點。這個血字的目的，就是為了徹底摧垮住戶度過十次血字的僥倖心理，逼迫他們去選擇魔王級血字。這麼一來，倉庫出現那麼多道具就很合理了。因為沒有限定血字終結的時間，甚至進入公寓內部，也無法解除掉道具帶來的詛咒。

公寓對鬼魂限制的加強，是以住戶的弱勢為前提的。公寓對鬼魂限制的削弱，是在給出了足夠的生路提示，讓住戶有能力逃脫血字詛咒的情況下才發生的。那麼，這個特殊血字就是在給了住戶足夠的生路提示的情況下，來削弱對鬼魂的限制。如今，倉庫消失了，連道具也不見了。為什麼道具不見了呢？道具的確對住戶會形成真實的詛咒影響，為什麼必須消失？是因為不需要存在了，還是無法存在下去了？

彌真認為，是生路提示和難度制衡兩方面的可能性最高。道具是公寓給出的生路提示，道具消失，是由於住戶已經觸發了死路，提示不需要出現了，或者說道具繼續存在，會超出難度制衡。也就是說，公寓的每一個住戶，至今都還在執行著這個「倉庫」的血字指示！而這個血字的詛咒現象，將會對公寓的限制進行大範圍的削弱。

被削弱的限制，有兩種可能。第一，公寓不能讓鬼魂進入的限制很可能會被破壞；第二，住戶逃回公寓後鬼魂不再追殺的限制被削弱。無論如何，倉庫的消失是死路被觸發的證明，這是不需要懷疑的。彌真度過了十次血字，至今還活在世界上的公寓住戶，沒有一個人對公寓的瞭解程度能夠和彌真相比。

「究竟是哪一個？」彌真在筆記本上不斷塗寫著，自言自語道：「公寓如果發生了因為死路觸發而造成的全面詛咒現象，未免太可怕了。不過，至今為止，生路能解開血字這一點是可以確定的。只要這一點不變，住戶就還有生存下去的機會。暫時還是別告訴上官小姐和深雨這個推斷，否則只會引起她們的恐慌。而且，我暫時也不知道有什麼辦法可以把彌天救出來。」

彌真站起身，感覺有些睏乏，揉了揉眼睛。

「嗯，用腦過度了，沖杯麥片提一下神！麥片呢？」她走到櫥櫃前，卻發現罐子已經空了：「不是吧？咖啡豆呢？也沒有了？心湖這個貪吃鬼！」

關上櫥櫃，彌真伸了一個懶腰。就在這時，手機鈴聲響了。彌真馬上取出手機接通道：「喂，我是楚彌真……」

「彌真，我，我好害怕！我現在都不敢離開家了，想來想去，只有求助你了！」

「汐月？出什麼事情了？」

「彌真，你也許會覺得我的話很荒唐，但是，這是真的，我家保姆說，在我家門口看到了王紹傑！」

「你，你說什麼？」

彌真的腦子迅速地推測出各種假設。長年執行血字的經歷讓彌真的反應速度和運算能力強到了驚人的地步。汐月不是住戶，怎麼可能會見到鬼？那個保姆是看錯了嗎？

彌真用平穩的語調安撫汐月說：「你先冷靜下來，把話慢慢說清楚。」

「我家保姆今天看到一個男人在我家外面，我剛才不是向你要照片嗎？她在你的空間裏看到了王紹傑的照片後，說他就是她在我家門口看到的男人！」

彌真愣了一下，說道：「人有相似，也不是奇怪的事情。」

「不，不會的！因為就連嘴邊的黑痣位置都一樣！」

「你為什麼會想到給保姆看王紹傑的照片？」

「她一說那個男人嘴邊有一顆黑痣，我就想到了王紹傑！」

「那麼保姆是在撒謊吧？」

「她為什麼要撒謊？」

「受了誰的指使吧？你別那麼緊張，王紹傑怎麼可能回來，你嚴厲地盤問那個保姆就行了。死人能回來，太荒唐了吧！」

彌真無法相信會有靈異現象發生在汐月身上，如果不是公寓住戶，見鬼的可能性比中彩票還低。不過，她還有一個可能性不高的假設，會不會是自己和汐月的接觸，而導致汐月也受到了某種詛咒？

「總之，你先待在家裏，我馬上過來！」彌真迅速衝出大門，心中祈禱著，汐月，你絕對不要有事！

汐月剛掛斷電話，手機鈴聲又響起了！她立刻將手機關機了，盯著面前的保姆，臉色陰沉地說：「現在想來你的話很可疑。你在撒謊是不是？你看到的那個人，已經死了！」

保姆嚇得連連擺手說：「太太，我發誓我沒有撒謊，我真的看到了那個男人！」

在公寓裏，李隱發現打給汐月的電話竟然只響了一下就斷了。他皺起眉頭說：「看來有問題，不過還好知道她家地址。但是，血字執行日期之前我們不能接近那裏。」

「必須鎖定位置才行。」深雨說道，「李隱，這次血字的關鍵是必須待在那兩個人身邊，所以，在血字當天必須保證可以找到那兩個人，如果他們臨時外出，麻煩就大了。」

「不過現在不可以貿然接近他們，」李隱卻有不同看法，「現在接近他們太危險了。」他看著眼前的子夜。子夜的臉色有些蒼白，李隱很清楚，這次她無法和自己一起去執行血字，感到非常擔憂和恐懼。

「總之，」李隱說，「我先聯繫嚴琅，必須瞭解他們是不是招惹了什麼邪祟，畢竟生路提示多半在這兩個人身上。」他想起文倩指證嚴琅夫婦是殺害王紹傑的兇手，雖然他不願意相信，但是坦白地說，嚴琅的確有殺人動機，千汐月也有作偽證的動機。當然，還有一個更可怕的可能性，那就是，那兩個人，有可能都已經死了！血字中的「屍體」二字，可能是另有所指的。

「難道是他們嗎？」子夜開口了，「那天文倩不是指證他們殺害了王紹傑嗎？李隱，難道他們不是兇手嗎？」

「子夜！」李隱連忙說道，「還不能確定……」

子夜冷冷地說：「李隱，我知道他們是你的大學同學，但是血字指示都那麼說了，他們如果真的殺了人，現在冤魂回來索命的話，你該知道會發生什麼事情吧？」

「什麼冤魂索命？」深雨急忙追問，「你們有線索？李隱，你說他們是你的大學同學，那麼，你知道一些什麼吧？如果他們真的是殺人兇手，這是絕對的大線索啊！」

「立刻想辦法調查這起命案，」子夜看向執行這次血字的三名新住戶之一的情報販子黎焚，說道：「黎先生，這也關係到你的性命。」

「我知道了，我一定會全力調查的。」黎焚放出豪言，不過，有多少把握只有天知道了，畢竟這起案子警方一直沒有偵破。

李隱也想到，這起案子如果和血字有關係的話，那麼，究竟是員警沒有能夠偵破，還是公寓設下的限制呢？畢竟公寓是可以完全影響司法機構的。

彌真從計程車上下來，抬頭看著高聳的公寓樓，不禁咋舌道：「真是有錢人啊，看來這夫妻倆還真有能耐。」

彌真來到一一〇三室，按了電鈴。門開了，保姆小華看見彌真站在門口，立刻說道：「是楚小姐吧？快進來，太太等你很久了。」

彌真馬上走進客廳，也來不及欣賞房間，就走向正坐在客廳裏、六神無主的汐月。

「彌真……」汐月立刻站起身來，「你可來了，太好了！」

這時候的汐月，顯得那麼無助，猶如被猛獸包圍的羚羊一般。看到她這個模樣，彌真連忙扶住她，說道：「汐月，小心你肚子裏的孩子，坐下吧。電話裏你說得太誇張了吧？就是這個保姆說看見了王紹傑？」

「對，是她……」

彌真回過頭看向小華，嚴肅地問道：「你確定你看見照片上那個人了？」

「我，太太，我不知道啊，你說那個人是死人，這怎麼可能呢，大白天的，還見鬼了不成……」

彌真突然快步走向小華，一把抓住她的手腕。彌真在測小華的脈搏，同時觀察著她的瞳孔，聲調盡可能平穩地問道：「我再問一遍，你確定，你看到的人，和照片上的人一模一樣？」

「真的啊，我真的看見了！你們都逼我幹嘛啊！」

彌真從小華的反應和脈搏的情況來看，她的言辭沒有閃爍不定，瞳孔也沒有明顯收縮，說話時脈搏沒有明顯加快。看起來，她的確沒有撒謊。如果再繼續追問，她反而有可能因為恐懼而真的撒謊。於是，彌真鬆開小華的手腕，說道：「抱歉了，看來你說的是實話。」

彌真坐回到沙發上，緊握著汐月的手，說道：「汐月，別怕，告訴我，最近你有沒有接觸過一些不認識的陌生人？那些人是不是成群待在一起，顯得很緊張？」

「沒有啊。」

「那麼，在這之前還發生過什麼奇怪的事情嗎？」

汐月立刻想起鳶尾花的事情，連忙說道：「有！你還記得吧，王紹傑以前經常給我送花，我在正天醫院上胎教課程的時候，有人在我的課桌上放了……一束鳶尾花！可是我不知道是誰放的，那束花的包裝和裏面的卡片，都和王紹傑當初送的一樣！」

「那束花還在嗎？」

「扔，扔掉了……」

「好，我知道了。」彌真開始快速思索起來。剛才深雨接到了血字，接著汐月就發生了這樣的事情。難不成，汐月是被捲入了血字指示之中？或者，汐月身邊的人成為了公寓的住戶？

彌真又問道：「你最近有沒有做過什麼特別的事情嗎？比如接觸了什麼很邪異的東西？」

「完全沒有啊！」

彌真抓起汐月的手腕，開始搭脈，接著問道：「汐月，你真的沒有隱瞞我什麼事情嗎？關於王紹傑的？」

「沒有，沒有啊！」

但是，汐月說這句話的時候，脈搏明顯加快了。而且，她說話的時候，目光有些躲閃。這讓彌真頓時生出疑竇來，難道她真的有事情隱瞞著我？是什麼事情呢？

「看你這個樣子，就算沒事也要變成有事了！你現在懷孕了，不能那麼焦躁啊。」彌真取出手機，「我給你老公打電話！」

「彌真！」汐月臉色更加慘白了，「難道真的是王紹傑的鬼……」

「別自己嚇自己。」彌真儘量讓自己的聲音顯得平穩，「我只是看你精神那麼差，想叫你老公回來照顧你而已。」

嚴琅這時已經在考慮要不要回家了。剛才在廁所裏看到的情形，還有妻子打電話來說的話，已經讓他沒有心思再工作下去了。向經理請假後，他匆匆走到樓梯口，按了電梯按鈕，可是，電梯卻遲遲不下來。

「可惡！」嚴琅狠狠踢了一下電梯門，然後就朝樓梯跑去。

嚴琅下樓的時候，手機響了。他連忙接通了電話：「喂，是……彌真？什麼，你在我家？」

聽完事情始末後，嚴琅越來越緊張，說道：「好，你先看著汐月，讓她穩定情緒！我馬上回去！」掛斷手機後，他一步好幾個台階地朝下面跑去。

突然，嚴琅聽到身後一陣巨響，他連忙回過頭一看，只見居然有著一把椅子從樓梯上面摔下來！他連忙避讓，椅子在台階上不停翻滾，掉到了台階下面！

看清了這把椅子，嚴琅的目光頓時凝滯！這把椅子，正是當初學院那個廢棄大禮堂內的椅子！椅背上還有著學院的名稱和校徽！而椅背上，染著殷紅的鮮血！

嚴琅仍然可以清晰地回憶起，那一天……他抓起了大禮堂裏的椅子，朝薛龍的頭上狠狠地砸了過去！現在這把椅背上的鮮血，竟然沒有凝固，還在不斷地流下，灑落到地面！看起來，像是剛剛沾染上了鮮血！

可是，他的身後沒有一個人。這把椅子是誰扔下來的？他又跑到樓梯上面，也沒有看到人。不過，樓梯上卻留下了斑斑血跡！這時，樓梯間裏安靜到了極點。嚴琅感到渾身都顫抖起來，如此恐怖的現象，完全超出了他的認知。接下來會發生什麼事情？他再也不敢待在樓梯上，立刻衝了出去。

不是的……不可能的……明明把你們都給殺了啊！現在，難道死去的人又出現了嗎？

衝到電梯前，嚴琅幾乎要虛脫了。可是偏偏這個時候，走廊裏卻很安靜，看不到一個人影。這可是震桓集團總部大樓，怎麼會一個人也沒有？電梯門打開了，裏面也空無一人。要進去嗎？

嚴琅猶豫了起來，平時不知道進去過多少次的電梯，今天竟然就像要走進獅子籠一樣，讓他感到膽怯不已！最後，他還是咬牙走了進去，因為他實在不敢再走樓梯了。他進了電梯，身體緊緊靠在角落上。這個狹小的電梯內，竟然讓他感到那麼恐怖！

「這是怎麼回事？」嚴琅抓著頭髮，對著空無一人的電梯，自言自語道：「我和汐月明明都已經把他們殺掉了！」

嚴琅的手撐著電梯牆面，額頭上沁滿冷汗。他已經六神無主了，目光一直鎖定著電梯顯示幕，只希望快點到一樓。

突然，電梯停住了！猶如一桶涼水從嚴琅的頭頂澆下！他連忙用力捶打著電梯門，想把門拉開，卻無濟於事。他轉頭一看，差一點尖叫出聲！

因為，在他的身後，竟然是剛才那把染血的椅子！嚴琅完全失去了理智，他滿臉驚懼的表情。眼前染血的椅子上，鮮血依舊一滴一滴地灑落，血滴在地面上發出的聲音，在寂靜的電梯內顯得格外響亮。

接著，嚴琅暈了過去。

此時，在汐月家裏，汐月喝下一杯熱茶後，漸漸鎮定了心神。

「嚴琅很快就會回來了。」彌真幫汐月蓋上一條毛毯，「你不如先睡一會兒吧？看你那麼累的樣子。」

「那，你要守在我身邊啊，彌真！」

「好的，我肯定會守在你身邊。」

彌真扶起汐月，帶著她前往臥室，讓她躺在床上，給她蓋好了被子。

「孩子的名字想好了沒有？」彌真問道，「你們應該討論過了吧？連嬰兒床都買好了。」

「討論過，還沒有決定呢。」汐月談起孩子就放鬆了下來，臉上露出欣然的笑容，「彌真，你說起什麼名字好？」

彌真用食指頂著下巴，頭微微抬起，想了想，說道：「嗯，嚴雪晨怎麼樣？男孩女孩都可以用。下雪的雪，早晨的晨。」

「雪晨？嗯，不錯啊。好，就用這個名字了。」

「唉……我隨便想的啊，你真的用啊？」

「我覺得這個名字很不錯。」

汐月是真的累了，她的眼皮開始打架，不久後就陷入了沉睡。彌真就靜靜地坐在床邊，心中卻在思索著該怎麼做。如果汐月真的被捲入了血字指示，彌真自然是不會坐視不管的。

彌真輕輕地走出房間，取出手機，給上官眠打電話：「喂，上官小姐……」

「什麼事情？我不是告訴過你，沒有重要事情的話，不要輕易和我聯絡嗎？」

「很抱歉，不過我想問一下，這次的血字內容是什麼？」

「你為什麼要問這個？」

上官眠那猶如機械一般冰冷的聲音讓人感到心顫，不過彌真沒有在意，繼續說道：「上次你和我提過的倉庫的事情，我有一些推測。不過，需要參考目前發佈的血字內容。下次見面時，我會告訴你我的推論。」

電話那一頭沉默了一會兒，然後說道：「血字指示的內容我只說一次。」

「好的！你稍等啊！」彌真連忙朝著眼前一個櫃子衝過去，拉開抽屜，找尋紙筆。可是一下子找不到，她只好跑進書房，電腦還開著。她迅速打開一個文件檔，用肩膀夾著手機，雙手在鍵盤上放好，說道：「你說吧。」

隨著上官眠的口述，彌真迅速地在電腦上打字。聽完血字指示內容之後，彌真頓時感到一陣心悸！果然如此！汐月果然被捲進了血字指示！

「我明白了，謝謝你，上官小姐，我很快會再和你聯絡的。」

掛斷電話後，彌真仔細看了幾遍這段血字，記住之後就將文件檔刪除了。她回到臥室時，沒有熟睡的汐月醒過來了。

「彌真？啊！」汐月突然大叫起來！然後，她的手顫抖著伸起，指向彌真身後的一個茶几。

茶几上面的一個花瓶裏，插著一束鳶尾花！那個茶几上本來只放著一個空花瓶，可是，就在彌真出去這一會兒，竟然就出現了一束鳶尾花！

「這，這是怎麼回事，彌真？」汐月的眼神中只有無助和絕望。

彌真並不感到驚訝，經歷了那麼多血字指示，她很清楚，一旦被捲入血字，無論發生多麼詭異的現象都沒有什麼好奇怪的。但是，住戶是可以通過生路存活的，那麼汐月呢？她只是被作為血字指示的一個「道具」，在這樣的情形下，接下來會發生什麼事情，根本無法預料。

汐月迅速衝下床來，跑到那個茶几前，抓起那束鳶尾花，衝到窗戶前，一把扔了下去！然後，她蜷縮在牆角，低低抽泣起來。

「不要，不要過來，不要來找我！」

彌真立刻過去扶住汐月的雙肩，說道：「告訴我，汐月，到底是怎麼回事？你和王紹傑，究竟發生過什麼事情？」

如果是住戶的話，和鬼的接觸恐怕沒有因果，但汐月不是住戶，她被牽扯進去，那就證明她很可能和王紹傑等人的死有莫大關係。如果知道了真相，那也許就有辦法可以將血字解開。

「我，我不知道！」汐月滿臉驚恐，她只是不斷地擺著手，眼神中卻透露出了震愕。

汐月很顯然在撒謊。彌真對這一點更加確定了。但是，不知道真相的話，她就不能夠進一步解決問題了。現在，就算離開這個地方也沒有意義，血字指示並沒有提及這裏是血字指示執行地點，也就是說，無論到哪裏，嚴琅和汐月都無法擺脫這個噩夢。

「告訴我，汐月！」

彌真依舊不肯放棄，大聲說道：「你知道事態有多嚴重嗎？這不是鬧著玩的！如果事態繼續發展下去，你、嚴琅，包括你肚子裏的這個孩子，都有可能會遭到不測！所以你快點把你知道的一切事情都告訴我！我向你保證，無論你說了什麼，我都不會告訴別人！」她已經猜出，汐月在擔心些什麼。

嚴琅睜開了眼睛。他正躺在一張病床上，身邊圍著一群同事。他看了看周圍，似乎是在醫院裏。

「小嚴，你醒了？」市場部經理在他身旁，看見他醒了，鬆了口氣，「真是的，嚇死人了，你在電梯裏昏迷了，我們就把你送到醫院來了。」

嚴琅感覺腦子裏一片混亂，過了好一會兒，他才猛然回憶起，他看到了那張染血的椅子！那個恐怖的場面在他的腦海中再度浮現，他立刻坐了起來，接著，他又回憶起汐月打來的電話。

「難道說……」一個恐怖的假設浮現在他心頭，他立刻下了床，說道：「經理，我要馬上回家去！」

「你開什麼玩笑呢？你要休息一下才行……」

「不，不行！」嚴琅匆匆穿上鞋子，「我必須馬上回家去看我太太，她也許會出事，誰都不要攔著我！」

這個時候，嚴琅心中的恐懼，更甚於在電梯中看到那把椅子的時刻。他不知道，現在的汐月，究竟會面對什麼！

衝出病房，他不顧一切地奔下樓去！還好醫院的樓梯上人來人往的，他沒有感到太過害怕。一口氣衝到一樓大廳，他就拚命地衝出門去，來到馬路上，攔下了一輛計程車！

「司機，去弄月路！」

7 鬼魅住戶

嚴琅這時心如刀絞，往事在心中翻騰起來……

嚴琅一直是一個非常內向懦弱的人。家境貧寒的他，本來就很自卑，也時常被人欺辱，因此，他越來越膽小恐懼。所以，他迷戀著網路遊戲，因為在遊戲中，他可以拋卻現實世界的種種痛苦，可以大殺四方，可以受到大家的敬仰。因此，他越來越迷戀遊戲的世界。後來，他開始自己寫遊戲劇本，設定遊戲的角色、道具、職業、升級體系，越寫越熟練。再後來，他製作網頁，將自己的遊戲逐步放在網上。自卑的他，從來都沒有把自己寫的遊戲劇本給任何人看過，只是默默地進行創作。

考上大學後，嚴琅依舊不改對遊戲的癡迷，經常逛學院附近的網吧，購買攻略雜誌和遊戲周邊。除了遊戲之外，平日裏，他還時常偷偷注意著千汐月。

和千汐月第一次見面的時候，嚴琅就驚為天人。當然，他太自卑了，不敢有癡心妄想。他只是每一天都坐在千汐月後面，偷偷地看著她的優雅談吐和豔麗姿容，也讓他感到很享受，為之傾倒。而在班級裏，追求千汐月攻勢最猛的王紹傑，不斷地給她送鳶尾花。雖然千汐月一次次地拒絕，但是王紹傑卻越挫越勇。

而嚴琅的噩夢也開始了。

那一天，他捧著剛買的遊戲攻略雜誌，坐在一個石凳上津津有味地看著，突然，雜誌被一隻手搶走了。他抬起頭來，看到一個比他高出近一個頭的青年站在他面前，面露凶相地說：「你就是嚴琅吧？」

嚴琅認出，眼前這個人是王紹傑身邊三大跟班之一的羅子強。他只能勉強答道：「對，我就是……」

話還沒有說完，嚴琅的衣領就被羅子強一把扯起，然後，附近又走出來兩個青年，二人都氣勢洶洶的，讓人不寒而慄。那正是王紹傑的另外兩名跟班，薛龍和鄭華。三個人聚到一起，不懷好意地圍著嚴琅，直把他看得渾身發毛。

「你們，你們要做什麼？」

「做什麼？」薛龍陰笑一聲，「走，帶他去見傑哥！」

他們拉著他來到一個僻靜的地方，王紹傑從遠處走過來。嚴琅實在不明白，他到底怎麼得罪了王紹傑？

王紹傑來到他的面前，說道：「嚴琅，你知道我今天為什麼叫你來？」

「不，不知道啊。」

「哦，不知道啊。」王紹傑露出一絲詭異的笑容，一拳猛地揮出，狠狠砸中了嚴琅的腹部，然後又一腳踢了過去！

「我叫你不知道！我叫你不知道！媽的，上課的時候，你不是一直都坐在千汐月身後偷看她嗎？你以為我不知道你用手機偷拍她？」

「傑哥，」薛龍說道，「追求千汐月的也不是只有他一個，幹嗎就對付他？」

「其他人都還算識趣，不敢和我爭，這小子卻一直賊心不死！千汐月遲早是我的，我本來就計畫著怎麼把她儘快弄上床，這小子居然敢偷拍我的女人！找死！」

羅子強一把抓住王紹傑的後頸，然後一把將他壓倒在地，說道：「傑哥，這小子真慫，被咱們這麼打，嚇得渾身發抖呢！」

「別，別打我！」

嚴琅嚇得六神無主，說道：「王紹傑，啊，不，王少爺，你大人有大量，放過我吧！我再也不敢偷拍千汐月了，真的，我保證，我保證！」

「哼！」王紹傑冷聲說道：「你這個癩蛤蟆也想吃天鵝肉，你省省吧！你們幾個，好好招呼他，對了，別往臉上打。」

他這副樣子，更把嚴琅嚇得魂飛魄散，頓時連連求饒道：「求你，求你饒了我吧，要我做什麼都可以……」

「打！」

接著，就是一頓毫不留情的拳打腳踢。那時候，因為被千汐月再三拒絕，王紹傑心情極差，所以才拿嚴琅來做出氣筒。

嚴琅根本不敢告訴別人，也無人可以求助，只能默默承受。他再也不敢去看千汐月，雖然還是很迷戀她，可是，他更加懼怕王紹傑這個惡魔。從那以後，王紹傑依舊死皮賴臉地糾纏著汐月，送鳶尾花的頻率也越來越高。到了後來，千汐月看到鳶尾花都想吐了。

有一天，千汐月當著班裏很多同學的面，把鳶尾花還給王紹傑，怒氣沖沖地說：「王紹傑，你是聽不懂中文嗎？我都說了好多次了，我不想和你交往！你又是送花，又是開跑車在我面前炫富，還要強行給我買衣服首飾，你到底在想什麼？」

然後，汐月就跑開了。王紹傑卻哈哈大笑道：「各位，大家以為我會動搖了，是不是？不，這才是開始！我王紹傑，絕對不會有攻不下的堡壘！」

後來，千汐月每一次拒絕王紹傑，他都會將怒氣轉移到嚴琅身上出氣。在他看來，嚴琅這個膽小鬼，是一個人肉沙包。而且，單純的毆打讓他感覺無趣，打算玩新的花樣。於是，學院裏那個廢棄的大禮堂，成為了王紹傑折磨嚴琅的最佳場所。

那一天，嚴琅又被薛龍等人強行帶進大禮堂，他臉色慘白地看著王紹傑。為了躲避王紹傑，嚴琅已經蹺課很多次了，但是總不可能一直不來學校。

「聽說你前幾天去教務處告狀了？」王紹傑坐在一張椅子上，叼著一根煙，冷冷地說：「你們家好像是擺麵攤的吧？嗯，我看過兩天把你們家的攤子砸了怎麼樣？」

「你，你不要對我爸媽出手！」嚴琅嚇得連忙求饒道，「你放過我吧，你這樣折磨我，有什麼意思呢？」

「有意思啊，你這麼好的出氣筒，哪裏找去？千汐月今天又不給我面子了，沒辦法，只好從你這裏找補了。嗯，鄭華，準備好相機，等會兒要拍得清楚些啊。薛龍、羅子強，扒了他的衣服！」

「不！」嚴琅拚命掙扎著，終於大罵了一句：「王紹傑，你這個混蛋！」這句話剛出口，他就被羅子強用手肘狠狠砸中胸口，然後被打翻在地！

「敢罵傑哥，這小子硬了是不是？」

薛龍過來揪住嚴琅的頭髮：「子強，快脫掉他的衣服！哼，這小子又不是美女，拍下來也沒有價值啊！」

王紹傑露出一個殘忍的笑容：「有了照片，以後他敢不乖乖聽話？不也蠻好玩的嗎？你們說呢？」

嚴琅露出了絕望的神色，他的上衣長褲被扒下了，卻無力反抗。他感覺到，永遠也沒有辦法和眼前這個惡魔抗爭了……他每掙扎一次，就會換來薛龍和羅子強的拳頭。而鄭華則端著照相機，在一旁說道：「快點！我還等著拍照呢！」

「為什麼！」嚴琅終於失控地咆哮道，「為什麼你要這麼對我！」

王紹傑撣了撣煙灰，根本不去理會嚴琅。這時候，羅子強抓住嚴琅的雙臂，薛龍一把將他的內褲扯下！嚴琅一絲不掛地倒在地板上！

「好！」王紹傑說道，「子強、薛龍，抓住他的手腳，不要讓他動！」他拍了拍鄭華的肩膀，說道：「好好拍，拍清楚一點啊。」

鄭華笑著說：「好，我知道了！」然後，他就對準了嚴琅，不斷按下快門！

「不要，住手，你們給我住手啊！混蛋，我要殺了你們，我一定要把你們都給殺了！」嚴琅的手腳都被死死地按住，根本沒有辦法動彈，他只得絕望地叫喊著。

鄭華不知道拍了多少張照片後，才收手了。「差不多了吧？傑哥。」

「嗯，可以了。」

薛龍和羅子強終於放開手了。王紹傑大笑著拿著相機，說道：「嚴琅，你應該明白，要是這些照片流傳出去，你這輩子都別想抬起頭來了。哈哈，以後你要對我言聽計從，就是我讓你去吃屎，你也得去吃！」

嚴琅暴怒地朝王紹傑撲去。薛龍眼疾手快，一把抓住他，又是一拳打在他的胸口，罵道：「皮癢了是不？還敢反抗？」

王紹傑哈哈大笑道：「好了，別管這小子了！鄭華，你幹得不錯啊。」他拿著數位相機，查看著嚴琅的照片

「啊啊啊——」嚴琅雙眼通紅，他的手死死抓著一旁的椅子，怒吼道：「王紹傑，我一定要

殺了你！」

「殺我？」王紹傑哈哈大笑道，「有種你就來殺啊！我看你怎麼殺我！」他和薛龍等人揚長而去。

嚴琅一個人跪倒在地上，看著自己的裸體，心中湧起強烈的屈辱感，一瞬間真的有了「殺死王紹傑」的念頭。不過，殺人是要坐牢的，嚴琅還不至於失去理智。還有一年就要畢業了，他只要忍一忍，等熬到畢業，他就再也不和王紹傑見面了。但是，他又想到，王紹傑手上有自己的照片。王紹傑完全能夠利用這些照片，在畢業之後一樣玩弄自己。

接下來的日子裏，嚴琅連蹺課都不能逃了，因為王紹傑命令他「隨傳隨到」。王紹傑不知道做了多少侮辱他的事情。

最可怕的噩夢和黑暗降臨了。那是一個星期天，嚴琅被王紹傑強行要求待在那個大禮堂裏。

「我對千汐月的耐心已經到極限了。」狠抽著煙的王紹傑怒氣沖沖地說，「媽的，我好心好意給她買名貴衣服和香水，她居然都退還給我了，這麼不識趣的女人我還是第一次碰到！」

「傑哥你的意思是……」薛龍試探著問道，「打算怎麼做？」

「怎麼做？嘿嘿。」王紹傑將煙隨手一丟，「千汐月今天有社團活動，所以會留在校內，不久之後她就會經過這裏。然後，我們上次對嚴琅做的事情，可以對她再做一次！」

「不行！你們不可以那麼做！」在旁邊聽著的嚴琅臉色慘白地說道，「求你們了，王紹傑，你不是喜歡千汐月嗎？」

王紹傑一把揪住嚴琅的頭髮，將他狠狠按在牆壁上，吼道：「誰給你的膽子，敢和我頂嘴了？我告訴你，我知道你喜歡千汐月，看在你這段時間還算聽話的份上，等我玩爽了，可以把她送給你玩玩！」

「王紹傑，你敢！」嚴琅憤怒不已地說，「我不許你那麼做！」

「好啊，你要是敢去告訴她，我就馬上把你的照片發佈出去，我還會讓你爸媽的麵攤馬上完蛋，而且以後在這個城市任何地方都不要想再做生意！你信不信？」

嚴琅心頭一陣發顫：「王紹傑，不要，算我求你了，你要我做什麼都可以，但是，請你不要傷害千汐月！」對嚴琅來說，千汐月是他內心神聖的淨土，不容任何人玷污！所以，他絕對不容許王紹傑那麼做！

王紹傑卻冷笑道：「千汐月我是幹定了！誰也別想阻止我！」

鄭華離開了，過了一段時間，他將千汐月帶進了大禮堂裏。千汐月看見大禮堂裏聚集了這幾個人，一時疑惑起來，而這個時候，鄭華已經把禮堂大門關上了。

「你們……」汐月還來不及開口，被薛龍和羅子強制服住的嚴琅立刻大叫道：「汐月，快逃啊！他們要在這裏，對你，對你……」

「王紹傑！」千汐月大睜著眼睛問道，「你這是什麼意思？」

「什麼意思？」王紹傑獰笑著說，「今天是周日，這周圍沒有什麼人，你沒看到我把窗簾都拉上了嗎？在這裏，我們可以好好享受一番嘛！」

汐月大驚失色，連忙想逃走。可是鄭華卻堵在大門口，他一把抓住汐月的手臂，將她拉到大禮堂的中間，狠狠地摔在地上！

「王紹傑，你個混蛋，你敢！你敢！」嚴琅這時候感到心幾乎要被撕碎一般。

「省省吧。你逃不掉的。」

王紹傑走過來對千汐月陰笑道，又對薛龍說：「你也過來，嚴琅那小子，讓子強揪住就行了。我就是想讓他看看，他迷戀的女人是怎麼樣被我上了的！這樣肯定很有意思。」

「原來如此！」羅子強恍然大悟道，「所以你把他也帶來？上次拍照片，也為了讓他不敢把看到的事情說出去？」

「子強，你越來越聰明了啊。」王紹傑打了個響指，然後對鄭華和薛龍說：「把她的手腳都制住，就和上次一樣，不過，這次她的衣服，我來扒！呵呵，千汐月，這可是你給臉不要臉，我才霸王硬上弓了。」

「王紹傑！你瘋了嗎？」汐月驚恐萬分地說，「你這是在犯罪啊！」

「犯罪?!我就不信我上了你，你敢說出去！」然後，王紹傑就一手抓過去，將她的身體按在一張桌子上。

「王紹傑，求你，求你不要這麼做！」汐月嚇得六神無主，她現在只有寄希望於王紹傑的理智和良知了。可是，她低估了王紹傑的無恥和殘忍。

「王紹傑！」嚴琅縱然此時還被羅子強死死抓住，他還是拚了命地要向前衝，大吼道，「你敢動她，你敢動她試試！」

可是，王紹傑根本不加理會，他已經將汐月的上衣脫下了！然後，又去扯她的外褲！

「不要，不要！」汐月驚恐不已地掙扎著，王紹傑卻露出殘忍的獰笑，說道：「嚴琅，你就好好看著我怎麼上她吧！」

王紹傑這時已經脫下了汐月的內褲，又將她身上最後一件內衣扯下，露出了飽滿的雙峰！

「呵呵，不錯不錯！」王紹傑哈哈大笑起來，「果然是極品啊！」

「住手，住手啊！」汐月臉上滿是淚水，她還在哀求著：「求你，求你放過我吧，求求你……」

「王紹傑！我一定會殺了你！」嚴琅內心再度升騰起強烈的殺意，殺意充斥了他的胸膛，憤怒的力量充滿了全身。他的理智在這一刻終於崩潰了。

可是王紹傑根本不加理會，他用雙手抬起了汐月的雙腿，欣賞著汐月的胴體！

「不——」嚴琅這時已經感到血液逆流了。可是，羅子強的力氣實在太大，他掙扎了好幾次都失敗了。

「不要，不要啊！」汐月聲嘶力竭地哭喊道，「救命，救命啊！誰來救救我！」

心目中最珍愛的女子，卻被這些禽獸如此侮辱，嚴琅終於發狠了！他拚命咆哮起來：「殺！殺！殺！我今天要把你們四個全部殺掉！一個也不留！」

這時候，羅子強似乎也被汐月的身體迷住了，抓住嚴琅的手居然略微鬆開了。嚴琅自然不會放過這個機會，他狠狠一拳砸向羅子強，一下掙脫了！然後，他衝向眼前這群禽獸，順手抄起一把椅子，高高舉起，朝著離他最近的薛龍的頭部，狠狠砸了下去！

這一砸，他幾乎用了全部力氣，薛龍的腦袋頓時開了花，一下倒在了地上！

這一下，把王紹傑和鄭華都嚇了一跳！嚴琅從身上抽出了一把匕首，怒吼道：「王紹傑，我要殺了你！」

嚴琅在被拍過那些照片後，對王紹傑的恨意很深，他就隨身藏著一把匕首。此刻，這把匕首終於派上了用場。嚴琅一手拿著匕首，一手還抓著剛才那把椅子，他掄起椅子，朝王紹傑扔了過去！

王紹傑嚇了一大跳，連忙躲開，椅子從他肩膀旁邊飛過，他一個趔趄就倒在了地上！嚴琅這時已經扶起了汐月，汐月用雙手掩住自己的胸口，併攏雙腿。

「嚴，嚴琅！」鄭華瞪大了眼睛，指著他說道：「你，你殺了薛龍！」

「我殺的就是你們！」嚴琅朝地面上的王紹傑殺了過去！他舉起匕首，就要刺下去的時候，鄭華拉住了他！羅子強也奔過來，扶起了王紹傑，說道：「傑哥，這小子居然敢這麼做！他哪裏來的刀子？」

「王紹傑，我一定要殺了你！」

嚴琅怒不可遏，雙目大睜，接著怒吼一聲，掙脫了鄭華，又朝羅子強和王紹傑衝了過去！對他來說，千汐月是他心目中的女神，可是王紹傑卻讓她受到這種侮辱，還差一點奪走她的貞操！

在嚴琅心中，已經給王紹傑判了死刑，而且是立刻執行！

然而，羅子強卻避讓過了嚴琅的匕首，反手抓住嚴琅的手臂，狠狠砸在桌角上，匕首頓時掉落在地，接著，羅子強把嚴琅狠狠踢倒在地，罵道：「你這個混蛋！傑哥，乾脆廢掉他一隻手，為薛龍報仇！」

王紹傑這時候受到了很大驚嚇，不過看嚴琅手上的匕首已經沒了，也鬆了口氣，說道：「可惡，給我打！給我往死裏打！」

但是，這時的嚴琅已經憤怒到了不顧一切的地步，他再度暴起，又抓起那把椅子來，怒火沖天地吼道：「我說了，你們四個人今天全部都得死！我和你們拚了！」

嚴琅掄起椅子朝羅子強狠狠砸過去！羅子強也連忙抓起椅子抵擋，然而嚴琅用的力氣很大，一下打飛了羅子強的椅子，不等他反應過來，椅子就狠狠砸在他的太陽穴上，然後狠狠一踢，將他踢翻在地！

已經徹底失去理智的嚴琅陷入了暴怒中，要是以前的他，絕對不可能這麼狠，可是現在，他卻接連出手，下了殺手！任誰也無法想像，他就是昔日那個懦弱的嚴琅！

羅子強倒在地上的時候，王紹傑看傻了。此時的嚴琅，雙目像要噴出火來，充滿強烈的憎恨，臉被憤怒扭曲著，他一把抓起地上的匕首，朝王紹傑走去！看到嚴琅這麼恐怖的樣子，王紹傑嚇得拔腿就逃！

鄭華卻冷眼看著嚴琅，他舉起地上的椅子，就要向嚴琅頭上丟過去！就在這時，鄭華的頭被重重地一擊，他茫然地倒在了地上。他的身後，站著汐月！

汐月緊抓著一把椅子，悲憤地看著地上的鄭華。

「嚴琅，你別過來！」王紹傑不斷朝後退去，在慌亂中腳下一不小心跌倒了，摔倒在地。於是，嚴琅握著匕首狠狠朝王紹傑的胸口刺了過去！匕首扎入王紹傑的心口！

「你……」王紹傑驚愕地抓住嚴琅的手，想拔出匕首來，可是，嚴琅殺紅了眼，將匕首繼續扎得更深！

這個時候，汐月也衝了上來，她已經披上了剛才被脫下的衣服，她奔到嚴琅面前，抓住他的手，說道：「別放開，這個人讓我來殺！死在這裏的人，都算是我殺的！」

「汐月！」嚴琅搖頭道，「你開什麼玩笑？我就是為了你才殺了他們！為了你，我什麼都願意做！」

結果，汐月和嚴琅一起將匕首拔出，然後再度扎下！就這樣不斷拔出，再刺下！最後，王紹傑在地上一動不動，死得不能再死了。

嚴琅和汐月放開了匕首，倒在地上喘著粗氣。突然，嚴琅注意到不遠處的鄭華，問道：「汐月，是你殺了鄭華？」

「對，是我殺的。」汐月緊抓著嚴琅的肩膀，「他要用椅子砸你，所以我才……現在，我們該怎麼辦？」

看著一片狼藉的殺人現場，丟在地上的兇器，嚴琅快速思索著。他咬著牙說道：「你先穿上衣服吧。我們身上沾了血的衣服都要毀掉！這個兇器必須扔掉！得擦掉椅子上的指紋！快一點，萬一有人經過這裏就麻煩了！」

於是，二人立刻開始行動，確定指紋都擦掉後，汐月問道：「你確定，你和他們來這裏的事，沒有人知道嗎？」

「嗯，沒有。那有人看到你和鄭華來這裏嗎？」

「沒有。」汐月抓起匕首，她只有內衣上沾了一些血，所以不要緊。可是嚴琅身上沾了不少血，汐月讓他脫下上衣，裹成了一團。

最後，二人離開了大禮堂，直奔出校園。因為是周日，學院裏的人比較少，沒有熟人看到他們。

「聽好了。」離開學校後，汐月拉著嚴琅的手說：「如果以後警方問起，我會給你做不在場證明，就說我結束社團活動後離開了學校，在附近遇到了你，接著我們就一起逛街，我們必須把口供對好。」

如果剛開始還可以算是正當防衛，後來殺王紹傑，就是絕對的謀殺了。二人是同時揮刀刺下的，所以，也不知道王紹傑到底算是誰殺的。如今，二人共同背負著殺人罪行，可以說，已經是命運共同體了。在這種狀況下，他們已經無法分開了。他們在郊外燒毀了血衣，把匕首扔進了宛天河。二人又仔細回憶了這一天的所有行程，編造好了口供。

到了週一，四個人的屍體被發現了，立刻全校轟動。警方立刻開始偵破案件，並由於文倩的告密發現了那些照片，從而鎖定嚴琅為第一嫌疑人。接著，汐月挺身而出為嚴琅作證。二人的不在場證明倒是無懈可擊，因為二人已經反覆演練了多次。最後，由於這個關鍵性的不在場證明，警方只好放過了嚴琅。也因為王紹傑這個人橫行霸道已久，招惹的人不只嚴琅一個，所以警方調查了很多其他線索。

從那以後，嚴琅和汐月就變得親密起來。汐月很清楚，嚴琅為她背負了殺人罪行，如果不是因為她，事情不會變成這個樣子。所以，她一直和嚴琅互相扶持著，兩個人一起熬過這段黑暗的歲月。

不過，二人雖然關係開始親密，卻不敢在大家面前表現出來，汐月的證詞之所以可以被採信，就是因為她平時和嚴琅幾乎沒有任何交情。

畢業之後，兩個人斷絕了和其他同學的聯繫，儘量和過去徹底告別。每一天，每一刻，他們都感到很煎熬，只有擁有彼此，才能稍稍感到一些安慰。無論王紹傑如何可惡，他們畢竟是殺了人，犯下了罪行。但是，嚴琅並沒有後悔，如果讓他再經歷一次的話，他同樣會殺了王紹傑。

嚴琅向汐月求婚，是在一個夜晚，二人坐在一個公園的秋千上看著夜空中劃過的流星。

「汐月，」嚴琅傻傻地說，「你，能夠和我在一起嗎？為了你，我一定會好好工作的。」

「在一起？」汐月明知故問地逗弄他，「你這話我聽不明白啊……」

「我是說，希望以後，無論經歷什麼，都可以和你一起分享。啊，我不會說話，但是，我會對你好的，一定會的！」

汐月低下頭來。她心裏很清楚，自己和嚴琅的命運已經緊緊地連在了一起，根本密不可分了。

「我和你，一起殺過人。」汐月低低地說，「即便如此，你也有信心，我們能獲得幸福嗎？誰也不知道，將來員警會不會查出什麼線索，如果我和你在一起的話，警方也許會注意到我們。」

嚴琅沉默了。

「你的遊戲劇本寫得很不錯，」汐月轉移話題說，「我上次看過了呢。是你自己寫的嗎？」

「嗯，是的。你喜歡嗎？」

「很喜歡。想不到你能寫出那麼有趣的遊戲，你可以考慮將來在這方面發展一下啊。」

嚴琅注視著天空中的流星，喃喃說道：

「可惜人生不能像遊戲一樣順利啊。不過，能夠和你在一起，像現在這樣，我真的覺得很幸福。你知道嗎？汐月，那個時候，看到你要被他們侮辱的時候，我就把一切都豁出去了。我只知道，絕對不能讓你被他們傷害，一定要保護你。那個時候，如果不殺了王紹傑，他將來一定還會折磨你。所以我一定要殺了他，只有殺了他，才能夠保護好你。不過你好傻，為什麼你也要來殺人呢？你明明知道的，只要為了你，做什麼我都心甘情願的。」

汐月默默地聽著這番話，輕輕地盪著秋千。

「嚴琅。」

「嗯？」

「婚禮不要辦得太鋪張，也不要邀請以前的同學，盡可能低調。好嗎？」

嚴琅聽到這番話，頓時面露狂喜的神色，他衝過去緊緊抱起汐月，問題：「真的嗎？你真的願意嫁給我嗎？」

「嗯，對啊。」汐月笑著擦著眼淚，「你真是嘴笨啊，求婚也求得那麼遜。以後，要你養我了啊。」

「當然！」嚴琅抱緊了汐月，「我們一定會很幸福的，一定會的！我絕對不會改變我對你的愛，從過去，到現在，到永遠！」

這個時候，計程車司機的話打斷了嚴琅的回憶：「先生，弄月路到了……」

嚴琅掏出皮夾，隨手抽了一百元塞給司機，立刻下了車，說道：「不用找了！」

然後，他拔腿奔向自己的家，心中不斷祈禱著，汐月絕對不能有事！當初，他親口承諾的，要保護好她，給她幸福的！就算王紹傑真的變成鬼回來了，他也一定要保護汐月！

這時，汐月蹲坐在牆角哭著。彌真不斷地安慰著她：「汐月，你應該知道事態有多嚴重吧？如果你什麼都不說，我是沒有辦法幫你的！告訴我……王紹傑，他是不是對你和嚴琅做過什麼？是不是？」

聽到這句話，汐月猛然抬起頭，看向彌真。彌真何等聰慧，她早已經把真相猜得七七八八了。現在，只差由汐月親口證實了。

「聽我說。」彌真柔聲道，「我猜出你和嚴琅做了什麼，但是我不會告訴任何人的。王紹傑是什麼人我很清楚，現在，你和嚴琅很危險！你明白嗎？所以，把所有事情都告訴我，難道，你連我都信不過嗎？」

外面傳來房門打開的聲音，然後，響起一陣急促的腳步聲。嚴琅衝進臥室，看到彌真和汐月，立刻過來一把拉起汐月。

「你沒事吧？彌真，你先走吧，我和汐月有些事情要談。」

嚴琅一進來就給彌真下了逐客令。雖然令人不快，不過彌真也很理解他的心情。只是，現在她如何能夠離開？

於是，她索性直接說道：「你們聽著！現在你們是被詛咒了！你們要面對的不是人類，是兇殘的惡靈厲鬼！你們明白了嗎？」

這句話，聽得嚴琅心頭一顫，他看向彌真，像是抓住了救命稻草一般：「你，你知道什麼嗎？彌真？」

「對。」彌真點頭道，「你們如果想得救，必須要聽我的。你們是被一座『公寓』下了詛咒。」

「公寓？」嚴琅迷糊地問道，「這是什麼意思？」

「你們聽好了。」彌真開始詳細說明和公寓有關的事情。等她說完以後，嚴琅和汐月已經是呆若木雞。

「你，你是開玩笑的吧？」嚴琅難以置信道，「這怎麼可能？」

彌真也知道他們很難相信，但是，現在沒有別的辦法，必須要告訴他們真相了。

「接下來，公寓的住戶會接近你們，然後，你們無法想像的恐怖現象就會在你們面前一一出現。如果你們想活下去，那麼就只有度過血字指示！找到『血字』的生路的話，你們就可以活下來。」

終於，嚴琅和汐月把殺人事件的始末告訴了彌真。

彌真聽完後，極度憤怒地說：「王紹傑這個人，根本死有餘辜！」

「對啊，」嚴琅也怒不可遏地說，「如今，他居然變成鬼回來復仇？他憑什麼向我們復仇？我現在最擔心的，就是汐月和她肚子裏的孩子。彌真，你能推測出生路嗎？」

「你確定沒有漏掉任何細節？」

「該說的我都說了！」

嚴琅咬牙說道，「這是我們最痛苦的一段往事，告訴你，是希望你可以找出讓我們活下去的希望！彌真，如果你可以幫我們度過這次難關，我什麼都肯為你做！」

「以汐月和我的關係，我當然不會坐視不管。」

彌真說到這裏，思索起來，接著問道，「你們確定丟掉那把匕首了嗎？」

「是的，肯定丟掉了。」

「那匕首就不可能是生路了。不，也難說……目前線索還不夠多。公寓一定會在住戶聚集後給出生路提示的，希望也就是在那個時候開始。」

「那我們現在怎麼辦？這個地方，不能再繼續住了！」嚴琅急切地說，「再待在這兒，我和汐月都會……」

「發佈了血字指示的話，你們待在任何地方都不會安全的。不過，至少在廿三日以前，你們的安全是有保證的。」

「什麼，你要搬出去住？」林心湖驚愕不已地看著彌真，此時彌真已經把行李都收拾好了。

「抱歉，心湖，」彌真不好意思地說。

「我打算暫時搬出去住一段時間，你別誤會，不是我不想和你一起住，是我找到了合適的房子。」

離開心湖，是彌真早就有的打算。詛咒不斷加強，她不想連累心湖，如今她又和公寓的事情重新發生了牽扯，她非常清楚，自己已經時日無多了。但是，她希望在最後的生命裏，幫汐月和嚴琅度過這次血字指示。

心湖疑惑地問道：「不是吧？你一個人租房很辛苦吧？回國以後，你還沒有找到工作啊。」

「工作總會找到的，心湖，這段時間多謝你了，不過，我必須暫時離開。」

「那……你一個人小心一些啊。我真是有些擔心你。哦，對了，這個給你。」心湖走回房間，拿出一本書來遞給彌真：「我今天下午剛買到的，李隱的小說。上次同學聚會，李隱和我提起書名後，我今天在書店看到就買了。我想你肯定會喜歡的，雖然我只看了一半，不過先借給你看吧。」

「嗯，謝謝你，心湖。」彌真接過了那本小說。

「嗯？李隱的筆名……」彌真的聲音戛然而止，她的目光鎖定著眼前這本書：「十次血字」！

繁星點點，月光猶如長河一般灑下。但是，縱然在如此明亮的光芒照射下，公寓依舊不會有絲毫影子，就好像這個公寓根本就不存在於這個世界一般。

四〇四室內，這次要執行血字的住戶全部聚集在了一起。當然，子夜雖然不執行這次血字，但是也參與了這個會議。

「掌握那兩個人的動向問題，倒並不是我們需要考慮的。」此時表現得最為冷靜的人反倒是深雨，她娓娓道來：「血字不會剝奪我們硬體方面的執行條件，那兩個人的身邊，就相當於一個移動的血字執行地點，公寓不會造成我們無法和他們接觸的前提。不過，如果你所說的是實話，那麼……」

李隱整個人靠在沙發上，雙手握在一起，子夜坐在他的身旁。現在，子夜已經很難給出意見了，只能夠傾聽，偶爾插幾句話。

「我知道你想說什麼。」李隱打斷了深雨的話，「那起案子，的確需要詳細調查。後天就是廿三日了，時間不多了。」

但是，那起案件，目前就連警方都沒有查出真相來，他們又怎麼可能一下查出來呢？如果嚴琅是兇手，那麼千汐月為什麼要為他作偽證？就算直接詢問二人，如果他們抵死不認，又有什麼辦法？

「但是，如果，我是說如果。」封煜顯開口了，「如果兇手的確是他們的話，你應該知道這意味著什麼吧？生路，也許就是要揭發他們的罪行。」

「嗯，有這個可能。」深雨贊同道，「如果你說的都是真的，我認為嚴琅的確有足夠的殺人動機。」

李隱還是很難接受嚴琅是殺人兇手，雖然他的確受到了欺負，但至於為了這個就殺人嗎？而且還是四條人命！而且李隱瞭解千汐月，她就算那時候喜歡上了嚴琅，也不至於會在知道他殺人的情況下還為他作偽證。李隱有了一些推論，王紹傑等人的死，也有可能是血字的故布疑陣。

「是這樣嗎？」子夜這時拿起擺在眼前的一張張報紙影本，「王紹傑這個人，似乎風評並不好。」

「的確如此。」黎焚點點頭道，「他的父親王誠是市內最大餐飲集團綠峰集團的董事長。」

「很多事情我也在案件發生後知道的。」李隱托住下巴說，「同時死去的薛龍、羅子強、鄭華三個人，都是因為王紹傑出手大方，所以一直當他的跟班，也就是打手。事後有很多人猜測，他是被人尋仇所殺。」

說到這裏，李隱咽了一口口水。當年，王紹傑一直在追求千汐月，而千汐月卻始終拒絕他，以王紹傑的性格，他根本不可能善罷甘休的。那麼，他會做出什麼事情，實在很難預料。也就是說……

會議開到夜裏十二點才散。畢竟馬上要執行血字了，要保證睡眠，才能有體力應付。

「腦髓的詛咒還是保持著。」子夜撫摸著額頭，面容顯得有些憔悴，「最近，我都幫不上你。」

「我明白，這不能怪你。我當初的做法太欠考慮了。」李隱安慰她道，「好了，去睡吧，都那麼晚了。」

深夜，逐漸陷入靜謐的公寓，雖然還有幾扇窗戶的燈亮著，但是多數住戶都關燈休息了。

公寓的走廊上，有一個身影正緩緩地走動著。那個身影走得非常慢，就好像是一個上了發條才能行動的人偶一樣。公寓的走廊過道裝著聲控燈，但是因為這個身影行走的時候沒有發出絲毫聲響，所以聲控燈沒有打開。

最後，那道身影走到了走廊的盡頭，一堵白色的牆壁面前。接著，那個身影伸出了一隻手來，輕輕地按在牆壁上。突然，白色的牆壁裏湧出一道道黑色霧氣，很快，一個拳頭大小的黑洞在牆上出現了。接著，黑洞不斷擴大，一個鮮血淋漓的頭顱，從那個黑洞裏被拉扯了出來！

黑影抓起那顆頭顱，慢慢地朝後走去。這個人，正是從「倉庫」中出來的那個惡魔！而那顆頭顱，竟然是……李隱的人頭！

這個人回到了自己的房間。不，確切地說，是以前那個住戶的房間。房間的正中央，已經擺放著手、腳和軀幹！這個人蹲下身子，將放在地板上的這些部分組合起來。接著，這個人將那顆「李隱」的頭顱，放在斷開的脖子上，如同擰螺絲一般擰動起來，沒有多久，頭顱就嚴絲合縫地接在了脖子上。一個和李隱長得一模一樣的人，就這樣出現了！這個「李隱」從地上站起來，身體活動自如，就和真人一樣！

這絕對是噩夢一般的情景！這個假住戶，居然製造出了一個假的李隱來！

彌真發現自己昨晚竟然在書桌前睡著了。她的面前放著李隱寫的那本書，她看著上面的筆名，不禁思緒萬千。昨天她剛搬進這個新租的地方，也是一間平房，嚴琅已經幫她預付了一年租金。

「十次血字？這絕不可能是巧合。難道，彌天對李隱說了公寓的事情？」

彌真根本沒有想到李隱會進入公寓，她的第一反應是，彌天告訴了李隱公寓的存在。如果真是這樣，那麼李隱不也就知道了她是公寓住戶嗎？

「你知道我的處境嗎？李隱？」想到這裏，她把那本書緊緊捧在胸口，過了好一會兒才捨得放開。

「李隱的文筆一如既往的好啊。」

彌真輕輕地撫摸著這本書的封面，「現在，我該怎麼辦呢？汐月，你一定要幸福啊。」她自言自語道，「不管怎麼說，你是彌天當初暗戀過的人啊。」

彌真早就發現，彌天很喜歡汐月。只是，他也和自己一樣，知道生活在公寓中是沒有未來可言的。他不得不接受這痛苦的宿命，就算有心愛的人，也不可能說出口。

「就算只為了彌天，我也一定要保護你。」

彌真把書重新放回抽屜，繼續思索起來。公寓不限定地點的話，那麼自然可以到任何地方去，比如人很多的公共場所，雖然無益於躲避鬼魂，但總好過待在陰森空曠的地方。

手機忽然響起。彌真一看，是深雨打來的，她立刻接通道：「喂，蒲小姐？」

「你的研究結果如何？關於倉庫的事情？」深雨的聲音遲疑地傳來。

「嗯，關於這點……」彌真把她的推理分析結論告訴了深雨。

「你是說，倉庫就是公寓發佈的血字指示之一？」深雨的口氣明顯很驚愕。

彌真又補充了一句：「接下來的血字指示，你們一定要注意。公寓肯定發生了某種變化，今後，無論發生什麼事情，哪怕再小的事情，也要告訴我，明白了嗎？」

這個時候，嚴琅和汐月正在家裏吃早餐，不過，二人的食欲都不太好。嚴琅說道：「汐月，多吃一點，你要為肚子裏的孩子著想。」

「嗯，好，好的。」

「好了，別那麼緊張。總之，我考慮了一下，我們殺死王紹傑的事實，不能夠告訴住戶，否則的話，住戶有可能會殺死我們來作為生路。」

「他們會殺了我們？」汐月正在喝粥，聽到這裏，碗都差點掉下來。

「嗯，有這個可能。那些住戶經歷了太多生死磨難，喪失理智也很正常。」

汐月的手支撐著檯面，淚水默然流下，滴在眼前的碗裏。「王紹傑，他做了鬼，也不肯放過我們嗎？」汐月的指甲緊緊地摳著檯面，心中除了恐懼，更多的是憤怒：「他有什麼資格來找我們復仇？」

夫妻倆昨晚幾乎都沒有睡。反正到哪裏去都一樣危險，還不如待在家裏。他們坐在沙發上，拿著刀子守了一夜。還好，昨天晚上沒有發生任何事情。

「我們還是暫時遠離彌真吧。」汐月突然說道，「不能讓她也捲進來，接近我們的話，她會有危險。」

「是啊。」嚴琅點點頭，「彌真她也真的是很命苦。」

彌真正在準備吃午飯的時候，門鈴突然響了。她連忙跑去開門，站在門外的人，正是……李隱！

彌真一時呆住了，好半天才反應過來，問道：「李隱，你怎麼知道我搬到這兒來了？」

「心湖告訴我的。」李隱滿臉笑容，「怎麼，不請我進去？」

「啊，好，好的。」

李隱一進門，就發現放在書桌上的自己的小說，他走過去拿起書，說道：「你在看我的書？」

「嗯，是啊。李隱，你的書寫得很不錯呢。」彌真拿了杯子，打開茶葉罐，給李隱泡茶。

二人都坐下後，彌真將茶杯遞給李隱。香茗浮出熱氣，沁人心脾的味道在室內擴散。

兩個人一時間都沉默了下來。彌真很享受這一時刻，她靜靜地看著李隱的面容，即便只是這樣看著他，她也感到很幸福。但不知道怎麼的，她感覺到，眼前的李隱好像有一點不一樣了。但是，到底是哪裏不一樣，她也說不出來。

不過，彌真沒有多想，這一定是錯覺，對，一定是錯覺。

8 亡命停屍間

「請假？」

嚴琅拿著手機對開發組組長說道：「是的，羅組長，我太太這幾天有些不舒服，所以我想陪陪她。很抱歉，我實在走不開。」

「原來是這樣，那是應該的。」開發組組長說道，「嚴琅啊，假期最好別太長，現在是《獸魂大陸》公測期間，你是這個遊戲開發團隊的主要負責人啊。」

「好的，組長。廿四日我會準時來上班的。」

如果那個時候，自己還活著的話……

嚴琅掛了電話，看著身邊神色有些蒼白的妻子，他連忙倒了一杯水遞給她，緊張地問：「你還撐得住嗎？汐月？」

「嗯。」汐月喝下水，用力地點了點頭。

她雙手抱住嚴琅，頭靠在他的肩膀上，說道：「為了我們的孩子，我也必須撐下來，這個孩子，一定不能有事。人也好，鬼也好，都不能傷害這個孩子！」

與他們所住的公寓隔了一段距離的另外一座公寓的天台上，黎焚和封煜顯正站在上面，黎焚用望遠鏡觀察著在屋裏的這對夫婦。

「他們還在家。」黎焚放下了望遠鏡，「封煜顯，你跟過來做什麼？距離雖然在一百米以上，不過……」

「沒什麼。」封煜顯卻是一副很淡然的樣子，他的手上也拿著一個望遠鏡，觀察著嚴琅和千汐月，不禁說道：「他們看起來很恩愛的樣子。」

黎焚揉了揉眼睛，問道：「封煜顯，你怎麼看？」

封煜顯依舊舉著望遠鏡，答道：「我認為靜觀其變為好。另外，最好不要在固定地點，而是在人比較多的公共場所活動比較好。這樣做也不是為了安全，只是增加一些膽氣罷了。」

「我認為這不一定妥當。」黎焚提出了不同的看法。

「如果這對夫婦想逃離我們，在人多的地方反而有利於他們。人多了，就容易混進去逃走，而且人流有可能沖散我們，他們一旦離開我們超過一百米，我們就會統統死在影子詛咒之下。」

封煜顯聽到這些話，也陷入了沉思之中。

黎焚這次是首度執行血字指示，內心極度不安。鎖定夫妻倆的動向非常重要，可是，打電話打不通，打手機則是關機，他只能親自到這裏來監視。如果這兩個人離開家，到別的地方去，後果自然是不堪設想。好在，目前他們還在家裏，這讓他安心不少。

黎焚想了想，說道：「要不你下去吧，他們萬一要外出，你就跟著他們。無論如何，絕對不能讓他們逃離。」

「那是當然。不過，看起來他們暫時也不會離開家。」

但是，就在封煜顯話剛說完，嚴琅和汐月竟然雙雙準備出門了！黎焚不禁瞪大了眼睛，立刻說道：「快，必須截住他們！你下樓去！我盯住他們的動向，隨時用手機保持聯繫！」

封煜顯的反應很快，立刻離開了。

公寓四〇四室內。

「確定了？務必跟上他們，現在打手機聯繫不上。嗯，無論如何，一定不能跟丟！」

「事情似乎不妙啊。」坐在李隱對面的子夜眉頭微蹙，「不要緊吧？這一次的血字指示不能陪在你身邊，我也不知道該為你做些什麼。」

「你別太擔心了。」李隱安撫著子夜的情緒，心中思索著，不會出事吧？血字執行時間還沒到，誰也不敢輕易接近夫妻倆，因為現階段公寓不會給出生路提示，在血字執行時間之外，被鬼魂殺死的可能性也很高的。

在不接近二人的情況下掌握他們的動向，是目前最要緊的事情。

嚴琅和汐月離開公寓後，來到社區外的馬路上。

「聽好了，汐月。」嚴琅說道，「我考慮過了，我們去正天醫院！你現在有孕在身，隨時可能出狀況，如果我們待在正天醫院的話，一旦出事，能夠得到及時的治療。而且，李隱是正天醫院院長的兒子，我們聯繫他的話，他一定能夠幫我們的。」

「也對。」汐月立刻明白了，「那麼，就去婦產科……可是，婦產科在四樓啊……」

「正天醫院範圍很大，李隱出面的話，應該可以在一樓給我們找一個床位吧。總而言之，到了那裏再說！現在，我們必須馬上聯絡李隱！」

接著，夫妻倆攔下一輛計程車，坐進去之後，嚴琅給李隱打去電話。

李隱在公寓裏馬上接通了手機，嚴琅的聲音傳來：「李隱嗎？」

「你是……」

「我是嚴琅！李隱，聽好了，接下來，是我對你唯一的請求，拜託你了！請你想辦法在正天醫院幫我們找一個在一樓的床位，汐月現在身體狀況不太穩定，我希望在那兒待產。雖然預產期是明年一月，但是我很擔心。」

李隱實在沒有想到，嚴琅居然會主動聯繫他，他答道：「我知道了，你先到醫院去，我會聯繫院方的！好，就這樣！」

「一樓」。李隱自然注意到了這個詞。為什麼一定要選在一樓？

「不會錯的。」李隱立刻得出了結論，「他們身邊已經出現靈異現象了！」子夜在旁邊聽到確定了二人的行蹤，馬上說道：「那麼，必須儘快了，李隱，他們如果在正天醫院裏就沒關係了。」

「嗯。」李隱也是如此考慮的，他直接給父親打了電話。

正天醫院的院長室裏，李雍正在查看分院建設的項目進展報告。上次卞夫人給他的那筆封口費完全投入到了分院的建設上，李隱似乎因此和他更加生疏了。

李雍看完手上的報告，身體疲倦地靠在椅背上。上一次，他從六號林區洞穴裏帶回的骸骨，後來，費了不少工夫，拿到了蒲靡靈的妹妹蒲緋靈家中梳子上的頭髮，已經進行了ＤＮＡ鑒定，結果是有血緣關係。也就是說，那副骸骨很可能就是蒲靡靈本人的。

現在對於李雍而言，當務之急就是要找到蒲靡靈的外孫女蒲深雨，以及那個神秘的「公寓」。他一定要搞明白，青璃之死的元兇是誰。

就在這時，桌上的手機響了。李雍一看，來電的人是李隱，立刻接通道：「小隱？」

「爸，有件事情，需要拜託你。我的大學同學會去醫院……」

聽完之後，李雍答應道：「知道了，這點小事我會安排的。」

「爸，你能夠調一個婦產科醫生去嗎？他們是我非常重要的朋友。」

「沒問題，你難得求我，而且以後這個醫院也是你的，我安排就是了。」

李雍馬上給婦產科去了電話，通知他們，那對夫婦來掛號後，馬上安排他們到一樓病房去，讓最好的婦產科醫生前去診治。

十幾分鐘後，嚴琅和汐月到了正天醫院，他們不得不感歎，院長親自下令就是不一樣。

一樓專門騰出了一個單人病房，婦產科主任親自為汐月做了檢查，說道：「你過於疲勞了。你這個丈夫是怎麼搞的，怎麼可以讓孕婦那麼勞累呢？」

汐月此時的確相當疲倦，昨天晚上她幾乎沒有好好睡過。現在躺在病床上，她已經感到眼皮在打架了。

「你先睡一會兒吧，汐月。」

嚴琅幫她蓋好了被子，關切地說：「明天，我們有一場硬仗要打。無論如何，你一定要好好地養足精神。」

只要熬過明天，就可以活下來了。畢竟他們和住戶不一樣，只要活過這次血字，就再也不會面對這種噩夢了。

醫生交代他們有事情就按呼叫鈴之後，就出去了，病房裏只剩下嚴琅夫婦二人。

「我陪在你身邊，你就先睡吧。」嚴琅輕聲安慰道，「無論如何，我們都要撐下去，也為了我們的孩子。」

此時，嚴琅反而不害怕了。都被逼到這個地步了，還怕什麼呢？為了汐月和孩子，他是什麼事情都做得出來的，否則當初也不會為了汐月殺死王紹傑那個惡魔！這些年來，為了讓汐月過上好日子，嚴琅捨棄了他懦弱無爭的性格，拚搏到今天，才能夠有錢買大房子、買車子，讓汐月過上了富足的生活，不用整天操持家務。

汐月真的非常睏了，她躺下沒多久，就進入了夢鄉。嚴琅握住她的手，看著她隆起的肚子，輕聲說道：「對不起，孩子，爸爸只能夠做到這一步了，希望你能夠平安度過這一關。」

就在這時，嚴琅猛地感到心臟一顫，在距離自己很近的地方，似乎有個什麼不得了的恐怖存在！那是什麼？他緊張地環顧左右，不過，卻什麼也沒有聽到。病房裏安靜得出奇，沒有一點兒聲音，嚴琅大氣也不敢出。

李隱這時也趕到了正天醫院。他走到醫務樓下，剛要去前台詢問一下，卻詫異地看到，前台居然一個人都沒有。不僅如此，走廊裏也空蕩蕩的，整棟樓安靜得猶如墳墓一般。

李隱眉頭緊皺起來，他不知道這到底是怎麼一回事。忽然，他注意到了前方走廊的盡頭，是樓梯間的門口。

「那裏有……什麼？」

緊接著，李隱忽然變了臉色，腳步不由得向後退去。他感到了一陣極大的恐怖！

夜幕降臨了。白嚴區的青田公園裏，彌真漫步在一座小山上，她看著眼前的李隱。今天上午，他來找自己的情景還歷歷在目。

「彌天把公寓的事情告訴你了嗎？」

彌真在李隱看到那本書時，就提出了自己的疑問：「你的筆名是『十次血字』，我不認為這是一個巧合。」

李隱聽到這句話時，猶如觸電一般驚愕不已地看向彌真。他問道：「你知道公寓的事情嗎？你和彌天都知道公寓的存在嗎？執行十次血字才能離開的恐怖公寓？」

「是的……沒錯。」

此時，李隱停下腳步，回過頭來對她說道：「這裏差不多可以了。不過你做好心理準備了嗎？從今天起，你就是一個『死人』了。」

李隱取出了兩部手機，遞了一部給彌真，說道：「把你的手機給我，SIM卡也扔掉，這部新手機給你用。以後，你要和所有人都斷絕聯繫，我聯繫你也用新的手機，新手機號碼是……」

李隱又緊張地問道，「我再問一次，你真的，下定決心了嗎？」

「嗯。」彌真重重地點了點頭。當她知道李隱也進入公寓的時候，簡直無法相信，造化竟然有如此弄人。但是，只能接受這個事實了。

和李隱商量之後，彌真決定讓自己「死去」，這樣，心湖、上官眠、深雨等人都會以為她不在了。她會假裝自己詛咒發作死去，上官眠既然親眼見識過那個詛咒的可怕，那麼即使自己徹底消失也不是奇怪的事情。而她會以「死者」的身分，繼續活下去。

來到一片滿是泥淖的地面，李隱停下腳步，看了看，說道：「就在這裏吧。這裏泥土很多，你先讓鞋子沾上污泥，接著跑一段路，跑到剛才那個開闊地帶，就換掉鞋子，腳印就中斷了。你一邊跑，一邊給心湖打電話，叫她來救命。」

彌真明白李隱的意思：「上官小姐和深雨會認為，我是被詛咒拉進那個黑暗空間去了，她們就不會再來找我了。『死去』也更方便我們今後的行動，對吧？」

「就是這樣。」李隱贊許地點點頭，「那麼，趕緊吧。我們的時間有限。」

彌真踩上了那堆污泥，取出她原來的手機，給心湖打去電話。彌真在心中說道：「對不起，心湖，要讓你傷心了。」接著，她立刻裝出驚恐的口吻說道：「心，心湖，救命啊！」

她飛奔起來，一邊跑，一邊大喊道：「心湖，我在青田公園的峰明山上啊！我，我要死了，我馬上就要死了！」

「你，你說什麼呢？彌真，出什麼事情了？」

「啊——」

終於，跑到了那片開闊地帶，彌真大喊一聲，接著立刻掛斷了手機，然後飛快地打開手機，取出電池板，再取出SIM卡，把卡一下子折斷了！她深呼吸了一口氣，現在，她是一個「死人」了。這個手機必須毀掉，按照計畫，這個手機應該也被拉入了「異空間」。

李隱這時候也匆匆趕到了，說道：「很好，有這些腳印就足夠了。把鞋子換掉吧。嗯，別讓襪子踩到泥土上。」

換上鞋子後，彌真伸展了一下身體，把原來的鞋子拿起來說：「這個鞋子也必須毀掉。」

「嗯，這樣就可以了。」李隱處理完之後，回過頭去。

彌真忽然問道：「李隱，我總感覺，你變得有點奇怪。是不是發生了什麼事情？能不能告訴我？」

「不需要。」李隱的聲音變得非常冰冷，「你配合我的計畫就可以了。除此之外，你什麼都不需要多問。」

彌真感覺到渾身一陣冰冷。怎麼回事？這個人，真的是李隱嗎？為什麼她第一次感覺到……他那麼陰森可怕？

嚴琅依舊守候在汐月身旁，現在已經接近午夜零點了。嚴琅知道，那個公寓的住戶很快就會在自己面前出現。這個時候，他聽到寂靜的走廊傳來了腳步聲。那些腳步聲非常急促，不久就來到了病房門口。

門被推開了，嚴琅回過頭去，而他第一眼看到的踏入病房的人，竟然是……

「李，李，李隱？」

李隱進入病房後，看著面容憔悴的嚴琅和已經在床上安睡的汐月，走過去輕聲說道：「嚴琅，抱歉，接下來的二十四小時，我們都要和你們在一起了。」

「你，李隱你……」嚴琅頓感錯愕，難道眼前這個大學同學，也是公寓的住戶嗎？怎麼可能會有那麼巧的事情？

李隱的身後，站著深雨、封煜顯、黎焚，以及新住戶霍河和袁啟東。

嚴琅不知道該不該把彌真的事情說出來。但是，他轉念一想，以彌真對李隱的感情，如果讓他們彼此得知此事，只會交纏到對方的不幸中去。所以，他決定隱瞞此事。

「嚴琅。」李隱正色道，「也許你很難相信，但是，你們的確被詛咒了。你也意識到了吧？所以，我們必須跟隨在你們身邊。因為我們也受到了同樣的詛咒。」

嚴琅低下頭，看了看李隱的影子，不禁想道：真的就像彌真所說，這個影子被下了詛咒嗎？真是難以置信。他一直以來所持有的價值觀徹底崩潰了，不得不接受一個新的認知。他甚至懷疑，那個所謂的公寓根本就是地獄。

不過，無論如何，現在旁邊有了那麼多人，也算有了一些膽氣。可是，嚴琅也很清楚，他和汐月殺死了王紹傑等人的事情，絕對不可以告訴李隱。否則的話，後果不堪設想，住戶們很可能會認為，揭露他們的罪行，甚至殺死他們是生路。

深雨向前走出一步，看了看躺在病床上的汐月，然後看向嚴琅，說道：「嚴先生，也許李隱說得不是很清楚，由我來詳細解釋一下吧。你們被詛咒了，也許你無法相信……」

「我相信。」嚴琅卻立刻插話道，「事實上，我已經經歷了非常恐怖的事情。但是，李隱，你究竟是怎麼……」

「一言難盡。」李隱說到這裏，忽然目光銳利地瞪視著嚴琅，臉色沉下來，開門見山地問道：「王紹傑、薛龍、羅子強和鄭華四個人，是你殺的嗎？」

這句話沒有給嚴琅絲毫思考的餘地。突然直接拋出這個問題，李隱將目光鎖定了嚴琅的表情，只要嚴琅臉上有絲毫色變，他就可以證明心中的猜測。

果然，嚴琅聽到這句話，雙腿劇烈地抖動了一下，眼皮也抖了一抖，嘴唇翕張，他馬上意識到，李隱看出了什麼。但是，他絕不能夠承認，如果承認的話，將會發生難以想像的可怕後果。對於住戶而言，嚴琅和千汐月變成「屍體」也是無所謂的，殺死他們比揭發罪行更加容易。如果這是生路的話，住戶一定會犧牲掉他們。

此刻，這個單人病房裏聚集了所有執行血字的住戶，大家圍住了嚴琅夫婦，每個人都神情肅然，看向嚴琅的目光中，多少有些冷意。

嚴琅沒有想到，最糟糕的事態竟然如此快就發生了。但他已經做好了心理準備，用身體護住汐月，冷視著他們說道：「殺王紹傑的人不是我，李隱，你不要誣陷我！」

嚴琅知道，李隱沒有證據可以證明這一點。他也知道，剛才李隱那麼問，是試探。所以，他絕對不能有寸步退讓，他必須毅然決然地否定自己是兇手！

「嚴琅。」李隱卻咄咄逼人，「我知道，王紹傑對你做了非常殘忍的事情。我也很清楚，他對你所做的一切一定讓你無法忍受。我並不是要責問你，只是，你應該清楚，這個詛咒的產生就是因為王紹傑的死。」

「你懂什麼！」

嚴琅忽然一把揪住李隱的衣領，怒目圓睜地咆哮道，「你這個大醫院院長的兒子，從小錦衣玉食的人，你懂得什麼！王紹傑為什麼那麼囂張，你知道嗎？你能理解他強加給我的痛苦嗎？你能理解我的絕望心情嗎？不要在這裏誇誇其談，講這些冠冕堂皇的話！你不可能理解的，你不……」

「痛苦？絕望？」

李隱卻慘然一笑，「我已經品嘗了太多絕望了。兩年了，這兩年來，我一直生活在地獄最底層，我從來沒有為自己有一個院長父親而感到自豪，相反，我即使現在也為此感到恥辱。連自己還能夠活多久，我都不知道。」

「李隱，你……」

「算了。如果你否認，我也沒有辦法。我說過了，我不是在責問你。只是，我無論如何都想活下去，我想掙扎出這個地獄，回到光明的世界來。尤其是上次和你們聚會的時候，這種想法就更加強烈了。哪怕是最乏味的人生也好，我想回到光明的世界來。」

嚴琅聽彌真提到公寓的事情時，也知道了那是怎樣痛苦的折磨。生死無法掌控，被當做傀儡，經歷各種地獄的恐怖，這簡直是比凌遲更加殘忍的酷刑！李隱能夠堅持到今天還沒有精神崩潰，已經是奇蹟了。當然，能夠活著離開公寓的彌真，更是讓人嘆服。

嚴琅鬆開了抓住李隱衣領的手，退後了幾步，歎了口氣道：「算了，你詳細告訴我吧。到底發生了什麼事情？」

他希望從李隱的口中再一次得到證實，是否和彌真所說的一樣呢？

午夜零點的時候，子夜默默地坐在沙發上，她的雙眼空洞，毫無生氣。她的對面，坐著銀夜、銀羽和星辰。

「時間到了呢。」子夜的睫毛顫了顫，看向牆壁上的掛鐘。

「深雨也在那兒。」星辰的拳頭緊握著，看起來也相當緊張。血字指示，每一次都不可能全員回歸，而新住戶的死亡率總是最高的，深雨僅僅是第二次執行血字。

大家都沉默著。安慰的話語，終究是自欺欺人，血字指示已經讓住戶們麻木了。住戶的死亡，猶如棋盤上被拿走的棋子一樣，沒有任何意義。這個世界上，沒有神。但是，住戶們卻只能向那虛無的神明祈禱。

「我，已經什麼都沒有了。」星辰表情慘然地說道，「父親、母親、哥哥，我已經一無所有了。現在，我唯一擁有的就是深雨了。在我的世界裏，沒有任何人比深雨更重要了。所以，如果真的有神的話，請讓深雨回到我身邊吧！讓她活著回來吧！」星辰已經泣不成聲了。

午夜零點已過，二〇一一年五月廿三日到來了。血字指示正式開始了。

病房裏，李隱已經說出了公寓和血字指示的所有事情。嚴琅緊皺著眉頭，只感覺到心寒、絕望。李隱和彌真的說法基本沒有差別，那麼，這一切難道是真的嗎？

他真的很希望這一切都是騙局，是愚人節的玩笑。可是，嚴酷的事實卻擺在他面前，以前他認為只存在於幻想世界的惡魔和鬼魂都是真實存在的，只有通過了十次血字，才能贖買自己的自由，這就是惡魔的詛咒。無數恐怖故事在他的腦海中復甦，外面的黑夜如此深沉，彷彿太陽再也不會升起了。

黎焚從背包裏取出了手提電腦，他指著螢幕上王紹傑等人死亡一案的報導，說道：「根據調查，在那起案件中，你的不在場證明是你現在的夫人提供的。而且，有人可以證明，王紹傑當天聲稱要和你見面……」

「夠了！」嚴琅怒不可遏地說，「請你講話有分寸一點！」因為太過激動，他將手提電腦甩到了地上，螢幕頓時碎了，鍵盤的幾個鍵都掉了出來。

「你……」黎焚連忙去撿手提電腦，剛要發火，突然，他雙眼發直地看著地面。

「這，這是……什麼？」

嚴琅也朝地面上看去，他感到全身的血液都要凝固了！五個英文字母鍵被摔出來，從左到右整齊地排列著，分別是「T」，「O」，「D」，「I」，「E」。

「這，這是怎麼回事？」嚴琅睜大了眼睛，感到愕然和詫異。這是巧合嗎？還是說，這是那個惡魔的力量弄出來的一個警告呢？

深夜的正天醫院樓內很安靜。值班的兩名護士打著呵欠，忽然，她們發現頭頂的燈忽明忽暗的。

「怎麼回事？線路不是剛檢修過了嗎？」一個值班護士惱怒地抬頭看了看。

「真是的，去電閘那邊看一看吧。」另一個護士說道，「你知道怎麼走嗎？」

「知道。」護士從抽屜中取出手電筒，走了出去。她剛走到走廊口，燈光再度一暗，這一次持續的時間長了一些。然後，燈光再度明亮起來。

留下來的那名護士，在燈光亮起的一瞬間，竟然看見，那名準備走出去的護士，呆呆地站在原地，腦門上被插入了一把匕首，身體顫巍巍的，就這樣倒在地板上，鮮血不斷流出！

那名護士嚇得大叫一聲，這時候，燈又暗了。當燈再度亮起的時候，這名護士的脖頸部位也出現了一把匕首。她都不知道自己是怎麼死的，身體就倒在了地上。

燈再度一暗，又亮起，兩具屍體依然倒在地上，可是她們身上的匕首，卻都消失了。

這個地方，距離千汐月所在的病房，距離……不到百米！

此時，在病房裏，李隱的心頭忽然掠過一陣不安，他立刻對封煜顯說：「你出去看一看，有沒有發生什麼……」

這時候，汐月還沉浸在睡夢中。她這幾天都處在恐懼中，現在，因為身邊有丈夫陪伴，她稍稍安心了一些。只是，就算在睡夢裏，她也無法完全安心。她夢到自己回到了那個大禮堂，死去的王紹傑渾身鮮血地逼近自己，不願意放過自己！噩夢糾纏著她，讓她越來越恐懼，最後終於醒過來了。

但是，就在半夢半醒之間，汐月忽然感到，自己的右腳被一隻大手死死扯住，然後不斷往下拉去！汐月整個人幾乎要跌下床去，她立刻坐起身來，驚恐地看向自己的腳，可是，腳上卻沒有任何東西！

夢？不，那不是夢！汐月意識到，剛才，是真的有人抓著她的腳！

「汐月。」

嚴琅看到妻子醒過來，立刻扶著她，幫她擦掉額頭上的汗，關切地問道，「你沒事吧？」

「我，沒……李，李隱？你怎麼在這裏？」汐月也對李隱的出現驚愕萬分。雖然她知道公寓住戶會接近他們，可是她絕沒有想到，李隱也在。

「李隱，他……」嚴琅湊近她的耳朵低聲說，「他也是彌真所說的公寓裏的住戶，而且還是公寓的樓長。」

封煜顯這時走到了病房外面。走廊裏暗得出奇，兩頭都看不清。外面沒有月光，窗外的樹木影影綽綽的，顯得尤為駭人。封煜顯的手緊握著門把手，突然，他眼前一亮，他看見，前方有許多照片快速地飄飛過來！

一陣陰風吹過，地面上滿是照片！而這些照片上，全部都是渾身一絲不掛的嚴琅，表情痛苦地被按在地板上。

封煜顯立刻衝入病房內，手裏拿著一張照片，喊道：「喂，你們，你們看這個！」

嚴琅馬上走過來。「你……」他頓時臉色大變，驚駭地看著封煜顯，「你是從什麼地方拿到這張照片的？什麼地方！」

對於嚴琅來說，這是他最痛苦的過去，他最不希望被人看到的，就是這些照片。但是，現在卻……他走出病房，發現滿地都是這些照片！

「不，不！」嚴琅臉色慘白，他絕對不能夠讓汐月看到這些照片！這件事情，汐月雖然知道，可是他絕對不能讓汐月看到這些屈辱、痛苦的照片！他瘋狂地衝過去，把那些照片一張張撿起、撕碎。可是，走廊裏的照片卻猶如雪片一般飛來，無論他撕掉多少張，照片還是一張張飛來！嚴琅抱住了頭，痛苦地對著這些照片怒吼起來！

「嚴，嚴琅！」李隱等人衝出病房，汐月也走了出來。

一張照片正好飛到汐月面前，隨後掉落在地上。

「這……這是……」汐月也嚇了一大跳。

「王紹傑！鄭華！」對著前方黑暗的走廊，嚴琅憤怒地咆哮著：「你們這群惡魔！惡魔！你們不得好死！」

他回過頭，看到妻子的眼神，馬上說道：「不，不要看，汐月，你不要看！」

讓汐月看到自己的這般醜態，是嚴琅無論如何也不能容忍的！這些年，為了汐月，他什麼苦都吃過了，什麼事情都做過了，終於得到了出頭的機會，能夠讓汐月過上衣食無憂的日子。他所做的一切，就是希望讓汐月感到，選擇他是絕對沒錯的！汐月一直都是他心中的女神，甚至比他自己更加重要！

「冷靜一點。」李隱一腳踩住一張照片，扶住了嚴琅：「你現在方寸大亂的話，沒有一點好處！那四個鬼魂，是要你們夫婦的命，你應該很清楚這一點！」

終於，照片不再飛來了。

「走！」李隱警惕地看著前方，「離開這裏，這裏已經不安全了。」

今天晚上，父親和母親都不在醫院裏，所以李隱還比較放心。現在，這個地方，顯然不能夠再逗留了。不過，汐月懷有身孕，還是待在正天醫院裏比較好。否則，一旦她出了事，沒有醫生在場的話，情況會很糟糕。

這時，八個人不斷向後挪動，每個人都緊張地看著黑暗走廊的另一頭。現在無論那裏出現什麼，都沒有人會驚訝了。

但是，走廊裏卻一片寂靜，什麼都沒有出現。地面上的那些照片，還是靜靜地躺在地板上，彷彿正在嘲諷著此刻無能為力的嚴琅。

沿著走廊退到後面，他們來到了護士值班室。這時，燈是亮著的。李隱立刻一眼看見了兩名倒在地上的護士！

李隱面色緬緊，說道：「嚴琅，扶著汐月，我們必須快跑了。接下來的二十四小時，我們會經歷無法想像的恐怖，你要有心理準備，這個孩子……也許很難保住了。」

坦白地說，大人能否保命都是個問題，這個孩子能否留下，實在不容樂觀。嚴琅和汐月心裏當然早就明白這一點，可是，現在聽到李隱這麼說，他們還是感到心猛然揪緊了。如果孩子有個三長兩短的話，他們該有多痛苦？嚴琅對這個孩子，懷著非常深沉的愛，他實在無法接受這個孩子還沒有出生就要夭折。但是，如果他和汐月能夠倖存下來的話，那麼，恐怕也只有忍痛犧牲掉孩子了。

就在這時，手機鈴聲響起了。

「誰的手機？」李隱立刻環視周圍的人，在這麼寂靜的地方，手機鈴聲實在是太刺耳了。

「我，我的。」汐月從口袋內取出手機，她看到，手機上顯示的號碼，竟然是……王紹傑以前的手機號碼！

她嚇得手一甩，手機掉在地上。嚴琅拿起來看到那個號碼，目光中卻露出一絲狠厲，接通了手機。手機裏沒有任何聲音。

「喂，王紹傑！」嚴琅惡狠狠地罵道，「你這個慫蛋！有種就衝我來！你他媽的變成鬼，還是個孬種鬼！」

這番話把大家都嚇了一大跳，嚴琅的膽子也太大了吧？萬一惹怒了鬼魂，衝出來把大家都殺了怎麼辦？

然而，手機裏還是沒有聲音。嚴琅抓著手機，他此刻滿腔的怒火無法發洩，在汐月的面前，他只有繼續保持沉著冷靜。

於是，一行眾人繼續朝前奔去。

「你不要緊吧，汐月？」一路上，嚴琅關切地問著妻子：「要是不舒服就告訴我，別勉強。」

「沒事，沒事的。」汐月抓住嚴琅的手，「嚴琅，彌真上次和我說，孩子取名叫嚴雪晨，你認為怎麼樣呢？她說男女都可以用。」

「彌真幫你們取的？」李隱在一旁聽到了，有些動情地說：「聽起來不錯。」

嚴琅飛奔著，抑制住內心的痛苦，說道：「別說了，汐月，不要說孩子的事情了……我們先活下來再說。」

拐過這條走廊，他們來到了掛號大廳。可是，大廳裏非常冷清，一個人都沒有。

「怎麼一個人都沒有？」深雨皺著眉頭問，「至少應該有人值班吧？」

「正天醫院很大。」李隱回答道，「這裏只是其中一棟醫務樓，急診大樓距離這裏比較遠。所以……」

李隱忽然注意到，白天看到的那條走廊盡頭。那個地方，是通向地下室的樓梯間入口，當時他就感到一陣可怕的心悸。後來他問了一下，得知這座醫務樓的地下室，竟然是……停屍間！

就在李隱想起這件事的時候，頭頂的燈突然滅了！突如其來的黑暗讓住戶們陷入了恐懼。大家馬上取出隨身攜帶的手電筒，可是，卻發現手電筒根本打不開！想用手機發出光，卻發現手機的螢幕也是黑的！在血字中無法使用手電筒，這是過去從來沒有出現過的情況！不用問，這肯定是公寓造成的。

「別慌！」李隱緊張起來，此時伸手不見五指，在這麼黑暗的環境下，恐懼提升到了極點。

誰也不知道，接下來會發生什麼事情。

恐懼來源於未知。此刻，大家都開始想像這黑暗中，自己看不到的地方，在發生什麼事情？而這些想像比真實發生的情況更加令人感到恐怖，大家只好抓住身邊人的手，不敢放開。尤其是兩名新住戶，以及嚴琅和汐月，他們這時候已經快要被恐懼壓倒了。

「李，李隱！」封煜顯說道，「你父親不是這家醫院的院長嗎？你想辦法帶我們走啊，拜託你了！」

李隱苦不堪言。這座醫務樓是新建的，李隱早就進入了公寓，平時他都很少回家，怎麼會到正天醫院來。剛才進來時也是匆匆走過，根本不記得具體的路線了，只知道掛號大廳距離醫務樓的大門還有一段距離。

「大家冷靜！」

李隱立刻提高聲音說，「如果自亂陣腳的話，我們就完了！聽著，大家先抓住身邊的人，無論發生什麼事情，不要自己嚇自己，明白了嗎？」

話雖然是這麼說，但是已經陷入混亂恐懼的心情是沒有辦法那麼容易扭轉過來的。這一點，李隱也相當清楚。

此時，大家只有抓住身邊的人，不時詢問：「你還在嗎？」「你是深雨吧？」「你是封煜顯吧？」「嚴琅先生，你還在吧？」

最受到驚嚇的是嚴琅和汐月。尤其是汐月，她的右手放在肚子上，另外一隻手抓住身旁的嚴琅。現在，她最害怕的，就是丈夫和肚子裏的孩子遭遇不測。

汐月在心中默默地說道：「對不起，雪晨，你那麼小，就要經歷這樣的生死歷險。但是，無論發生什麼事，媽媽都愛著你，就算拚了命，也一定要保護好你，雪晨！」

由於根本看不見，有的人朝這邊走，有的人朝那邊走，而大家手拉著手，所以隊伍根本潰不成形，沒有辦法統一方向。李隱都無法知道自己是在朝著什麼地方走了。可是，沒有人敢待在原地，因為，大家都很清楚，待在原地只有死路一條。

「如果一五〇二室的凡雨琪在就好了。」黎焚說道，「她是個在黑暗中都有著敏銳視力的人。」

此時，李隱只顧注意著四周。按理說，已經過去那麼長時間了，也應該逐步適應黑暗了。可是他還是看不到任何東西。而且，這棟醫務樓裏也有不少醫生和病人，停電的話，應該有人發現才對。又或者是，發現的人，都和那兩名護士一樣被殺死了嗎？

李隱還不確定現在是否出現了生路提示，畢竟資訊實在太少了。雖然他大致猜測到，王紹傑的死是嚴琅和千汐月造成的，可是，一來沒有證據，二來就算真是如此，難道他要親手殺死他們嗎？

「汐月。」嚴琅緊抓著妻子的手，「你不用害怕，有我在你身邊，不會出事的，絕對不會出事的。」話雖然這麼說，但是嚴琅也感到一陣陣寒意從腳底直湧到頭頂。要不是身邊有那麼多人在，他恐怕早就嚇得精神崩潰了。剛才在手機裏痛罵王紹傑的那股勇氣，此刻已經消失得無影無蹤。如果王紹傑現在真的出現在他身邊，只怕他會嚇得立刻昏過去，就像在電梯裏一樣。

八個人小心翼翼地走著，也不知道時間過去了多久，他們彷彿被封閉在一個隔離的世界。

李隱突然想到了什麼，立刻說道：「大家報一下數，看看是不是都在！」雖然他們一直都是手把手的，但是，誰也不知道有沒有出現什麼差錯。

「一。」首先報數的是嚴琅。繼而他身旁的汐月報出了「二。」

「三。」說話的人是深雨。

「四。」這次是封煜顯。

「五。」新住戶袁啟東也報數了。

「六。」接下來是新住戶霍河。

李隱報出了「七。」可是，接下來，一片寂靜。

李隱頓時緊張起來：「黎焚，你在嗎？」

黑暗中，沒有人回答。黎焚不在了？他去了哪裏？

這時，李隱的額頭忽然被狠狠一撞，好像是撞到了牆壁上或者門上。李隱感到了強烈的不安，他不顧疼痛，大喊道：「快點……」

可是，他的「跑」字還沒有出口，就聽到了一聲響亮的「滴答」聲。在這個寂靜的環境，這個「滴答」聲實在太過響亮了。接著，又是一聲「滴答」。聽上去，像是水滴的聲音，而且那個聲音就在他們身旁不遠處。

這時，嚴琅突然想起來，燈滅以前，黎焚就在自己身旁！嚴琅向身旁抓著他的手的人，輕聲問道：「你……是誰？」

沒有回答。

「喂，說話啊，你快回答我，抓著我手的，你是誰？」

仍然沒有回答。

嚴琅頓時感到一陣驚恐。那隻抓著他手臂的手，突然狠狠地向他的身體推了過來，嚴琅反應過來的時候，已經一腳踏空了。他立刻鬆開了汐月的手，整個人摔了下去！

就在這時，燈亮了。

嚴琅發現，自己跌倒在樓梯上，身體感到很痛，不過似乎沒有骨折。他看了看身旁的人，李隱、封煜顯等人都在，深雨則抱住了汐月，沒有讓她滾落在樓梯上。

這裏是……通向地下停屍間的樓梯台階！

朝著樓梯上方看去，李隱和嚴琅看見了……黎焚的屍體！黎焚的脖子被割開了一道很深的口子，他整個人被掛在天花板上，腳上被一條鐵鍊連著天花板上的一盞燈。脖子上的血不斷滴下，滴在地板上發出了「滴答」聲！

而在他後面，是一扇緊緊鎖住的大門，門非常堅固，上面有一道鐵鎖，鎖被鐵鍊層層纏繞著。很明顯，要破壞大門出去是不可能的了。鬼把他們關入了停屍間！

「汐月！」嚴琅連忙上前抱住汐月，「你沒事吧？這位小姐，謝謝你！」

然而深雨根本沒有理會嚴琅，她瞪大了眼睛看著黎焚的屍體和那扇緊緊鎖住的大門。

「走！」

李隱退下台階，「到停屍間去！我們沒有別的選擇了！」

其實也不用李隱提醒，大家都朝樓梯下面走去。他們很快到達了地下，燈光非常昏暗，一下去就聞到一股濃重的福馬林的味道。

停屍間分隔為一個個房間，走廊很狹窄，天花板上甚至結有蜘蛛網。

「李隱！」嚴琅撲到李隱面前，「這裏有沒有電梯啊！」

李隱說道：「找找看，也許有。」

大家於是沿著走廊緩緩前行。雖然這裏也比較暗，但是畢竟比剛才伸手不見五指的情況好上了許多。而這個時候，樓梯上方的「滴答滴答」聲仍不斷傳來！

陰暗的停屍間裏，七個人靠攏在一起，以嚴琅和汐月為中心。說是要找電梯，也不過是死馬當活馬醫的心態罷了，就算真的有電梯，敢不敢上去還是一個問題。鬼既然將他們鎖到了這裏，那麼必然就是甕中之鱉，哪裏還有逃脫的希望。

「生路提示肯定已經出現了。」

深雨在李隱身後輕聲說道，「你該考慮了。」就算深雨不說，李隱也非常清楚這一點。

越朝裏面走，福馬林的味道就越濃重，李隱也越感到心悸。他走得越來越慢了。而嚴琅則發現，其他人看向他的眼神，都極為不善，他於是一直用身體擋在汐月前面，隨時做好準備。這樣的恐懼和絕望堆積在他和汐月的心上，要堅持二十四個小時，光是想想，都讓人感覺到無比絕望。

「這個地下停屍間，到了早上會有人進來嗎？」封煜顯開口了，「李隱，如果有新的屍體運送進來的話……」

「嗯。我想也是。」李隱忽然停住了腳步。前面出現了電梯的門！

有電梯是理所當然的，剛才那種樓梯台階，不適合運送屍體。而這個電梯，看起來還能夠運作。樓層顯示幕上，有一個醒目的「Ｂ１」。

但是，真的見到了電梯，是否要進去，大家又都躊躇起來。進去的話，會發生什麼事情？大家都皺緊眉頭看著電梯，誰都不敢靠近。

「進去嗎？」深雨輕聲詢問李隱，「還是，你認為這是陷阱？」

「非常危險。」

李隱搖了搖頭，說道：「嚴琅，你之前告訴過我，你在電梯裏碰到過靈異現象吧？那就不能進去了。也許進去之後，我們就是真正的甕中之鱉了。我們先嘗試是否能聯繫外界吧。這裏是地下室，不知道信號好不好。」

新住戶霍河終於忍不住開口了：「李樓長，我們就這樣放任這對夫婦不管嗎？至少該問出來，王紹傑到底是怎麼死的才行吧？也許殺人兇手就是他們啊！我們總不能為殺人兇手殉葬吧！」

「我也是這麼想的。」新住戶袁啟東也點頭道，「我們不能坐以待斃啊。」

「兇手未必是他們。」李隱打斷了他們的話，「再說，我們能做什麼？就算揭發了他們是兇手又如何呢？」

嚴琅攥緊拳頭，堅定地說：「隨便你們信不信，但是那四個人不是我們殺的。李隱，你難道真的認為我和汐月會殺人嗎？」

李隱定定地看著嚴琅，說道：「我保留你是兇手的可能性。汐月當年的證詞，已經不那麼可靠了。而且，你的殺人動機也非常充分……」

大家都取出了手機嘗試聯絡，可是，還是打不出去。至於到了白天會不會有人進來，這根本不重要了。就算離開了這個地方，安全也沒有絲毫保證。

李隱開始整理起目前獲得的所有線索。不能離開嚴琅夫婦一百米之外，鬼魂很可能是王紹傑、薛龍、羅子強和鄭華，嚴琅夫婦有重大殺人嫌疑，鳶尾花，血染的椅子，黑暗中的殺戮，停屍間……究竟生路提示是在什麼時候給出的？

「李隱，還想不到生路提示嗎？」深雨明顯地焦急起來，美麗的臉龐上不斷溢出汗珠。

「對了，李隱。」汐月開口問道，「不給出生路提示，血字指示中的鬼就不會殺人嗎？那麼，如果我們不接收任何資訊是不是就能夠……」

「不可能的。」李隱搖搖頭說道，「如果故意不接收資訊，那麼就等於住戶自動放棄求生機會，公寓不會因此而限制鬼魂不殺人，那是自尋死路。」

時間就這樣在壓抑中，一分一秒地流過。接下來的幾個小時，沒有發生任何事情。但是，也沒有人敢通過電梯上去。大家希望可以熬到白天，不過，在這個停屍間裏，白天和黑夜沒有區別。大家蹲坐在地上，沒有人有絲毫睡意。汐月顯得越加憔悴。

只有李隱知道，「雪晨」這個名字意味著什麼。他也知道彌天一直暗戀著汐月。只是，不知道為什麼，他並沒有積極追求她，只是默默關懷著她。在他失蹤的那一天，天南市下了一場大雪。那是非常罕見的一場雪。

那一天，李隱很早就醒過來，他從窗戶看出去，發現彌天站在漫天鵝毛大雪裏，身上落滿了雪，癡癡地看著對面女生宿舍樓。接著，他就給李隱打了那個電話，拜託他照顧彌真，接著就不知所蹤了。彌天至今依舊不知所蹤，而彌真提出的這個名字，意思非常清楚。雖然汐月根本不知道彌天對她的感情，可是，彌真還是希望將弟弟對汐月的祝福傳達出去。

「世間自是有情癡，此恨不關風與月。」這對姐弟，太相像了，都為情所困。單戀，的確是一件非常痛苦的事情。當然，李隱知道現在不是考慮這些的時候。就算大人可以活下來，現在這個狀況下，真的不能奢求保住這個孩子了。

李隱取出手機看了看，現在已經接近五點半了。黎焚已經死了那麼長時間，新一輪殺戮應該快到了。他有預感，目前獲取的情報中，一定有被公寓扭曲了的資訊。

突然，嚴琅的手機響了！每個人都悚然地看向嚴琅。嚴琅馬上取出了手機，看著上面的號碼，依舊是王紹傑打來的！嚴琅立刻將手機掛斷，丟在了地上！

汐月突然注意到，手機螢幕上，竟然顯示在撥打王紹傑的手機號碼！剛才，嚴琅不小心按下了回撥鍵！

汐月立刻要去抓手機，這時，旁邊突然傳來了「死了都要愛，不淋漓盡致不痛快」的鈴聲！這是當初王紹傑的手機鈴聲！而這個聲音，竟然是從身後的停屍間裏傳出來的！

汐月抓起手機掛斷了電話，大家已經都起身飛奔起來！王紹傑就在他們正後方！想到這裏，大家都膽戰心驚！

停屍間的昏暗燈光下，眾人邊跑邊朝後方看去。不過，後面始終沒有人出現。但是，沒有人敢停下腳步！也沒人敢通過電梯離開這個地方，只有繼續深入停屍間！

這時候，他們不小心跑入了死路！剛要調頭，聽到後面傳來一聲清脆的玻璃碎裂聲。然後，又是一聲玻璃碎裂聲！聲音在不斷逼近！

大家只好衝進最近的一個停屍間裏，把門鎖上。李隱神色緊張地看著擺滿屍體的房間，拉著大家朝裏面躲去。

「別緊張。」

李隱儘量安慰著他們，說道：「公寓肯定施加了限制，否則鬼不會隔那麼長時間才再次動手。躲好了，說不定鬼就發現不了我們了。」

七個人都躲在屍體後面，一個個大氣都不敢喘，聽著玻璃碎裂的聲音繼續逼近。聲音越來越近……只是，完全聽不到腳步聲。

終於，玻璃碎裂的聲音停止了，周圍陷入了寂靜。可是，這種寂靜，更讓人恐懼。

李隱和霍河躲在一具屍體後面，老實說，執行血字的時候進入停屍間，真是一件極為恐怖的事情。可是，已經沒有別的辦法了。李隱感到那種心悸越來越強烈，強烈到讓他幾乎要窒息了。

過去了很久，什麼事情也沒有發生。大家漸漸有些安心起來。可是，誰也不敢走出去。誰知道王紹傑是不是還在外面守株待兔？這樣的橋段，在恐怖電影中層出不窮。不過，已經有人開始小聲交談了。

「會不會是走了？」

「多半是啊。」

「上天保佑，希望真的是走了。」

嚴琅則和汐月緊緊相擁著，二人都感到無力而絕望。王紹傑為什麼就不肯放他們一條生路呢？非要趕盡殺絕，才肯善罷甘休嗎？

「嚴琅，我……」汐月顫抖著，淚水不斷湧出：「我不想死，我真的不想死啊！」

「汐月，我該怎麼保護你呢？我該怎麼辦呢？」嚴琅緊緊抱住妻子，同樣泣不成聲，可是，他不敢放聲大哭。

封煜顯突然對身旁的深雨說：「深雨，我要向你道歉。上一次，我為了可以和死去的妻子見面，差一點殺死了你。我也知道，那是不可能被原諒的。我是個很自私的人，可是，我無論如何也希望和妻子見一面。」

封煜顯的目光看向嚴琅和汐月，繼續說道：「看到他們的時候，我就想起了我的妻子。我可以理解他們的無奈，不光是自己的生命，連自己孩子的生命都無法保護，那是最痛苦無奈的感覺。我和螢，終究還是無緣了吧。對不起，深雨，真的很對不起……」淚水從封煜顯的眼角湧出，留下一道清晰的淚痕。

深雨看著他，輕輕說道：「和最愛的人天人永隔，那種撕心裂肺的絕望和痛苦，我比誰都清楚。我原諒你了，你不用那麼痛苦。如果你真的感覺對不起我的話，那麼，答應我，如果我死了，而你能夠回到公寓的話，幫我保護星辰吧。我是為了星辰才進入公寓的，對我而言，今後活著的最大意義，就是讓星辰離開公寓。」

又過了一段時間，李隱站起身，朝外面看了看，沒有人影。李隱身旁的霍河也站了起來。

「太好了！」霍河露出欣喜的表情，「看來他走了！」

霍河剛想邁步，他身旁一具蓋著白布的屍體突然坐起來，一隻手抓住霍河，將他拉入了白布中！接著，兩個人形在白布中掙扎扭動，不一會兒，那塊白布就飄落在地上。而霍河，消失了……白布下面，露出了……一束鳶尾花！

「走，快走！」李隱一聲令下，呆若木雞的眾人馬上爭先恐後地跟上李隱，衝出停屍間！

大家跑出去一段距離才停了下來，每個人都氣喘吁吁的。現在，他們逃到了接近停屍間門口的地方，但沒有人敢再過去，因為害怕看見黎焚的屍體。而霍河的死，給他們又爭取了幾個小時的時間。但是，如果想不到生路，犧牲者將會陸續出現。

這個時候，袁啟東突然衝到嚴琅面前，一把掐住他的脖子，怒吼道：「都是你！都是你們！你們是殺人兇手吧？殺了你們，我們就不會有事了……」

嚴琅立刻反剪袁啟東的雙臂，一下將這個粗壯的男人扳倒在地，隨後，一把銳利的匕首晃出，架在袁啟東的脖子上！這麼果斷的動作和嚴琅兇狠的表情，都讓大家暗暗心驚！

「你以為我會沒有預料到？」嚴琅的目光中沒有絲毫仁慈，如果誰傷害到他和汐月，那麼他就不惜殺人！當年如此，現在也是如此。當年敢做，現在一樣敢做！為了自己，他也許會懦弱，但如果是為了汐月和孩子，他絕對不會退縮！

「你，放，放手！」袁啟東嚇得連忙求饒，「我，我知道了，放過我吧！」他實在是沒有想到，看起來如此文弱的嚴琅，下起狠手來居然毫不猶豫。嚴琅兇狠地說：「第一次是警告，如果有下一次的話……」

「不，不會了，求你，求你放過我！」

嚴琅收回了匕首，但是他依舊警惕地看著袁啟東和其他人。嚴琅此時其實也很心虛，對方人數比他多，汐月根本沒有辦法和他一起戰鬥，一旦雙方激烈廝殺的話，他沒有信心可以保護汐月。此時的他，是強撐著不讓自己崩潰，心裏想著：如果彌真在的話就好了，她一定能夠想出辦法來的……

9 雙重鬼殺手

彌真睜開眼睛。她又從噩夢中醒來了。這些年來，她從來沒有睡過一個安穩覺，即使是離開公寓後也一樣。而且，每次醒來，噩夢裏的情形都會記得非常清楚。

她從床上坐起身，穿上拖鞋。這個房子位於郊區，是李隱父親的一處房產。來到廚房，她打開了冰箱。李隱說，他已經買了足夠的食物放在冰箱裏。

拿出一盒牛奶，慢慢倒進杯子裏，彌真拿起杯子喝了起來。晃了晃腦袋，將凌亂的頭髮梳理了一下，彌真感覺稍稍清醒了。

不知道現在嚴琅和汐月怎麼樣了，但是李隱承諾會盡力幫助他們，所以，彌真也不怎麼擔心，她對李隱是非常有信心的。

李隱為她準備的日用品很齊全，洗漱完畢後，彌真回到了臥室。李隱關照過她，不要主動聯繫他。他只會打她的手機而不會打這個房子裏的電話，如果有電話就不要接聽。她不能輕易外出，必須偽裝「已經死去」的假像。

彌真為了打發時間，帶來了不少日本推理小說，今後，就要靠這些書來打發日子了。她看推理小說很少猜錯過兇手和殺人手法，無論是多麼精妙的詭計設計，她都能推斷出來。

彌真開始回憶起，昨天和李隱見面後，當她把自己和彌天在公寓經歷的一切告訴李隱後，李隱那無比錯愕的表情。然後，彌真就和他討論倉庫的事情。

「這是上官小姐給我的倉庫道具排列表，我後來和深雨核對過，完全沒有錯。」

彌真經過一番推理，發現了一個可怕的事實！

道具的存在，果然是生路提示！其實道具本身一點意義都沒有，雖然彌真並不知道其實際上削弱了限制，但是也只是造成血字難度變大，並沒有改變生路，那些道具，其實從一開始，就只是擺設而已。真正重要的，是隱藏在某個抽屜中的鬼魂！那是不可以打開的潘朵拉魔盒。

道具一共有四類。

詛咒類道具櫃子上的所有抽屜，如果畫上一條對角線，在從左上角到右下角，道具的名稱依次是「不死之咒」，「妖頭咒」，「大魔頭」，「鎧魔裝」，「醜鬼面」，「啼魘」。

攻擊類道具的對角線上依次是「陰司羅盤」，「厲魂鐘」，「面魔」，「血瘤樹種子」，「子母鬼旗」，「蝕火靈燭」，「假人形」。

抗性藥物道具則依次為「悼天血紋」，「巨蠱」，「七夜怨血」，「弑魂朱砂」，「未來瞳」，「死腐液」，「戮影粉」。

防禦類道具則為「鬼魍網」，「紫紋靴」，「離域畫軸」，「幽焚盾」，「異手」，「隔世鎖」，「鬼畫」。

彌真將這些道具的頭一個字連起來，諧音就變成了一句話：「不要打開抽屜，因裏面血字是假，道具其實為死路，櫃子裏有一個鬼。」

這種最簡單的暗號，卻沒有任何一個住戶發現，因為倉庫的存在讓他們太激動了，根本沒有去考慮這其中暗藏的殺機。道具之所以那麼多，就是為了將這句藏頭文隱藏得更加深！於是，倉庫中的鬼，終於被釋放出來了。倉庫之所以在那之後消失了，也為了不讓住戶再接近倉庫，從而明白過來是怎麼一回事。

「倉庫的櫃子裏有一個鬼。」

彌真對李隱說，「而倉庫消失，極有可能就是因為那個鬼被某個住戶釋放了出來！如果是這樣，那個住戶本人肯定已經被殺死了。但是，公寓裏並沒有住戶失蹤，那就意味著，這個鬼，很有可能變成了這個住戶的樣子！」

「假死」這個想法，是彌真和李隱討論出來的結果。

彌真認為，如果當時執行過血字的深雨和上官眠都有可能是倉庫中釋放出來的那個鬼，那麼繼續和她們接觸，後果不堪設想。但是，又不能直接斷絕關係，所以，假死是最好的辦法。

現在的情況，可以說是完全絕望。

就算知道有鬼入侵了公寓，可是，沒有完成十次血字以前，沒有人可以離開公寓。不，應該說，這個鬼本身就是公寓的血字指示之一。而要完成這個血字，只能去找到生路。於是，彌真提出了一條新的生路。

「李隱，你千萬不要有事啊。」彌真充滿絕望地期待著。

彌真至今依舊記得那個雪花紛飛的早晨。當她和汐月走出宿舍的時候，就看到了身上落滿雪的彌天。

那一天，是第十次血字指示執行的前一天。彌天無論如何，都要最後再見汐月一次。他很清楚，這可能是最後一次了。

在公寓度過的痛苦日子裏，溫婉純真的汐月，猶如一道陽光般射入彌天陰霾絕望的心房。只要和汐月在一起，再大的痛苦也會化為烏有。只不過，彌天知道，他不可能向汐月表白。

當看到汐月出現在眼前的時候，彌天馬上走了過去。一直以來他都是冷酷待人，猶如一個冰人一般，卻在那一刻露出了笑容。

「彌天！」汐月驚愕地抓住彌天的手，「你這是怎麼了？」

彌真明顯看到，一滴滾燙的淚，從彌天的眼中滑落。他的執念，他的愛意，他的希望，就在他的眼前。那是他能夠掙扎生存至今的最大原因。

彌真永遠也忘不了那個下雪的早晨。所以，當汐月詢問她如何給孩子名字的時候，她脫口而出「雪晨」這兩個字。她無法忘記彌天的眼神，就算身陷地獄，他也渴求著光明。可是，最後他還是沒有辦法回來。

那個時候，汐月和嚴琅已經殺死了王紹傑。現在想來，汐月那時候已經對嚴琅產生了依戀。所以，彌真現在都還為彌天感到遺憾。不過，汐月可以獲得幸福，對彌天而言，也是一件幸事吧。

彌天和汐月的最後一次見面，非常短暫，彌天只說了幾句話。如果說得太多，他怕自己沒有勇氣去執行第十次血字指示。彌真至今都不知道，當時彌天說了些什麼，她事後沒有問過。而汐月已經和嚴琅結婚了，她也不便再去問汐月了。

彌真之所以沒有懷疑李隱也可能是被替換了的住戶，理由只有一個。不，與其說是理由，不如說是期待。無論如何，她都希望李隱不是那個被替換了的住戶。而如果李隱真的被殺死了，那麼對於已經時日無多的彌真而言，她也沒有理由再活下去了。

所以，彌真完全信任地接受了李隱所有的安排。如果李隱真的死了，她寧可也死去。

在正天醫院地下停屍間裏，李隱等人苟延殘喘。下一輪殺戮，會輪到誰？每個人都滿臉驚懼，惶惶不安。此時，又有人蠢蠢欲動地看向嚴琅夫婦。雖然剛才嚴琅拚命反抗，可是，在對嚴琅的恐懼和對鬼魂的恐懼的較量中，前者落了下風。

此時，嚴琅將匕首橫在身前，目光中滿是殺意，擋在汐月面前。其他人的目光都鎖定著嚴琅和汐月，可以說，大家都在等待時機，只要嚴琅有絲毫鬆懈，大家就會衝上去，殺死他們夫婦。

封煜顯和袁啟東站在兩旁，深雨則是一副坐山觀虎鬥的樣子，並且一直在觀察著李隱。李隱很清楚，現在的情勢劍拔弩張，就算他出言調停，也沒有辦法壓下去了。更何況，他也不能否認，殺死嚴琅夫婦的確有可能就是生路。

汐月是嚴琅的軟肋，如果制住汐月的話，就等於制住了嚴琅。但是，同樣的，汐月也是嚴琅的逆鱗，一旦傷害了汐月，嚴琅就是拚著性命不要，也會殺死他們。這也是封煜顯和袁啟東還沒有行動的原因。大家雖然都沒有說話，但是不斷地傳遞著眼神。

汐月已經嚇得沒有辦法說話了。嚴琅憤怒的目光不斷在封煜顯和袁啟東二人之間掃視而過，說道：「我知道你們在想什麼，如果你們敢動我和汐月，我就一定會讓你們死得無比痛苦！」

李隱終於沉不住氣了，他走到嚴琅面前，正色道：「封煜顯，袁啟東！你們別衝動，難道你們以為殺了他們，就可以活下去了？如果他們死了，也許會觸發死路，我們不能夠離開他們超過一百米，如果殺死他們，讓他們變為更可怕的惡靈，你們知道會發生什麼事嗎？」

袁啟東臉上頓時一陣抽搐，顯然李隱的話對他造成了相當的震懾。而封煜顯也把手裏的刀子收了起來。殺死嚴琅夫婦會觸發死路的可能，確實遠遠高於找到生路的可能，大家無法忽視李隱的話。

「我也贊同李隱的意見。」一直靜觀其變的深雨開口了，「坦白地說，你們認為這樣做就能夠活下去了嗎？生路不是那麼容易可以找到的。」

封煜顯恨恨地一拳捶到牆上，整個人癱軟在地，喘著粗氣。嚴琅明顯鬆了一口氣，他抹了抹額頭上的汗，一手搭住李隱的膀肩，聲音軟了下來：「謝謝你了，李隱。」

沉默了一會兒之後，又有人開口了。

封煜顯說道：「我說，李隱，現在該到上班時間了吧？停屍間被鎖住了，應該會被人發現來打開啊。」

然而，李隱等人並不知道，兩名護士的屍體已經消失不見了，而這個醫務樓的停屍間平時很少使用。他們註定會繼續被困在這裏。

又等了兩個多小時，早上八點多時，依舊沒有人踏入這裏。大家的耐心終於消耗殆盡了，不能靠這個辦法出去了。

「媽的！」袁啟東恨恨地站起身，「我拚了！那個電梯，我們嘗試用它回到上面去！你們說呢？」

大家都面面相覷。李隱搖頭道：「這太危險了，就算到了上面，也不會更安全。」

「但是在這裏，我們能躲到哪裏去？現在距離血字結束還有超過十六個小時！這麼長的時間，夠我們死多少次了？」

袁啟東如此激動也是可以理解的，但是李隱始終還是堅持他的看法。電梯、鏡子、高層建築，是執行血字時最忌諱的東西，李隱對這一點一直是三令五申地強調。

袁啟東卻還是不死心，他看著其他住戶，問道：「你們怎麼想的？難道我們坐以待斃嗎？」

「我不想拿自己的命去賭。」封煜顯搖搖頭道，「你想去，自己去就是了。」

深雨也反對道：「電梯裏太危險了，明知道是死局還去硬闖，絕對不是該做的事情。何況，也不是上去了就一定安全，你也該清楚這一點吧？」

嚴琅更是表示反對：「我也那麼想，當初我在電梯裏就遭遇過可怕的事情，無論如何，我不想再次體驗了。」

袁啟東看沒有人配合，恨得牙癢癢，他說道：「你們這幫人，進了這個公寓，不冒險怎麼行？說不定那個電梯就是生路呢？」

可是，其他人依舊無動於衷。袁啟東只好坐下。接下來的時間，大家繼續討論生路。因為李隱的震懾，大家暫時壓下了殺死嚴琅夫婦的想法。不過，一旦到了絕境，就算可能觸發死路，住戶也會賭一賭……

討論到中午的時候，大家都說得口乾舌燥。霍河已經死了近六個小時了，恐怕又要開始新一輪殺戮了。

第三個犧牲者會是誰？大家你看我，我看你，越來越緊張。討論不出生路，又不能用電梯離開，還不能對嚴琅夫婦做什麼，更無力對抗鬼魂，袁啟東現在感覺要崩潰了。就連李隱，也已經咬緊牙關，看向嚴琅的目光中，已經有了幾分不善。

突然，李隱的手機響了！他立刻取出手機接通，而來電……依舊是王紹傑的手機！他將手機放到耳邊，接著，手機裏響起了「砰砰砰」的重響，似乎是將什麼東西不斷撞擊發出的聲音。這聲音讓人感到渾身戰慄，李隱立刻掛掉了電話。

緊接著……「砰」！「砰」！「砰」！「砰」！這個聲音從距離很近的地方傳來！

大家立刻都準備好要離開，但是一時不能確定聲音是從哪裏傳來的。嚴琅一手抓著汐月，一手攥緊匕首，一步步向後挪動著。

這時，大家經過一個停屍間的門，李隱一眼看到，在停屍間裏，一個男人被一隻手抓住脖子，正在不停地朝著牆壁撞去！那個男人的額頭已經滿是鮮血，而那隻手的手臂上，紋著一個清晰的血紅龍頭！

「薛，薛龍！」嚴琅驚呼起來，而那個滿頭鮮血的男人，仔細看去……竟然是袁啟東！

這時候，大家才想起，剛才電話打來的時候，好像誰都沒有看到袁啟東！他什麼時候進入這個停屍間了？

不用任何人開口，大家撒腿飛奔，在這個狹小的地下室裏，繼續著逃亡之旅……

子夜幾乎一夜未睡。手中的手機，不知道撥打出去了多少個電話。她滿臉憔悴，彷彿蒼老了很多。現在，星辰、銀夜和銀羽陪著她，神谷小夜子也來了。

子夜就猶如蠟像一般呆坐著，表情沒有任何變化，眼眸猶如死水，雙手十指相扣。從昨晚到現在，她沒有吃過一點東西，沒有喝過一滴水。

在這種時候，任何安慰的話都是多餘的。誰都很清楚李隱和子夜之間的生死情緣，誰也都清楚，這兩個人一旦失去彼此，將會失去活下去的信念和勇氣。

「夠了。」子夜忽然昂起頭，從沙發上站起來，她似乎下定了什麼決心，雙眸又有了神采。

「什麼夠了？」神谷小夜子狐疑地問道，「你想到什麼了嗎？」

「我要去李隱的大學。」子夜語出驚人，「繼續坐在這裏，我會發瘋的，會崩潰的。到那裏去，也許能夠找到公寓留下的生路提示。如果可以找到生路的話……」

神谷小夜子立刻厲聲說道：「你搞清楚沒有，嬴子夜？你應該知道這有多麼危險吧？如果那裏有鬼……」

「我知道。」子夜面無表情地答道，「我考慮過千百次了。但是，為了李隱，再危險我也無所謂。何況，公寓既然讓住戶待在嚴琅和千汐月身邊百米範圍內，不就證明了，在這之外是安全的嗎？」

「話是那麼說，可是……」神谷小夜子還想再說什麼，卻被一個聲音打斷了：「好！嬴子夜，我跟你一起去！」

說話的人，竟然是星辰！他也是一副慷慨激昂的樣子：「深雨現在生死不明，我也不能夠就這樣待在這裏。我一定要救她出來！」

大家面面相覷。在這個殘酷恐怖的公寓裏，居然會出現如此感人的一幕。

「事不宜遲，快點走吧！」星辰咬著牙說道，「我怕時間長了，我會害怕，會不敢去！」

就這樣，星辰和子夜前往李隱就讀過的大學——金域學院。為防萬一，他們自然準備了武器。

在公寓門口，一直沉默的銀夜終於開口了：「你們真的決定了？你們應該知道這一去意味著什麼吧？那是王紹傑他們死去的地方，接近那裏……」

「我知道。」子夜堅定地答道，「可是我不能坐等李隱死去。」

「那好吧，你隨時聯繫我和銀羽，還有神谷小姐。」

銀夜身旁的銀羽一臉擔憂，出言勸說道：「李隱已經度過了七次血字指示，他一定可以想出生路來的。」

子夜淺淺一笑道：「謝謝你，銀羽。但是，我必須為李隱做點什麼。」

目送著二人的身影，神谷小夜子用日語說道：「為了……愛情嗎？愛情，真的有那麼重要嗎？真的會讓人堅持和執著到這種地步嗎？」

離開公寓後的子夜和星辰，兩人的臉上滿是決絕之色，猶如奔赴戰場的死士一般。

子夜翻開手中的筆記本，上面是黎焚搜集來的資料。「有可能的話，我希望再確認一次文倩的證詞。」子夜說道，「那一天，我親耳聽到文倩指證嚴琅，說王紹傑被殺當天，說過會和嚴琅見面。」

「可是，文倩住在哪裏？」星辰連忙問道，「你知道她的住址或者手機號碼嗎？」

子夜盯著筆記本，不甘心地說道：「我都不知道，只有李隱才知道。」

「先去金域學院吧。」子夜做出了決定，「然後去找畢業學生的聯繫方式。文倩的證詞，非常重要。無論如何，都要找到她。」

「我，我不行了……」汐月跪倒在地，一手扶住牆壁，滿臉淚痕。嚴琅一直扶著她，並警惕著身邊的其他人，但是他的精神也快要崩潰了。這樣下去，只能是等死了！

「汐月！」李隱也過去扶住她，同時幫她搭脈。如果她的情緒波動太劇烈，有可能會流產。在這個被封鎖的地方一旦發生這種情況，後果不堪設想。

「王紹傑！」汐月突然停止了哭泣，對著眼前的虛空喊道：「我認輸了，我向你認輸了！我求你，求你放過我們吧！我們已經被你逼到了這個地步，你應該滿意了吧？我求你，我求求你了！我不想死，我想保住我們的孩子，還有嚴琅，求求你……」

「汐月……」嚴琅也痛苦地跪在地上，頭重重磕下，說道：「我也求你了，王紹傑！你至少放過汐月吧！求你放過她吧！」

此時的嚴琅夫婦，已經放棄了自尊，只求有條生路。哪怕向那個惡魔跪地求饒，也不算什麼了。他們深深地感到自己完全無力抵抗了，哪怕是意志再堅強的人，到了這個地步，也會動搖了。只是，可以感化鬼魂嗎？那是不可能的。

「你們承認了嗎？」一個冰冷的聲音響起，封煜顯冷冷看著嚴琅夫婦：「你們這是承認殺人了嗎？承認王紹傑是被你們殺死的了嗎？」

嚴琅抬起頭來，他的額頭上已經磕出血來，滿目寒光地盯著封煜顯，說道：「對！就是我殺了他！王紹傑那個惡魔，你知道他對汐月做了什麼嗎？口口聲聲說愛她，卻把她當做玩物一般，要和他那幫打手輪姦她！他根本沒有把我們當做人來看待！所以，我殺了他！薛龍、羅子強、鄭華也都該死！」

一把匕首陡然亮出，封煜顯快步衝過去，一刀就從嚴琅的頭頂劃下！嚴琅愕然地躲閃開，他的肩膀上劃出了一道血痕來！

封煜顯沒有任何遲疑，匕首立刻轉向，又朝著嚴琅的胸口直刺過來！汐月嚇得魂飛魄散，立刻衝上來要奪匕首，可是，封煜顯卻只顧著衝向嚴琅！

「住手！」一聲震雷般的吼聲響起，李隱衝過去一把抱住封煜顯，強行將他拉開。然而封煜顯繼續揮舞著匕首，殺意凜然地說：「都是你們！人是你們殺的，為什麼要我們來承受？為什麼！」

李隱死命拉著封煜顯，可是他的力氣實在太大了。「你們該死！你們都該死！」封煜顯咒罵著。

「嚴琅，你的傷……」汐月連忙過去查看嚴琅肩膀的傷勢，這一刀劃得非常深，血不斷流出，看得她觸目驚心。

突然，清脆的「叮」一聲，不遠處傳來電梯門開啟的聲音。然後，電梯門又關上了。

頓時，所有人都呆住了，沉默了。不知不覺，他們已經到了離電梯這麼近的地方！

金域學院，位於白嚴區市中心的風真路。子夜和星辰坐在地鐵上，二人都很沉默。他們要做的是極其危險的事情。沒有人知道，如果非執行血字住戶牽涉入血字，會發生怎樣的情況。以前有過一次先例，銀夜為了救銀羽而前往直永鎮。不過那一次的血字是在夢境中執行的，所以對銀夜沒有造成任何傷害。然而，現在要面對的，是在現實中會殺人的惡鬼！接近他們死去的地點，而且還進行調查，會發生什麼事情？公寓恐怕根本不會對鬼魂施加任何限制吧。

「怕了的話，你可以先回去。」子夜臉上沒有絲毫懼色，「你的呼吸重了很多，身體也抖得很厲害。如果害怕就回公寓去吧，這沒有什麼丟人的，很正常。」

「你別說了！」星辰卻死死地攥緊拳頭，眼中是狠厲之色，他咬牙切齒地說：「如果深雨死了，我還有活下去的意義嗎？嬴子夜，你不也是一樣嗎？如果李隱發生了什麼不測……」

子夜聽到這句話時，睫毛明顯顫動了幾下。她十指相扣，然而手指卻壓得很緊，以至於手掌都有些泛白了。

「元陽路站到了，本站可以通往月陽書城，金域學院……」

地鐵車門打開了，子夜和星辰立刻站起身來走了出去。二人如今要踏入惡魔的巢穴，將是沒有盡頭的不歸路！

在陽光明媚的正午時分，子夜和星辰進入了金域學院。

「我們先去找學生會的人嗎？」星辰問道，「還是到那座舊禮堂去？」

「去學生會吧。」子夜當機立斷道，「確認文倩的證詞比什麼都重要。畢竟她掌握著很關鍵的線索，對調查有相當大的影響。你有什麼想法？」

「應該是這樣的，當時千汐月和嚴琅合謀殺害了王紹傑等人。王紹傑劣跡斑斑，他對千汐月可能也做過一些殘忍的事情。他們有共同的仇人，所以就合謀殺人。而因為共用殺人的秘密，成為了命運共同體，所以結婚了。」

子夜的腳步頓了頓，說道：「或許吧，但還是要確認文倩的證詞才行。要救李隱，需要的是確實證據。」

經過打聽之後，他們得知學生會在第四教學樓。二人轉過鬱鬱蔥蔥的林蔭道，走向那座教學樓。不知道是不是錯覺，他們感到周圍似乎安靜了許多。

子夜和星辰走進教學樓，然後走向電梯。

「等等！」星辰忽然停住腳步，「我們還是不要坐電梯吧，太危險了，走樓梯吧。」

子夜看了看電梯門，也後退了幾步，說道：「你說得對。不過，樓梯也未必安全。」

李隱等人在地下停屍間裏撒腿狂奔，畢竟空間只有這麼大，後來大家都感到累了。被封鎖的地下停屍間，根本就是絕望的牢籠。全員被殺死在這裏，只是時間問題！

大家將希望的目光投向深雨和李隱。只有這兩個人，可以在午夜零點後直接回歸公寓，他們只有搭上順風車，才有希望安全回去。

不過，李隱知道自己是無法瞬移回去的，這次實際上是他的第五次血字指示。不過深雨作為宣誓自願進入公寓的住戶，享有每次血字都可以自動回歸公寓的特權。這一特權大大保障了住戶的生命。如果逃不出去，最低限度，也要保護深雨的生命！這就是李隱目前唯一的想法。

李隱從沒有感到如此無力。嚴琅和千汐月，是他的大學同窗，他怎麼可能坐視他們被殺死？但是，如果真的殺死他們才能活下去的話，李隱也不能保證自己絕對不會下手。

李隱看向嚴琅，正色道：「詳細說說你殺死王紹傑他們的經過吧。為什麼當時你會在場？你是怎麼一口氣殺死他們四個人的？」他又對一旁虎視眈眈的封煜顯說：「封煜顯，我明確地告訴你，不要傷害他們。你想一下，如果我和嚴琅聯合起來，是你殺死我們的可能性高，還是我們殺死你的可能性高？」

嚴琅冷笑道：「李隱，你如果知道真相了，難道不會殺死我們嗎？別一副假惺惺的樣子，我他媽就是殺了那四個人渣，你有種就來殺我啊！誰敢動汐月一根汗毛，就是天王老子，我也要捅個幾刀再死！」

「嚴琅，你應該明白，現在只有找出生路才有希望。你所說的話也許會成為重要的線索啊！如果現在大家內訌，那只是親者痛仇者快！」

李隱盡力說服著嚴琅，他突然想到，鬼把他們囚禁在這個地下室，恐怕有一個目的，是為了不讓嚴琅夫婦有機會離開他們超過一百米，讓血字可以執行下去。這讓李隱更加確信，電梯必定是一條死路。

嚴琅似乎也有些鬆動了，他知道，目前大家共同的敵人是王紹傑！他放下了匕首，說道：「好吧。事情是這樣的……」他將事情的始末一五一十地說了出來：「就是這樣，我殺了他們。」

「王紹傑這個人渣，」深雨雙眼中滿是怒火，「這種混蛋才配得上『惡魔之子』的稱號！」

封煜顯似乎也有些動容，歎惋道：「他們四個人的確沒有人性。都是同學，怎麼會如此殘忍？」

李隱繼續問道：「然後你們就捏造了不在場證明？那兇器丟到哪裏去了？」

嚴琅陰笑著說：「丟到宛天河裏了。」

李隱沉吟片刻說道：「如果那把匕首還在，也許可以成為生路。不過現在也許不行了。」

封煜顯皺眉道：「李隱，難道你認為，匕首可以殺死鬼？等一下，嚴琅在樓梯和電梯上看到的那把椅子，難道是生路？」

「公寓怎麼會給不是住戶的人生路呢？完全不符合公寓對難度的平衡。」

深雨說道：「李隱，我認為生路提示應該在黎焚被殺害以前就給出了，否則他不會死。同學聚會上大家的談話，還有我們進入醫院以後發生的事情，都可能包含生路提示。」

其實，有了文倩的證詞，他們夫婦是兇手這一點，就很容易猜到了。這種生路也太沒有難度了。還是說，這一次公寓考驗的不是難度，而是人性？考驗他們能不能夠狠得下心來？

李隱忽然想到了另一種可能性。對啊，太容易了。文倩的證詞，結了婚的嚴琅夫婦，加上王紹傑的鬼魂尋仇，很容易讓人產生「兇手是嚴琅夫婦」的想法。可是……兇手真的是嚴琅夫婦嗎？雖然嚴琅本人已經承認了這一點，但是，當時他們的確殺死王紹傑了嗎？會不會還留有一口氣在？然後，被某個闖入的人最後殺害了？如果是這樣的話，那個真正的殺人犯，或許才是這次血字的生路所在！

「你能確定嗎？」李隱問嚴琅，「能確定當時王紹傑的確停止了呼吸和心跳嗎？」

「當然！」嚴琅警惕地看著李隱和封煜顯，「當時我和汐月朝他的心臟刺了很多下，這種傷勢，不可能有人存活吧？」

「我確認過。」一直沉默的汐月說話了，「當時王紹傑的確死了，心跳和呼吸都完全沒有了。」

「也有可能是在彌留之際吧。」李隱還是不死心。

按照他們的說法，薛龍和羅子強是嚴琅殺死的，鄭華被汐月所殺，王紹傑則是他們二人合力殺害的。也就是說，兩個人的手上都染了血。到目前為止，嚴琅夫婦都還活著，如果真的是怨靈索命，那麼只殺死住戶卻不殺死夫婦二人，很明顯是受限於住戶。公寓刻意保全嚴琅夫婦的性命，難道是逼迫住戶去殺死他們？李隱感到腦子亂成了一團。

子夜和星辰來到四號教學樓的第五層。學生會裏有三四個人正在辦公，一個坐在門旁邊的年輕女學生看向二人，站起來問道：「請問你們找誰？」

「打擾了。這裏是學生會辦公室吧？」子夜問道，「我們有些事情想查一下，是畢業學生的資料。」

那名女學生愣住了。星辰上前一步說道：「是這樣的，我們的朋友以前是這所大學的學生，畢業後就沒能聯繫上了，我想再聯繫上她，不知道你能否……」

「按照規定是不可以的……」

星辰從口袋裏取出一個信封，放在桌子上，壓低聲音說：「麻煩你了，一點小意思，請笑納。」

那個女學生狐疑地拿起信封，打開一看，臉色馬上變了！裏面有一萬元！

「你，你這是……」女學生連忙說道，「這怎麼可以……」

星辰則回答道：「如果你嫌不夠，我還有。」星辰的父母失蹤後，警方的調查雖然還沒有結束，但是星辰在卞氏集團有股份，他將股份都賣了。

這個女學生明顯動搖了，一萬元也不算小數目了。只是給他們查一點資料就有一萬元進賬，傻子才不做！

「好吧，你們稍等一下。你們要找的人叫什麼名字？」

不久之後，他們來到檔案保管室。資料放在一排排架子上，他們開始翻找，很快就找到了文倩的資料。

那個女學生樂呵呵地說：「你們看完了就放回去，我在門口等你們。不過這是當初登記的資料，現在也有可能變動了。」

「沒關係。」星辰取出筆記本記下號碼，子夜則拿出手機馬上撥打了文倩的手機號碼。

「喂。」子夜問道：「是文倩小姐嗎？」

「對，你是誰？」

「你還記得我嗎？我是李隱的女友，叫嬴子夜。」

「哦，記得啊。你有什麼事？」

「你上次在同學聚會上說的話，是真的嗎？我想再仔細問你一下。」

「怎麼了？你問這個做什麼？這好像和你沒有什麼關係吧？」

「因為我相信你的話。李隱身邊的好朋友可能是殺人兇手，這讓我比較在意。請你詳細說一說吧。」

星辰忽然抓住子夜的肩膀，說道：「等一下！剛才辦公室裏的另一個男學生，我感覺好像在哪裏見過。」

子夜對手機說道：「稍等。」然後回過頭問星辰，「怎麼了？」

「你沒注意到嗎？那個人的嘴角……有一顆黑痣！李隱給我們看過王紹傑的照片，好像就是那個人啊！」

心悸感越來越強烈了。李隱的心情很壓抑，他越來越不安，已經無法思考了。然後，他發現了一件事情。

「我總感覺有點奇怪。」李隱說道，「剛才為什麼我們居然接近電梯了，卻毫無察覺？」

「對啊。」深雨也是滿臉疑惑，「我們是什麼時候、怎麼接近了電梯的呢？會不會有兩部電梯？」

「不可能，這座新建的醫務樓只有一部電梯才對。」李隱豁然開朗起來，「我們在一樓陷入黑暗的時候，離停屍間入口處不遠，所以燈亮之後，我們都以為是來到了那座醫務樓的地下停屍間裏。可是，真的是這樣嗎？」李隱終於發現那種心悸感的來源了。

「你，你這話是什麼意思？」封煜顯頓時變了臉色，「難道說，這個地方，不是地下停屍間嗎？」

李隱點頭道：「我們也許從一開始就被導入了錯覺，以為這是那座新建醫務樓的地下停屍間。可是，如果我們在黑暗中被帶入了另外一個地方呢？我們會不會把明明可以看到的生路給忽視了呢？」

「明明可以看到的生路？」嚴琅急切地追問道，「到底是怎麼回事？李隱，別再打啞謎了，告訴我們！」

「這裏是主醫務樓的地下停屍間！你們看這些蜘蛛網！」

那座新建醫務樓有一條通往主醫務樓的通道，如果說他們在黑暗中走進了主醫務樓的地下停屍間，也不是不可能的事情

「你說什麼？主醫務樓？」嚴琅瞪大了眼睛，「這是什麼意思？」

「我們被騙了……」李隱渾身戰慄著，他們陷入了一個陷阱！主醫務樓的地下停屍間有六部電梯，除此之外，在往南的走廊上，也有通向上方的樓梯！

不過，就算如此，欺騙他們有什麼意義呢？在哪裏不都是一樣嗎？一個靈光乍然在李隱腦海中閃現出來。不……不一樣！變成屍體也可以……一百米的範圍……原來是這個意思！

李隱終於明白了，生路就是：殺死嚴琅夫婦，把他們放在距離逃生梯最近的停屍間裏，接著，上到主醫務樓的最高層！

目前為止，百米範圍都是橫向距離。進入這個地下室後也一樣。但是如果變為縱向距離呢？正天醫院的主醫務樓，有二十層樓高，不會超過一百米。也就是說，只要逃到主醫務樓的頂樓，就不會再被鬼魂追殺了！鬼魂故意讓他們以為是進入了新建醫務樓的地下停屍間，就是為了讓他們以為沒有可以上去的路，而且那座樓也只有四層樓高。

當然，大前提是……必須犧牲嚴琅夫婦。同時也需要驗證，縱向距離的確是安全的。不過，從將他們關進地下室、封鎖地下停屍間，讓他們無法確認在縱向一百米內，是否出現犧牲者這一點來看，李隱就能確信了。這就是這次血字的生路！和嚴琅夫婦保持最大的縱向距離！而要做到這一點，殺死嚴琅夫婦，是最為穩妥的。

李隱的手顫抖起來，終於發現了生路，可是，卻要面對這麼可怕的抉擇。

「你還發呆做什麼？」嚴琅急切地說，「既然如此，就離開這裏吧！樓梯總比電梯安全，我們快走吧！」

「我……」李隱說不出話來，當然，血字也可能有第二重生路，但是，他能夠及時想出來嗎？他們和嚴琅夫婦，要麼全部犧牲，要麼犧牲某一方。如果打昏他們，將他們留在地下室，那和殺死他們也沒有多大區別。

他們終於找到了一扇通向逃生梯的門。「終於可以出去了！」嚴琅激動地看著樓梯，剛要跨出去，李隱卻說：「等一下，嚴琅！」

「怎麼了？」嚴琅疑惑地問道。李隱取出手機來，他需要再驗證一下，縱向距離是否不會出現犧牲者，手機已經有信號了。「喂。」李隱等電話接通後馬上問道：「爸，醫院裏出事了嗎？」

那兩名護士的屍體消失了，所以，李雍並不知情。但是，主醫務樓裏有許多病人和醫生，光天化日下有人死亡或者失蹤，不可能會沒有人知道。

「沒有啊。出什麼事了？」

「不，沒什麼。」掛斷了手機，李隱進一步證實了自己的推理。縱向距離是不會出現犧牲者的。也就是說，他必須犧牲掉嚴琅和汐月，才能保全自己和住戶。

「嚴琅，我……」

子夜掛斷了文倩的電話，手不禁發起抖來。「對，好像是他……」此時檔案室裏格外安靜，讓人感到很陰冷。

「他……就在外面……」星辰環顧著四周，可是這裏沒有什麼地方可以逃出去。

「冷靜！」子夜低聲說道，「我們不在嚴琅夫婦百米範圍內，不會有事的。」

「可是……」

子夜注意著檔案室入口的動靜，過了好一會兒，沒有任何動靜。二人屏住呼吸，絲毫不敢大意。現在真是進退兩難。

而李隱此時也同樣面對著進退兩難的局面。如果到了樓上，在眾目睽睽之下，就不能夠下手了。這裏，是對嚴琅夫婦下手最合適的地方。如果只是打昏嚴琅夫婦，把他們綁在這裏，良心上會過得去一點，但是結局不會改變。嚴琅和汐月，最後一定會被王紹傑的鬼魂殺死。他能夠這麼做嗎？

李隱猛然一拳狠狠擊向嚴琅的腹部，然後一把抓住他的手臂，狠狠撞向牆壁，把他手裏的刀子撞掉了，接著對封煜顯喊道：「你抓住汐月！」

其實汐月也不會逃，她不可能把嚴琅留在這裏自己逃走。

李隱咬著牙說：「把他們綁在這裏，這是唯一的生路！」

汐月驚愕得目瞪口呆，她已經被封煜顯死死制住了，她哭喊著說：「住手，住手啊！李隱，你怎麼可以這麼做！」

「對不起。」

李隱感覺到心在滴血，可還是狠下心來說道：「我只能這麼做。如果這樣下去，我們所有人都會死，而這麼做的話，至少我們三個住戶可以活下去。」雖然知道這是辯解，知道自己在做著不可饒恕的事情，李隱還是無法停止。當然，他不可能下手殺死嚴琅夫婦，只有讓他們自生自滅了。就算一直跟著他們，也救不了他們，反而會搭上住戶的性命。

「李隱！」嚴琅暴怒地掙扎著，「你這個混蛋！我不會放過你的！」

然而李隱因為長期鍛煉，體力遠超過整天坐辦公室的嚴琅，李隱將他死死壓在地面上，反剪住他的雙手，雙腳將嚴琅的腳纏住，不讓他有機會去救汐月。

封煜顯將匕首架在汐月的脖子上，對嚴琅冷冷地說：「你別再掙扎了！再動，我就殺了她！李隱，生路是什麼？」

「等會兒我再詳細解釋，先綁住他們！」

嚴琅和汐月被綁了起來，嘴巴裏被塞了手帕。嚴琅怒視著李隱，此刻他恨不能將李隱碎屍萬段。深雨一直冷眼旁觀著，沒有幫助任何一方。

李隱反覆確認繩子綁得萬無一失後，來到嚴琅和汐月面前，蹲下身說：「很對不起。但是，我必須這麼做。對不起……」

李隱把停屍間的門上了鎖。

「他們不會掙脫吧？」封煜顯還是不太放心。

李隱悵然道：「之前體力消耗那麼大，他們做不到的。門又上了鎖，他們的活動範圍被局限了。」

接著，李隱和封煜顯衝向逃生梯，說道：「朝上面走！只要縱向距離在一百米以內，就不會啟動影子詛咒！」

深雨一言不發地緊跟在他們後面。

「深雨。」李隱問道，「你不問我為什麼要這麼做？」

「如果生路就是要犧牲他們的話，那也沒辦法了。」

深雨的回答很淡然，「我也很同情他們，但是，還不到願意和他們一起去死的地步。」

李隱解釋了生路的構想。

「原來如此，」封煜顯點頭道，「高明啊！距離那麼遠，的確沒道理對我們動手了。」

李隱心裏很難受。按理說他並沒有責任，無論是否將嚴琅和汐月困在地下室，他們都註定會死，他們不是住戶，所以公寓不會給他們留有生路。

深雨說道：「李隱，如果是我決定要那麼做，就不會說『對不起』。如果要說『對不起』，就不要去做。你不用有心理負擔，他們在這次血字中，無論如何都是死定了的。我們沒有能力改變。」

在地下停屍間裏被綁的嚴琅夫婦，聽到走廊上傳來了一陣清晰的腳步聲……

子夜朝檔案室門口的方向又看了看，這種寂靜實在是非常折磨人。她後退了幾步，用清冷的聲音說道：「執行血字期間，上樓果然是自殺行為啊。」

「不，未必。」這時星辰反而冷靜了下來，「我們不是執行血字的住戶，也就是說，很可能是我們尋找資料的行為觸發了某些東西。子夜，文倩告訴你什麼事情了嗎？」

子夜搖頭道：「她什麼都沒來得及說。」

「那還來得及，我們不如賭賭看……」

星辰忽然臉色一變，說道：「不對啊，我們不是執行血字的住戶，公寓不會對鬼施加限制，那鬼為什麼不馬上殺了我們？」

此時，原本那個男學生所坐的位置，已經是空空如也。

停屍間外的腳步聲越來越近，而且明顯不止一個人，而是好幾個人！

嚴琅的匕首已經被收走了，他無論怎麼掙扎都無法弄開繩子。而那逼近的腳步聲讓人感到毛骨悚然！

終於，腳步聲停住了。

眼前的門雖然鎖上了，可是，根本不可能阻擋得了惡鬼！嚴琅現在已經完全絕望了！李隱為了求生，而把他們丟棄在這裏！汐月面如死灰，她很清楚，無論是深愛的丈夫，還是肚子裏的孩子，已經無法逃脫厄運了。而且，還是被昔日所殺的那四個惡魔給……

嚴琅和汐月互相望著彼此，都看到了對方眼中的絕望，他們此時真正品嘗到了最絕望的感受。而他們沒有絲毫力量去改變，連祈禱都變得毫無意義了。

這時，一把尖銳的匕首狠狠地從門上穿出，匕首的刀尖極為森寒。隨即匕首拔出，緊接著再一次刺入！每一次刺入，刀尖都更加深入，沒有一會兒，門上就被戳了好幾個窟窿。

嚴琅和汐月朝房間的角落挪去。他們沒有辦法求救，沒有辦法自救，只能眼看著最恐怖的噩夢降臨，這是比死亡更可怕的折磨。

李隱三人終於來到了醫務樓最頂層。一口氣上了二十層，三個人都氣喘吁吁的，但總算有了一些安全感。李隱癱倒在地上，他很清楚，不能夠離開逃生梯，否則距離就有可能超過一百米。雖然在血字執行期間，他是絕對反對上高層建築的，但是現在情況特殊。

「封煜顯。」李隱眼神空洞地問，「有沒有煙？」

封煜顯一愣，隨即從口袋裏掏出一個乾癟的煙盒，遞給李隱一根香煙。李隱一把抓過，抖抖索索地叼在嘴裏，封煜顯幫他點上了火。李隱緩緩將煙吸入，手還是緊攥著，坐在冰冷的地板上，儘量不去想嚴琅和汐月現在面對的是什麼。

此刻他又想起昔日歐陽菁對他說過的話，對於被救和被殺的人而言，善惡沒有意義，有意義的是力量。即使自己有再多的理由，畢竟他還是拋棄了嚴琅和汐月。以前，和汐月、彌天、彌真等人在「藍眼」和在金域學院度過的時光，終究不復存在了。

彌天……彌天？李隱忽然站起來，他回憶起，彌天失蹤後，他曾經和汐月交談過。因為彌天當時的狀態很奇怪，李隱很想知道，彌天失蹤前一天對汐月說了什麼。

而汐月的回答很簡單：「他只對我說了一句話。『如果你需要我，一定要呼喚我，哪怕我已經死了，也會回來的。』」

李隱面色一變！難道，第二重生路就是……

刀子已經把門刺得千瘡百孔了。緊接著，一隻手撞破了門，伸了進來，然後是第二隻，第三隻，第四隻，第五隻，第六隻……而其中就有一隻紋著血紅龍頭的手臂！

「只要你呼喚我，哪怕我已經死了，也會回來。」突然，昔日彌天對汐月所說的話，在汐月心頭響起。此時，已經到了最絕望的時刻，哪怕是沒有任何依據的希望，她也希望抓住。

彌天……彌天！

彌真的身體猛然一顫，她的頭狠狠撞到桌子上，彷彿靈魂出竅一般。而她眼前那個古怪的雕像變得無比巨大，好像世間的一切都不存在了。

「這是怎麼……回事？」她感應得出來，彌天發生了一些事情，由於姐弟二人共同承擔了詛咒，她能與彌天感同身受。彌天應該已經沒有自我和記憶了，在那個空間裏被惡靈附體，身不由己。如果她還不能找出第十次血字的生路，被附體的彌天遲早會把她也拉進那個地獄裏去。

此時，彌真感到彌天正在和那個詛咒進行著強烈的對抗，似乎在嘗試著突破詛咒，即使只有一瞬間。彌真的身體完全被壓制住了，全身的力氣都被抽走了，靈魂好像也要被拉入另外一個世界一般。她無法再思考，甚至連五感都快要喪失了。

彌天以前告訴過彌真，有一次剛從血字中死裏逃生的他，看到一身紅色洋裝的汐月，看到她清秀的面容和莞爾的笑容，他就被那一抹紅色徹底俘虜了。在被拖入黑暗的一瞬間，他最後對彌真說的話是——「姐姐，你要幫我照顧汐月……」他無法忘記心底深處那紅色的倩影，無法忘卻那段愛戀。

嚴琅和汐月幾乎不敢相信眼前的情景。猶如無中生有一般，眼前的門又伸進了兩隻手，這兩隻手將前面的手拉了出去！而隨著手不斷被拉出，那兩隻手就會變黑一些。最後，只剩下一隻拿著匕首的手還在妄圖伸進來。而這時，那雙手已經變得漆黑如墨，卻還是拚命地阻止著那隻拿匕首的手！

彌天……是彌天！汐月雖然只看到了手，但是，她卻很確定地知道，彌天真的回來了！

此時，彌真眼前那個雕像上交纏著的兩個身體中，有一個出現了裂縫！而那雙黑色的手在做著最後的搏鬥。在這個過程中，裂縫不斷加劇擴散。

那雙黑色的手終於將最後一隻手強行拉了回去！就在這一瞬間，雕像上的其中一個身體背部碎裂開了一大塊，掉落在地上！碎片很快化為黑霧，彌散在空氣中……

嚴琅和汐月看著眼前這扇滿是洞眼的門，久久無法平靜……

PART THREE

第三幕

時間：2011年5月24日02:00 ～ 05:00

地點：公寓之外

人物：神谷小夜子、柯銀羽、羅謚梓、林天澤、微生涼、陳以默、蔣雲霄

規則：找到住在天南市的日本明星能條沙繪身上的地獄契約碎片。一旦被鬼先找到，能條沙繪和地獄契約碎片會徹底消失，地獄契約碎片的發佈也將就此終止。執行血字期間，住户和能條沙繪都不能進入公寓。

提示：在血字結束前，必須進入能條沙繪身邊十米範圍內。血字規定時間一到，即可從能條沙繪身上取走地獄契約碎片。

地獄公寓

10 丟不掉的碎紙片

彌真醒來的時候，天已經黑了。她的身體彷彿散了架一樣，感到非常暈眩，當看到眼前的雕像碎裂了一塊，她終於明白發生了什麼。

「不是有意識的行動啊。」彌真拿起雕像，低聲說道：「如果是恢復了意識，第一考慮應該是回歸公寓才對，詛咒就可以自動消除，我和他都等於完成了第十次血字指示，可以真正地脫離公寓。可是現在……」

彌真坐在沙發上，眩暈的感覺已經稍稍好轉了一些。她大致已經確定，汐月不會有事了，因為，彌天即使喪失了記憶和意識，依舊在短暫的時間裏掙脫了詛咒去救她。

彌真突然覺得很餓，於是她走進廚房，打開冰箱，想看看有什麼可以做的東西。一番忙碌後，彌真坐在桌前，看著做好的菜，頓時感到疲勞一掃而空。「彌天，」她自語道，「加油哦，絕對不要放棄。」然後，她拿起筷子，同時打開了電視。這時正在播放晚間新聞。

「日本超人氣巨星能條沙繪來華為她主演的最新動作電影《血鳥》做宣傳，她的第一站就是天南市，已經舉行了新聞發佈會……」

「能條沙繪？」彌真抬起頭來，緊盯著電視螢幕，一張熟悉的面孔出現在她面前，凡是喜歡看日劇的人，很少有不知道能條沙繪的。「居然來了天南市啊？」

螢幕中出現了能條沙繪的面孔。今年剛滿二十三歲的能條沙繪，看起來卻像十八歲的小女孩，她的臉給人的第一感覺就是「乾淨」，吹彈可破的肌膚，有一種非常清澈透明、純真美好的感覺，眼神猶如精靈般無邪靈動。

天南市沉寂的深夜。能條沙繪此時非常清醒，她跟隨著翻譯真山敏子，走在下榻的酒店走廊上。能條沙繪無論走到哪裏，都有一大堆記者尾隨，所以，這個樓層已經讓保安把守，禁止記者進入了。

「沙繪。」經紀人福井明翻動著筆記本說，「明日的行程你都記住了吧？」

「現在別提這些了。」能條沙繪顯得很睏倦，卻在走路的時候不時地注意著四周。

「怎麼了？沙繪，都到外國來了，你還是那麼神經質嗎？」有些大腹便便的福井明苦笑著說，「拜託你，可別再給我出難題了啊，這幾天的行程很緊啊。」

能條沙繪扶住額頭，搖了搖頭，眉頭緊皺著，好半天才說道：「好，我知道了。」

回到自己的房間，關上門之後，能條沙繪就坐在床上，抱住了頭。那張讓無數人癡迷的美麗臉龐上，此時滿是惶惑。

她沒有關燈，而是直接躺在床上，蓋上了被子。這時，她突然感到一陣凜然，她隨即睜開眼睛，美麗的眼中卻蒙上了恐懼。房間裏非常安靜，然而這種寂寥卻讓能條沙繪倍感可怕。

她的手緊抓住床單，身體不斷朝牆壁挪去，一頭漂亮的栗色短髮被弄得凌亂不堪。能條沙繪猶如一隻蜷縮著的小貓，心中的不安不斷擴大著……

「都是這個東西，都是這個東西……」她從衣領處取出了一張折疊整齊的羊皮紙碎片。這是她在一星期前，剛定好前往中國的行程之時得到的，羊皮紙碎片上有一些看不懂的古怪文字。

最初，能條沙繪以為這只是一張沒有意義的廢紙，但是隨後她就發現了一件可怕的事情。那就是……無論她丟掉這張羊皮紙碎片多少次，這張碎片都會又出現在她的身上。而且，她沒有任何辦法能毀掉這張碎片。

而自從這張羊皮紙碎片出現後，能條沙繪就有一種感覺……有什麼可怕的東西正在尋找她，接近她。這種感覺，和這張碎片有著非常深刻的聯繫，她不知道這是怎麼回事，但是，那種接近的感覺，卻一天比一天強烈，讓她感到心悸。

而她覺得，接近她的那個存在，是為了這張羊皮紙碎片！能條沙繪只有想辦法遠離，可是現在縱然到了中國，還是沒能揮去這一感覺。這絕非神經過敏，能條沙繪深信，如果她被這個存在找到的話，後果不堪設想！在這裏也會被找到的！到時候她將面臨最可怕的厄運！

逃，必須逃，必須逃走！

這個念頭一出現，能條沙繪就立刻下了床，走到行李箱前，取出許多化妝用具。她開始化妝，改變自己的樣貌。她打扮成清潔工大媽，鏡中的自己看起來老了很多，換上了她白天從賓館清潔工那裏買來的工作服，還戴上了帽子。然後，她躡手躡腳地走出房間。

福井明就住在對面的房間，他現在剛剛洗完澡，打了個呵欠，伸了伸懶腰。這幾天他累得都快散架了，沙繪的人氣果然厲害，沒有想到中國的影迷如此狂熱。想到明天排得滿滿的行程，他苦笑起來。不過，他有點擔心沙繪的精神狀況，她似乎一直在害怕著一些奇怪的事情。雖然福井明勸解過她很多次，但是情況沒有好轉，只能等她早日恢復正常了。

福井明此時還沒有睡意，他打算再去看看沙繪。於是，他打開門，走了出去。然而，這卻是一個讓福井明後悔的決定。

在走廊上，他看到了「它」。

福井明根本沒有時間錯愕，連恐懼都來不及爬上面孔，他短暫的一生就在此刻畫上了句號，而他連一聲慘叫都來不及發出。

而能條沙繪根本不知道在福井明身上發生的事情。她來到一樓，匆匆地走出賓館。此時，她還是感到心有餘悸。剛才有一瞬間，她感覺到，那個存在已經進入了這個賓館！

午夜零點到來了。

公寓大廳裏，李隱、深雨和封煜顯的身影浮現出來了。李隱將搭住深雨肩膀的手很快鬆開了，他不想讓人看出他無法自動回歸公寓。

這時候，大廳裏等候的人都站了起來。子夜看到李隱的一瞬間，立刻衝過來，差點在光滑的大理石地板上摔倒，她撲進了李隱懷中。

「你回來了……」子夜緊緊抱著李隱，「感謝你，感謝你回來了……」李隱撫摸著子夜柔順的黑髮，頭微微低垂在她的耳邊。

星辰也緊緊地抱住深雨，這種生離死別的痛苦，真不是常人可以承受的。總算又熬過了一次血字，距離擺脫這個公寓，又近了一步。

李隱已經通知正天醫院的人去救嚴琅和汐月了，雖然不確定他們怎麼能活下來的，但是血字時間已經到了，所以，他們肯定不會再有事了。李隱不奢望能獲得他們的原諒，他只希望他們從此可以平安幸福。

神谷小夜子坐在沙發上，非常平靜地看著這一幕。而一旁的銀羽非常激動，她默默地拭淚，銀夜則用手攬住她，讓她躺在自己懷裏。

這一夜，有很多人難以入眠。在這個公寓，也沒有多少人可以真正安眠。

此時的能條沙繪在市區裏奔跑著，她已經離開了白嚴區，可是那種心悸感不減反增。這時已過午夜零點，路上的行人很少了。

能條沙繪在進入演藝圈後，一直都是順風順水，現在正是事業最鼎盛的時期。但是，那張羊皮紙碎片卻讓她感到彷彿墜入了噩夢之中，她甚至對身邊的人都無法傾訴這個煩惱。對中文一竅不通的她，在這個異國的城市，實在是舉步維艱。

「如果敏子在就好了……」能條沙繪來到一個十字路口。路旁的地面上，躺著一個老乞丐，他的面前放著一個破碗，裏面只有幾張皺巴巴的紙幣和少得可憐的硬幣。

能條沙繪走到馬路旁邊的時候，那個老乞丐抬起頭，說道：「小姐，給點錢吧，謝謝，謝謝！」他不斷地搖晃著那個破碗。

能條沙繪此時心神慌張，哪裏還有心情理會老乞丐，她匆匆地過了馬路。

老乞丐很失望，滿是皺紋的雙手搓揉著，他數了數今天乞討到的錢，臉上露出窘迫的神色。他歎了口氣，抬起頭來，邁步追向能條沙繪走的方向。

此時街上冷風列列，老乞丐轉過一個街角，剛要繼續邁步，卻一個趔趄跌倒在地。當他站起身的時候，突然，他的目光定格了。

老乞丐張大了嘴巴，大得幾乎可以將他手上的破碗給塞進去，他的身體不由自主地向後退去！

「砰」！破碗掉在了地上，裏面的硬幣滾落，紙幣飄飛。行人們再也不會看到街上的這個乞丐了。

能條沙繪感到越來越冷了。雖然現在快到六月了，可是現在夜深了，寒意依舊難以抵擋。她不斷地朝後張望著，那個存在好像越來越近了！她不由得加快了腳步！奇怪的是，她發現天越來越黑，附近的路燈似乎壞掉了，路越來越暗。可是，她知道自己不能停下腳步，不然的話，後果不堪設想！

新的血字指示發佈了！李隱剛執行完一次血字，居然這麼快就又發佈了新血字！新血字的內容是：

「五月廿四日凌晨兩點到五點，找到目前在天南市的日本明星能條沙繪，她的身上有一張地獄契約碎片。同時，有一個鬼正在尋找能條沙繪，一旦被鬼找到，能條沙繪和地獄契約碎片會徹底消失，地獄契約碎片的發佈也將就此終止。特別提示，血字規定時間一到，即可從能條沙繪身上取走地獄契約碎片。在血字結束以前，必須進入能條沙繪身邊十米範圍內。執行血字期間，住戶和能條沙繪都不能進入公寓。」

這次血字的執行者是神谷小夜子、柯銀羽、羅謐梓、林天澤、微生涼、陳以默、蔣雲霄，一共七個人！其中有神谷小夜子和柯銀羽兩大智者，其他人卻全都是首次執行血字的新人。當七個人聚集在大廳裏的時候，大家面面相覷，因為，再過一個小時，血字就要開始了！

不過，新的地獄契約碎片出現，卻讓住戶們欣喜不已！這是第五張地獄契約碎片了！

但是，沒有一個住戶知道，這其實是第六張地獄契約碎片的發佈。第五張地獄契約碎片，在那個從倉庫裏被釋放出來的假住戶手中。他們完全沒有想到，這個本來絕對安全的公寓，已經被鬼入侵了，當公寓的最後限制被取消，沒有一個住戶可以活命。無一例外！

「第五張契約碎片……」銀羽沉吟著看著大廳裏的其他住戶，她的呼吸加快了。而神谷小夜子看向銀羽的目光，卻多了幾分不善。其他住戶都看向銀羽和小夜子，各懷心思。

羅謐梓是個十七歲的女高中生，是個非常害羞的女孩子，並且是個標準的宅女。林天澤在新住戶裏，是個很善良的老好人，他平日裏總是拿把椅子，坐在巷子口，阻止其他人走到這裏來，成為新住戶。微生涼是個台胞，這次回到大陸看望家人，沒想到卻進入了公寓。陳以墨是一個超級腐女。蔣雲宵則是一個富二代，有一天開著他的改裝寶馬到了這個社區，結果卻進入了公寓……

這些新住戶，沒有一個可以算是智者，所以，在執行血字的時候，自然只能指望銀羽和小夜子了。他們雖然不敢奢求奪取地獄契約碎片，但也不肯輕易放棄。螻蟻尚且貪生，更何況他們？

「馬上做好準備，立刻出發！」銀羽皺著眉頭說，「來不及告訴李隱他們了。各位都是首次執行血字，切不可有絲毫僥倖之心，無論多麼謹慎，都不為過！明白了嗎？」銀羽又看向身後的小夜子，說道：「神谷小姐，到時候翻譯上的問題，就麻煩你了，估計這也是血字選擇你的原因，和上次在日本的血字一樣。」

「你還真放心啊。」小夜子看著銀羽，冷冷地說：「你不擔心我利用語言不通，奪取地獄契約碎片，對你們下套嗎？」

「我想，神谷小姐不是一個因小失大的人。我很有可能知道某張地獄契約碎片的下落，神谷小姐是個聰明人，有些話不用說得太明白，不是嗎？」

小夜子聽到這句話，沒有多大反應，她看向旋轉門，說道：「走吧，我們的時間不多了！」

「我們該怎麼辦？」陳以默焦急地問道，「能條沙繪下榻的賓館沒有公開啊，我們去哪裏找……」

「已經知道了。」銀羽打開手機給大家看了看，「你們看，雪原賓館，已經有記者查出來了。」

「那我們怎麼能接觸到她呢？」林天澤也焦急地問道。

「我和能條沙繪見過一面。」小夜子說道，「我在東京調查過一起殺人案件，叫『黑環連續殺人案件』。那些案件中，大澤優子是凶嫌之一，而大澤優子是與能條沙繪同屬一個事務所的藝人。」

「這我知道啊。」宅女羅謐梓開口道，「她們以前都是偶像組合『黃金時刻』的成員，兩年前該組合解散了。」

「我調查那些案件的時候，她們還沒有解散。我的委託人就是大澤優子的男友。後來我指證了元兇，才解決了案件。雖然能條沙繪和那些案件沒有關係，不過因為她和大澤優子關係非常好，案件解決後，和我一起吃過飯。」

「那如果你提出想要和能條沙繪見面，應該能行吧？」

小夜子說道：「如果她現在沒有離開雪原賓館的話。」

半小時後，一行人來到雪原賓館門口。此時，有不少慕名而來的粉絲，已經聚集在賓館門口了，保安正在維持秩序。許多粉絲都舉著牌子，上面寫著「大愛沙繪」、「永遠支持沙繪」。

「不愧是能條沙繪啊。」身為宅女的羅謐梓最為理解，「她主演的純愛劇，我一部不漏地都看過呢。」

銀羽皺著眉問道：「神谷小姐，你有沒有她的電話？」

「沒有。」小夜子很乾脆地說，「看來要進去不容易。」

而這個時候，在原本能條沙繪住的那個樓層裏……

「我要瘋了！」翻譯真山敏子抓著頭髮，站在能條沙繪的房間裏，「她搞什麼啊，居然在這個時候離開了！連經紀人福井先生都消失了！」

「真山小姐。」身後一名工作人員問道，「要不報警吧？現在這個情況……」

「不，不能報警！」真山敏子立刻搖頭，「必須要為沙繪的形象著想，如果報警的話，不知道會有什麼傳聞！」

這時，一個工作人員跑進來說道：「真山小姐，剛才外面的保安說，有一個人自稱是能條小姐在日本的舊識，希望和她見一面。」

「舊識？不是粉絲冒充的吧？」真山敏子疑惑地問道，「她叫什麼名字？」

「神谷小夜子。」

「你說什麼？是當初解決『黑環殺人案』的神谷小夜子？」真山敏子驚愕地張大了嘴巴，立刻說道：「快，快讓她進來！」

幾分鐘後，在賓館大堂裏，神谷小夜子和真山敏子見面了，銀羽等人則留在外面。

「很久不見了，神谷小姐。」真山敏子坐在小夜子對面，欣喜地說道：「沒有想到你居然在中國。你還記得我吧？我們有過一面之緣。」

「記得啊。真山小姐。」小夜子稍稍寒暄了幾句，便直奔主題：「我能否見能條小姐一面呢？」

「神谷小姐！」真山敏子立刻說道，「事實上，發生了一件事情，希望神谷小姐能夠幫忙……」

李隱醒過來的時候，聽見放在桌子上的手機在響。

他揉了揉眼睛，睡在他身旁的子夜也坐起身來。李隱拿過手機一看，來電的人是銀羽！在公寓裏面，卻要打電話給自己，難道說……

李隱立刻接通電話，還來不及開口，就聽到銀羽急促地說道：「李隱！我們剛剛接到了新的血字指示，內容是……」

李隱聽完之後，立刻翻身下床，堅定地說：「好！我明白了，銀羽，你小心一點，這次的血字，只怕會非常危險。」

「子夜，你繼續睡吧。」李隱看著要起床的子夜，連忙說道：「你累了一天了，多休息一下。我去找銀夜，一起商量對策。」

在雪原賓館的會客室裏，小夜子聽完所有情況後，繼續問道：「也就是說，在日本的時候，能條小姐的精神狀況就出問題了，是嗎？」

「對，不過我們以為可能是輿論壓力大的緣故吧。前一段時間，有一些能條小姐整容的傳聞流出，不過後來逐步壓下去了。」

「既然樓層有保安守著，怎麼會讓她和福井先生離開了呢？」

「我也不理解啊，只有賓館服務人員和有工作證的人才能夠出入那個樓層。如果能條小姐和福井先生出事的話，到底是怎麼瞞過保安把他們帶下去的呢？神谷小姐，拜託你了，希望你能夠解決此事，不到萬不得已，我們不希望報警。從房間的情況來看，不像是被人擄走的，更像是能條小姐自己離開的。」

小夜子合上筆記本，說道：「我再問一個問題。這段時間，你都作為助手待在福井先生身邊，你們有沒有接觸到什麼異常現象？我是指像鬧鬼那樣的情況。」

「啊？沒有，沒有那麼誇張。神谷小姐，你為什麼這麼說？」

「我只是隨便問問。」小夜子陷入了沉思。過了好一會兒，她才開口說道：「你認為，她會去什麼地方？」

「我也不知道。事實上，這是能條小姐第一次來中國，她對這裏的環境應該很不熟悉，所以我現在非常擔心。雖然想儘量隱瞞消息，但是不知道能瞞多久。我已經取消了今天的活動，對外推說她身體不舒服。無論如何，必須儘快找到她才行。神谷小姐，我會不會做得不妥當，是不是應該報警？」

小夜子說道：「帶我去她的房間裏看一看，我必須搜集足夠的情報，才能做進一步判斷。麻煩你了。」

「好的，神谷小姐，你跟我來。」接著，真山敏子便帶著小夜子朝電梯走去，她現在把神谷小夜子當成了救星。

能條沙繪的房間保持著原樣。東西整理得挺整齊，鏡子前擺著不少化妝用品，床上凌亂地放著一套衣服。小夜子在房間裏慢慢走動，她注意到，床上的被子掀開了一半，而枕頭上濕了一大片。

「是汗水嗎？」小夜子摸了摸枕頭，然後回過頭問道：「看來能條小姐是喬裝改扮後離開這個樓層的，不過她很慌亂，衣服就這樣朝床上一丟就走了。而且，她明顯非常害怕。你真的毫無頭緒嗎？她到底在害怕什麼？」

「這個，我實在不清楚，也許福井先生知道，可是現在他也不見了。」

「帶我去福井先生的房間看看。」

「好的，他的房間就在對面，神谷小姐，請跟我來。」

福井明的房間顯然要正常得多，看不出任何異常。而發現福井明不見的時候，這個房間的門是敞開的。

查看完畢之後，小夜子說道：「真山小姐，還是報警吧。報警後詢問一下旅館的人，尋找附近的目擊者會比較快。如果兩個人是一起離開的話，應該有人會注意到吧。而且，能條小姐是大明星，很容易被認出來，如果刻意遮住臉部，那反而更加容易被注意到。」

「可是，報警的話……」真山敏子還是很猶豫。

「現在那麼晚了，如果能條小姐出事的話，你能夠負得了這個責任嗎？」小夜子冷下臉來，

「馬上報警！否則，由我來代勞！」

「我必須和公司商量一下才行……」

然而，小夜子卻根本不加理會，她已經取出手機來，撥下了「一一〇」，她已經失去了耐心。

不久之後，警車到了雪原賓館，馬上展開了調查。小夜子特別對真山敏子強調，如果警方找到了能條沙繪，務必要和她聯絡。

員警介入搜尋的話，迅速找到能條沙繪的機率就會高得多。而且消息公開後，熱心的粉絲恐怕也會加入搜尋的行列。無論如何，必須要比鬼更早一步找到能條沙繪，否則，地獄契約的碎片就無法獲得了！

這一點，是住戶無論如何也不能接受的。普通血字，已經難到了令人髮指的地步，魔王級血

字指示成為了住戶唯一的希望所在。一旦獲取完整的地獄契約碎片，就有了希望。

能條沙繪這時正瑟縮著肩膀，穿過一條小巷。剛才，那種感覺再度變得強烈起來，「它」越來越近了！一定是從賓館尾隨過來的！想到這裏，她就感到非常害怕。周圍黑燈瞎火的，實在是太過駭人了。自從拿到這張羊皮紙碎片，她就沒有一刻擺脫過恐懼。

她第一次來到天南市，根本就不認識路。就算去買一份地圖，也看不懂中文。她更不敢向任何人求援，對方肯定會認為她得了被害妄想症，而且，說不定那個存在會偽裝成自己認識的人！

能條沙繪的精神已經陷入了強迫症一般的狀態。她已經沒有了理智和精神，只知道逃、逃、逃！她害怕那個要拿到羊皮紙的「人」會潛藏在人群中，而她是明星，無論到什麼地方都會被人發現，所以，她絕對不能讓自己的行蹤暴露。所以，她刻意朝偏僻的地方跑去。她那原本清澈的眼中佈滿血絲，恐懼已經將表情完全扭曲了。

不過，由於不敢乘坐地鐵和計程車，她也難以跑得太遠。能條沙繪開始搜尋著大街，想找一部車子。她不知不覺地走到一座大樓下面的停車場。這時候，從大樓裏走出一個穿黑西裝的青年。青年手中拿著車鑰匙，走到一部車子面前，打開車門，剛要坐進去，他的頭被猛擊了一下！

能條沙繪舉著一塊在路邊找到的石頭，朝青年的頭部狠狠砸了下去！他頓時昏了過去。能條沙繪一把抓過青年手中的車鑰匙，坐進車子裏，關上車門，發動了引擎。

能條沙繪已經完全失常了。只要能夠逃走，她願意付出任何代價！開著車子來到馬路上，她狠狠踩下油門，不斷加速。開出十多分鐘後，她才終於感到，那種不斷接近自己的恐怖感，開始逐漸消散了。

「暫時甩開了，甩開『它』了……」

大家都在聽著小夜子給出的線索和推斷。

「我們怎麼找到她？」林天澤焦急地問道，「她這樣一走，天南市那麼大，如果她找個地方躲起來，短時間內我們……」

「放心吧。」小夜子卻毫不慌亂，「在血字中，『慌亂』是比鬼魂更可怕的殺手。公寓肯定會留給我們線索的，我們只要循著線索去找就行了。我也有了一些想法。」

銀羽注視著表情波瀾不驚的小夜子，問道：「你的想法是什麼?對手機定位搜索嗎？」

「這是初步的辦法，但是公寓想必不會讓我們那麼容易找到的。我已經問過了，能條沙繪的身上並沒有現金。她如果要消費，必須要使用信用卡，只要有消費記錄，就能夠找到她。我已經在一個員警身上裝了竊聽器。」

「福井明是怎麼回事？」銀羽又問道，「他是和她一起離開了，還是被……」

「凶多吉少。」小夜子說道，「經紀人沒有理由和她一起逃走。我想，他恐怕已經死了，但是，屍體並沒有留下。這一點，很可怕。」

銀羽贊同道：「我們必須趕時間，一旦能條沙繪也從這個世界上消失，我們就無法完成這個血字了。那個時候，我們七個人都只能被影子殺死了！」

「查過監控錄影嗎？」銀羽又問了一句，「警方應該會查看的吧？」

「嗯，結果剛剛出來。」小夜子看了看不遠處的員警，「監視畫面中沒有看到能條沙繪，不過，有一名清潔女工從那個樓層離開了。經過調查發現，昨天上午剛剛下榻賓館的時候，能條沙繪向一名清潔女工買了一套工作服。」

「她身上不是沒有現金嗎？」

「現在看來，她可能身上備有一些錢，但是沒有告訴別人。她顯然從一開始就策劃逃跑了，所以對身邊的人都撒謊。能讓她恐懼到這種地步，絕對不是普通的事情。」

銀羽緊扣十指，說道：「那麼，她應該已經感覺到，要接近她的，是非人類的存在吧？」

「我想是的。」小夜子忽然站起身，「現在時間緊迫，不能再等了。大家分組行動吧，必須儘快找到能條沙繪。」

「分組？」銀羽問道，「但是目前不是不知道能條沙繪在哪裏嗎？你有什麼辦法嗎？」

「有的是啊。」小夜子毫不猶豫地說，「首先，確認她乘坐的交通工具和各種可能的路線。警方目前介入排查的話，應該很快會有線索。這個時間段，地鐵和公車的末班車都沒有了，所以，她很可能是乘坐計程車離開的。她如果想盡速逃離，不太可能選擇步行。還可以調查一下周圍有沒有發生異常的失蹤或死亡事件，福井明的消失就是個佐證。」

「原來如此。」銀羽點頭贊同道，「你說得不錯，只要調查計程車公司，是否有一個刻意遮住臉部的女子租車，就可以查到她的目的地。而如果發生了死亡或者失蹤事件，也可以大致判斷方向。不過這都需要調查以後才能知道，現在我們恐怕還很難有確切的方向。」

「還有一個辦法是……」小夜子繼續說道，「讓她來親自見我。通過以前的案件，她應該對我有些信任，如果能通知到她，讓她知道我就在天南市，她和我見面的可能性就很高。剛才我已經和媒體聯繫過了，在網路上發佈這一消息，希望她能夠看到。」

能條沙繪開車經過了一座座大樓，停在了某座公寓樓下。她的手機還是關機狀態，之前只開過一次機，馬上又關機了，因為她擔心被鎖定方位。

這裏是一個中檔社區，眼前是一座四層樓高的公寓，沒有一扇亮著的窗戶。她揉了揉眼睛，感到極為疲憊。可是，她卻不敢有絲毫鬆懈。她發現，不管怎麼逃，她都無法將腦海中危險的感覺徹底驅散。

周圍的空氣似乎凝滯了，也聽不到聲音，簡直像是墳地一般安靜。車子前方是一片花壇，後面則是一排樹木。沙繪稍稍安定了一下心緒，深呼吸了一下，自言自語道：「不會的，過去那麼長時間了，不會追上來的。」

倦意不斷襲來。雖然之前就有過逃跑的計畫，但是她根本沒有想到居然要深夜出逃，白天出席了很多活動，又要應付記者的死纏爛打，加上精神極度緊張，現在她只能停車了。無論如何，她都必須休息一下。

十多分鐘後，她抓著方向盤的手略略鬆開了。她看向車窗外，附近的幾座公寓樓之間，完全是一片黑暗，她心裏不禁陣陣發毛。冷風吹來，她立刻搖上了車窗。

忽然，她感到一陣劇烈的尿意襲來！一路上，因為很緊張，她把車上的礦泉水喝掉了三四瓶，現在，尿意根本無法忍耐了。她雖然恐懼，但還沒有恐懼到要在車上解決的地步。

她咬著了牙關，記得剛才一路上根本就沒有看到公廁。如果出去找，不知什麼時候能找到。正好附近有一片花叢，在那裏解決的話，應該不會有人看見，畢竟那麼晚了，有誰會到外面來。

想到這裏，她馬上打開車門，迎著凜冽的寒風，感到鼻子一陣發酸。她快步跑到花壇中，蹲下身子，解開了褲子。因為走得太快，差點被樹枝劃傷了臉。

風實在很大，能條沙繪忍不住打出了一個極為響亮的噴嚏！她立刻捂住嘴巴，朝四周看看，好在沒有人影出現，才讓她稍稍安心。她提起褲子，剛要走出花壇，突然，那種危險的預感再度襲來，而且變得極為駭人！

她感覺到，「它」來到了附近！

能條沙繪不停地左顧右盼，希望能夠找到一些蹤跡。她繼續蹲著，不敢發出一點兒聲音。

在哪裏？在哪裏？能條沙繪屏住呼吸，雙手攥緊拳頭，全神貫注地注意著周圍的動靜，她真是害怕到了極點。

其實，能條沙繪也在考慮，要不要乾脆衝出去，回到車上，馬上逃離這裏。可是，萬一被「它」發現了的話，會發生什麼事情？

就在這時，她忽然注意到了花壇旁邊立著一面大鏡子。在鏡子裏，正照出她開的車子。她緊緊地盯著那面鏡子，或許能從鏡子裏看到什麼。

就在這時，她注意到，鏡子裏出現了一個提著酒瓶的男子。他晃悠悠地走到她的車子旁邊，忽然一下絆倒了，居然摔在引擎蓋上。

一陣大風吹來，能條沙繪感到呼吸有些困難，她的頭髮和衣服都被風吹得飄了起來。與此同時，她感覺到，「它」已經到了離自己很近的地方！

她看到鏡子裏那個倒在引擎蓋上的醉漢，臉上忽然露出了驚恐至極的表情！然後，那個醉漢的臉扭曲著，立刻起身回頭逃去！

接著，她聽見了酒瓶摔碎的聲音。從灌木叢的縫隙裏看去，她看到了地面上的酒瓶碎片，可是，那個醉漢卻消失得無影無蹤了。

他到底看到了什麼？是什麼讓他消失的？

能條沙繪沿著花壇小心地後退，周圍再度恢復了死寂，她是無論如何也不敢出去了。現在，恐懼已經讓她猶如置身冰窖，她的心臟在狂跳著，她感到自己的生命猶如風中殘燭一般，隨時都會熄滅！

她躡手躡腳地在灌木叢裏走動著，過去一會兒了，周圍依舊是一片寂靜。最後，她終於走到花壇的另外一邊，一下子衝了出去，頭也不回地朝社區入口奔去！在奔跑中，她掏出手機，開機了，撥打了一個號碼。

「喂，喂，敏子嗎？救我，快來救我！我現在就在……」

小夜子立刻接到了真山敏子的電話，知道了沙繪現在的所在地！這一爆炸性消息，讓住戶們沸騰起來！

「快！」小夜子掛斷電話後立刻說道，「快走！必須儘快趕到那裏！」

其實根本不用小夜子提醒，大家都爭先恐後地朝樓梯下面衝去。現在，他們是在和死神賽跑！如果不能趕在鬼魂之前找到能條沙繪，他們都會面臨最恐怖的結局！

富二代蔣雲霄貢獻了兩部車子，七個人分為兩組上車，發動引擎後，飛馳前往！其中小夜子、銀羽、微生涼和林天澤一部車，陳以默、羅謐梓和蔣雲霄一部車。

小夜子的那部車子開在前面，而小夜子還在竊聽著警方的行動。目前，真山敏子、員警和他們都在前往尋找能條沙繪。只要有一方能夠先找到，就能夠鎖定方位了。當然，現在還不能夠太過樂觀。公寓不會那麼輕易讓他們接觸到能條沙繪的。

小夜子將油門踩到了底，然而即便如此，銀羽還是不斷催促著。現在道路上汽車很少，必須利用這一機會儘快到達那裏！而在電話裏求救，說明現在能條沙繪非常危險！

能條沙繪的危險，也就意味著所有住戶的危險！更關係到地獄契約碎片能否集齊，成為通向魔王級血字的鑰匙！絕不容有失！

能條沙繪此時跑到了一個十字路口，她跑得氣喘吁吁，忽然看見前面有一家二十四小時營業的便利店還開著門，於是拔腿便衝了過去！

便利店裏只有一個戴眼鏡的年輕男子。能條沙繪頭髮散亂地衝進店裏，差點摔倒在地。那個男子見到她這個樣子，連忙走過來扶起她，問道：「怎麼樣？你沒事吧？」

「救，救我，快點救我！」

然而，就在這個時候，便利店裏突然停電了！能條沙繪愕然不已，那個戴眼鏡青年也嚇了一跳，他連忙說道：「這是怎麼回事？保險絲燒斷了？」

能條沙繪頓時恐懼起來，這個便利店的門是自動門，一停電，就無法出去了！她想到這裏，馬上去尋找能夠將自動門敲碎的東西。而那個青年在她身旁說道：「你先別著急啊，我去找找看有沒有手電筒！」

能條沙繪在黑暗中摸索著找工具，還摔倒了兩次，她扶著貨架站起身來。她只知道，必須要儘快離開這裏，儘快離開這裏！

這時，那個青年已經找到了手電筒，他鬆了一口氣，然而，剛打開手電筒，他就看到了……

「咚！」手電筒掉在地上，店裏再度陷入黑暗。能條沙繪立刻回過頭去，雖然在黑暗中，她還是發現，那個青年不見了！

「不，不！」她狠狠推翻了一個貨架，貨架上的物品都掉在了地上，發了一陣稀哩嘩啦的巨響。她咬著牙，艱難地拖著貨架，打算用這個砸開自動門！

「它」進來了！現在，「它」就在這個被封鎖的便利店裏！

彌真忽然睜開了眼睛，一下子坐起身。只見外面房間的燈亮了。她連忙披上衣服，走了出去，只見李隱就站在客廳裏。

「李隱？」彌真連忙問道，「出什麼事情了？」

李隱穿著黑色的上衣和褲子，似乎是為了在夜色中隱藏自己，他走過來說道：「你做一下準備，我們馬上要出發。我已經查明日記上所說的地點在哪裏了。還有，那個雕像一定要帶上。」

「真的？」彌真臉上頓時露出欣喜的表情。畢竟，蒲靡靈的日記是所有事情的關鍵，也許可以找到第十次血字的生路！

第十次血字的生路，是這幾年來彌真夢寐以求的。但是，她直到現在都無法解開這個謎。她甚至認為，生路可能就在那個空間裏，在那個空間外面是無法找到生路的。如果是這樣，她就只有坐等和彌天一起永遠墮入地獄了。

「日記上所說的那個洞天山，是位於肖山市的一座山，不過不是很有名，我花了很長時間才找到。現在，我們必須馬上出發。」

「肖山市？確定嗎？」

「是的，必須馬上出發！」

「好，我知道了，我馬上跟你走。」

之前，彌真找到的蒲靡靈留下的日記頁上提示，下一頁日記在洞天山西面山側的一個洞窟中，在洞窟深處的第四個洞穴裏藏著。日記上還給出了一個新的資訊。

看在你們找到這張紙的份上，就再給你們一個資訊吧。那就是關於十次血字的一個秘密，第十次血字，比任何一次血字都要特殊，因為，執行第十次血字都會在一個特殊空間裏，而那個特殊空間，在五十年一度魔王降臨之時，會和魔王所在的空間重疊在一起。

這張日記紙中所說的秘密，對彌真而言是非常重要的。這也就意味著，彌天現在被封在了魔王所在的空間中！換言之，如果執行魔王級血字，說不定就能夠到那個空間去。當然，沒有人會去進行這樣的實驗，在沒有集齊七張地獄契約碎片以前。

所以，彌真對蒲靡靈所說的那個秘密更加好奇和不安。當然，這個消息也更進一步地提示了一個可怕的資訊，那就是，魔王級血字，是五十年以來，所有第十次血字指示所在空間的融合，也就是說，等於好幾個第十次血字疊加的難度！一想到這裏，就讓她感到後脊發涼。

「這個秘密或許能夠讓我找到彌天所在的地方。」彌真此時很激動，對她來說，彌天是除了李隱之外，這個世界上最為重要的人。

「外面停著車子，我開車帶你去肖山市，無論如何，都要儘快拿到那張日記紙！」

彌真跟著李隱走出房間，只見外面停著一輛寶馬車。

「這輛車以前沒有見過，是你新買的嗎？」彌真不禁疑惑地問道。

李隱點點頭說：「是啊。」

二人上了車，在漆黑的夜色下，開始前往肖山市。一路上，李隱很沉默。彌真感覺李隱的表情比以前更加機械化了。但是，她很能理解，畢竟進入那個公寓的住戶，都承受著常人難以想像的痛苦和恐懼。所以，當她知道李隱是公寓住戶的那一刻，彌真的心猶如被絞碎一般痛苦，彷彿世界崩潰了。

「希望這一次能夠獲得那個魔王血字的秘密吧。」彌真看向李隱，她想打破這令人窒息的沉默：「李隱，你怎麼看？深雨告訴我，蒲靡靈的日記曾經寫過，『絕對不要去執行魔王級血字指示』。你認為那意味著什麼？」

李隱抿了抿嘴唇，那顯得機械化的表情依舊沒有什麼變化。如果他不是在開車，甚至會讓彌真產生這是一具蠟像的錯覺。

「開車的時候我想專心一點，你不要說話。」

李隱冷冷地丟下了這句話，便不再開口了。彌真也只好住口，沒有繼續說下去。她現在的心思完全放在那個秘密上了。她多想回到過去，回到和李隱、彌天一起度過的快樂時光。可是，一切卻全都被公寓毀了。如果她不能夠解開血字的詛咒，那麼最後，等待他們的就只有地獄一途。

手上緊緊拿著那個雕像，看著上面缺掉的那一塊，彌真將雕像貼在胸口，心中默默祈禱著：彌天，姐姐一定會救出你的，也一定會救出李隱的，一定會！

只要有一線希望，彌真都絕不會放棄。要不是有這種堅忍不拔、百折不撓的毅力，她也不可能熬得過十次血字指示。她的手不斷攥緊雕像，內心翻騰著，看向李隱的側臉。無論如何，那都是她為之深深傾心的男人啊。

當初，彌真不希望連累李隱，所以沒有向他表白。在看到子夜後，她承受著心中強烈的嫉妒情緒，忍痛祝福他們。但是，現在不一樣了。

深雨是公寓中除了李隱之外，唯一一個知道李隱犧牲了三次血字去救子夜的人。彌真在知道李隱是住戶後，又和深雨通了一次話，也是最後一次通話。深雨把這件事情告訴了彌真。由此，彌真知道李隱實際上還要面對五次血字指示，這是多麼恐怖的概念。

李隱突然停下車。這裏已經接近市區，旁邊有一家便利店。李隱說道：「我去買點東西，你坐在車上等我。」

就在李隱的手抓住車門時，彌真忽然緊緊拉住了他的手臂。

「真的值得嗎？為了子夜，你付出了三次血字的代價，你這樣做值得嗎？」彌真終於忍不住說道，「你就那麼愛她嗎？就那麼輕賤自己的生命嗎？你知道你對於我而言是多麼重要的人嗎？整整三次血字啊！也就是三次生命啊！你有幾條命可以活？你想要我擔心死嗎？」彌真聲嘶力竭地大吼著，雙手抓著李隱胸口的衣服。

然而，李隱的表情卻很麻木：「深雨告訴你的？」

「這不重要！」彌真忽然扳過李隱的頭，然後臉湊過去，深深地吻住了李隱。彌真露出昔日那從不對血字低頭的堅定眼神，說道：「從現在起，你記住，不要再為任何人犧牲了！我絕不允許你用自己的命去換任何人的命！接下來的五次血字，我會拚了命幫你度過，我就算陷入詛咒，就算掉進地獄，也要保護你活下去！聽到沒有，我要你活下去！犧牲任何人也好，殺人也好，苟且偷生也好，怎麼樣都好……請你活下去，一定要活下去！」

彌真終於說出了真心話。對於她來說，比自己的死更加不能夠容忍的，就是李隱進入公寓。只要李隱能夠幸福，那麼至少她可以守住這份她的愛。可是，如果連李隱都要墮入地獄，那麼她也不需要退讓隱忍了。

「我愛你，愛你啊！李隱，那麼多年來，一直都愛著你！一分一秒都沒有停止過愛你！哪怕是執行血字，每個差點死去的時刻都沒有停止過愛你！所以，從現在起，李隱，你的生命就由我來守護，沒有我的允許，你不准死！我絕對不允許你死！」

淒冷的風吹過，李隱定定地看著彌真，臉上毫無表情，完全看不出他此刻在想些什麼。他沒有回答彌真，打開車門走了下去。他的腳步很快，根本沒有回頭。

彌真凝視著他的背影，周圍的一切彷彿都不存在了，整個世界都聚集在那個背影上。彌真的手撐在車窗玻璃上，她的眼眸從沒有像這一刻那麼有神。

「我不會讓你被公寓殺死的，誰都不能帶走李隱。誰也不行！」

過了大約五分鐘，李隱回來了。他丟了一瓶礦泉水給彌真，發動了車子。他一句話也沒有說，好像剛才什麼事情也沒有發生。

11 鏡子陷阱

小夜子正在保持和李隱的聯絡。

小夜子把方向盤一轉，說道：「李隱，我們就快到了。你和銀夜有討論出什麼結果來嗎？」

「暫時還不清楚。」電話裏傳來李隱的聲音。

「不過你們不要太著急，公寓既然留下線索了，總會讓你們有辦法找到她的。所以，一定要冷靜，絕對不能夠大意！」

此時，能條沙繪拖動著貨架，終於來到自動門面前。她狠狠地撞了過去，但是自動門的玻璃沒有粉碎。她大口喘著粗氣，繼續撞擊著，同時感覺到，在這個封閉的空間裏，「它」正不斷接近自己！

員警已經先一步到達了。這個社區周圍已經停了好幾輛警車，不過根據小夜子竊聽到的情報，警方還沒有找到能條沙繪。

「我們分頭找！」小夜子走下車的同時下達了指示，「把這周圍徹底搜一遍！找到的人立刻給其他人打電話！」

眾人都下了車，馬上開始分頭尋找。林天澤、微生涼和蔣雲霄進入社區，陳以默和羅謐梓則在附近的街道搜索，銀羽和小夜子則開車在這附近搜尋。

「你怎麼看？」坐在副駕駛座上的銀羽看著車窗外，「你認為，這是不是公寓的生路提示？」

小夜子毫不猶豫地回答：「我想是這樣沒錯。否則很難找到能條小姐的蹤跡。必須儘快找到她，一旦她被鬼先找到，我們就都死定了！」

陳以默拐過路邊一條巷道，忽然看見前方有一家便利店。從那家店裏面，傳出一個女人的哭喊聲，而且那個哭喊聲明顯是……

「ヘルプ（救命）！」

身為腐女的陳以默自然聽懂了這句日語！她立刻精神一振，找到能條沙繪了！她三步併作兩步地迅速穿過街道，朝便利店直衝而去，同時取出手機打給銀羽。陳以默很激動，腳步不斷加快，已經走到了那家便利店門前。

「你沒事吧？」陳以默拍擊著便利店的自動門玻璃，從黑暗中隱約看到裏面有一個女人正用貨架撞擊著玻璃門。雖然看不清楚，但是她的身材輪廓確實和能條沙繪有幾分相似！

這時電話已經接通了，陳以默立刻說道：「柯銀羽，我找到她了！在沙田路上的一家便利店，你們快點過來！對，快……」

說到這裏，陳以默也想辦法撞擊著玻璃門。門上已經出現了幾道裂痕，但是還沒有被完全撞碎。她手上沒有工具，只能用身體去撞擊。雖說她能夠聽懂一點日語，但是要說口語就完全不行了，所以無法和能條沙繪交流。

接到陳以默的電話後，小夜子立刻踩下煞車，調頭前往沙田路的便利店！車上有ＧＰＳ定位導航儀，沒過多久，她已經拐過一個街口，接近了那裏。

其實，陳以默已經算是完成了血字指示。血字沒有限定必須要在能條沙繪身邊待多久，所以，現在可以馬上離開，等到血字時間一到就回歸公寓，才是最安全的。但是，誰會那麼做？能條沙繪的身上有著地獄契約碎片啊！能拿到一張碎片，就有了通往魔王級血字指示的門票！新住戶都很清楚，死亡率如此之高的血字指示，只有靠地獄契約才是一線生機！將住戶壓榨到極點的血字，就是逼迫住戶拚命搶奪地獄契約碎片！

所以，沒有住戶會在此時罷手。更何況，一旦能條沙繪消失，那麼地獄契約碎片也會消失，住戶們可以逃離公寓的第二條路就會完全封死。沒有人願意在難度不斷攀升的血字指示中尋求生路，只要有一線希望，都要搏一搏！

終於，能條沙繪砸碎了玻璃門，衝出了便利店。而陳以默記得血字提及，現在還無法拿到地獄契約碎片，她馬上扶住能條沙繪，在腦子裏搜索著自己會說的日語。該怎麼跟她說明這件事情？

能條沙繪整個人癱坐在地上，頭髮散亂，樣子極為狼狽。

就在陳以默打算先和她打個招呼的時候，她抬頭看向便利店那扇被砸碎的玻璃門，忽然，看到了一個極為恐怖的東西！

能條沙繪站起身來，拍了拍灑落在身上的碎玻璃，然而，她左右環顧一番，卻發現剛才站在面前的女孩子消失得無影無蹤了！

小夜子和銀羽下了車，只見便利店的自動門玻璃被砸碎了，可是卻一個人都沒有。

「上車！」小夜子毫不猶豫地說，「她跑不了多遠的，快追！」

機不可失，失不再來。公寓給了他們這次機會，誰知道還會不會給第二次？而林天澤、微生涼等人是步行，來得要晚一點，銀羽打電話把最新情況通知了他們。

可是，這個街口通向很多個方向，如果不知道能條沙繪是從哪條路走的，那麼……

「我說，沒有看到陳以默，也無法再聯絡她了。」銀羽臉色一沉，「我們必須小心行事，接近能條沙繪，本身就是個觸發死路的陷阱。」

「這本來就是很明顯的陷阱。」小夜子卻顯得很從容，「我從一開始就知道了。血字沒有限定我們待在她身邊多久，也就是說，即使只是一瞬間，也是非常危險的事情。」

「嗯，的確如此。」

「還有，能條沙繪到過的地方都必須記錄下來，也許藏有公寓的生路提示。任何細節都不能放過！」

此時，猶如驚弓之鳥的能條沙繪像無頭蒼蠅一樣亂竄，「它」接近的感覺如影隨形，步步緊逼，她都快窒息了。她已經逃了那麼久，體力消耗很大，之前還是開車，可是現在車子沒有了。她之前通知了敏子，可是現在卻又不敢去和敏子見面了，因為她害怕敏子會是「它」變出來的。

對，一定是「它」！能條沙繪感到渾身發毛，越來越恐懼。該怎麼辦才好？她突然想到，她是誰？是超級明星啊！如果找到一戶人家，讓對方暫時把自己藏起來，對方也許會答應的吧？畢竟，和明星見面相處的機會，是很難得的！如果恰好遇到自己的影迷，就更好了！

想到這裏，能條沙繪立刻來了精神。這時候，她已經跑到了一個公寓樓前，進了公寓後，馬上衝到電梯前，緊張地朝後面看去。可是，後面什麼也沒有。

終於，電梯門開了，能條沙繪立刻衝了進去，然後隨手按了一個樓層。她不停地搓著手，期待接下來能有好運氣。

到了那個樓層，電梯門打開了，她又立刻衝了出去。然後，奔到一扇門前，按下了門鈴。此時她祈禱著，千萬不要遇到一個沒看過日劇的人啊！而如果在日本，她就算想找個不認識自己的人，也很困難。

能條沙繪又按了好幾下門鈴，依舊沒有回應。她不禁焦急起來，甚至打算擂門了。

就在這時，門終於開了。一個頭髮凌亂的大學生模樣的人打開門，揉著眼睛說：「誰啊！大半夜的來敲門！還讓不讓人睡覺……嗯？你是……」

能條沙繪理了理頭髮。在過道的昏黃燈光下，年輕人看著眼前的女子，頓時感覺很眼熟。當他想起眼前的女子和能條沙繪很相像時，對方已經開口了。

「你……」能條沙繪的中文非常蹩腳，說得很吃力：「你，知道，我……我，我是，誰嗎？」

年輕人打量著能條沙繪，瞪大了眼睛：「你，你不是能條沙繪嗎？真的假的？」他頓時感到自己是在做夢，這等偶像級人物怎麼會到他家來？

他立刻將能條沙繪請進房間，打開了燈，說道：「請問，你是能條沙繪小姐嗎？」

能條沙繪點點頭，這句話比較簡單，所以她聽明白了。她繼續說道：「很，很抱……啊，不，是很對不起，我想在這裏……」說到這裏，她卡住了，不知道接下來該怎麼說？

年輕人看著她這麼窘迫的樣子，立刻說道：「你，你別急。可是，你，你居然來我家？你認識我？」

「不，不是……」能條沙繪真是急得頭都大了，最後終於憋出一句話來：「有，壞人要追我，能讓我，躲在這裏嗎？」

「壞人？那應該報警啊！」

「說，說慢一，一點。」剛才那句話裏，「報警」兩個字她根本沒有聽懂。

「算了，我先去幫你倒一杯茶，等會兒我們慢慢談。好嗎？」年輕人很興奮，睡意已經拋到九霄雲外了。

能條沙繪身體癱軟地坐在地板上，她的頭低下來，身體控制不住地瑟瑟發抖。「它」還在接近我……腦海中危險的信號繼續放大著，不斷侵蝕著她殘存的理智……

小夜子在附近轉了一圈，還是沒有發現能條沙繪的蹤跡。

「神谷小姐……」銀羽忽然說道，「難道，能條沙繪和陳以默一起被……」

小夜子聽到這句話也是心裏一緊。這樣的可能性的確存在，如果真是這樣，那麼此刻他們已經是進入死亡倒數計時了。無法通過血字指示，影子詛咒就會啟動！

影子詛咒是無論如何也無法解開的。事實上，以前一部分住戶自願做過實驗，嘗試在公寓外超過四十八個小時，而身體被束縛住，看是否能夠因為身體完全無法行動而不被影子控制去自殺。結果，四十八小時的時限一過，這些做實驗的住戶的影子就漸漸消失了，然後身體猶如風化的岩石一般剝落、碎裂，最後掉在地上的碎片也徹底消失了。

從此，住戶們再也不敢不執行血字指示了。影子詛咒一旦發動，那就是徹底出局，沒有任何辦法可以逆轉。

「不，應該還不會。」小夜子咬著牙說，「畢竟血字的時間還沒過三分之一，不能輕易放棄。」

小夜子停下車，然後走了出來：「銀羽，我要回到那個社區去看看，你繼續開車尋找，有消息就聯絡。」

小夜子轉頭就走。銀羽也沒有說什麼，一踩油門，繼續前行。

此時，許多員警聚集在社區裏，雖然是深夜，但還是驚動了不少居民。真山敏子一行人也到了，有律師瀧田高明、發言人鹿原龍平，以及《血鳥》的投資方代表白井信等人。這些人正和警方進行交涉，事務所和投資方都不希望失蹤事件鬧得太大，娛樂圈是非多，記者如果捕風捉影地亂寫，能條沙繪的形象會大受影響。

「神谷小姐？」真山敏子一眼就看到了走來的神谷小夜子，連忙激動地跑過來：「神谷小姐，太好了。那個，不好意思，之前能條小姐打來電話的時候，我還來不及和她提起你的事情，她就掛了電話，不過我發了簡訊過去，但是她不久就關機了，估計沒有看到。」

「簡訊裏說了什麼？」

「我把約定和你見面的地點發過去了。如果她再次開機的話，就有可能看到並且趕過來。」

「喂喂喂！」代表投資方的白井信是一個戴眼鏡的中年男人，他走過來，怒氣沖沖地說：「你就是那個偵探嗎？我不知道你是怎麼回事，但是都沒有弄清楚情況就擅自報警，而且你還說要和沙繪見面？這樣一來，媒體會寫成什麼樣子？」

白井信說得理直氣壯，不過小夜子根本沒有興趣和他多費唇舌。她直接走到警方面前，用流利的中文說道：「請問哪位是負責的警官？這個社區應該裝有監視器吧？我想看一看監視錄影。」

為首的員警是個大鬍子，他疑惑地看了神谷小夜子一眼，剛才白井信和她的對話都是日語，他自然沒有聽懂，問道：「你是誰？」

「我叫神谷小夜子，是一名偵探。我在日本多次協助過警方辦案，這次的案件，我希望能夠介入。如果你有疑問，可以給你們局裏的刑事重案組組長郎智善打個電話。」

大鬍子一愣，他本打算拒絕的，但是這個日本人居然知道重案組組長的名字？

小夜子露出不耐煩的神色，她撥了一個電話，說道：「郎組長嗎？嗯，沒錯，這個案子，我希望介入調查。好，我讓他聽電話。」她將手機遞給了大鬍子。

大鬍子遲疑著接過手機，立刻聽到了郎智善的聲音：「喂，詳情我聽神谷小姐說了，你是哪一位？」

「啊，郎組長！我是吳鐵啊！」

「小吳啊！這樣，能條小姐的案子，就讓神谷小姐介入調查吧。神谷小姐在日本是非常有名的神探，我也很佩服她的能力。」

大鬍子自然不能得罪了這位領導，馬上點頭答應道：「好的，既然您如此信任神谷小姐，我會安排的。」

掛斷電話後，大鬍子笑著說道：「神谷小姐是吧？我馬上調出監控錄影。」

郎智善是公寓一〇四室的住戶。新加入的住戶中，各行各業無所不包。正因為如此，才得以讓住戶和警方合作的時候省去了不少麻煩。

小夜子從監控錄影裏看到，能條沙繪開車進入社區後，停在社區一棟公寓樓下大概十分鐘，然後下車進入花壇，開始解褲子。

「她是要在這裏方便？」大鬍子的神色有些錯愕。

不久後，畫面中有一個拿著酒瓶的男人撞在能條沙繪的車子引擎蓋上。然後，他突然回過頭逃跑了。小夜子清楚地看到，他的臉上露出了惶恐至極的神色！這個醉漢，很可能在監視鏡頭沒有拍到的死角裏，看到了什麼恐怖的存在！

「去調查一下這個男人。」吳鐵皺著眉頭對旁邊一名員警說，「他肯定看到了什麼，或許是一條線索。」

小夜子給銀羽打了電話，將監控錄影中看到的內容告訴了她。銀羽的意見是：「有可能是他看到了什麼，卻無法在錄影中顯現出來。」

「現在還沒有找到她的蹤跡。現在想來，住戶就算可以接近，只怕也不能在十米範圍內待得太久。如果這就是公寓的意圖的話……」

「對，如果這種危險性逼著住戶放棄了地獄契約碎片的話，只是接近能條沙繪就馬上逃開，也就意味著魔王級血字將成為無解血字，住戶也會失去離開公寓的一個途徑。所以，這個血字是在變相提高難度，即使有人可以在這個血字裏活下來，在日後的血字裏也活不了多久。」銀羽說道。

小夜子說：「但是我感覺很奇怪，從錄影上來看，無論是死角還是隱形，都說不過去。」

「這是什麼意思？」

「從錄影上判斷，在距離能條沙繪那麼近的地方，鬼是沒有看到她，還是感知不到她？還是說知道她的所在，卻不能下手？如果是感知不到的話，她只要隨便找個地方就可以輕易逃過去。這樣的話，她就非常安全了，而她的安全也就意味著我們的安全，不是嗎？她後來有和她的翻譯聯絡，就代表著我們還是可以通過聯絡找到她的。」

「我明白你的意思了，神谷小姐。如果是鬼可以感知到她卻無法下手的話，那麼不應該讓我們去找她，而是像對嚴琅夫婦一樣，必須一直待在她的身邊，等到可以取得地獄契約碎片的時候……」

「不，如果是那種情況的話，根本就不需要能條沙繪這個人存在，只要直接發佈血字讓我們去某個地方就行了。尋找一個人，這麼特殊的血字，不會那麼簡單。能條沙繪在這個血字中，為什麼必須存在？」

「你說得也對。為什麼只要求我們接近十米範圍，而且不限定時間呢？」

「我想，不是不限定，而是『不能』限定。因為如果限定的話，會發生超出血字難度制衡的狀況。或者說，這可能就是血字的生路提示。」

「我突然有了一個想法！」

銀羽說道：「我們七個住戶之中，會不會有一個人已經被鬼替換了？那個鬼混在我們當中，獲得能條沙繪的情報，然後和我們一起接近她，將她殺死並奪走地獄契約碎片！」

在社區門口，大家再度會合了。每個人都是滿臉失望，滿臉懼意。

「她應該是藏在了某個地方。」小夜子依舊鎮定從容，「好在我和她約定的地點，已經發到她的手機上了，她也許會聯絡我。」

「你要不要去約定地點守著呢？」微生涼提議道。

「不必了，守株待兔不是我的風格。她如果再次開機，警方就能找到她的位置，多虧了郎智善，現在警方和我共用情報了。」

這個時候，能條沙繪正全身不自在地待在那個年輕人的家裏，那種「它」接近的感覺減弱了。

這個年輕人是個大學生，名叫楊睿，獨自一人租住公寓。

「你真的是能條沙繪嗎？」雖然確認了多次，可是楊睿還是不敢相信，最大的問題是，她為什麼會來這裏？

「請你……讓我暫時待在這兒。」她艱難地擠出這句中文，「我，我，被壞人，盯上。」

楊睿總算聽明白以後，感到難以形容的激動。難道……可以和能條沙繪同居？說出去絕對會羨慕死身邊那幫宅男！這樣的好事，居然砸到了他的頭上？看著眼前這張清純得猶如蜜桃的臉蛋，楊睿忽然感到胸口有股邪火上升。

「你說的壞人，是誰？」楊睿小心地問道，「你招惹……誰了？」

「不，好意思，你……」能條沙繪不斷搜尋著腦子裏貧乏的中文詞彙，結結巴巴地說：「說的是，什麼？」

楊睿突然想到了什麼，說道：「你，稍等一下！」

他立刻衝入臥室，翻找出一個相機來，回到客廳，他激動地說道：「那個，可以，和你拍一張合照嗎？」和能條沙繪合照留影，光是想想，就讓楊睿激動得熱血沸騰！這樣的機會可是千載難逢啊！他豈能錯過？

這一句話，能條沙繪倒是聽懂了。她沒有反對，畢竟借住在這個人家裏，總要配合一下。所以，她勉強地笑了笑：「好，好啊。」

「嗯，你跟我來。」

楊睿拉著能條沙繪來到客廳中間，在一個衣櫃前站好。但是他又感到很緊張，連忙跑到客廳的一面鏡子前整理了一下衣服。

「嗯，可以了！」楊睿激動得手都抖了，然後，他站到能條沙繪旁邊，將相機舉起，按下了快門。

拍完照片後，楊睿激動地拿著相機查看，喜不自勝。然後，立刻打開電腦，打算把這張照片當桌面背景。他直到現在都感覺這一切很不真實。可是，哪裏有那麼真實的夢境？他打開電腦，並且放大了照片，笑瞇瞇地仔細看著，心都快飄起來了。

忽然，他發現電腦下方出現一個新聞彈窗，上面寫著「日本演員能條沙繪及其經紀人莫名失蹤」。他馬上點開了這條新聞，回過頭看著能條沙繪問道：「那個，能條小姐？」

「怎麼了？」

「能條小姐，你為什麼要逃出來呢？」這時楊睿腦海中閃過了不少狗血情節。

「這個……」

能條沙繪一時語塞，不知道該如何回答，最後擠出一句話：「對不起，我不能說，抱歉。」能條沙繪抓住了楊睿的手，「楊，楊桑，請不要，不要告訴別人，我，我的……」

楊睿已經明白了她的意思。他權衡了一番，總感覺什麼都不知情就收留能條沙繪，似乎不太妥當。可是，看到能條沙繪那副可憐巴巴的樣子，也讓他心裏很不忍。這樣一個超級美女的楚楚可憐模樣，任何男人都無法拒絕她的要求啊。

楊睿只好咬牙答應了她：「好……好吧。」可以和心目中的偶像同處一室，甚至讓對方感激自己，不是誰都能經歷的。只是，這樣的情況要維持多久呢？楊睿開始考慮起來。收容她多長時間呢？他去學校上課的時候，她該怎麼辦？最開始的興奮，此時在冷靜思考之下，漸漸被理智所取代。

能條沙繪這時已經很睏倦了，畢竟體力不斷消耗，並且一直擔驚受怕，此時她恨不能馬上倒在床上睡覺。

「那個……」她實在想不出「帳戶」用中文怎麼說，於是只好說英語：「那個，account，你的account。」

「什麼？帳戶？」楊睿一驚，頓時明白過來，連忙說道：「不，不用，能條小姐願意住在我這裏，我求之不得呢。真的，我……」

因為過於激動，楊睿語無倫次了。他看到沙繪不斷打著呵欠，說道：「能條小姐，你累了吧？那個，你……」

讓她睡在哪裏？楊睿尷尬起來，房間這麼小，床也只有一張，似乎只能讓她睡客廳了。可是，楊睿又怎麼好意思讓這位偶像去客廳睡呢？

然而，坐在床上的沙繪，此時居然已經躺下來睡著了。她本來只是想閉目養神的，可是卻不到一分鐘就入睡了。這一下，楊睿更為難了。這美得讓人揪心的面容，這個被他驚為天人的女子，居然就躺在自己面前！

楊睿輕輕湊近躺在床上的沙繪，微微低下頭仔細看著她，呼吸粗重起來。她的臉沒有化妝，恬靜的睡姿愈發迷人。他咬著牙，拚命克制，才沒有讓自己失去理智地去吻那豐潤的櫻唇。

楊睿重新坐在電腦前，沒有一點兒睡意，還在欣賞剛才的照片。他忽然害怕起來，不會是黑社會的紛爭吧？但是沒有道理啊，她現在是在中國，不是在日本啊。

能條沙繪睡得很熟。明天上午反正也沒有課，楊睿索性也不睡了，他就這樣呆呆地看著躺在床上的能條沙繪，這麼養眼的美女，不管看多久都不會覺得膩煩。

時間一分一秒地流逝，楊睿越來越心猿意馬。畢竟，孤男寡女獨處一室，而且，能條沙繪躺下後，領口下露出了雪白的肌膚。

楊睿感到身體有些燥熱，他站起身來，不禁一步步湊過去，想看看能條沙繪的胸口。能條沙繪卻突然翻了個身，變為了側睡，背對著他了。他嚇了一跳，連忙跳開，還以為被能條沙繪察覺了。

「嚇死人了……」他拍了拍胸口，「好可惜……」

沙繪看起來並沒有醒。他鬆了一口氣，又坐回到電腦前。就在這時，他忽然感到一陣寒意從背後傳來。

怎麼回事？隱隱約約的，他甚至覺得，身後好像有一個人站著，正在盯著他。他一時感到緊張起來。他猛一回頭看去，身後當然沒有人。

「呼……自己嚇自己啊。沒事，沒事。」

接著，他又繼續看照片。可是，看了一會兒，剛才那種感覺又產生了，背後好像真的有一個人盯著他。

楊睿越來越不安，他搓揉著手，又一次回過頭去，身後依舊沒有人。他從臥室走出，來到客廳，打開了燈。這裏也是什麼人也沒有。一切都正常得不能再正常，門鎖得好好的。

楊睿覺得自己是疑神疑鬼了，於是又走回臥室，坐回電腦前，揉了揉眼睛。剛才那種詭異的感覺還在，而且越來越讓他感到心悸起來。他咬著牙又一次回頭。依舊是什麼也沒有，只是，那種感覺卻更清晰了。

楊睿站起身，卻差一點跌倒，他的手緊緊抓住電腦桌。忽然，他注意到了電腦上的照片。這是……他的眼睛一下子瞪得很大，這是什麼？他感到全身好像被凍住了一般，恐懼感猶如千萬隻螞蟻啃噬著他的每一寸皮膚！

能條沙繪猛然醒過來，她剛才聽見了一聲巨響。她回過頭看去，只見電腦螢幕在地上，摔得粉碎，而楊睿卻不知所蹤……

彌真不知不覺地睡著了。依舊是那段樓梯，她一步步走了下去。白色的走廊和牆壁，這是一個死寂的世界，心中不時湧起一陣陣心悸。走廊開始開闊起來，卻看不到任何身影。走廊兩邊的房間都有門牌，而一扇扇窗戶裏，隱隱約約的，彷彿有許多黑影。彌真加快了腳步。她能感覺到，彌天就在這裏的深處呼喚著她。

忽然，她猛然睜開了眼睛。車子顛簸了一下，還好繫著安全帶。她看了看四周，車子已經在一片荒郊野嶺中停下了。

肖山市和天南市的交界地帶，正是洞天山的所在。周圍是一片寂靜的叢林，地上滿是石頭，所以路途顛簸。

「下車吧。」李隱依舊用機械冰冷的口吻說，「接下來要去找日記提到的洞穴了。」

彌真解開安全帶，打開車門走了下去。她看到李隱從背包裏取出了手電筒，丟了一支給自己。

「好好看路，我們走。」

在剛才一番那麼激烈的表白後，李隱卻沒有任何情緒的波動。是因為他根本不在乎，還是他不希望流露出任何感情來令她有所期待？

彌真的心感到一陣刺痛，自己願意用生命去守護的愛人，卻根本不在乎自己，這是何等的痛苦？雖然她的愛是不求回報的，但是，最低限度，也應該有所回應吧？在李隱的心目中，自己就真的如此微不足道嗎？

想起李隱為了救子夜，付出了三次血字的可怕代價，彌真就感到像是有一把利刃在她的心上重重刺入。他只在乎她，而我只在乎他。淚水開始模糊了彌真的雙眼，縱然在公寓住了那麼多年，她都沒有示弱過。她忍受著常人無法想像的壓力和恐懼，過著對任何人而言都是生不如死的日子，這一切，只是為了能夠和李隱廝守，執子之手，與子偕老。她用盡了常人無法想像的手段和智謀，用堅毅得如同磐石一般的心，直到如今生命快要被透支。

彌真抬起手，抹了抹眼睛。「我就那麼卑微嗎？」她停住了腳步，對前方李隱的背影說道：「我對你而言，就那麼卑微嗎？我的心情，你都不會稍微考慮一下嗎？我究竟算是什麼？」

李隱的腳步停住了，他回過頭來。在手電筒燈光的照耀下，他的面容很陰沉，就好像一個蒼白的幽靈。

「你想聽我說什麼？」李隱終於開口了，「我不是說過了嗎？你配合我就可以了。其他的，你想都不用想。」

「李隱，我對你……」

「走吧。」李隱回過頭去，再也不說一句話了。

彌真抓著手電筒的手顫抖著，美麗的眸子依舊不停地湧出淚水。她的步伐也開始加快了，走到李隱身旁，看著他。她忽然產生了一個荒誕的念頭，這個人是誰？這個人到底是誰？

這個念頭湧上來的一瞬間，就被彌真壓下去了。她知道自己在害怕什麼，如果李隱真的就是倉庫裏放出的那個鬼的話……

倉庫的生路提示已經確認了，而鬼一旦進入公寓，完成多少次血字都毫無意義了。因為，只要不能逃脫這個鬼的詛咒，就等於有一次未完成血字。除非執行魔王級血字指示，才有可能逃出公寓。

有可能打開倉庫含有鬼的抽屜的住戶，有李隱、嬴子夜、柯銀夜、柯銀羽、卞星辰、蒲深雨、上官眠、皇甫壑、封煜顯和神谷小夜子，一共十個人。而這十個人，目前都還活著。也就是說，李隱被鬼殺死並替換的可能性是百分之十。眼前這個人，有百分之十的可能，已經不是她所認識的那個李隱了。

這對彌真而言，是最不能接受的恐怖。

此時已經是凌晨三點了。血字已經過去三分之一的時間，倖存的住戶還有六個人。

小夜子和銀羽站在一個街角，微生涼跟在二人身後，上氣不接下氣。

「我問一句，」微生涼雙膝彎下，用手扶住，瞪大眼睛問道：「你們剛才一直在說的可能性是什麼？」

「簡單地說，是為什麼血字的限定條件是十米之內，卻不限定時間。」銀羽娓娓道來，「儘管還不確定，但是看來公寓是不希望我們過於接近能條沙繪。不，應該是說，希望我們根本無法接近她。那樣的話，時間一到，我們就會全部死亡。」

「這怎麼奇怪了？」微生涼搖搖頭，「能不能解釋一下？」

銀羽的眼中精光一閃，說道：「生路也許就在能條沙繪身邊。只要注意到某件和她有關的事情，也許就可以讓我們死裏逃生。」

小夜子也說道：「比如，能條沙繪身上有能夠讓鬼追蹤到她的某種東西，而那是很容易被發現的。那個鬼，現在恐怕是在用一種受到限制的、間接的方式接近著她。」

當然，現在倖存的住戶中，可能有一個被替換掉了的住戶，如果是那樣，共用情報就變成一件非常危險的事情了。

銀羽沒有繼續進一步為微生涼解釋，而是對小夜子說：「你怎麼想？那個喝醉的男人看到了什麼？」

「這種事情我怎麼可能知道。」小夜子攤了攤手，表示無能為力。

銀羽說出了一個可能性：「他當時看到的，我認為，也許是……鏡子。」

小夜子沒有露出意外的表情，問道：「是旁邊那面鏡子嗎？因為之前便利店的玻璃門？」

「嗯，這是我的初步判斷。如果說是因為接近鏡子，導致了鬼能看到能條沙繪，就非常合理了。而如果是一旦遠離鏡子就無法看到她的話……」

小夜子卻直接否定了這個說法：「不是鏡子。如果單單是鏡子就可以讓人消失的話，能條沙繪本人為什麼沒事？她應該比任何人都危險。當時她在花壇裏，正好面對著那面鏡子，她本人更容易被殺死。」

「你是說……能條沙繪還活著，就證明不是鏡子？但是，這也有可能是公寓施加的限制吧？」

「施加這樣的限制有意義嗎？不要忘記一件事情，能條沙繪根本不是住戶。我是說，公寓施加了另一個限制，導致那個鬼一直都沒能真正接近她，即使在位置上無限接近，卻始終還是無法達到可以殺死她的程度。但是，其他人卻不一樣。」

「這是什麼意思？」銀羽一臉茫然。

黑暗的大街上，涼風一陣陣襲來，小夜子的一頭長髮飄揚而起。

小夜子說道：「柯銀羽，雖然我還不能完全確定，但是，我想能條沙繪是被公寓『隱匿』了起來，這種限制就好像變色龍的保護色一樣，也許和她身上的地獄契約碎片有很大關係。當然，這個限制會隨著時間流逝而逐步減弱，一旦到了那個時候，也就是我們的最後時刻了。」

「那個，」微生涼終於插了一句話，「紙上談兵，終究還是沒用的。時間已經不多了啊，再不找到能條沙繪的話……」

侃侃而談的小夜子和銀羽都沉默了。

「可不可以參考之前嚴琅夫婦的血字呢？」銀羽提出，「也可以考慮縱向十米的距離吧？也許就不會有問題了。」

「問題是，現在連她在哪裏都不知道，更何況，還有最重要的地獄契約碎片，這是不到萬不得已，絕對不可以放棄的東西。」小夜子一針見血地說，「只要有這個東西在，我們無論如何都必須要一直跟著她，直到五點以後，我們才可以拿走地獄契約碎片。」

「這就是公寓的真正目的嗎？難道不限制時間就是因為這個？」

「可能性很高。住戶對於地獄契約碎片可以說是趨之若鶩，這是最後的希望了。」

「之前能條沙繪開的車子，已經確定是一輛贓車，車主剛向警方報案。」小夜子說出了最新的情報，「郎警官很配合我的調查。根據車主所述，當時他被打昏在地，兇器是一塊石頭。這就說明，能條沙繪故意搶了一輛車。」

「她為什麼要那麼做？」微生涼很疑惑，「她難道沒有交通工具嗎？叫計程車也可以啊。」

銀羽說出了看法：「也許她當時是被鬼追趕著，所以，不得不砸昏了那個車主，搶了他的車子吧。不過從結果上來看，就算逃到那個社區，她也依舊沒有能夠擺脫鬼。這也就意味著……」

「對，意味著，鬼是能夠一直鎖定她的位置，可以感知到她的，並且一直在接近她。不過，雖然無限接近，卻始終無法發現她。這是公寓留下的、可以找到她的線索。」

小夜子的手機響了，她接通後說道：「喂，吳警官？嗯，好的，我知道了。」

「她當時使用過車上的ＧＰＳ導航系統，標示出了她想去的地方。」小夜子立刻說出了一個振奮人心的好消息，「是嘉遠路大教堂！」

能條沙繪此時逃出了那個公寓，一路飛奔。剛才睡到一半被驚醒，發現楊睿消失得無影無蹤時，嚇得她肝膽俱裂。看來，就算躲到房子裏，也是毫無用處！她已經完全認清了這一點，只好又逃了出來，現在，唯一的希望就是教堂了！

她其實是個無神論者，但是，現在她完全絕望了。不知道在神可能存在的教堂裏，能否擺脫那個一直盯著她的惡魔？她只有賭一賭了。之前她在車上看過GPS導航地圖，大概記得路。又走過一條街，她不住地回頭看看後方。到目前為止，她都沒有看到過「它」的真面目。楊睿家的門鎖也沒有被破壞的痕跡。惡魔……一定是惡魔！

能條沙繪已經開始想像那個恐怖的形象了，此時，她只希望快一點到達教堂，獲得一線生機。

她還不知道神谷小夜子想和她見面，之前打電話掛得太急了，現在又還是關著手機，就沒有看到這條資訊了。一路上，她經過了一些二十四小時營業的便利店，但是她再也不敢進去了。

走了好一會兒，能條沙繪感覺腳很酸，只好停下來休息一下。此時，「它」接近自己的感覺似乎減弱了不少，讓她暫時有些安心。

這個時候，她又一次感到內急起來。她看了看四周，本打算再次就地解決，可是，天氣那麼冷，她覺得難以忍受。她想起剛才經過了一家二十四小時營業的咖啡館，一咬牙，索性拔腿跑了過去。

能條沙繪衝進了咖啡館，這時咖啡館裏人很少。她直接衝向廁所。

等她停下來定睛一看，卻發現牆上居然都是鏡子！鏡中出現了很多個自己！但是，能條沙繪顧不上多想了，她立刻鎖上門，坐在馬桶上，只希望快些解決，然後馬上去教堂。萬一被「它」逼近了，那可怎麼辦？

咖啡館裏，一對正依偎著的情侶中的青年說：「剛才進來的那個女人，是不是能條沙繪啊？」

「少來了！」在他懷裏的女朋友搖搖頭說，「你日劇看多了吧，雖然能條沙繪她現在的確是失蹤了……」

「對啊，所以，她出現在這裏也是有可能的啊。」

「那，我們……要不要報警？」

那個青年想了想，說道：「還是先確定一下比較好。阿麗，你去女廁所裏看看？我看見她剛才進去了的。」

叫阿麗的女孩也感覺剛才進去的女人長得很像能條沙繪，於是點點頭，站起身說：「要真是的話，我們就賺了。我最喜歡能條沙繪了。啊，對了，你給我紙筆，我說不定還可以讓她簽名呢！」

「我出門帶啥筆紙，你找服務員要吧。」

阿麗叫來服務員，拿到紙筆，興沖沖地朝女廁所跑去。她走進廁所，然後靠在牆壁上等著，心想，等那個女人出來，就仔細看看是不是能條沙繪本尊。對了，先組織一下語言，我是你的粉絲！日語怎麼說來著……

這時候，能條沙繪剛平息下去的那種心悸感，再度產生了。

「不，不要……」她屏住呼吸，不敢發出一點聲音。周圍好像變得很寂靜，好像惡魔就潛藏在那裏……

阿麗聽到廁所一個隔間裏傳來抽水馬桶的聲音，隨即，門打開了，一個女子踉蹌著衝了出來。阿麗剛要仔細看過去，只聽一聲巨響，廁所的門「呯」一聲關上了！

能條沙繪的淚水不斷湧出，周圍的鏡像就像是群魔亂舞，獰笑地盯著她。雖然知道這一定是錯覺，可是她卻無法冷靜下來。不要……不要接近我……不要接近我啊！

能條沙繪的手狠狠砸向鏡子，她緊緊咬住下唇，胸口劇烈地起伏著。恐懼蠶食著她的理智，快要把她徹底壓垮了。

阿麗一愣，還沒有明白發生了什麼事情，只見眼前這個女人的臉雖然顯得有些憔悴，不過很明顯，正是能條沙繪本人！

「啊，你是能條沙繪小姐嗎？」阿麗激動不已地說，「我看過你演的電影啊！」

能條沙繪看著眼前的阿麗，卻根本沒有理她，她衝向廁所門口，擰動把手。突然，廁所陷入一片黑暗！

又是停電！能條沙繪回憶起便利店的情況，頓時嚇得面無人色。她重重地敲打著門，同時用日語大喊道：「開門！把門打開！」一邊喊一邊用身體去撞門。

廁所的燈一下黑了，阿麗也被嚇了一跳，但是看到偶像的驚喜沖淡了害怕。她剛邁開步子準備走過去，卻聽見身後「吱呀」一聲響！她身體一顫，回過頭去。雖然很暗，但她還是勉強看到，有一扇門緩緩打開了，而門上，鑲著一面明晃晃的鏡子！

鏡子映照出了阿麗和能條沙繪二人，周圍雖然很暗，不過因為距離很近，所以，阿麗還能看得清楚。

「開門！快開門！」能條沙繪的聲音越來越大，她還在不停撞門，可是卻沒有絲毫回應，就好像聲音根本無法傳到外面。

「不要，不要啊！」能條沙繪流著淚，身體癱軟地倒下。這扇門不管她怎麼撞，都是巋然不動，她已經沒有力氣了。

「怎麼，出不去嗎？」阿麗走過來，擰了一下門把手，也重重擂門，然後，她取出手機，想給外面的男朋友打電話。

誰知道，手機拿出來後，阿麗卻發現手機竟然是黑屏，也無法開機！這讓她有些愣了，廁所停電也就算了，為什麼手機會關機？

阿麗繼續敲門，並且扯開嗓子大聲叫喊。可是，不管她叫得多大聲，門外都沒有任何動靜。本來就膽小的阿麗害怕起來，到了這個時候，她才真正意識到事情不妙了。

阿麗回過頭，看著那扇打開的門上的鏡子。鏡子裏映照出了她和能條沙繪的輪廓。氣氛很駭人，就好像黑暗中藏著什麼東西似的。阿麗不禁瑟瑟發抖起來，被困在這麼一個黑暗的狹小空間裏，真是太陰森了。

相比之下，能條沙繪更加恐懼，因為她比誰都清楚，「它」就在這裏！

阿麗哆哆嗦嗦地走到能條沙繪身旁，輕輕地拍著她的肩膀，問道：「那個……你沒事吧？」

「別碰我！」能條沙繪驚跳起來，拍開阿麗的手，黑暗中她根本看不清阿麗的臉，而且因為重心不穩跌倒在地。阿麗嚇了一跳，不明白為什麼這個大明星對自己有這麼大敵意。

「一定是出什麼事情了。」阿麗耐著性子說，「我說，你有手機嗎？可不可以聯絡外面？」

「你……說什麼？我不明白。」

「你聽不懂中文啊……可是我也不會說日語啊。那個……」阿麗說道，「Mobile phone……手機，你有嗎？」

「攜帶電話？」能條沙繪這下總算聽明白了，她立刻想到，必須再次求救了，而她的手機順利地開機了。黑暗的廁所裏，總算有了一點光亮。

「太好了，」阿麗連忙說道，「手機借我用一下，我打給我的男朋友，他就在外面，馬上就會來救我們的！」

能條沙繪遲疑了一下，還是把手機遞給了阿麗。阿麗接過手機，馬上撥了號碼，她要儘快聯繫男朋友，立刻離開這個令她不安和害怕的地方！

「嘟……嘟……嘟……」電話撥通了，這讓阿麗安心了不少，但是，男朋友卻沒有接電話。

「這是怎麼回事？」阿麗又緊張起來。她掛斷了手機，剛打算再撥一次，手機忽然響了起來。她連忙接通一聽，說話的是一個女人，但說的是日語，她根本就聽不懂。

「Sorry……」阿麗只好說英語了，「I can't speak Japanese……」

「Oh, who are you?」對方也立刻換成說英語了。打電話來的人，正是一直擔心的真山敏子。

「Sorry, please wait for a while.」阿麗連忙回過頭，走到能條沙繪面前，將手機遞給她。能條沙繪拿過手機，用日語問道：「喂，是誰？」

「沙繪！你沒事吧？你現在在哪裏？你和福井先生在一起嗎？」

「敏子？太好了！我現在，在距離嘉遠路教堂很近的一個咖啡館裏，快，快來救我！」雖然害怕得不敢相信任何人，但是現在能條沙繪沒有選擇了。

「好的。對了，神谷小姐也在找你。你要不要和她聯繫？她給了我她的手機號碼。」

「哪個神谷小姐？」

「就是當初幫大澤小姐洗刷嫌疑，解決了『黑環殺人案』的偵探神谷小夜子啊！」

「哦，是她？」沙繪幾乎都快忘了這個人了，「她現在在天南市嗎？」

「對啊，真的很巧！我告訴你她的手機號……」

能條沙繪掛斷了電話，馬上撥了神谷小夜子的手機。現在，她要抓住任何一根救命稻草。

「喂，是神谷偵探嗎？」電話接通後，能條沙繪馬上問道，「我是能條沙繪！」

電話裏傳來一聲尖厲的聲響，好像是煞車的聲音。

「你在哪裏？」

能條沙繪說明了自己所在的位置和現在的情況之後，小夜子急切地說道：「遠離鏡子！你要遠離所有鏡子！還有，不要掛斷電話，也不要扔掉電話，我保證五分鐘之內趕到！」

小夜子踩下油門，調轉了方向。坐在她身旁的銀羽滿臉愕然之色：「剛才是誰打電話來？」

「能條沙繪！」

「真的！她在哪裏？」

「我在用導航儀查！」

這時，小夜子按了擴音鍵，銀羽也能聽到能條沙繪的聲音了，她正在說：「神谷小姐，你能聽懂中文嗎？」

「當然能！」小夜子喊道，「你身邊還有人？」

「You……tell her, What's the name of the street? Speak in Chinese, she can understand Chinese.」

「朱，朱生路！」阿麗的聲音傳來，「這裏是朱生路！」

神谷小夜子打開車上的ＧＰＳ，問道：「咖啡館的名字是什麼？」

「咖啡館叫『月影咖啡』！」

神谷小夜子一打方向盤，轉入另外一條街，對身後的林天澤和羅謐梓說：「通知後面那部車，已經知道能條沙繪在哪裏了！」

銀羽忽然問了一句：「你剛才，是不是對能條沙繪提到了鏡子？」

「對，怎麼了？」

「你不是不認同我的看法嗎？」

「我有些改變想法了。」

神谷小夜子又拐入了另一條街，說道：「她剛才對我描述情況的時候，提到了鏡子。她說她很害怕鏡子，所以我感到有些不可思議。她接近的地方，都有很多鏡子！這不可能是巧合。為防萬一，我讓她別接近鏡子！」

12 噬魂之眼

兩部車子向月影咖啡館疾馳而去，成敗在此一舉！

小夜子等人本來就準備前往嘉遠路，而朱生路離嘉遠路很近，這就更加確定，能條沙繪的確是想到教堂去。看來，她現在已經恐懼至極了。

「回答我！」

小夜子和能條沙繪保持著通話說道：「你的身上，是不是有一張羊皮紙碎片？」

能條沙繪在聽到「羊皮紙碎片」的一瞬間，嘴巴頓時張得老大。她雖然知道神谷小夜子是個很不簡單的偵探，但是無論如何也想不到，她居然能夠厲害到這種程度！

「對，沒錯！是有一張羊皮紙碎片！」

「那張碎片你一直保留著？」

「是的，也許你不會相信，這張碎片根本就無法丟棄……」

「好好收著那張碎片，絕對不可以丟掉！」小夜子立刻強調，「還有，好好待在那裏，等著我們過來！再問你一句，你為什麼從雪原賓館裏逃出來？一路上發生了什麼事情？」

能條沙繪不知道怎麼回答才好，她咬著嘴唇想了好一會兒，才說道：「我只是感應到，有什麼東西好像一直在接近我，我感到很害怕……」

「喂，前面就是遙魯路了！」銀羽眼尖，已經看到了前方馬路的路牌，到了這裏，離朱生路就非常近了！

在另外一部車上，富二代蔣雲霄也一臉興奮，對坐在他身旁的微生涼大喊道：「快看，就是那裏！」

蔣雲霄狠狠地踩油門，平時他經常跟一幫狐朋狗友飆車，此時路面上幾乎沒有什麼車子，他自然更加不管不顧了。他只求立刻到能條沙繪身邊去！

很快，蔣雲霄的車已經和小夜子並駕齊驅，甚至開始超越了。兩部車子沿著遙魯路一路朝東行駛，很快就看到了朱生路！

然而，能條沙繪的手機因為電量過少，自動關機了！她和小夜子的聯絡切斷了！

此時，能條沙繪縮在廁所的角落裏，阿麗也瑟瑟發抖地待在她身旁。剛才，能條沙繪和小夜子的所有對話，阿麗一句也沒有聽懂。

小夜子讓能條沙繪遠離鏡子，待在鏡子無法照到的死角裏。其實，能條沙繪現在只要走過去把那扇門關上就可以了，但是，她卻連去關那扇門的勇氣都沒有。

很快就會安全了吧？能條沙繪這麼想著，鬆了一口氣。這個晚上，出現了太多超越她常識和認知的事情。未知才是最恐怖的。直到現在，她都沒有看到「它」，只是腦子裏好像有個探測危險的雷達一般，其他卻什麼都不知道。

阿麗就更是嚇懵了，莫名其妙地碰到這種事情。她猜測能條沙繪叫人來幫忙了，可是二人語言不通，無法交流，所以，二人只好在黑暗中沉默地緊挨著，實在太難熬了。

最後，忍受不了沉默的阿麗還是開口說話了：「能條小姐，你能稍微聽懂一點中文嗎？」

「一、點、點。」能條沙繪的中文發音只能勉強聽了。

不過，只要有聲音，至少也可以稍稍緩解一下這種可怕的寂靜和恐慌。

這個時候，能條沙繪和阿麗逐漸適應了黑暗。阿麗看向能條沙繪，這實在是個美人，讓人印象深刻。阿麗仔細端詳著這張堪稱完美的臉，不由自主地越湊越近。

這時候，蔣雲霄的車子先停在了月影咖啡館門前，他立刻打開車門，一個箭步衝了進去！他一把抓住服務員問道：「廁所，廁所在哪裏？」

服務員連忙指出了方位，蔣雲霄立刻拔腿飛奔而去，還差點滑倒。他跑到女廁所門前，重重擂門，大喊道：「能條沙繪！你在嗎？在不在？」

可是，他發出的聲音，能條沙繪和阿麗根本聽不見。

「喂，能條沙繪！」蔣雲霄恨恨地踢門。

廁所裏，能條沙繪朝門看了看，站起身說：「他們差不多該來了吧？」

阿麗連忙也站起身，她的目光始終停留在能條沙繪的臉蛋上。就在這時，能條沙繪猛然感到心被揪緊了，那種「接近」的感覺又出現了！

然後……阿麗看到了「它」。

阿麗頓時屏住了呼吸，還來不及開口，就感覺身體被抽空了。血似乎都湧入了大腦，眼前一片黑暗。臨死前，她看到了一張恐怖片中也未曾見過的可怕鬼臉。

那張鬼臉逼近著能條沙繪。而能條沙繪正朝著門口看著，她完全沒有發現，「它」離她這麼近……

廁所的門一下開了。蔣雲宵一腳踢空，整個人跌進了女廁所裏。然後，他看到了能條沙繪就在眼前，頓時很驚喜，果然是她！這樣一來，自己就算是執行完血字了？可是，就在這時，整個咖啡館的燈都黑了！

小夜子、銀羽等人這時也衝進了咖啡館。他們都看到了廁所裏的能條沙繪，而她正回頭看著空無一人的身後。

阿麗已經消失得無影無蹤了……蔣雲宵也不見了……

「退後！」小夜子馬上大喊道，「所有人都退後！」

「是神谷小姐嗎？」黑暗中，能條沙繪聽到動靜，激動地跑了出來，但是，誰都不敢接近她。

「你別過來！」小夜子尖利地喊道。

住戶們將距離保持在十米左右。此時，能條沙繪在住戶的眼中，只有一個價值了。那就是，她身上的那張地獄契約碎片！

與此同時，洞天山上。

「差不多應該是這附近了吧。」彌真停下腳步。

「嗯，應該是。」李隱側頭看了看四周陰森的樹林，手中的指南針明確指示著方向。

又走了不遠，他們就看到那個洞穴了。洞穴的入口很大，上面滿是藤蔓，裏面漆黑一片。李隱和彌真走了進去。

眼前出現了第一個洞穴。

「找到了，是第一個！」彌真頓時興奮起來，又朝旁邊照去，果然看到了別的洞穴。她剛打算走過去，忽然感到有些不對勁……

一陣陣陰風吹來，她彷彿踏入了一座地下陵墓。執行了那麼多次血字，她的直覺是很強的。

「李隱，小心！」彌真立刻出聲提醒道，「這裏……」

李隱冷冷地回答：「我知道。」

彌真注意著四周，她的手向口袋裏伸去，緊緊握住裏面的東西。

他們很快來到第四個洞穴跟前，這個洞穴似乎通向一個狹長的空間。他們的步伐越來越慢，氣氛極為壓抑，空氣好像凝結了。

「走吧。」李隱輕聲說道，「緊跟著我。」

他們不斷地走，走，走……終於，來到了洞穴的盡頭……

這個晚上，在李隱的家中，李隱和子夜在二樓臥室裏。

當初，李隱將地獄契約碎片藏在二樓自己房間的抽屜暗格裏。地獄契約碎片的爭奪，已經越來越逼近了，銀夜和銀羽現在很有可能會採取行動奪走碎片。所以，還是轉移碎片比較妥當。當初，李隱把鑰匙交給子夜保管，就是擔心自己在血字執行過程中身亡，子夜可以繼承這張碎片。

走到書桌前，子夜從口袋裏取出鑰匙，打開抽屜，插入暗格的鎖孔，將暗格掀開，下面正是那張羊皮紙碎片。

就在這時候，樓下忽然傳來了聲音：「老公，是你回來了？」

楊景蕙今天回家來了，她本以為丈夫李雍還在醫院裏工作，但是門居然沒鎖。她走到客廳裏，就看到李隱和子夜一起從樓梯上走了下來。

「小隱？子夜？」楊景蕙看到他們頓時一喜，「小隱，怎麼今天回來了？」

「沒什麼。」李隱笑了笑，「媽，我還以為你今天要加班呢，最近不是都在忙分院建設的事情嗎？」

「都交給你爸處理了。」楊景蕙聳了聳肩，「工作比預想中順利，我就先回來了。你們什麼時候來的？」

「剛回來不久。不過，我們馬上就要走了。」

「馬上要走？開什麼玩笑啊？先別走，坐一會兒吧。小隱，我們難得見一面，你別老是這個樣子，就算你和爸爸賭氣，那我呢？」

「嗯……可是我們……」

「好了，什麼也別說了，都這麼晚了，讓你們回去我也不放心，索性今晚就住在這裏吧。」

「伯母……」子夜有些尷尬，「這樣……好嗎？」

「沒關係啦，儘管住下就是！」楊景蕙其實也想和子夜多聊一聊，畢竟她是兒子喜歡的人，所以當然想多瞭解她。

「伯母……」子夜連忙說道，「我們要走了……」

「都那麼晚了還走什麼走？難道不給我面子嗎？」楊景蕙故意冷下臉來，「好了，別說了，聽我的就是了！」

接著，她就一句沒一句地和子夜攀談起來。

事實上，當初楊景蕙是很希望李隱和彌真在一起的。彌真和彌天在李隱上大學時來過家裏很多次，楊景蕙對這個女孩子印象很好，她性格開朗、知識淵博、善解人意，最重要的是，她顯然對李隱很有好感。所以，楊景蕙有意撮合他們。但是，李隱沒有這樣的意思，楊景蕙也毫無辦法。

楊景蕙對子夜也是喜歡的，她唯一有些在意的，就是擔心子夜會不會和以前李雍在外面的那個情人有關。如果真是這樣，她是無論如何也不可能答應的。所以，她想找機會試探詢問一下這件事。

「伯母……」子夜還想堅持，「我們真的馬上就要走……」

「你先坐著，我去準備一個房間出來。」

子夜見拗不過楊景蕙，只好坐下了。楊景蕙上了樓，進了一個房間，剛把床單拿出來，忽然發現，衣櫃最下面有一個檀木盒子，這個盒子她以前沒有看見過。

「這是什麼？」她好奇地取出那個盒子，將盒蓋打開。蓋子裏放著一張張折好的畫。

「這是……油畫嗎？」

楊景蕙將最上面那張畫展開一看，上面畫著一個純白房間，房間的四面各立著一個像是藥房裏藥櫃一樣的白色櫃子，上面有許多個抽屜。而畫面上的一個人，正在一個櫃子前，打開了抽屜。

「這畫……」楊景蕙皺起眉頭來，隨後又翻看了後面的畫，畫面的內容很明顯是連續的。後面的畫中，從一個被打開的抽屜裏，伸出了一隻手，將那個人拉進了抽屜裏。

走到洞穴盡頭時，彌真用手電筒照向前方地面的泥土。日記紙就放在盒子裏，埋在這下面。

她俯下身子，說道：「李隱，應該是這兒，拿鏟子來吧。」

李隱從包裏取出了兩把小鏟子，將其中一把交給了彌真。他們都蹲下身子，選擇了不同的方位開挖。

彌真感到有一種幽靜森然的感覺悄然升起，她的身體都微微顫抖起來。該不會……這裏曾經是執行血字的地方吧？

李隱忽然說：「挖到了！」

一個紅色的盒子在泥土裏露出來，將盒子取出後，二人拍掉了上面的泥土，將盒蓋打開，裏面有一張折疊的日記紙。彌真將日記紙展開，和李隱一起看著紙上的內容。

> 能夠找到這張紙真是辛苦了。看在你們如此辛苦的份上，就給你們一個資訊吧。至於魔王級血字的秘密，還需要繼續找到後面的日記紙才能獲悉，地點我在最後告訴你們。
>
> 要告訴你們的資訊就是，第一張地獄契約碎片，在李隱手上，放在他家二樓書房的書桌抽屜暗格裏，鑰匙由嬴子夜保管著。下一張日記紙，藏在燈玄橋的橋下。
>
> 加油，距離魔王級血字的秘密，已經很接近了！

彌真看完了這段文字，將紙放回盒子裏，表情還是比較從容的，她說道：「果然是蒲靡靈的一貫手段。我們先走吧。」

李隱也站起身道：「那好，我們先走。」

李隱將指南針取出後，彌真忽然問道：「日記的內容是真的嗎？蒲靡靈真的知道一切秘密嗎？」

「你說呢？」李隱只是低頭看著指南針。

二人走出洞穴後，便匆匆下山去了。彌真一邊走，一邊想著燈玄橋到底在什麼地方？在網上也找不到信息。忽然，彌真的腳步停住了。

眼前是一棵剛才她和李隱路過的槐樹，現在，這棵槐樹上居然吊著一個死人！那是一個穿著白色連衣裙的女人，女人的面部腐爛，雙眼凸出，舌頭伸出嘴巴，一根繩子吊住她的脖頸，繫在樹枝上！而她的腳下，卻看不到任何用來墊腳的東西。

剛才絕對沒有這個女人！可是看女人的屍體狀況，絕對是死了很久的，屍體腐臭的味道撲面而來，絕對不可能是剛死的人！

「李隱。」彌真立刻後退，輕聲說：「別緊張，輕舉妄動的話，也許就會陷入陷阱。」

李隱蹙眉看著那具女屍，拉著彌真朝後退去，他說：「跟我跑！」接著，二人撒腿飛奔，繞開女屍朝著山下奔去！

「這裏，果然是曾經執行血字的地點？」彌真看向後面的女屍，同時也感到奇怪，如果真是如此的話，那麼蒲靡靈是死後才將那些日記紙放在血字執行地點的嗎？否則他怎麼可能活下來？還是說，蒲靡靈知道生路？從一開始，他就是故意玩弄他們的吧？

李隱拉著彌真跑了很長一段路，突然，眼前出現了恐怖的一幕！不遠處的一棵槐樹上，竟然也吊死著那具女屍！一模一樣！只是，那具女屍凸出雙眼的恐怖樣子，顯得更加駭人了！

「走！」李隱拉著彌真拐入另外一條岔道，繼續飛奔。這一次，彌真徹底確定了，這的確是血字的詛咒！

出現了最惡劣的情況！不是作為住戶而執行血字，就不會出現生路提示和公寓限制，也就是說……果然，沒有跑多久，那具吊死的女屍再度出現了！

「要離開森林！」彌真當機立斷地說，「只要在森林裏，就一定會遇到這具女屍！」

但是，怎麼離開？他們根本就不知道洞天山附近的地形啊！

「分開逃吧。」李隱忽然說道，「我們各選一個方向岔開逃走，也許有一個人能夠逃出去！只要鬼沒有分身，另一個人也許就可以逃掉。」

「可是，李隱你……」

「快跑！」

李隱一推彌真，朝著反方向跑去。彌真注視著李隱的背影，也只有遵照他的意思，向另外一個方向跑去。

李隱距離彌真越來越遠，他喃喃地說：「二樓書房……抽屜的暗格嗎？」

李隱的家中。

楊景蕙走下樓去，看到客廳裏空無一人，茶几上留下了一張紙條，寫著：「對不起，媽媽，我們真的有事，先走了。」

「真是的，怎麼這樣啊。」楊景蕙歎了口氣，收起了紙條。

與此同時，一個黑影在外面街道出現了，緩緩地走向李隱的家。沒過多久，這個黑影就來到門口，打開了門。

楊景蕙聽到門打開的聲音回頭一看，就看見，李隱從門外走了進來！她又驚又喜地說：「你回來了？子夜呢？你們不是一起出去的嗎？」

「子夜？」李隱愣了一下，「她先回去了。」

「這樣啊。」楊景蕙有些失望地說，「那算了。」

接著，她就朝著二樓走去，李隱跟了上去。

「等一下，媽。」李隱忽然叫住楊景蕙，「你手上拿的是什麼？好像是畫？」

楊景蕙將手上的油畫遞給李隱，說：「在衣櫃裏找到的。」

李隱將畫展開，仔細看了一下。接著，他抬起頭來。此時李隱的頭歪斜著，表情扭曲得極為駭人。

「小，小隱，你怎麼了？」楊景蕙嚇了一大跳，她從沒有在兒子的臉上看到過這樣的表情！

李隱的面目變得越來越駭人，接著，楊景蕙就看到，眼前的這個李隱，臉色變得極為蒼白，頭髮開始不斷變長垂下，他的手伸到楊景蕙面前，那隻手乾枯腐爛，發出一股腥臭氣息。

「你，你……」楊景蕙嚇得魂飛魄散，立刻朝樓下跑去！

可是，來不及了。尖利的慘叫聲響起，沒過多久，這個房子就恢復了寂靜。整個客廳被鮮血灑滿，一片血腥。

楊景蕙的頭顱掉在地板上，而在頭顱周圍滿是碎裂的斷肢，還有許多內臟碎片和腸子。李隱已經消失得無影無蹤。

那顆斷開的頭顱上，楊景蕙的眼睛大睜著，她到死也不明白，為什麼自己的兒子會變成一個只有恐怖片中才會看見的厲鬼，將她大卸八塊，殘忍地殺死……

沒有人能夠給她這個答案，永遠也沒有……

神谷小夜子儘量拉開和能條沙繪的距離，她的目光始終鎖定著眼前的她，在進行著觀察。

「神谷小姐？」能條沙繪漸漸習慣了黑暗，看清了眼前的小夜子。和神谷小夜子雖然只見過一次，但她那完全不輸給自己的美貌實在讓人印象深刻，所以能條沙繪一眼就認出來了。

「神谷小姐！你，你為什麼躲開我？」能條沙繪不明白為什麼小夜子一看到自己就躲開，她身後那幾個人也如此，她喊道：「告訴我啊，你知道什麼吧？否則怎麼會知道我身上有羊皮紙碎片？」

氣氛此時緊張到了極點，一直要找的人就在面前，可是住戶們開始打退堂鼓了。現在接近過她十米之內了，血字算是完成了。可是，地獄契約碎片還在她的身上！所以，沒有一個人離開。誰都知道，沒有地獄契約，以目前的血字難度，根本活不到第十次血字！

「你說話呀！」能條沙繪幾乎是嘶吼著大喊，「你為什麼不說話！」

此時，林天澤、羅謐梓都在考慮是否要找一條退路，畢竟現在的形勢太過嚴峻了。蔣雲霄莫名其妙地消失了，他們也可能面臨著同樣的結局。接近能條沙繪很危險，但是如果不接近她，而她消失了，那麼地獄契約碎片也就無法取得了。所以，他們無法離開能條沙繪。必須要找出生路，讓她活下來，才能夠結束這次血字。

「總之，我們先離開這裏。」小夜子又補充了一句，「還有，請你不要接近我們十米範圍內。這是我幫助你的原則，請別問我理由。看到外面的兩部車子了嗎？後面那部紅色的你來開，這是車鑰匙。」

話音剛落，小夜子就將一把鑰匙丟出，能條沙繪馬上接住了鑰匙。

「很好。」小夜子繼續說道，「另外我必須警告你的是，不要接近我們十米範圍內不是一句空話，一旦你違背這個約定，那麼等待你的將是我的實質性行動。」

最後一句話說得殺氣騰騰，能條沙繪不禁打了個寒戰。她想起以前聽過的一些傳聞，神谷小夜子雖然是個非常厲害的偵探，卻是個非常傲慢自私的女人。她此刻所說的話，完全沒有開玩笑的意思。雖然是在黑暗中，但小夜子那帶著殺氣的眼神，絲毫沒有作假的感覺。

能條沙繪雖然有些惱怒，可是現在她有求於人，自然不敢有什麼反對意見：「我……知道了。」

「這就對了。」神谷小夜子點點頭，「那麼，走吧。」

雙方始終保持著十米的距離。在走出餐廳的時候，小夜子將剛才的話翻譯成中文，告知了其他住戶。

看著能條沙繪上了車，小夜子也上車了。蔣雲霄死了，現在只剩下五個住戶，擠在一輛車上勉強湊合。不過，大家都是人心惶惶，一旦地獄契約碎片沒有了，估計公寓現存的住戶，有很多人會產生自殺的念頭。

而接下來要面臨的一個問題就是……到哪裏去？自然沒有必要去教堂了。要到沒有鏡子的地方去嗎？

此時，這條街上很安靜，咖啡館的燈依舊黑著。

小夜子始終盯著後方，她似乎還在思考著什麼。後面那輛車上，能條沙繪也非常緊張，坐著一動不動。那輛車子上的所有鏡子，都已經被小夜子塗黑了。

「那麼，就開始推理吧。」小夜子說道，「不過要另選一個地方，這裏不太合適。到之前經過的那條小巷裏去吧，儘量避開鏡子。」

「你想到什麼了？」銀羽露出一絲欣喜。後面的林天澤等人也大喜過望。

「不知道。」小夜子卻搖搖頭，「我只是感覺已經有了一些重要的線索，但是，還不足以拼成真相。不過，如果我的判斷沒錯的話……」

「什麼？」

「先走吧。」小夜子搖下車窗，對著後方的能條沙繪大喊道：「緊跟著我們！不要離開！」

大家都看出來，神谷小夜子已經有了一些推測，可是，似乎還不確信。大家都被吊起胃口來，想知道是怎麼回事。

兩部車子在夜色下飛馳了一段路後，開進了一條深巷。到了深巷深處，在一堵牆前停下，然後，小夜子停了車，後方的能條沙繪自然也停車了。

之前離開餐廳的時候，小夜子得知能條沙繪的手機沒電了，而她的手機與自己的是同型號的，就將自己的備用電池給了她。接著，小夜子撥打了能條沙繪的手機。

接通電話後，小夜子注意了一下兩部車子的距離，確認已經超過了十米，於是便清了清嗓子說道：「聽好了，你就那樣待在那兒，有事情我會聯繫你。我們現在先商討一些事情，不過需要你的線索，你告訴我，從你離開雪原賓館到進入月影咖啡館發生的所有事情，整理了線索之後，我才能夠進行進一步的推理。」

「你真的能幫我嗎？神谷小姐？」

「那要看你是否配合了。」

「那，好吧。神谷小姐，我就說了……」

「你儘量回憶一下，是否有遺漏的部分，哪怕是極為微小的細節，都不可以漏過，完完全全、原原本本地告訴我。這樣才有助於我的推理無誤。」

「好的。事情是這樣的，在日本的時候，有一天，我突然發現身上多出了一張奇怪的羊皮紙碎片……」

由於要求巨細無遺，所以半個小時之後，能條沙繪才將事情始末徹底地說了個清楚。聽著她驚悚恐怖的經歷，每個人都感到身上起了雞皮疙瘩。

「好的。我現在考慮一下，先掛斷電話，一有結論，我馬上聯絡你。你耐心等一段時間。還有……你把車窗關好。」

切斷電話後，小夜子對身旁的銀羽說：「你有什麼想法嗎？」

銀羽無奈地搖頭：「我想不出來。不如和李隱、銀夜聯絡一下，大家一起討論一下？」

銀羽發現，小夜子握著方向盤的手有些顫抖。「真是可怕的血字啊。」小夜子的身體往後一靠，語調中難掩一絲惶恐，「怎麼會是這樣……」

「你知道了嗎？」銀羽露出驚駭的表情追問，「如果知道了就快點說……」

「不，等等。再過三十分鐘，血字規定時間就到了。這件事情，現在最好還是別說。到了那個時候……」

距離五點還有一分鐘的時候，小夜子打算給能條沙繪再打電話過去，很快她就可以將契約碎片交給他們了。

忽然，銀羽驚駭地指著車窗外！能條沙繪此時正站在那裏！

「你……」小夜子立刻駭然地要關上車窗，可是，能條沙繪的手卻伸進來阻止了！

「我越想越覺得奇怪！」能條沙繪怒喝道，「神谷小夜子！這都是你的詭計吧？你想做什麼？你究竟在計畫著什麼？」

就在這時候，忽然從天空中墜落下一塊巨大的玻璃！那塊玻璃砸在了地上，立刻變得粉碎！其中有一大塊玻璃橫在那輛紅色轎車前方，而還有一塊玻璃，狠狠刺入了沙繪的左邊肩膀！

樓上房間的燈光紛紛亮起！

「誰啊，砸東西？」

「誰把東西砸下去了？」

燈光亮起的一瞬間，所有人都看清楚了，那玻璃，赫然是真正的鏡子！與此同時，一陣大風刮來，能條沙繪的一頭長髮被吹起，飄散起來。

「不！」小夜子立刻打開車門，要衝出去毀掉那面鏡子，但是，已經來不及了。

已經看到了。只見，能條沙繪的後腦勺上，被大風吹起的頭髮後面，清晰地映出了一張面孔！那是一張駭然的、毫無血色的面孔，貼在沙繪的後頸到脊椎的部分！

發現了，終於發現了。這張鬼臉終於發現，一直要接近的能條沙繪，原來就在自己的後面！此刻，終於可以真正地「接近」她了。

最大的恐怖，在這一刻，徹底引爆！

從能條沙繪最初拿到羊皮紙碎片的時候，這個鬼的面孔就一直貼在她的後腦上，只是由於長髮蓋住了，平時是看不到的。

公寓的限制在於，這個鬼只能靠視覺來判斷能條沙繪在什麼地方。也正因為在這個部位，所以鬼根本找不到能條沙繪。

而這張臉要露出來，就是風起的時候，頭髮被吹得飄揚起來，才能夠看到。今天晚上，恰好風非常大，所以能條沙繪的頭髮常常被吹起來。

福井明打開房門的時候，正好看到能條沙繪扮成清潔工走過走廊，當時風吹過走廊，將她的頭髮吹揚而起，所以，福井明看到了那張鬼臉，立刻消失了。因為當時那裏沒有鏡子，所以能條沙繪逃過了一劫。

這張臉由於在能條沙繪的後腦上，也直接導致能條沙繪的大腦受到危險信號的影響。因為，她和這個鬼……共用同一個腦！因為共用腦，也就能夠感受到這個鬼在不斷尋找，想要接近她的恐怖信號。這個信號的產生，也導致能條沙繪神智失常，不敢接近人多的地方。

那個乞丐的情況也是如此。當時他穿過馬路，到了能條沙繪身後，他摔倒後，突然看到，風吹起能條沙繪的頭髮後，露出了一張猙獰鬼面。

而當能條沙繪逃到那個社區，去花壇小解的時候，在鏡子裏看到的醉漢，也看到了同樣的情形。當時，醉漢在能條沙繪的正後方，也在風把她的頭髮吹起的一瞬間，他看到了面前花壇中的能條沙繪背後露出了一張恐怖鬼面，而能條沙繪卻只能從鏡子裏看到醉漢露出恐懼的表情逃走！

之後那個便利店店員也是這樣。當時，由於奔跑，能條沙繪的頭髮已經非常凌亂了，所以從頭髮的縫隙，能夠看到裏面有一雙駭人的眼睛。便利店店員在停電後取出手電筒，照到她的後背時，就看到了能條沙繪腦後露出的那雙眼睛！

而陳以默也是如此，當能條沙繪衝出便利店的時候，頭髮散亂，稍微甩動一下，就露出了鬼臉。陳以默是在玻璃門的映照下看到那張鬼臉的。

大學生楊睿在家裏和能條沙繪拍了一張合照。他當時先到鏡子前整理了一下衣裝，然後再和能條沙繪拍照。他所站的地方距離鏡子很近，拍出來的照片自然也將鏡子拍了出來。他坐在電腦前，之所以感覺到背後有人在盯著他，就是因為側睡的沙繪背後的頭髮露出了那張臉，視線盯著他的後背。而楊睿最後在電腦螢幕上看到的東西，是那張照片的鏡子中映照出來的，能條沙繪背後的恐怖鬼面。幸好他的身體遮住了電腦，而且因為恐懼把電腦螢幕摔壞了。否則這一幕如果被鬼面看見的話，那麼能條沙繪當時就已經徹底消失了。

能條沙繪總會逃到距離鏡子很近的地方。目的就在於，不斷讓能條沙繪面臨有可能被鬼面察覺的恐怖境地。而這些過程中只要有一次被發現了，能條沙繪就完了，所有住戶也就完了。正因為這種危險性，所以血字制衡的前提下，沒有規定接近能條沙繪十米範圍要保持多長時間，當然，還有一個更重要的原因。

那就是，如果太接近能條沙繪，住戶有可能及時發現那張鬼面。那麼，只要將頭髮綁住，不露出絲毫縫隙，這次血字就算是住戶勝利了。當然，真到了那一步，可以活下來的住戶，也就很難說有多少了。

能條沙繪一旦將頭靠在牆壁上的時候，就會感覺到，那種感覺削弱了。那正是因為，鬼只能夠通過視覺來尋找能條沙繪的蹤跡，一旦無法使用視覺，鬼就完全沒有威脅了。

而進入月影咖啡館的廁所時，能條沙繪是走入了恐怖的末路。四面都是鏡子，在這種情況下，頭髮如果飄起來，她就完了。她也算是運氣好，沒有被發現。只是，阿麗卻被無辜捲入，她當時因為一直看著能條沙繪，就注意到了她的脖子和後腦，結果看到了頭髮縫隙中露出的鬼面。蔣雲霄進入女廁所的時候，能條沙繪剛好回過頭去看阿麗，結果頭髮飄起來，鬼面頓時露出，加上外面的燈光，蔣雲霄和鬼面絕對是四目相對，自然馬上就步了陳以默的後塵。

而此刻……因為鏡子的墜落，那張鬼面通過眼前破碎的鏡子，加上扎在沙繪肩膀上的鏡子，頓時清晰地從鏡子中看到了能條沙繪的臉。

那麼……能條沙繪立刻會從這個世界上消失。她一消失，地獄契約碎片也會消失。住戶就再也沒有機會執行魔王級血字指示了！

一分鐘，一分鐘後，時間就到了，就可以從能條沙繪身上拿到地獄契約碎片，回到公寓去！或者……也可以將能條沙繪本人帶回公寓去！但大前提是，能條沙繪的身體還留在這個世界上！

剛衝下車子的小夜子迅速將能條沙繪撲倒，手在她身上摸索起來，大喊道：「在哪裏？地獄契約在哪裏！」

銀羽這時候也從車裏衝出來，她看了看手腕上的錶，距離血字終結還有……三十五秒！之前所有的人都是瞬間消失的，頂多延遲一兩秒，三十五秒的話，怎麼可能拖延下去？絕對是辦不到的！

小夜子終於從能條沙繪的褲子口袋中抓到了羊皮紙碎片，然而剛拿出來，碎片就又消失了，回到了口袋裏！

「不！」

緊接著，小夜子看到，能條沙繪的頭部忽然一百八十度轉彎，背部的鬼面旋轉到了前方！

小夜子立刻將臉扭開，大喊道：「誰都不要去看鬼的眼睛！」

怎麼辦？怎麼辦？還有三十秒！

「啊！」林天澤忽然提著兩根棍子，衝下車子，然後舉著棍子迅速地朝著鬼面的兩隻眼睛插了下去！頓時鮮血四濺，鬼面的嘴巴大張，一陣慘叫聲響起！

似乎因為鬼面本身和能條沙繪連在一起，所以一時間能條沙繪的身體不會完全消失。這也給住戶爭取了時間。

林天澤沒有和鬼面對面，他是拿著一塊碎裂的鏡子照著，才將棍子插入那雙眼睛的。但是就算這樣也沒有用，鬼面還是可以讓能條沙繪的身體消失的！沒有了能條沙繪的身體，就無法拿到地獄契約碎片了！

還有二十五秒！

那個被插中雙眼的鬼面，此刻變得愈加蒼白。接著，能條沙繪的身體忽然站立起來，如同一個扯線木偶一般無力地移動著。然後，這個身體開始變得若有若無起來！

住戶都感到了絕望！地獄契約！地獄契約該怎麼辦！

但是更可怕的事情發生了！那個鬼的手伸了出來，開始將插入眼睛的兩根棍子拔出來！

「快逃！」小夜子大喊，「如果這個鬼能看見了，我們都會消失！」

在場的人裏，只有銀羽可以時間一到直接瞬移回公寓，但是，其他人卻必須自己回公寓去才行！一旦被這個鬼追殺就麻煩了！幸好這個鬼只有視覺可以用，無法感知其他人的位置，趁鬼還看不見的時候逃掉，才是最好的辦法！

然而，這時候，一根木棍已經被拔出！大家頓時嚇得四散逃走！這條小巷四通八達，所以大家分散開了，沒有辦法去管契約碎片了。

唯有一個人留下了。那個人藏在車子後面，等待著最後的時機。

是銀羽！她將地面上殘留的鏡子碎片拿起來，躲在紅色轎車的引擎蓋後方，通過那面鏡子來看後面那個鬼的行動。

如果是通過鏡子被看到，是不會有事的。這一點，和希臘神話中的美杜莎完全不同，美杜莎最後是因為看到鏡子中的自己，才將自己也石化了。陳以默當時不是因為看到玻璃門中的鬼而消失，而是因為鬼面的眼睛看到了陳以默。

所以，鏡子其實是安全的。而鏡子中的那個鬼，身體若隱若現，很快就會完全消失了！此時距離可以回歸公寓還有十秒！

沒有人發現銀羽留在了原地，自顧不暇的情況下，誰會去注意別人是不是逃走了。

就在這一時刻，銀羽忽然背對著那個鬼站起身，將鏡子碎片狠狠扔向那個鬼的後腦！這一下，那個逐漸若隱若現的身體，一下子又變得凝實起來！

銀羽筆直衝了過去，抱住那個鬼的身體！

時間……到了！

在公寓大廳裏，銀夜等人目瞪口呆地看著眼前的大理石地板。銀羽抱著一個女人的身體出現在大廳裏，隨後迅速地從她的褲子口袋裏取出一張羊皮紙碎片，身體翻滾向一邊。而那個鬼的身體倒在地板上，雙眼恰恰直視前方，目光所對之處，看到了兩個住戶，那兩個住戶都是未曾執行過血字的新住戶！

雖然在那個鬼的身下，黑洞已經緩緩出現了，但是，那兩名新住戶已經被看到了。那兩名住戶的身體頓時猶如被橡皮擦掉的畫一般，一點點消失了！

鬼的身體開始被扯進黑洞裏，但鬼還是用目光朝四周掃視！大廳內三十多名住戶頓時都向後退去，可還是有十幾名住戶消失了！

銀羽忽然發現，銀夜就在不遠處！

「不要！」

13 李隱的最後四十八小時

洞天山上，彌真頂著寒風，在樹林中奔跑著。她的體力非常好，這也是當初在公寓中執行血字練就的。然而，她跑了很長時間，依舊沒有跑出樹林，這讓她開始感到一絲不妙。

不過，既然敢來這裏，她當然不會沒有預料到這種情形。所以，她當然也有應對的辦法。她和彌天是共同承受詛咒的，所以她現在受到的詛咒也會轉移到彌天的身上，現在彌天在魔王所在的空間，被惡靈附體，一旦詛咒加到彌天身上，恐怕這個女鬼也會被拖入那個魔王所在的空間中去。正因為有這樣的自信，她才敢到洞天山來。但是，這種情況只對她有效，對李隱是沒用的。

所以，她也默許了李隱分頭逃跑的想法，並且希望那個女鬼會選擇追自己。現在看來，一切正如她所期望的那樣。這不禁讓彌真大大鬆了一口氣。

「太好了，李隱得救了……」她反而不逃了，逕自朝著那具吊死的女屍走去。

恐懼當然不是沒有，但是，畢竟經歷了太多，彌真已經有些麻木了。相對來說，那些不會出現，隱藏在暗處的鬼魅，反而更加讓人感覺恐怖。

距離吊死女屍越來越近的時候，彌真的手心開始出汗了。不過，她知道，必須要走過去，只要讓女屍把詛咒加到她的身上，李隱就不會有事了。

突然，那具女屍的雙眼猛然睜開，死死盯著彌真！彌真立刻就感到眼睛刺痛，腦子一陣眩暈。隨後，她失去知覺，昏迷了過去。

不知道過去了多長時間，彌真醒了過來。她發現自己坐在車上，李隱就在她的旁邊。

「李隱！」彌真立刻坐起來問道，「你，你沒事吧？」

「沒事。」

「我之前就說過了，讓我一個人來就行了，李隱，你和我不一樣，我受到的詛咒和彌天是共同承擔的，彌天現在不會被其他詛咒傷害的……」

「讓我好找。」李隱到了一個收費站前，這裏距離李隱為彌真安排的住所已經很接近了。搖下車窗，李隱將錢遞出去的時候，彌真突然看到，李隱的手掌上有一道清晰的血跡。李隱縮回手的時候，彌真連忙抓住他的手，問道：「怎麼回事？」

李隱連忙抽回手，說：「沒什麼，跑的時候被樹枝劃傷了。好了，走吧。」

車子再度發動了，彌真又關切地說：「那讓我幫忙上藥吧？」

「不用了。」李隱搖搖頭，「我先把你送回去，然後再回市區。」

「這樣就好……李隱，如果你有時間，去看一看嚴琅和汐月吧，對了，最好讓他們搬到別的城市去，待在天南市，太危險了。」

「知道了。」

到住所後，李隱下車，把彌真送進屋。進入空曠的房間，彌真忽然感覺，心也變空了。李隱說改日再來看她，現在要去調查燈玄橋在哪裏。

就在李隱準備走的時候，彌真一把抓住了李隱的胳膊。

「能……留下來陪我嗎？我很寂寞。」彌真酸澀地說，「我知道你有了子夜，你和她定下了終身，你不會背叛她，但是，我不可以嗎？我真的不可以嗎？」

李隱的動作很僵硬，他緩緩抽回了手臂。然而彌真又走過來，緊緊抱住了李隱！

「在公寓的那段日子，我一直魂牽夢縈的人就是你！每天見面，但我卻無法對你訴說……」

「放手。」李隱的聲音雖然很輕，但聽在彌真的耳朵裏，卻猶如雷霆一般。

彌真的手漸漸鬆開，她很清楚，這個男人的心裏真的沒有她。

「好吧，李隱。」彌真退到李隱身後幾步外，強顏歡笑道：「抱歉啊，李隱，我剛才是不是讓你感覺我很隨便？你不用介意，全部忘記了吧！」

李隱沒有回頭，冷冷地說：「還是那句話，別聯繫其他人。東西不夠了我會幫你買，但是，你不能離開這裏。」說完，李隱就走了出去，關上了門。

彌真呆呆地看著關閉的門，苦笑一聲說：「楚彌真，你真是自取其辱啊……」

她走回房間，打開了電腦，現在也只有上網可以用來打發時間了。看著看著，彌真感到頭很沉重，然後，她趴在書桌上睡著了。

「姐姐……」

好像是在一片混沌中。黑暗覆蓋著彌真全身，眼前的一切都是那麼模糊。可是，一個身影卻漸漸清晰起來。那是在一扇門前。

「是我，姐姐！」

「彌天……彌天！」

那個身影是那麼熟悉。那張臉雖然很陰鬱，但眼眸是那麼清澈。只是，感覺很遙遠。

在彌天身後，那扇門的後面，有一種前所未有的感覺襲來。就算經歷了十次血字，彌真還是被徹底壓倒了。這種感覺猶如世界末日，彷彿將太陽的光輝都遮蓋住了，彷彿世間所有的幸福都在一瞬間崩潰瓦解了。

恐怖才是永恆的。幸福不過是人的癡心妄想罷了。進入公寓的人，是沒有未來和希望可言的。這是一條不歸路。

「魔王……」彌真看向黑暗深處，她撕心裂肺地大喊著：「彌天！」

接著，她醒來了。夢，只是夢而已？

彌真不這麼認為。這是不久之後的未來的啟示。魔王，就是那樣的存在。彷彿在提醒每一個踏入公寓、成為住戶的人，他們的反抗是多麼自不量力。

「彌天……」彌真回憶著剛才清晰的夢境，她知道，現在彌天就在某個地方，只是，她卻不知道該怎麼救他出來。

「彌天，你到底在哪裏？」

聚集在大廳裏的住戶，有很多人被鬼的目光掃視而過，消失得無影無蹤！距離銀夜很近的一名住戶，也慘叫了一聲，身體猶如被橡皮擦擦掉一般消失了！

「不！」銀羽淒厲地大叫著，朝銀夜衝過去，然而，還來得及嗎？

就在這時，只聽一聲槍響，大廳隨即陷入一片黑暗！當然，公寓的燈能夠自動修復，燈很快又亮了。

大理石地板上，鬼已經消失了。

上官眠舉著沙漠之鷹，站在銀夜身後。她剛才把大廳的燈給打碎了，這個短暫的黑暗已經足夠讓那個鬼吸入黑洞了。

「銀夜！」銀羽撲到銀夜懷裏，痛哭起來。

每個人都驚魂未定，所以一時間沒有人注意到銀羽手上的地獄契約碎片。而且，大多數人都沒有見過碎片。更多的人，目光都集中在上官眠手上的槍。

「槍……槍啊！」

「那個是……沙漠之鷹吧？」

上官眠將手槍放下，重新收入衣袖內。她看也不看周圍目瞪口呆的住戶，轉身離開了。

「早就聽說上官眠是個可怕的殺手，果然是真的啊……」

「你瘋了嗎？被她聽見了怎麼辦？剛才好險啊，還好我站得靠後，否則我也完了……」

這次血字，總算圓滿結束了。當然，作為犧牲者的能條沙繪，也一起被捲入了黑洞中，這位名噪一時的日本女星，就這樣永遠消失了。

李隱和子夜回到公寓後，也聽說了這件事情。這一次，聚集在樓下而消失的住戶，竟然有十九人！而且都是未執行過血字的新住戶。

晨曦終於再度來臨，天南市又開始了新的一天。能條沙繪失蹤事件引起了大量粉絲的關注，但是因為這件事和公寓血字有關，絕對不會有人注意到神谷小夜子。

嚴琅把報紙放在桌子上，喝了一口咖啡，對汐月說道：「能條沙繪那麼有名的明星，居然失蹤了啊……」

「大概是炒作吧。」汐月把一塊吐司放進嘴裏，一邊嚼著一邊說：「我們一定要搬走嗎？」

嚴琅放下報紙，抓住妻子的手，說道：「要走索性走遠一點，我申請調派到公司的日本分部去，我本來提出辭職，但是公司堅持挽留，所以我決定想辦法調到海外工作。估計申請很快會被批准。」

「我……不想離開。」汐月搖搖頭說，「我放不下彌真。她太可憐了……反正我們已經沒事了，我無論如何都想陪伴她到最後，就算是最壞的結果……」

而且，也是為了彌天。汐月明白，救了她的人，就是彌天。所以，她更加無法放下彌真，她們本來就是最好的朋友。

「可是，汐月，那個公寓太可怕了！」嚴琅焦急地說，「我們這次差一點就死了！我們只有一條命啊！」

汐月剛想繼續說下去，手機響了，是林心湖打來的。

汐月問道：「喂，心湖，有什麼事？」

「汐月，不好意思，我想問一下，彌真在不在你們那裏？」

「彌真？怎麼了？彌真出事了嗎？」

心湖焦急萬分地說：「彌真她，好像出事了……」

上午八點多。李雍終於完成工作，開車回到家。他揉了揉眼睛，打算洗個澡就睡上一覺。

李雍用鑰匙打開門，一股極為濃烈的血腥味撲鼻而來！在客廳裏，目光所及之處，都是一片血紅！地板上，是斷開的手腳、身軀、碎裂的內臟，以及楊景蕙的頭顱！

李雍頓時感到腦子好像被雷狠狠劈了一下，足足十幾秒鐘過去，他還不能理解眼前的場景，甚至以為這是幻覺。當他終於意識到這一切是真實的時候，感覺一陣噁心，就雙膝跪地，嘔吐起來！

公寓裏，李隱和子夜還沒有起床。

床頭的手機響了，李隱揉了揉眼睛，睡眼惺忪地拿起電話，也沒看是誰打來的，就放在耳邊問道：「喂……」

「小隱！快回來！你，你，你媽媽……她……」

李隱猛然坐起身問道：「怎麼了？出什麼事情了？媽媽她怎麼了？」

「她，她……死了。」

李隱頓時感到大腦彷彿炸開了：「爸，你，你說什麼？媽媽，她怎麼可能死呢？告訴我……這不是真的！」

警車停在李家宅邸外。現場的恐怖場景，就連很有辦案經驗的老員警都感到難以置信。犯下這個案件的絕對是個恐怖惡魔！只有惡魔才能做出這麼可怕的行為！有很多員警看到現場都嘔吐了，甚至不敢去看屍體。

李隱趕回家的時候，屍體已經被帶走了。但是，那鮮血遍佈的房間卻清晰在目。當李隱和子夜衝破警方封鎖線進入現場的時候，員警正在拍照取證。

「不……不可能。」李隱呆呆地看著這個到處一片血紅的房間，要不是子夜扶著他，他都無法站穩。

「李隱……」子夜明白，此時她是李隱最重要的支柱。

而李雍則站在門外，他雙目呆滯地看著室內，員警用無比同情的目光看著他。

李隱跌跌撞撞地衝向父親，咆哮道：「這是怎麼回事！告訴我！為什麼會這樣？為什麼！」

「我怎麼會知道！」李雍也抓著頭髮怒吼道，「你有什麼資格在我面前大吼大叫！這兩年來，你一直都在外面不回來，現在你想質問我什麼！」

李隱此刻已經到了崩潰的邊緣。為什麼！為什麼會這樣？難道和公寓的血字有關係嗎？是他受到的某個詛咒轉移到了媽媽身上嗎？可是，每次執行血字，他都沒有和家人接觸過，回到公寓就自動清除了詛咒，怎麼可能會發生這樣的事情？

李隱忽然想到，之前他們在正天醫院執行血字，難道說……是王紹傑的鬼魂殺死了媽媽？是這樣嗎？難道媽媽當時有接近他們百米範圍內嗎？不，不對！時間和地點都說不通，可是，也有可能……

回想起從小到大，媽媽對自己無微不至的愛，點點滴滴的回憶絞碎了李隱的心。他雙膝跪在地上，看著血腥的房間，雙拳不斷攥緊，牙齒咬得嘴唇滲出血來，雙目遍佈血絲，表情變得極度猙獰！

如果，這一切真的是王紹傑的詛咒，那麼，他再怎麼憎恨又能如何？就算失去了至親，他也什麼都做不了。人在公寓面前，猶如螻蟻一般渺小。

對李雍而言，最殘忍的事實擺在眼前，楊景蕙就這樣死了，誰也不知道她到底是怎麼死的。那些放在衣櫃中的油畫，是李雍根據阿馨提供的線索找到的。阿馨告訴了他公寓的存在，還說進入倉庫的住戶會打開「潘朵拉魔盒」，被那個鬼替換，而成為絕對死路。

李隱發現自己一滴淚也流不出來。好奇怪，他明明感到這麼痛苦絕望，但是，居然無法流淚。哀莫大於心死。

「子夜，帶我走。」李隱強行支撐起身體來，「帶我離開這裏，我不想再待在這裏了。」

「好的，我們走。」子夜扶著連路都無法走穩的李隱，對李雍說：「伯父，讓我暫時來照顧他。我會勸勸他的。」

李雍沒有回答，他一直盯著房間。

離開李家宅邸，走了一段路後，李隱的腳忽然一扭，整個人跌倒在地上。他的頭髮散亂，雙目沒有絲毫神采，心如死水。他雖然沒有親眼目睹，但是卻能夠將那恐怖場面想像、放大，比現實場景更加讓人感到驚懼。他用額頭撞著堅硬的地面，好像沒有了感覺和靈魂。

「我……我……」李隱雙眼呆滯地躺在路上，路過的行人還以為他是精神病。子夜只是默默抱著他，許久後，輕聲說道：「我知道你很痛苦，只是，我們……」

李隱什麼也沒有說。進入公寓已經差不多兩年了。銀月島、鬼鏡……一次次血字，一次次死裏逃生，一次次在地獄門口掙扎，和死神搶奪自己的性命。在絕望之中，尋求微渺的希望，尋求能夠活下去的機會。李隱已經經歷了太多、太多。兩年的時間，他卻感覺好像幾十年一般漫長。像一個普通人那樣活在光明的、有希望的世界，對很多人而言，是觸手可得的幸福，對他而言卻是奢求。

媽媽的死，就是壓倒駱駝的最後一根稻草。

「我們死吧。」李隱忽然開口了，「子夜，我們……一起去死吧。」

「你……你說什麼？」

李隱的表情猶如面具一般沒有任何波動，他呆呆地看著眼前的馬路：「我，累了。我為了你，付出了三次血字的代價，否則的話，那次你是無法活著回來的。送信的那次血字，我……犧牲了三次血字！現在我只完成了五次血字。現在想來，我當時不該那麼做的，我應該和你一起結束。那樣，才是我們真正的解脫。我不想再這樣活下去了，這樣活著，比死更痛苦。」

子夜的身體顫抖著：「你，你說什麼？三次……血字？你那時候，你那時候……」

「就算靠魔王級血字，這個特殊血字有太多謎團了，而且，地獄契約碎片也還有兩張沒有發佈。我們根本沒有希望的。進入公寓的時候，我們就已經走上了不歸路。我們回不去了，回不去了……」

沉默許久後，子夜忽然吻住了李隱的雙唇，淚水奪眶而出。

彌真正在上網，螢幕下方彈出一個新聞視窗，標題是「正天醫院院長夫人被肢解殺害」。她還以為自己看錯了，連忙點開標題，看到了案件的詳細報導。因為正天醫院在天南市名氣很大，最近又因為分院建設而引起關注，所以這條新聞自然引起了軒然大波。

「伯母，她死了？」

彌真至今還能回憶起，當初去李隱家的時候，和楊景蕙特別投緣。上一次同學聚會，她本來以為能夠和楊景蕙見面的，卻沒能再會。她抓著滑鼠的手在顫抖，立刻抓起了手機。李隱說過不要主動和他聯繫，可是，這個時候他絕對是很痛苦的，無論如何，彌真都希望能夠安慰他。

可是……該說什麼呢？怎麼樣才能夠安慰李隱呢？「請節哀順變」嗎？彌真的手緊抓著檯面，她看著眼前的電腦，慘笑一聲：「這也和公寓有關係嗎？」

就算經歷再大的不幸和痛苦，時間還是會一如既往地流逝。夜晚還是會降臨。

一切都不會改變，一如公寓門前永遠不會有影子一樣。可是，公寓卻會吞噬人的影子，操控人的生命和靈魂，將他們送入地獄，無一倖免。

「李隱和子夜還沒有回來嗎？」銀羽走下樓來，看到坐在大廳的銀夜、深雨、星辰、皇甫壑、神谷小夜子等人，快步走了過來。

銀夜點點頭說：「給他們打過手機了，可是都關機了。我可以理解李隱的痛苦，進入這個公寓已經夠絕望了，還要承受母親的死。」

「有問題。」小夜子用警惕的口吻說，「李隱母親的死，絕對不尋常。很可能和公寓有關係。」

皇甫壑附和道：「我也有同感，這太不尋常了。經歷了這麼大的打擊，李隱會不會出事呢？」

這句話一出，每個人都露出惶然的神色。李隱可是公寓的支柱，他如果出事了，對公寓住戶來說，絕對是一大損失！

這時候，兩個人影出現在公寓門前，正是李隱和子夜！

「你們……」銀夜立刻站起身，大家也都聚集到李隱身邊，表示安慰：「李隱，你可不能想不開啊……」

「李隱，節哀順變吧……」

「無論如何，你一定要保重身體啊！」

「我很累了。」李隱擺了擺手，「讓我靜一靜吧。」

我們去死吧……去死吧……死吧……李隱的腦海中，這個聲音不斷重複著。他真的很希望獲得解脫。可是，最後他還是回來了，還是回到了這個他已經詛咒了成千上萬次的公寓。

「李隱，」星辰走到他面前說道，「我和你一樣，也失去了家人。但是，你別忘記了，你還有子夜，就像我還有深雨一樣。即使為了子夜，你也不能倒下！」

李隱的面色猶如紙一般慘白，他的腳開始打晃了。

「我，不想回來的。」

「我真的不想回來的……」

可是，李隱的這些話卻沒能說出口，嘴唇明明在動，喉嚨卻好像被什麼東西卡住了，怎麼也說不出來……

午夜零點。公寓的某個房間內。房裏沒有開燈。

一具完好的身體躺在地板上，正是那個用黑洞中取出的血肉製造的假李隱！

而站在假李隱面前的，正是從倉庫中走出的那個假住戶！

假住戶俯下身去，手伸到那張臉上。那張臉猶如機械人一般，幾乎沒有表情，假住戶開始讓那張臉強行擺出一個個表情。喜悅，憤怒，失望，陶醉，傲慢……各種表情都擺弄出來後，這個假李隱站了起來。

他的表情不再那麼機械冰冷，而是咧開嘴笑了起來，繼而又露出怒不可遏的表情，接著又露出了溫柔動情的眼神……更像是真正的李隱了……

翌日，是例行的住戶血字研討會議。會議地點照例在底樓大廳，住戶們聚集後，卻發現樓長李隱姍姍來遲。

當銀夜和銀羽進入四〇四室的時候，卻只看到子夜一個人呆呆地坐在地板上。她的手上抓著一張紙。

「他走了……」子夜眼神呆滯地喃喃說道，「他走了……」

「怎麼回事？」銀夜立刻衝過來，抓過那張紙，只見上面寫著：

「我走了。不用找我，也不可能找得到我。我永遠不會回到這個公寓來了。」

「開什麼玩笑？」銀夜的手劇烈顫抖著，抓著子夜的衣領大吼道，「你不是好好看著他的嗎？李隱現在到底有多痛苦、有多絕望？就算可以離開這個公寓，他的母親也永遠無法回來了！」

子夜什麼都沒有說。一滴淚悄然滑落，滴在地板上。

「昨天他對我說……要和我一起去死。他還說，他抹掉了三次血字的代價，才換回了我的生命，否則我在送信的那次血字裏就已經死了。他說，讓我們，一起死吧。」

「你，你說什麼？什麼抹掉三次血字？這是怎麼回事？」銀夜頓時變了臉色，立刻追問道：「他是怎麼做到的？你那次能夠回歸公寓，果然是另有原因的嗎？」

「我沒有答應他。我對他說，我們還有魔王級血字這個希望，就算是很渺茫的希望，我們也可以一起回到光明的世界的。我們……可以從這個公寓逃出去的。」

「所以他決定拋下我一個人去死。」

「他決定放棄自己的生命。用這種方式，逃脫這個公寓的控制和詛咒。這是唯一的方式……」

李隱此時正坐在一輛公車上。該去什麼地方呢？結束自己生命的場所，選擇在哪裏呢？死之前，還要做什麼事情呢？他只有四十八小時可以做這些事情了。四十八小時之後，他就會被影子詛咒殺死。

很多事情都回憶起來了。大學時代，和彌真、彌天、汐月等人的美好回憶；畢業後因為和父親的理念不合外出租房，開始創作網路小說；進入公寓，認識了連城、唐醫生、夏淵、銀夜、銀羽等人；在第四次血字後，認識了子夜。

和子夜的邂逅可以說是他一生中最美好的事情。雖然只和子夜度過不到一年的時光，但是，和子夜共同執行的血字、對子夜說過的誓言、對子夜的愛，他都不會忘記。

他呆滯地坐著，始終目不斜視。他不知道該在什麼地方下車。坐公車用的是普通交通卡，他沒有帶出屬於那個公寓的任何東西。他只希望死的時候，可以和那個公寓徹底脫離關係。

他非常確定，母親是死在血字之中。這是最為合理的解釋了。

公車到了終點站。周圍的人都紛紛起身，只有李隱還獨自坐著。直到有人提醒他，他才起身下車。只是，失魂落魄的他，不知道該去哪裏。

下車的網站，是在天南市的真松區。不知不覺，來到了這麼遠的地方。

李隱抬起腳步，緩緩走動著。現在是五月下旬，天氣已經有些炎熱了。陽光照耀下，地面上的影子清晰可見。

這道黑暗的影子，比任何鬼魂都來得可怕。無論如何，都無法將受到公寓詛咒的影子擺脫。

李隱已經把手機丟掉了，他不會讓任何住戶找到他。和公寓有關的任何事情，他都不想再知道了。

就這樣把一切都結束掉吧。

時間一分一秒地流逝，轉眼已經到了中午。李隱還是不知所蹤。子夜給李雍打過電話，但是李雍顯然也毫不知情。

於是住戶們選擇了報警。無論如何，現在李隱的情況非常危險，公寓大多數的住戶都不希望李隱死去。畢竟，一旦李隱死了，那麼就失去了一個非常厲害的智者。

大家多數是出於利己的心態，希望李隱不要死。而且，作為公寓的精神支柱，沒有人希望看到李隱死去。如果四十八小時後他不回到公寓來的話，那麼他是否自殺都沒有區別了。

李隱選擇了這條道路。

時間一點點過去……下午一點，兩點，三點，四點……大廳裏一直有住戶輪流守候著，可是都沒有看到李隱回來。

「樓長真的想死嗎？」

「就算是母親死了，也不至於就想自殺吧？」

「我聽說，好像樓長母親的死，也和公寓有關係？」

而子夜、銀夜等人，則是去了所有李隱可能去的地方。正因為如此，他們還發現了一件事情。那就是，彌真也失蹤了。

子夜聯絡了心湖後得知，彌真已經搬出去住了，在執行王紹傑索魂的血字的晚上，她打了電話給心湖，接著就失蹤了。到現在為止，還是找不到她。當聽說李隱也失蹤了的時候，心湖甚至還認為是不是彌真和李隱的失蹤有什麼關係？

當他們和嚴琅夫婦聯繫過後，卻獲悉了一個更加可怕的消息。

「李隱……失蹤了？怎麼會，彌真也失蹤了！」

客廳內，汐月幫銀夜等人泡好了茶，坐下來問道：「那麼，是和那個公寓有關係嗎？」

「是的。」子夜此時已經滿臉淚痕，「我好擔心他，他現在會怎麼樣呢？你們想到什麼嗎？畢竟你們是大學同學，能想到他會去什麼地方嗎？我問過他父親了，可是他不知道。」

「這……」汐月看了看嚴琅，然後，下定決心似的說道：「雖然我不知道李隱母親的死是怎麼回事，但是不知道，是不是和彌真有關係。」

「什麼意思？」銀羽立刻追問，「彌真和李隱母親的死有什麼關係？」

「我也只是猜測。彌真身上也受到了一個詛咒。你們也許不知道，你們所生活的那個公寓，彌真以前也在那裏住過。」

這句話一出，客廳內的子夜、銀夜、銀羽三個人，都陷入了沉默。尤其是子夜，她倒吸了一口涼氣，好半天才說：「你們，你們是說……彌真曾經在公寓住過？那麼，她度過了十次血字嗎？」

「嗯，差不多吧……第十次血字，她並沒有完全度過，但是，已經符合條件可以離開公寓了。這幾年來，她一直承受著第十次血字的詛咒，至今她都找不出第十次血字的生路。如果，她和李隱的母親接觸過後，也許，李隱的母親也受到第十次血字的詛咒影響……其實我也是猜的，應該不會是這樣吧。」

「詳細地說明一下！」銀夜立刻衝到汐月面前，喘著粗氣說：「把楚彌真的事情，全部告訴我！一個細節也不要漏掉！」

第二天，李隱還是沒有回來。

儘管報了警，李雍也通過他的人脈搜尋李隱的蹤跡，可是，李隱還是不知所蹤。只要四十八小時一到，李隱就徹底完了。到時候就算他想活，也沒有活下來的機會了。

銀夜和銀羽拖著疲憊的身體回到房間，找了那麼長時間，幾乎都沒有睡眠，體力消耗極大。接下來，換成星辰和深雨去陪著子夜一起找。

銀羽坐在沙發上，揉著眼睛，感慨地說：「我可以理解李隱的痛苦。我的父母以前也是公寓的住戶，結果死得無比淒慘。這個公寓，實在太殘酷、太恐怖了。」

銀夜連忙走過去抱住銀羽，雙手環抱著她的身體，在她耳畔說道：「你不要像李隱這樣放棄，我就是拚死，也會讓你活著離開這個公寓的。你已經執行了七次血字了，還有三次，就可以離開公寓了。」

銀羽也抱緊了銀夜。良久，她忽然用哽咽的聲音說：「銀夜……你不該進入這個公寓的。真的，你真的不該這麼做。就算是為了我，你也不該那麼做。」

「現在說這些，還有什麼用呢？我也會和你一起離開公寓的，無論如何，我都不會放棄。如果李隱真的那麼做，我也該開始謀劃了。銀羽，我們至少要知道，地獄契約碎片是否被李隱掌握了，萬一只有他知道地獄契約碎片所在的話，就麻煩了……」

此時，李隱坐在一個湖的邊上。這裏是天南市郊區，在這片樹林中呼吸新鮮空氣，李隱感到心情好了一些。

李隱此時正抓著釣竿釣魚，但是好幾個小時沒有魚咬鉤。不過，他一點也沒有著急。

「能死在這麼美麗的地方，我想，我也可以瞑目了吧。不過，在那以前，能夠釣到一條魚嗎？」

黃昏到來，河水變得金光粼粼。李隱看著日薄西山的景象，河水沒有太大波動，只有釣魚的浮標之上的水面，有些漣漪。

李隱收起了釣竿。這是在附近的管理辦公室租借的，這個湖泊是釣魚勝地。實際上，因為執行葉山湖釣魚基地的血字的恐怖經歷，李隱本來發誓這一輩子都絕對不會再去釣魚了。但是此刻，卻是例外。

李隱還記得，小時候媽媽帶自己來這裏釣過魚。雖然過去了很長時間，但是那段記憶依舊難以忘懷。

媽媽是楊氏家族最受寵愛的獨生女，而且由於外祖父是家族的嫡長子，媽媽從小就享受著最為豪奢的生活，幾位表舅舅小時候也頗為羨慕媽媽。

和爸爸相遇，對媽媽來說，是幸還是不幸呢？

爸爸並不愛媽媽，從一開始，媽媽只是他為了問鼎正天醫院院長寶座的踏腳石罷了。儘管媽媽一直對爸爸一往情深，爸爸卻從來沒有真正對媽媽動過情。利用，只有利用，在那個男人的眼裏，沒有什麼是不可以犧牲的，沒有什麼是不可以用金錢衡量的。

但就算是這樣的爸爸，媽媽還是深愛著他，還是無怨無悔地在背後支持著他，就算知道他骨子裏很冷血，卻一直都支持著他。

收起釣竿後，李隱看著身旁空空的水桶，露出一絲慘笑。

那一天，他如果沒有外出，沒有進入那個社區，沒有走進那條巷子，他現在就只是一個普通人。他會寫寫網路小說，度過平凡而又充實的每一天。他可以像現在這樣，偶爾出來釣釣魚，和朋友親人一起去旅行，將來也會認識一個好的女子和她結婚。而媽媽，也就不會……雖然，如果不是因為這樣，他就不會和子夜相遇，不會和子夜有一段如此淒美絕倫的絕望悲戀。

只是走錯了一步，就墮入了永遠無法走出的深淵。

現在，他已經失去了一切。他不想回到只有冷血爸爸的家中，也不想再回到和地獄無異的公寓。不想再去挑戰那些恐怖的血字，也不想繼續在噩夢中徘徊。他不想再去面對這些事情了。

李隱甩掉了釣竿，將水桶踢進了湖水裏。接著，他雙膝跪倒在泥濘的地面，手不斷抓著鬆軟的泥土，在這黃昏時刻，他感受到了什麼是真正的心死。

他，不會見到明天的太陽了。

離開公寓的時候，天還沒有亮。所以，不回公寓去的話，在明日太陽升起以前，他就會因為這個詛咒而死去。

李隱抬起頭，看著那將天空都燒成一片火紅的落日，看著那一望無際的金色湖泊，看著那偶爾飛過的鳥群和對岸影影綽綽的森林，以及那遠處層層疊疊的山峰。

他想將這些景色全部烙印進腦海。

淚水，再一次決堤，不斷灑落在手掌上。想活下去，可是又不能活下去。就算還能夠看到這個世界的光明，但是他的世界裏卻始終是黑夜。好想在這個世界上繼續活下去，好想活下去……可是，怎麼才能活下去呢？

手指深深插入泥土，淚水已經浸滿衣襟。心被不斷地撕裂，被不斷地砍成無數塊。他昂起頭，對著天空，瘋狂地咆哮起來！

「啊啊啊啊啊啊啊啊啊啊啊——」

直到嗓子幾乎都要喊啞時，他才停下來。

就算再怎麼憎恨那個公寓，也想不出任何辦法對那個公寓造成一絲一毫的傷害。把公寓的存在，向社會大眾公佈？那是不可能的。公寓連司法都可以操縱，何況是輿論？再說，就算是國家勢力，也無法奈何那個公寓分毫。世俗的權力，對於公寓的詛咒是毫無辦法的。

進入公寓的兩年裏，李隱做過無數次調查，對於那個公寓的誕生，詛咒的成因，還有血字執行地點追溯根源的瞭解，查看過很多宗教書籍和一些靈異方面的傳聞。無論是從宗教，心理學還是神秘學的角度來說，都無法解析這個公寓。為了什麼原因要讓住戶去執行十次血字指示？那些血字的執行地點，為什麼會出現恐怖靈異現象？五十年出現一次的魔王究竟是什麼？公寓背後的謎團多到數也數不清。

住戶沒有任何別的辦法可以回歸光明世界。縱然強如上官眠這等可怕殺手，生命也一樣受到擺佈。就算比誰都清楚，成功執行一次血字是多麼重要的事情，就算比任何人都瞭解……

他當時還是做出了選擇。抹掉了三次血字。

李隱雖然不想承認，雖然內心一直都壓抑著，但是此刻，尤其是剛才那一陣咆哮後，他忽然明白了一件事情。

其實他一直在後悔。

那一天，他和深雨通話後，子夜正處在極為危急的關頭。因為和子夜生死相依，那一刻他腦子裏只有子夜，只想著救出子夜。抱著那強烈的執念，他壓下了恐懼，抹掉了自己三次血字的執行記錄，換回了子夜的生命。

但是，如果換成現在，他還能夠做到這一點嗎？

如果當時沒有那麼做的話，那麼現在離可以擺脫公寓，只有兩次血字了。那樣的話，也許，他可以登上住戶夢寐以求的巔峰。

李隱終於承認，他其實並沒有自己以為的那麼愛子夜。

他一直都後悔著，那種後悔的感覺雖然被他強行壓抑下去，卻始終如鯁在喉。他拚命說服自己，為了子夜，為了心中的摯愛，這些付出是值得的。

可是……他現在終於明白了。其實，如果在他冷靜的情況下，讓他再做一次選擇，他無法毫不猶豫地用三次血字去換子夜的性命。

畢竟，他不是銀夜和深雨，不是那種可以為情而生、為情而死的人。他不是情聖。

他後悔了。他最終還是後悔了。

不過，即使後悔，想到子夜獲救以後，和他再度相聚時露出的美麗笑顏，李隱還是能夠稍稍釋懷的。

以後，再也無法看到子夜的笑容了。李隱站起身來，邁出了腳步。

當腳踏入冰冷的湖水時，他忽然有一種解脫的快感。一直壓在心頭的重擔彷彿被卸下了，他可以獲得真正的自由了。

另一隻腳也踏入了湖水。然後，繼續涉水，很快，水就淹沒了膝蓋。

當下半身完全浸入水中時，李隱的表情還是沒有變化。他沒有回頭，儘管他知道，再繼續下去，就算想回頭也不可能了。

繼續，繼續向前走著……彷彿靈魂也漸漸沉入水底……

深夜。公寓大廳內，住戶們都焦急地等著消息。剛才星辰回來了，到目前為止，李隱還是音訊全無。聽星辰說，子夜已經快要崩潰了，他第一次看到從來都很淡定的子夜，露出那麼悲痛欲絕的表情。

失去李隱，對子夜來說，恐怕是一件比執行血字更加無法接受的事情吧？

此時，子夜和深雨走在大街上。子夜的身體快要癱軟了，似乎是馬上就會跌倒在地。

「子夜，你沒事吧？」扶住子夜的深雨露出極為同情的神色，「你這樣下去，會支撐不住的！」

「李隱……李隱……」子夜頭髮凌亂，眼神空虛。李隱如果明天早上還不回來的話，必死無疑。

「深雨，告訴我！」子夜緊抓著深雨的肩膀哭喊著，「有什麼辦法可以找到他？公寓的隱藏規則，有沒有辦法找到住戶的位置？求求你告訴我！」

「對不起，子夜，沒有……」

「為什麼！」子夜忽然竭力嘶吼著，「為什麼你那時候要告訴他那個隱藏規則？他為了救我犧牲了什麼，你知道嗎？如果不是為了我，他現在就只剩下兩次血字了！你難道不知道血字對住戶來說有多重要嗎？每一次血字就是一條命啊！為什麼，你為什麼要那麼做！」

子夜用幾乎要吃人的憤恨目光盯著深雨。深雨低下頭，不敢去看子夜的眼睛。

午夜零點，李隱沒有回來。

凌晨一點，凌晨兩點，凌晨三點……

子夜就這樣呆呆地坐在公寓門口，彷彿一尊化石一般看著公寓的旋轉門，她還在期待著奇蹟發生。銀夜、銀羽、星辰、深雨和神谷小夜子陪著她一起等候。

凌晨四點。銀夜腳下的煙蒂高高堆起，銀羽也已經灌了好幾杯咖啡。每個人都望著公寓門口。

李隱，就這樣不回來了嗎？

子夜從頭到尾，一句話也不說。儘管銀羽和深雨不斷和她搭話，但她好像一個不會說話的洋娃娃，只是坐在椅子上，一動不動地盯著旋轉門。

到了五點，子夜身邊除了深雨外，其他人都睡著了。

一個身影從公寓對面的巷子裏走出來，然後朝公寓門口走過來。

子夜目光中頓時有了神采，她整個人跳起來，衝向旋轉門。深雨也立刻站起來，緊隨其後。

「李隱！」子夜衝出旋轉門，看著前方不遠處的李隱。

「你回來了……」子夜捂著臉，她只走了一步，就幾乎要跌倒，深雨及時扶住了她。

李隱向子夜走過來，站到她的面前。

他還是回來了，還是回到這個公寓來了。比起死去，活著更加艱難。可是，他還是想再回去，還是希望可以再度看到光明的世界。就算是黑夜，就算後悔自己的選擇，他也希望可以找到替代光明的存在。

看著眼前的子夜，李隱又上前了一步。

「我回來了。」

無人生還

PART FOUR

第四幕

時間：2011年6月8日18:00 ～ 6月9日00:00

地點：天南市白嚴區錦華路暮松社區二號公寓樓

人物：皇甫壑、裴青衣、戰天麟、許熊、蘇小沫、司筱筱

規則：前往白嚴區錦華路暮松社區二號公寓樓。潛藏在公寓樓內的鬼，會以某個非常正常的姿態出現在你們面前。

地獄公寓

14 復活的執念

夜幕低垂。李雍站在一條黑暗的走廊上，他身邊是一群身著黑衣的男人，而他面前，是一個倒在地上、渾身是血的男人。

「李院長。」李雍身旁，一個叼著香煙的中年男子說：「我以前說過，凡是你有所求，我絕對不會推辭！咱們出來混的，講究的就是一個義字。這一點，你也很清楚吧？希望我們以後一直合作愉快。」

「一定的。」李雍走了幾步，來到那被打得半死的男人面前，蹲下身子，盯著他問道：「那麼，這一次，是第幾個了？」

「嗯……第十個了。」

「好的。錢我會繼續匯到你的帳戶上，今後你們的任何要求我也會答應。新建立的分院，我會在那裏幫你們藏毒品。那麼……」

看向那個男人，李雍露出一絲殘忍的笑容，輕輕說了一句：「殺了他。」

第十個了。李雍感受著這種感覺，就算殺死了第十個人，也沒有多少區別。

楊景蕙的死，確實給了他很大衝擊。但是已經無所謂了，無論發生什麼事情，無論要死多少人，他也要繼續進行下去。任何想阻攔他的人，他就會將其剷除。無論是誰！

只要青璃可以活過來，就算以這個世界所有人的生命為代價，他都做得出來。只要能實現這個目的，他沒有做不出來的事情。

「不，不要殺我！」地上的男人恐懼地看著李雍，把頭搖得像撥浪鼓一樣，大喊道：「求你，求求你別殺了我！」

「殺了他。」李雍沒有絲毫猶豫。

於是，那個抽煙的男人取出一把大砍刀，走到那個男人面前，兩名黑衣人將他死死按住。男人撕心裂肺地拚命求救，但大砍刀還是迅速砍下，收割了他的生命！

李雍有些心煩意亂。楊景蕙離奇慘死，讓他陷入了一場噩夢中。他越來越確定，她的死，是自己所進行的實驗造成的。難道，被自己殺死的某個人，化為厲鬼來殺死了楊景蕙嗎？再加上因為楊景蕙的死，他還在接受警方調查，最近本來打算收斂一點的。可是，仔細思考後，他還是決定鋌而走險。已經到第十個人了，他不能夠半途而廢。

要殺的人，還有六個。

一個小時後，李雍已經來到了他在市區秘密購買的另外一座別墅。這個別墅的存在，只有他本人知道，楊景蕙根本不知情。

「只是殺到了第十個人而已，就那麼愁眉苦臉的嗎？」

寬敞的客廳裏，阿馨坐在李雍對面。二人之間的桌子上，擺著兩杯紅酒。那紅酒的顏色，猶如血一般鮮紅。

「你好像調查了不少事情呢。」阿馨緩緩伸出手，拿起了酒杯，品嘗了一口，說：「不錯啊，這紅酒……」

「這是一九八〇年的伊索瑟。酒窖裏還有很多好酒，隨便你喝。」李雍也端起了酒杯，「不過，你剛才的話聽起來，好像你殺過很多人一樣？」

「很多哦。」阿馨抿嘴微笑著說，「我和主人認識後殺的人，基本都是為了讓主人能夠解剖屍體。」

「我調查過你，冷馨。」李雍冷冷地說。

「你從很小的時候就受到繼父的暴虐性侵，長達十二年之久，他將你囚禁過很長一段時間，並且以殺死你來威脅你，不許報警。他對你進行了洗腦調教，把你當做奴隸一般對待。直到你繼父交通事故去世後，你才獲得自由。長達十二年的虐待導致你心理扭曲，變為了受虐狂。因為你習慣了那樣的生活，最後把那當成了生活的全部，漠視生命，以受到虐待為樂，並且只有通過性虐待的方式才能夠和異性發生關係。」

「嗯，瞭解得蠻清楚嘛。」

「慕容蜃這個男人我也調查過，在他出生後不久，他的母親就去世了。他的父親慕容文卻將妻子的屍體用防腐劑保存放在地下室裏，甚至多次和屍體發生性關係。讓慕容蜃從小時候長期接觸死去的母親，導致他有了戀屍癖和對死亡有關的所有事物的愛戀。慕容蜃模仿父親的行為，也多次和母親的屍體發生關係。後來他父親私藏屍體的事情被發現了，慕容蜃決定成為法醫。你們兩個因為有共同的病態需求和愛好，所以在一起了。」

「沒錯，主人很喜歡和屍體發生關係，不過後來主人發現解剖活人也是很有趣的事情。啊，我很愛主人呢，因為他對我非常好，非常好……」

冷馨這種極度變態的人，很對李雍的胃口。因為他不需要花費心思說服對方放棄罪惡感，更可以絕對信任對方，這省了他不少事情。

「你要記住，」李雍正色道，「我是你的新『主人』。只要你服從我，我就不會虧待你。」

「不過，你老婆剛死吧，員警現在還在調查你。」

「我有不在場證明，怕什麼。」李雍卻怡然自得道，「怎麼了？你說這些做什麼？」

畢竟是多年夫妻，感情還是有的，李雍此刻也很難受。可是無論如何，這個實驗也要繼續進行下去，現在沒有任何事情比這個實驗更重要。

如果李隱現在在這裏，恐怕他會不顧一切地和這個惡魔父親拚命。李雍這個男人，沒有心，沒有血，沒有人性，沒有感情。對於青璃，他的感情與其說是愛，不如說是佔有欲，是近乎變態的佔有欲。從本質上來說，他和慕容蜃是同一類人。

「這個世界上，只有青璃對我而言是有價值的。」端著酒杯，李雍露出一絲殘忍的笑容：「只要可以讓她復活，只要可以把她的靈魂從地獄裏帶回來，我什麼事都可以做。」

說到這裏，李雍放下了酒杯。

「目前，要殺的人還有六個。都到了這個地步，已經不可能停止了。」

就在這時候，二人忽然聽到了什麼聲音。

「咚！咚！咚！」

那聲音在這寂靜的房間裏不斷迴響，讓李雍和阿馨都凝神起來，然後朝著某個方向看去。只見在客廳的門微微打開了一道縫隙，接著，有一隻血淋淋的手緩緩伸進來！然後，一顆被濃密頭髮覆蓋住的頭顱，從門縫中伸了進來！

李雍和阿馨都站起來，死死盯著那顆頭顱！

然後，那顆頭顱只是伸了一半，便無法繼續伸出。接著，頭顱就慢慢往後退去，手也縮了回去，門自動關上了。

「還是失敗了。」李雍沒露出任何恐懼的神色，「算了，反正是預料之中的事情。還不夠，還要殺死剩下的人……」

當初，他聽阿馨說出了一個有可能讓嬴青璃復活的方法。

以前，慕容蜃通過深雨的預知畫，得知公寓住戶執行過某個血字，就是……這棟別墅。因為鬧鬼傳聞而一直無人問津，房價再怎麼下降也沒有人買。房子的前主人，就是慕容蜃。慕容蜃死後，現在的主人是李雍。

拿著事先擬定的殺戮名單，李雍臉上露出了殘忍的神色。只有殺死這些人，才能夠讓青璃活過來。

當初公寓血字特別說明，如果在這座別墅的地下室的牆壁上，用血寫下死者的名字，然後將和那個死者在死前二十四小時內曾經見面超過一小時的人全部殺死，就能夠讓死者重新回歸這個世界。

嬴青璃在臨死以前曾經見面超過一小時的人，李雍已經全部調查出來了，一共有十六人。如今，已經殺死了十個。現在，他開始策劃殺死剩下的六個人了。

「說起來……」阿馨獰笑著說，「我當初看到你在殺戮名單上的最後一個名字時，還真是很吃驚呢。」

「只要可以讓青璃復活，殺死誰我都無所謂。」李雍又喝了一口紅酒，「包括我自己在內。」

說到這裏，李雍手上拿出一張照片。照片上的人，赫然……就是子夜！

「你打算什麼時候動手？」阿馨問道，「要殺她的話，其實有很多機會吧？」

「不急。」李雍緊握著紅酒杯，「反正，要殺，隨時都可以。」

六月來臨了。二〇一一年快要過去一半了。距離二〇一二愈來愈近，許多末日傳聞甚囂塵上。但是對公寓的住戶來說，能否踏入二〇一二年這傳說中人類的最後一年，都是個很大的問題了。

二〇一室的住戶羅蘭·安特森，此時則正在研究最近幾次血字的記錄。而在他對面，坐著皇甫壑和神谷小夜子。

羅蘭在這個公寓裏最談得來的有三個人，第一個是同為美國住戶的八〇二室住戶凱特·盧比恩，是個身材火辣、「波濤洶湧」的金髮女郎，而偏偏她還經常穿非常節省衣料的服裝，走起路來屁股一扭一扭的，背地裏被一些住戶罵成不知羞恥。凱特的容貌其實一般，但是身材絕佳，靠著這個優勢，她和羅蘭的很多交流都是在床上進行的，這也是羅蘭將她擺在第一位的原因。第二個則是神谷小夜子，羅蘭發現小夜子的性格很對他的胃口，當初的影子實驗就是他和小夜子在李隱默許下進行的。第三個，就是皇甫壑了，作為靈異研究者的羅蘭，對於靈異現象，更多的是對西方文化的剖析，比如吉普賽人的占卜、占星術，中世紀惡魔文化等，而皇甫壑多數是根據中國古文化進行鬼魂現象的分析。

羅蘭和皇甫壑見面的時候，小夜子是必定在場的。因為，羅蘭不像小夜子會說一口流利的中文。

「地獄契約碎片，還有兩張。」皇甫壑說道，「安特森先生，到了現在，我希望你能夠瞭解，地獄契約的爭奪，近在眼前了。」

小夜子將這句話翻譯給羅蘭聽，羅蘭略微猶豫了一下，說道：「我至今都還沒有執行過一次血字，但想來也快了。」他拿起桌子上的一張血字分析表，「昨天的血字分析會上，還有不少人針對近期血字提出多重生路的解答。」

「可惜，很多的多重生路無法驗證。」皇甫壑顯得憂心忡忡。

羅蘭卻提出了一個不同的看法：「你們認為『靈異』是什麼？」

皇甫壑托著下巴思考了一會兒，答道：「這是個很有意思的問題。靈異，一般是對鬼魂、詛咒、附體等超自然現象的總稱。」

「無論在哪個時代，都會有對超自然現象著迷的人，就是人對科學框定的世界的一種叛逆。人們對於神秘現象和未知事物，往往抱著強烈的好奇心和探索心，但是更多的，卻是一種打破固有認知的快感。然而，人們又對未知的現象感到恐懼和混亂，這是一種矛盾。」

「願聞其詳。」

「就拿中世紀來說吧，超自然往往以混亂和災難而產生。黑死病的蔓延滋生出狼人和吸血鬼的傳說，還有魔女、惡魔。這種現象的誕生，不正是人類對黑死病的未知恐懼產生的一種具象嗎？對死亡的未知，對死亡的忌憚，對死後世界的恐懼，衍生出了地獄和鬼魂的形象。無論東西方，鬼魂往往是猙獰恐怖的形象，當然，在西方，和鬼魂有關的事情往往有宗教的元素，在東方則是民間怪談傳說。」

「說得對。」皇甫壑贊同道，「東方的鬼魂傳說，像《聊齋志異》，其中不乏許多恐怖陰森的惡鬼。鬼魂往往是反面角色，因其未知的可怕，而將人拖入恐懼的深淵。那些將人的潛在恐懼感完全表現出來的存在，就成了『恐怖』的代名詞。」

「所以，恐怖文學往往和鬼文學是同義詞。很多恐怖小說裏都有鬼，而鬼往往都是索命的、令人絕望的存在。無論東西方，鬼都不是物理方法可以傷害的，是不死不滅的真正唯心的存在。」

皇甫壑若有所思地說：「聽起來，就好像是血字指示的來源。唯有公寓安排的生路，可以對鬼魂起到克制作用，住戶沒有辦法用其他辦法對鬼造成絲毫傷害。」

「是的。這個公寓，本身就是一個唯心的存在。鬼魂正是從人類對未知的恐懼、對絕望的盲從中誕生出來的。而我對靈異現象的認知是，這是一種心靈現象。」

「心靈現象？可是，那些鬼魂都是真實存在的！」

「與其說是存在，不如說是對我們而言是存在的。人的記憶、認知可以修改，甚至連存在過的人的痕跡都可以消除，那麼，你認為『存在』和『不存在』的界限還很清晰嗎？我對這個公寓的理解就是，它是人們心中的恐懼的產物，它沒有真正的主人，它將人的恐懼、混亂、未知，通過血字指示的形式顯化出來，只有經歷十次血字，才能自我救贖。」

「我明白你的意思了。和人心一樣，公寓本身也是矛盾的。一方面讓我們執行絕望的血字，另一方面卻又給予我們一線生機。而魔王級血字指示，更是心魔的原形，通過拷問自我的心靈，來得到唯一的生機。或許就是你們所說的『原罪』？」

羅蘭把頭靠在沙發上。皇甫壑的話，說中了他的心事。原罪，就是魔王的真面目嗎？那麼地獄契約是什麼？和地獄換取救贖的機會嗎？要付出什麼代價呢？

第二天，皇甫壑難得地出了一次門。進入公寓後，皇甫壑就很少外出了。正午時分，皇甫壑在白嚴區的商業街下了車，這裏也是天南市最為繁華的地段。他默默地走在大街上，沒有多久，就到了一個西餐廳門口。

皇甫壑推門走進這家西餐廳，掃視了一下，就發現在餐廳中間的位置，坐著一個一頭卷髮、穿著一件黑色洋裝的女子。

他走到女子的面前，招呼道：「很久不見了啊，雪真。」

穿著黑色洋裝的女子抬起頭看著皇甫壑俊美的臉龐，女子雖然姿色也算中上，但是和皇甫壑的俊美相比就差遠了。

「的確很久沒見了呢。別站著，坐吧。」

皇甫壑拉出椅子，緩緩坐下了。

「我沒有想到你會主動聯繫我。」皇甫壑坐下後，急切地說：「你想和我說什麼？我當年應該和你說過，在證明我媽媽的冤罪以前，我不會在你面前出現。」

「對，你說過，所以是我叫你來的。」眼前這個女子，正是皇甫壑的母親孫心蝶當初打算再婚的對象連天祥的女兒，連雪真。

「其實，最近幾年，我想了很多。當年我太衝動了。」雪真徐徐開口道，「我雖然不能說你媽媽是冤枉的，但我的確覺得當年的案情不簡單。你媽媽是一個弱女子，怎麼殺害得了那麼多人？而且，她也沒有殺人動機。當時的判決，有媒體審判的意思。當時那起案件引起了很大關注，而你媽媽一直說殺人的是鬼，因為你媽媽做了精神鑒定後認為有完全刑事行為能力，許多媒體就抓住你媽媽裝瘋賣傻，妄圖逃脫懲罰這一點大肆報導。審判的結果，多少受到了這種輿論的影響。」

「你想說什麼？」

「這幾年來我一直沒有停止思考這個問題，後來我打聽過你的動向，你組織了一個叫祈靈會的研究超自然現象的團體，我就知道了，你是一定要證明，你媽媽的話是真的吧？」

皇甫壑沒有說話。

「你果然很倔強呢。」雪真歎了口氣，「但是，一定要從超自然這個角度調查嗎？我不相信有鬼神存在，我爸不可能是死於什麼超自然現象。我是不能夠接受這種事情的。」

「你還是認為，我媽媽在撒謊嗎？」

「我不知道，」雪真搖著頭，「我什麼也不知道。」

「有的。」皇甫壑用極為肯定的口吻說，「鬼的確是存在的。我可以向你保證這一點，雪真。」

「你怎麼還那麼說！」雪真站起身，怒氣沖沖地說：「你到底是怎麼了？當我是三歲小孩嗎？」

「信不信隨便你。但是，的確是有的。」

「我還以為過去那麼多年，你會變得成熟一點，看來我是一廂情願了。」雪真抓著桌上的餐布，似乎好不容易壓下怒氣，重新坐下來：「算了，我叫你出來不是和你吵架的，而是想和你談談的。」

「談什麼？」

「我想和你一起重新調查我爸的死。我想知道，當年究竟發生了什麼事情。」

雪真本以為，皇甫罊會毫不猶豫地答應。然而，他的反應卻出乎她的意料。

「我拒絕。如你所說，我們的想法從根本上就有差距，既然你打算從否定靈異現象的角度調查此事，那麼我們就無法合作。還有，雪真，我已經和你說過很多次了，儘快從那個公寓搬出來吧，雖然這麼多年來都沒有再發生那樣的事情，可是，我還是很擔心你。」

「看來我們是沒有辦法談下去了。」雪真重重地歎了口氣，她把掛在椅背上的衣服重新穿上：「那就沒有辦法了，我自己去調查就是了。還有就是……你多保重。再見。」雪真回過頭去，然而剛跨出一步，就聽到皇甫罊的聲音。

「你也要多保重。雪真。」

雪真的腳步微微一滯，她想回過頭去，可是她的自尊心卻又不允許。最後，她還是逕自走向餐廳門口，推門離開了。

此時，在公寓內。

「李樓長現在的情況怎麼樣？」

「謝謝你，許醫生。雖然他精神上受到的衝擊很大，現在已經平靜下來了。」

四〇三室門口，子夜和一名三十多歲的男人交談著。那名男子叫許熊，八一〇室的住戶，是一名醫生。

「這樣就好。」許熊鬆了口氣，「李樓長是這個公寓的精神支柱啊，公寓裏有很多人到了精神崩潰的邊緣了，實在無法承受更大打擊了。」

這段時間，來探望李隱的人比平時多出兩三倍，很多人都希望李隱能傳授更多執行血字的寶貴經驗。目前的公寓，還好有裴青衣負責管理，暫時公寓裏沒有出現更大的混亂。只是，這種穩定是暫時的。地獄契約碎片還有兩張。一旦完全發佈，公寓裏一定會全面爆發戰爭。到時候，會有多少住戶死去，實在難以預料。

子夜走回到房間，對站在公寓陽台上負手而立的李隱說：「我剛送走許醫生了。李隱……你還是休息一下吧？不要起來了。」

李隱凝視著天空中的太陽，六月的陽光雖然很暖和，但是，李隱知道，這也許是他生命中最後看到的陽光了。

「子夜，」李隱用一種清冷的聲音說，「我的想法已經改變了。以後，我不想再擁抱你了。我不想經歷得到後再失去的痛苦，你應該明白吧？在逃出這個公寓以前，我不會再擁抱你，也不會再給你任何承諾了。我不會再對你說，我一定要帶你離開這個公寓。」

「李隱……」子夜沒有多說什麼，似乎李隱的話，她早就預料到了。

「就這樣吧。」李隱的臉緩緩轉過來，那是一張已經憔悴到極點的面孔。這些天，李隱瘦了很多。他是抱著怎樣的心情站在這裏的？

住戶們開始各自結成同盟了。

二〇〇一室裏，羅蘭、神谷小夜子，以及其他幾名住戶聚集在一起。這些住戶中，有美國住戶凱特、韓國住戶洪相佑，以及另外三名很有特色的住戶，他們分別是雙眼總是充滿血腥之色的青年戰天麟（一〇〇二室），擁有奇異黑暗視覺的凡雨琪（一五〇二室），還有擁有易容能力的安雪麗。在羅蘭的建議下，這七個人組成了一個聯盟，這個聯盟中，有所有外國住戶。所以，交流的障礙，有神谷小夜子這個翻譯在也不成問題，小夜子以其超強的語言學習能力和超高的智商，被推舉為這個聯盟的領袖。

小夜子對著眼前這些住戶，將自己的話分別用中文、英語、韓語三度翻譯，同時負責不同國籍住戶間交流的翻譯。沒有她在的話，連交流都是一件困難的事情，在場的外國住戶，除了她之外沒有一個人會說中文。

「我身上沒有地獄契約碎片。」小夜子說道。

「當然你們可能不相信，但是無所謂。我只能承諾，加入這個聯盟的人，一旦我奪取地獄契約成功，我們可以一起執行魔王級血字指示。各位也知道，住戶各懷心思，每個人都因為害怕血字指示不知道何時降臨而想儘快執行魔王級血字。所有住戶全部協調起來是不可能的，即使真的如此，因為魔王級血字的種種未知情況，要所有住戶同心合作也是不可能的。所以，抱著全體住戶共用契約這個天真想法的人，還是清醒一些比較好。」

小夜子的目光中露出一絲兇狠，說道：「那麼，開始部署吧。我們的計畫……」

而在公寓外銀夜的家中，也組建了臨時同盟，其中居然有裴青衣！裴青衣是李隱最信賴的人，而銀夜能爭取到她的加入，是因為現在的李隱很頹廢，所以裴青衣當然認為銀夜更有投靠的價值。這個同盟也約定，一旦拿到契約，大家就共同執行魔王級血字指示。

「我們有一個很大的敵人，就是上官眠。只要上官眠拿到一張地獄契約碎片，我們就沒有辦法了。所以，在那樣的情況出現以前，我們必須殺了上官眠！」

銀夜這話一出，大家都感覺悚然一驚。

「目前獲得的情報是，」銀夜卻面不改色地繼續說，「我和銀羽商量過，也就此事達成共識。上一次的血字，上官眠可以輕易地用炸彈奪取了許多人的性命，她絕對是一個將人命視為草芥的殺人魔。既然如此，她也會為了奪取契約碎片，輕易殺死我們所有人。她只要拿到一張契約碎片，就能夠殺死我們所有人奪取碎片。必須要在所有契約碎片發佈以前殺了她！」

銀夜這個同盟裏一共有六個人，他、銀羽、裴青衣、卞星辰、蒲深雨，還有一個擁有瞬間記憶能力，可以將看到的東西長久記憶下來的住戶——一七〇三室的風烈海，他是個外表剛毅、面部線條有些粗獷的青年。

「你是認真的？」深雨立刻搖頭道，「上官眠是歐洲的超強殺手，我們不可能殺死她的，要知道，就連歐洲最厲害的殺手『冥王』都被她殺死了啊！」

銀夜微微一笑道：「那又如何？就算她再厲害，難道還能殺死鬼不成？」

此言一出，大家又是悚然一驚。深雨立刻脫口而出：「難道你是想，像殺死葉凡慎那樣……」

「差不多。和她一起執行血字時，可以嘗試使用詭計讓她觸發死路而被鬼殺死。或者，直接用我殺死阿慎的辦法殺了上官眠也可以。你們不用有心理負擔，上官眠本來就是手染鮮血，不知道殺過多少人，而且如果我們不殺她，將來奪取契約碎片時，你認為是我們死，還是她死？」

「確實是。」裴青衣非常贊同銀夜的話，「不過，真的可能那麼順利嗎？」

「總之，必須殺了她。沒有別的選擇。」

銀夜毫不猶豫地說道：「只有她，我們是非殺不可的。殺死那麼多人還沒有半點負疚感的人，可能和我們共用地獄契約嗎？而且為了奪取契約，她肯定會把所有嫌疑人都殺死吧？」

上官眠此時正在某個地下倉庫中。她的面前綁著好幾個人。這些人是林心湖、嚴琅、汐月，還有韓真等人。

「是真的！」心湖哭喊著求饒道，「我真的不知道彌真在哪裏，那天她給我打完電話，我就不知道她去哪裏了！」

上官眠戴著一個金色面具，輕輕踱步，取出一把槍，對準林心湖的腦袋，打開了保險。

「我給你最後一次機會，如果再不說，我就開槍。」

冰冷的、毫無感情的聲音，讓林心湖不寒而慄，她渾身顫抖著：「不，不要……」林心湖嚇得都快崩潰了，可是她真的什麼都不知道，能夠說出什麼呢？她連彌真是公寓住戶的事情都不知道。

只聽見扳機扣下的聲音，林心湖頓時嚇得慘叫起來，可是，子彈卻沒有打出。

上官眠將手槍收回，冷冷地說：「好像你是真的不知道。」

然後，她冷冷地看向嚴琅和汐月，他們也嚇得面無人色。實際上，從他們那裏也不可能問出什麼，他們知道的事情上官眠都知道，上官眠不知道的事情他們也不知道。

如今，住戶們都開始各自行動了。知道彌真真實身分的人，也開始尋找彌真。可是，沒有人知道彌真究竟在哪裏。

傍晚時分。彌真淋浴完畢，走出浴室。她穿著一件白色洋裝，這件衣服是李隱幫她買的。她很驚訝，衣服非常合身，她不禁懷疑，難道當初彌天把自己的三圍尺寸洩露給了李隱不成？

這時候天色已經黑了。來到窗前，看著天空中的皎潔月色，彌真又抬起手腕看了看錶。再過一個小時，李隱應該就會來了，這是他和自己約定好的時間。

緊張地坐下後，彌真忽然感到很無力。研究了心理學那麼多年，此刻卻還是不知道該如何安慰李隱。他的痛苦可想而知，到底該怎麼說，才能夠讓他有活下去的信心呢？

現在的問題，已經不是讓李隱怎麼活下去了，而是讓他有活下去的意志。如果李隱有了求死之心，那麼，無論如何都沒救了。在公寓裏，想求死實在是一件再容易不過的事情。彌真以前看過太多太多這樣的住戶了。

終於，她聽到了開門的聲音。李隱走進了客廳。

「李隱！」彌真立刻站起身，卻不小心絆倒了茶几，人都差點摔倒了，掀翻了茶几上一本她正在讀的推理小說。

「小心一點。」李隱走過來，輕聲問道：「沒有關係嗎？」

「還……還好。」

彌真坐回沙發上，李隱也跟著坐下。

「李隱……」彌真剛要開口，就見李隱擺了擺手，他用很沉穩的聲音說：「我來這裏可不是聽你說安慰我的話的，所以，『節哀順變』、『不要太悲傷』這樣的話，你就不要說了。」

「是嗎？」彌真苦澀地笑了笑，雙手扯著下身的裙擺。她其實很希望李隱可以在她面前傾訴痛苦，露出軟弱的一面。而像現在這樣，還要在她面前裝出一副堅強的樣子，反而讓她很難過。

「關於那個雕像的事情……」

在強行壓抑。

「是嗎？」李隱抬起頭來，他的表情不像之前那麼機械了，眼神中滿是濃濃的悲痛，顯然是

「嗯，沒有受到影響。」

「彌真……無論如何，拜託你了。」

彌真點點頭，毫不猶豫地說：「一定。」

現在的公寓，每個人都感覺到了緊張的氣息。只要最後兩張地獄契約碎片發佈，腥風血雨的爭奪必將開始！每個人都在摩拳擦掌，互相提防。住戶間合作的氣氛已經蕩然無存。而作為住戶精神支柱的李隱，卻對這一切視而不見，放任不管，也更讓住戶們意識到，李隱雖然回來了，但恐怕已經是一個喪失了生存意志的行屍走肉。

精神支柱在這個公寓裏是很重要的，即使李隱這個樓長只是個象徵，其意義也不言自明。而在外人看來，已經執行了八次血字的李隱都如此頹廢了，那麼，自己恐怕要另謀出路了。

六月七日，凌晨三點，血字指示發佈了！

住戶們在睡夢中被心臟灼燒的痛苦弄醒了，衝入客廳後，映入他們眼簾的是這樣的血字：

「二〇一一年六月八日晚上八點到六月九日零點，前往白嚴區錦華路暮松社區二號公寓樓。潛藏在公寓樓內的鬼，會以某個非常正常的姿態出現在你們面前。」

血字的內容很短，也沒有發佈地獄契約碎片。

執行本次血字的住戶一共有六人，其中之一就是皇甫壑。

另外五名住戶，分別是裴青衣、戰天麟、許熊、九〇五室的蘇小沫和九〇六室的司筱筱，三男三女。其中資格最老的就是皇甫壑了，其次是蘇小沫和裴青衣。戰天麟、許熊和司筱筱都是首度執行血字。

其他住戶看到戰天麟時，都本能地有些排斥這個人。戰天麟是個目光充滿嗜血之色的青年，他看向每個人的時候，彷彿是屠夫在看著待宰割的動物一般，讓人極不舒服。

「怎麼了？」醫生許熊忽然注意到皇甫壑面色慘白，「皇甫先生，你的臉色不太好啊。」

皇甫壑渾身都在戰慄，他大聲說道：「居然，居然，居然是在那個地方？」

「你知道什麼？」戰天麟將那可怕的視線投向皇甫壑，用陰冷的語氣說：「快說！」那口吻和姿態，猶如一條正在吐信的毒蛇。

「是啊，到底是怎麼回事？」裴青衣也一臉惶然，「你知道什麼嗎？」

「豈止知道……」皇甫壑顯然還沒有從衝擊中恢復過來，說話有些語無倫次：「我媽媽，是在那裏，終於可以實現媽媽的願望了，進入這個公寓的目的……」

「說清楚……」三個簡短的字從戰天麟口中吐出，他忽然上前一把掐住皇甫壑的脖子，額頭上青筋暴跳。

「喂，你快放開！」許熊立刻衝到戰天麟身旁，扯開他的手：「你這樣他會死的！」

「我在那裏住過……」皇甫壑斷斷續續地答道，「那個公寓裏的鬼，我曾經見過……那裏是我以前的家！」

戰天麟鬆開了手：「說得詳細點。」戰天麟取出一包香煙，抽出煙叼上，目光狠狠地盯著皇甫壑，繼續用陰狠的口氣說：「把所有的事情，都給我詳細說一遍！」

接著，皇甫壑把事情的始末都說了出來。當初媽媽和自己看見了那個神秘的鬼手，公寓住戶一個個死去，媽媽被懷疑為殺人兇手，最後被判處死刑。

「原來如此。」裴青衣用非常同情的目光看著皇甫壑，「你媽媽真是很可憐。不過也沒有辦法，當時在密室中，只有你媽媽可能是兇手，加上她本人的口供如此荒誕……」

皇甫壑顯得很興奮：「這麼多年來，我的夙願就是為媽媽洗刷冤屈，證明她沒有說謊！就算媽媽不可能再活過來，至少我也要證明她是清白的！為此我不知道努力了多久，才找到這個公寓。很早以前，我就發現天南市一直有頻繁的靈異現象出現。我耗費了很多年時間，才將所有線索串聯在一起。公寓所在的這個社區，是許多鬧鬼現象的集中地。」

「你還真是有毅力。」裴青衣看向皇甫壑的眼神不禁多出幾分敬佩來。

蘇小沫是個戴眼鏡、梳著兩根辮子的二十多歲女子，容貌沒有什麼特色，而司筱筱完全是個大眾臉。二人因為同住一個樓層，所以關係比較好。此時聽聞皇甫壑的遭遇，她們也都滿是同情和佩服。回憶起進入公寓前，她們還心安理得地用著父母的錢當「啃老族」，和為了母親而付出自己人生的皇甫璽相比，實在太過渺小了。

「百善孝為先，皇甫先生，我佩服你！」許能露出一個憨厚的笑容，「進入這個公寓本來已經絕望了，但是看到皇甫先生你這麼努力，我不禁也想要努力一搏了！」

皇甫璽似乎有些不好意思：「不用把我說得那麼偉大。我爸爸出海難事故去世後，媽媽獨自將我撫養長大，不知道付出了多少艱辛和操勞。她好不容易又有了自己所愛的人，就在即將踏入幸福的生活時去世了。」

「皇甫先生……」蘇小沫的嘴唇囁嚅著，想安慰他幾句，不過被皇甫璽哽咽的聲音打斷了。

「為父母盡孝，這是人的本能，沒有什麼好敬佩的。如果連為我付出了那麼多的母親都不能為她做些什麼，我還算是人嗎？不論付出什麼代價，我都要找出害死媽媽、殺死連叔叔的那個鬼！」皇甫璽俊美的臉上，雙目噴出怒火：「我多年來做的一切，都是為了今天！現在，我終於等到了！只要找到這次血字的生路，就可以消滅了這個鬼！」

「那麼……」裴青衣將皇甫璽所說的情況做了記錄，「根據你的說法，二號公寓住戶的背上，出現了血淋淋的手，但是，只有你媽媽和你才能看見，對吧？」

「你該不會是傳說中的陰陽眼吧？」司筱筱忽然提出這個看法，「說不定真是這樣啊！」

「不，我想不是的。」皇甫璽搖了搖頭，「在那個血字中，也許我有什麼特殊的經歷，不，也有可能是血緣造成的？和我媽媽……」

「看來值得調查。」戰天麟搓著手，陰邪的眼睛盯著皇甫璽，冷笑一聲道：「你的媽媽，你媽媽娘家的人，難道是靈媒或通靈師家族？」

「這個我早就調查過了。」皇甫壑對戰天麟的行為似乎毫不在意，正面回答了他的問題：「我母親娘家的人，怎麼看都是很普通的人。」

裴青衣繼續說道：「好，那麼，下一個問題，皇甫，結合血字的內容，你想到什麼嗎？很像午夜公車那次血字。也就是說，鬼會以一個正常的姿態出現在我們面前。如果是那樣的話，那麼……」

「鬼會不會就是二號公寓的某個住戶？又或者，以某件物品的形象出現？反正，都是我們能看到的。假如是那樣，你認為誰最可疑？」

「誰最可疑？」皇甫壑苦笑一聲，「只要是公寓以外的人和物，就沒有不可疑的。在二號公寓裏面，哪怕是一隻蒼蠅，都有可能是鬼變的。所以，那個提示和沒有提示根本沒有區別。」

「先整理一下線索吧。」裴青衣看著筆記，「第一個被害人是五〇六室住戶，數學教師唐真。當時，你和你媽媽同時看到了他背上的血手。第二天，他就在家中被掐死了。那時候，你還注意到什麼不對勁的地方嗎？」

「沒有了。」

事實上，裴青衣已經有了自己的猜測，只是她沒有說出來而已。那就是……那個鬼，會不會就是皇甫壑的母親，孫心蝶本人呢？

15 毒藥師

彌真手裏拿著一封信，那是彌天以前留給彌真的。

彌真：

進入這個公寓已經多少年了呢？

一周以後，我們就要執行第十次血字指示了。我和你，終於走到了這一步。我的人生，自從進入這個公寓，就停止了。我本來打算自暴自棄地等死，就像行屍走肉一樣活下去。我不止一次考慮過是否要自殺，可是，每當看到你的笑容，我就沒有辦法那麼做。有的時候我真的很討厭你，為什麼到了這樣的絕境還不屈服呢？如果徹底放棄不是會更輕鬆嗎？可是，你從來都不放棄。

你承受著比任何人都要痛苦的絕望，卻在恐怖的血字中尋求九死一生的希望。

每當黑夜過去，溫暖的太陽照在你的臉上，你露出最美的笑容時，我就感覺天地間沒有什麼可以摧毀你的心、你的笑、你的歌。

我就明白了，你有著就算面臨最可怕的血字也摧毀不了的東西。縱然在黑暗中，只要跟你在一起，我就感到有了陽光。這些年來，我們一直走到今天，不知道付出了多少努力和辛酸，多少文字也無法表達。此刻，我只想對你說一句話。

我非常自豪，我是你的弟弟。

你說得對，這個世界上，沒有現成的幸福等著我們去索取，也沒有人可以走上老天為其鋪設好的光明之路。我們還活著，我們還能夠笑，那就足夠了。

第十次血字，我不會放棄的。即便最後我沒能完成，也希望你能看到這封信。那時候，你能夠在我的墓前，高唱一首歌嗎？我真的很喜歡聽你唱歌。

我愛你，姐姐！請你一定要活下去，去追求你的愛，你的幸福！

深愛你的弟弟彌天

即使已經看過這封信幾百次了，眼淚還是不斷地滑落。「傻瓜……」彌真拭去淚水。

「我根本不是不絕望、不痛苦，而是……我不可以在你面前露出痛苦和絕望啊。如果你陷入了無邊無際的黑夜，那麼我就要成為照亮你的陽光。就算你再絕望，我也不可以絕望。因為……我是你的姐姐啊！」

彌真將信紙緊緊捧在胸口，另外一隻手抓著那個雕像，看著雕像上缺掉的一塊，就好像是在看著受傷的彌天一樣。

如彌天所說，他進入公寓後，幾乎從未笑過，而且性格相當陰沉，看到任何人，都是一副對方欠他錢沒還的樣子，暴躁易怒，只有在認識李隱之後，才有所改善。而彌真沒有想到，彌天一直都有這樣細膩的心思。

「我會去救你的，彌天！」彌真抓緊著雕像，「無論如何，我都一定要救回你！」

這時候，門被推開，李隱走了進來。

「李隱……」彌真連忙站起身，「怎麼，查到燈玄橋在哪裏了嗎？」

李隱答道：「看來，我們還要……」

就在這時，李隱的聲音戛然而止。彌真一下睜大了雙眼，手中抓著的信紙都差點掉在地上。牆壁上，一個黑影驀然浮現。緊接著，二人的目光看向房間的角落。一個長髮女人被繩子吊在那裏，身體正不斷晃動著！這是洞天山上那個被吊死的女人！

「李隱，快逃！」彌真連忙衝到李隱身旁，拉住他的手就拉開門想衝出去！然而，門外卻是一個極為陌生的房間，那個房間裏，也有那個吊死的女人！

中了詛咒！彌真反應過來了，李隱肯定是在洞天山上就已經被詛咒了！但是，那個詛咒，為什麼對自己也會產生影響？彌真忽然明白了過來。莫非……雕像上因為汐月而碎裂掉的那一塊，破壞了二人詛咒的平衡？

「快，這裏！」

李隱拉著彌真衝進了另外一個房間，那裏竟然出現了一個十幾級的樓梯，二人立刻衝了下去，下到了一條狹窄的走廊。走廊上有數不清的門，每打開一扇門，就是一個完全陌生的房間！

二人發現，有些房間裏有那個吊死女人，有些房間裏則沒有。

「走這裏！」

李隱帶著彌真進入了一個沒有吊死女人的房間，然後繼續打開門衝入另一個房間，接著又從那個房間衝了出去！

他們發現，有時候出現向上的樓梯，有時候出現向下的樓梯，走廊都是筆直的，不斷出現無數扇門。簡直就是個古怪的迷宮！這是個怎樣的建築？

不知道跑了多久，李隱和彌真又有了新的發現。在走廊的一側，出現一個凹槽，凹槽內竟然有一汪河水，沿著河水，他們來到了一座小橋面前。

小橋上面有一塊牌子，上面寫著「燈玄橋」。橋下的水面上，有一塊木板，上面放著一個小盒子。

李隱立刻彎腰拿起那個盒子，此時，那個吊死的女人沒有追蹤過來。他把盒子打開後，發現裏面有一張日記紙。

看到這張紙，就代表你們很不幸地被拉入了這個古怪的建築。告訴你們吧，洞天山那個死去的女人，生前是一個古怪的建築師，整天只想著建造一座史無前例的奇怪建築，因為理念不被人們接受，所以懷著怨念而死。這個建築物，是一個和正常世界完全隔絕的地方。

不過你們放心，我所有的日記紙都藏在這裏，你們如果能找到，就可以活著回去哦。最後一張日記紙上，我寫了這個血字的生路。這個建築物是一九八二年公寓發佈的血字，生路是一直有效的。所以，最好的情況下，你們可以活著離開，並且帶著魔王級血字指示的秘密回去，拯救所有住戶！不過，運氣差的話，就要永遠留在這個世界，那就完了。

給你們一個提示吧。如果想要通過回到你們最初進入的房間而逃回正常世界，是不可能的，那個入口已經被徹底封閉了。當然，你們大可以去嘗試一下。

至於我提供的生路和線索，你們也可以不相信，只是，後果就由你們自己承擔了。我在之後的日記紙中，會繼續給你們一些線索和生路提示，就看你們能否活到最後了。

李隱將那張日記紙遞給了彌真。很顯然，蒲靡靈這個變態，根本是在玩弄他們！從一開始，就將他們引入了這個萬劫不復的陷阱中！

「找到生路，就可以回去？」彌真抓著那張紙，看了看燈玄橋下的河水，「但是我們多久才能夠回去？沒有食物的話……」

李隱說：「我剛才經過一個房間的時候，看到桌子上有食物。不過，這不是重點……」

「他知道我們會經過燈玄橋。」彌真說，「我們一路上完全是亂跑，可是，他卻能夠預知我們會跑到這裏來。也就是說，我們不管選擇走哪條路，都會來到這個地方！」

日記紙的最後一行寫著：

接下來，你們就想辦法到達『紅色一號餐廳』吧，下一張日記紙在那裏。

「紅色一號餐廳？那是什麼地方？」李隱抓著頭髮，「也就是說，找不到生路，就要一直待在這裏？」

「你一定要在四十八小時內活著出去啊！」彌真心急起來，拉著李隱說道：「如果四十八小時後還被困在這裏，你就……」

「沒關係。」李隱卻是一副淡然的樣子，「就算四十八小時過去了，我也不會死。」

「嗯？你說什麼？這怎麼可能？」

「真的，我通過實驗，已經找到了遏制影子詛咒的方法。這個以後再和你說吧，我們走！」

遏制影子詛咒，當然是徹頭徹尾的謊言。當初羅蘭和小夜子進行了那麼多次實驗，全都失敗了。所以，這是一個絕對解不開的詛咒，除非能夠完成十次血字指示。

當然，此時的彌真，還完全沒有察覺到這一點……

與此同時，公寓裏，皇甫壑、裴青衣、許熊、戰天麟、蘇小沫和司筱筱六個人，準備出發前往血字執行地點。皇甫壑走出公寓的時候，忽然將一瓶葡萄酒打開，葡萄酒是他從外面買的，而不是從公寓中取的。他將葡萄酒全部灑在地上。

「你這是……」裴青衣不解地問，「是什麼意思？」

「我媽媽生前很喜歡這種葡萄酒。」皇甫壑撫摸著酒瓶。

「但是父親去世後，家裏很拮据，她到死為止，都沒有再喝過一口。現在，我就要去害死她的那個鬼所在的公寓了，這些酒，我想讓媽媽喝個痛快！」

皇甫壑將酒瓶狠狠砸在地上，大喊道：「你好好品嘗吧，媽媽！我一定會將那個鬼徹底毀滅，告慰你的靈魂！然後，我會帶著雪真一起來到你的墓前，告訴你：『我已經證明了你的清白，你安息吧！』」

看著滿地的葡萄酒，除了戰天麟，其他住戶都感覺鼻子有些酸酸的。

皇甫壑一臉堅定地說：「那麼……我們走吧！」

錦華路，暮松社區二號樓的五樓，連雪真正對著窗戶發呆，不時敲打著手中的筆。此時是六月八日下午四點半。昨天，她接到皇甫壑打來的電話。他說同意和她合作調查，明天要回到這個公寓來。當時她真是難以置信。

「那……你住在哪裏？你原來住的那個房間……」

「你好像忘記一件事情了，那個房子我並沒有賣掉，房產證上寫的還是我媽媽的名字。所以我想住就可以住。」

連雪真頓時啞然，皇甫壑以前一直沒有回來過。「那好吧。」雪真歎了口氣，「你明天幾點過來？」

「最晚不會超過晚上六點。你不用出來接我了，我到了以後會去找你的，我們不是鄰居嗎？」

雪真無法忘記第一次見到孫心蝶和皇甫壑的情景。那個時候，剛剛搬來的孫心蝶熱心地帶著蛋糕去拜訪鄰居。孫心蝶雖然不施粉黛，但那自然清新的美讓人很有好感，更吸引雪真的目光的，是她身邊那個十幾歲的男孩。男孩猶如粉雕玉琢一般，五官竟然精緻到這等地步，看一眼就讓人迷醉不已。

作為單身母親，孫心蝶一直悉心教導著皇甫壑，也因為這樣，母子倆對待所有鄰居都表現出良好的家教和修養，無論誰看到他們，都會有好感。孫心蝶起早貪黑地工作，還幫公寓裏的孩子補習英語。

這一切都深深吸引了連天祥和連雪真父女，他們去皇甫家的次數越來越多。連天祥發現，在孫心蝶身上，他找回了戀愛的感覺，他們越走越近。而皇甫璽和雪真，也好得像真正的兄妹一樣。

只是，雪真的內心，其實並沒有那麼希望成為皇甫璽的「妹妹」。如果沒有發生那件事情，如果沒有因此而導致悲劇的話，她至今還是會很喜歡他的吧，那個人一度佔據她的心房，讓她魂牽夢縈，即使她曾經恨過他……

「他要來了啊……」雪真發現自己的心跳得相當厲害。她去見皇甫璽的時候，對自己說，那只是因為，她希望能夠和他一起調查父親死亡的真相。但是，她現在才發現，那是自欺欺人。她其實只是很想再見一見皇甫璽罷了。

那個人偶爾露出的微笑都能夠讓她心醉一整天，在得知他會成為自己的哥哥時，她的心感到絞痛。自從皇甫璽搬離這個公寓，她始終都沒有忘記他，她一直欺騙自己，一直想說服自己，他是殺父仇人的兒子，他不可能和自己在一起。

她感覺到溫熱的液體從眼中慢慢溢出，流到嘴角，味道鹹鹹的。

「我該怎麼辦呢？爸爸，你能告訴我嗎？我該怎麼辦？」

現在是五點半了。天已經完全黑了，皇甫璽看著遠處暮松社區的一幢幢公寓樓。

「皇甫先生。」蘇小沫把一瓶礦泉水遞給皇甫璽，「你現在心情怎麼樣？」

皇甫璽接過礦泉水，苦笑一聲說：「謝謝，我也不知道該怎麼說，心情好像變得平靜了。」

皇甫璽那張無比俊美的臉龐，任何一個女孩盯著看，只怕都會有些臉紅。蘇小沫連忙挪開視線，搓著雙手，沒話找話地說：「希望我們都可以活下來吧，希望……」

蘇小沫是去年就進入公寓的住戶，已經執行過一次血字。當然，在這些人中，皇甫壑執行過那個極為有名的尋找六顆人頭的血字，還曾經嘗試從無頭鬼手中奪取人頭，在公寓中算是知名度比較高的住戶。

戰天麟靠在牆上，冷眼斜睨著這些人，目光中透露出陣陣陰寒。戰天麟加入了神谷小夜子的同盟，而小夜子知道有一塊地獄契約碎片就在皇甫壑手中，當初他還以此威脅她，要求共用預知畫。所以，戰天麟自然是打算，必須想辦法讓皇甫壑吐露契約碎片藏在什麼地方。神谷小夜子提供給同盟中的人一些辦法，就是不知道在這次血字中是否可以派得上用場！

裴青衣此時也在考慮著同樣的事情。她知道，皇甫壑執行過六號林區的那個血字，所以，他有可能持有地獄契約碎片。因此，要想辦法知道他是否藏著契約碎片，否則他一旦死在這次血字指示中就麻煩了。

時間迫近了。大家進入了暮松社區，很快進到了二號樓裏。

這是一座三十層高的豪華公寓樓，皇甫壑立刻看見，雪真就站在前面。

「你來了。」雪真臉上沒有笑容，冷冷地說：「他們是誰？是你那個『祈靈會』的成員？」

「她就是連雪真？」蘇小沫輕聲問道。

「嗯。」皇甫壑點點頭，走到雪真面前，二人就這樣相互凝視著。

「走吧。」雪真回過頭，她怕又湧出淚水來，於是把語氣強行弄得冰冷些，走向電梯。她不想讓皇甫氫知道，她已經原諒了他。

這時候，電梯門打開了，走出一個四十多歲的男人。那個男人看到皇甫氫，目光一滯。

「請問……」中年男人走到皇甫氫面前，低聲問道：「我們是不是在什麼地方見過？」

畢竟，皇甫氫這樣的美男子形象，實在難以讓人忘懷，儘管過去了那麼多年，他也從十幾歲的少年長成了青年。

那個中年男人大叫一聲，直指著皇甫氫，脫口而出：「皇甫家的兒子！是你！對，眼睛一模一樣！」

裴青衣、蘇小沫等人都緊抿著嘴。最擔心的情況發生了。那麼多年過去了，公寓的住戶對皇甫氫是否還像當初那般仇視？

皇甫氫打量了那個中年男人一番，有些不確定地說：「你是……鄭叔？」

被稱作鄭叔的男人，目光複雜地看著他，問道：「你回來做什麼？過去那麼多年了……」

「我當年說過，我會證明我母親的清白。」皇甫氫毫不退讓地說，「今天我回來，就是要完成這件事。」

「什麼？」鄭叔臉色一沉，「你還認為你媽是無辜的？當初，我老婆就是被你媽殺死的！」

「我媽媽不是兇手！」

「法院都判了，你還在狡辯？給我滾，我不想看見你小子！」

氣氛一下子變得劍拔弩張。此時已經六點了，如果離開這個公寓，後果不堪設想。於是，裴青衣等人都跑了過來，而戰天麟已經攥緊拳頭，蓄勢待發了。

就在這時，雪真卻攔在他面前，說道：「鄭叔，他只是回自己家罷了，而且明天就會離開了。」

「連小姐，你爸爸不也是被他媽媽殺死的嗎？你為什麼替他說話？」

「那個案件疑點太多了，為什麼皇甫的媽媽要殺死那麼多人？她根本就沒有動機。所以，我一直懷疑……」

「不是她還能是誰？你爸爸的死，不是有員警目擊到是她殺人了嗎？為什麼你要為他說話？」

「雪真……」皇甫壑的表情很錯愕，顯然他沒有想到雪真會站在他的一邊。

這個中年男人叫鄭健，是這個二號公寓樓六〇二室的住戶，以前他和孫心蝶母子也算關係融洽。他的妻子章秋霞，是繼唐真之後第二個死去的人。當時他憤怒不已，因為妻子臨死前告訴他，孫心蝶告誡過她。

「鄭叔，」皇甫壑正色道，「我理解你的心情，但是你也應該瞭解我和我媽的為人。無論如何，我絕對不會讓媽媽背負莫須有的罪名。」

鄭健卻絲毫不為所動，沉下臉來說：「好，你想搬回來住？隨便你，但是，別在我面前提起你媽媽，永遠別再提！」

血字尚未開始就發生這樣的事情，在每個人心頭覆蓋了一層陰霾。裴青衣的面目中冷意更甚，戰天麟伸出舌頭舔了舔嘴唇，猶如正盯著獵物的野獸。

鄭健說完後，就從皇甫壑身旁走到信箱前，取出了他訂閱的報紙，又走回電梯，按下了按鈕。

氣氛很尷尬。皇甫壑走到了不遠處的樓梯間，沿著逃生梯和其他人一起走上去。雪真也跟了上去，緊緊靠在他身後。剛才，不知道為什麼，她居然就幫他說話了。難道，在潛意識中，自己已經完全相信他母親不是兇手了嗎？

其實，當年的案件判定，在各方面來看，都存在很大的問題。

一來，在體力上，女性扼殺男性有些不可思議，而且事後法醫也沒有在父親體內查到有什麼藥物；二來，殺人動機完全不成立，當時父親和孫阿姨正在熱戀之中。

雪真相信，孫心蝶對父親是真心的。皇甫壑的父親在海難中去世後，她對丈夫念念不忘，多年沒有再婚，只有遇到連天祥之後，孫心蝶才再次動心了。她終於放下了那份追憶，決定和連天祥組成新的家庭。如果實現了，該是多麼幸福的事情。

「你不坐電梯，是因為顧忌鄭叔吧？」雪真開口道，「其實，你不用想太多……」

「不是。」皇甫壑卻開門見山地說，「因為進入電梯是很危險的，我有這樣的經驗。」

「什麼危險？」

「如果那個鬼在電梯中出現，該怎麼辦？」

「你……皇甫壑，你還有完沒完了！」

再次提到這個話題，雪真不禁打了個寒戰。她看著周圍的人都是一副理所當然、沒有反駁皇甫壑的樣子，她開始覺得有些駭人，難道真的有鬼不成？可是就算有鬼，皇甫壑又不是鍾馗，能夠做些什麼呢？

終於，皇甫壑來到了五〇一室。他的表情凝滯了，似乎是回憶起了以前發生的事情。大家都沒有打擾他，因為他們很清楚，重新回到這裏，對皇甫壑而言，是一件很痛苦的事情。

許久，皇甫壑才收回目光，從口袋裏取出鑰匙，將門打開。

裏面自然是家徒四壁。不過，反正到午夜零點就要離開，也沒有人在意。倒是雪真看不過去，說道：「你們這樣怎麼住啊？要不，我送點東西過來吧？這裏也沒有水電啊。」

此時雪真的樣子，就連瞎子也看得出來，她對皇甫壑的「恨意」，是大大有水分的。

「雪真。」皇甫壑深呼吸了一下，緩緩說道：「我只想再重複一次，你離開這裏吧，馬上離開！這個公寓接下來會變得非常危險！」

雪真似乎被懾服了，胸口劇烈起伏起來，她不假思索地說：「你是不是知道了什麼，想支開我？我不會走的，我要留在這裏，找到真相！」

「我沒有騙你，接下來這裏真的會非常危險，而且……」皇甫壑沉吟半晌，終於說道：「我也不知道自己能否活過今晚……」

「你，你說什麼？」雪真臉上的血色褪去了，她差點沒有站穩：「活不過今晚？你開什麼玩笑？到底會有什麼危險？你說啊！」

「你別問了。」裴青衣阻攔道，「連小姐，有些事情，你還是不知道比較好。」

接著，六名住戶紛紛進入室內，把門關上了。最後關門的是皇甫壑，他和雪真互相凝視著。隨著那扇門的關閉，雪真感到，彷彿心房也被重重關上了。

「你……」雪真咬著牙說，「你嚇誰啊！我偏不走，看你能玩出什麼花樣來！」

五〇一室裏自然是灰塵滿屋，讓人連連皺眉，不過也沒有人有心情打掃。從現在開始，每一分每一秒都非常危險。

「真是可惜，她還是不聽你的話。」席地而坐後，蘇小沫非常同情地對皇甫壑說：「現在這個樣子，會不會連累到她？」

「只能祈禱不會了。好了，我們討論一下吧。」

「我認為不是人。」許熊提出了意見，「你們想，如果是人，公寓沒有必要說得那麼迂迴吧？什麼『正常姿態』的，這說法……」

「沒有那麼簡單。」

裴青衣當即否定說道：「任何情況都必須考慮進去。想當然的想法絕對不可以有，我們面臨的是生死抉擇！既然這個公寓中任何看起來『正常』的都可能是鬼，那麼我們就提防任何『正常』之物就是。當然，也包括我們自己。我們離開公寓到這裏的過程中，有沒有住戶被調包，也是需要考慮的。」

雪真拖著沉重的腳步回到自己家門口。她剛拿出鑰匙準備開門，忽然聽到身後傳來一個熟悉的聲音：「雪真？剛回家嗎？」

雪真回過頭去，只見身後站著一個將手插在褲子口袋、叼著香煙、留著絡腮鬍子的男人。他實在是不修邊幅，甚至有些邋遢。

邋遢男人取下煙撣了撣煙灰：「怎麼樣？上次我提出的建議考慮得怎麼樣了？希望你能成為我的新漫畫女主的模特兒。」

「方天鷹，我沒有興趣！」雪真說完就打開房門走了進去，立刻將門關上了。

這個叫方天鷹的男人是個漫畫家，目前在畫網路漫畫，之前他相中了雪真，想要她當漫畫裏的角色的模特兒。

雪真不禁回憶起，當年那件事情發生的時候，方天鷹剛搬進來不久，那時他是個面容乾淨的小夥子。

方天鷹自討沒趣，不由得歎了口氣，走下樓去了。他住在四樓。他在走廊上和一個戴著鴨舌帽、穿著風衣的男人擦肩而過，那個穿風衣的男人走到四〇一室門前，輕輕敲門。方天鷹也沒有在意，就走進了自己的房間。

沒過一會兒，一個戴著金絲邊眼鏡、長髮披肩的漂亮女人打開了門。她一看到穿著風衣的男子，立刻將他拉了進來，關上門，嬌嗔地說：「怎麼才來？人家想死你了！我老公今天晚上加班，我特意叫你過來的！」

「美人有約，自然要精心打扮一番麼。」男人摘下鴨舌帽，攬住女人的腰，這個女人的身材實在是好得沒話說，而且穿的衣服非常緊身。

女人嬌笑著刮了一下男人的鼻子，說道：「好了，你先去洗澡，我等你，剛才我已經洗過了。」

「聞出來了，你身上真香啊。」

「討厭，不要用鼻子蹭過來，快去洗澡！我們一星期才能見一次，得抓緊時間啊！對了，你來的時候沒人注意到你吧？」

「剛才進來前碰見一個叼著煙的大鬍子，不過沒事，這年頭鄰居之間誰管誰啊！你膽子太小啦！」

「你壞死了！」

男人大笑著走向浴室，他顯然對這個家熟門熟路，而他也沒有準備換洗衣服，顯然是不打算穿著衣服出來了。

女人將身上的衣服脫下，換上一件性感真絲睡衣，又拿起一瓶香水朝身上噴了噴，接著就坐在床上等著男人，還不忘喊一聲：「洗乾淨一點兒啊！」

這個女人名叫張夢霞，她和丈夫羅成是這個公寓的老住戶，當年那件事情發生的時候，她也住在這裏。

男人進入浴室後，飛快脫掉衣服進入浴缸，快速沖洗著，心裏想著等會兒可以好好品嘗美人，頓時感覺一股邪火升起。他叫夏豪，和張夢霞是一個公司同一部門的同事，二人是一年前勾搭成姦的，雙方都各自有家庭。他很快洗完了，也不去擦乾身上的水珠，打開門就赤腳踩著地板，衝向臥室……

皇甫壑站在書桌前。窗台上積著很厚一層灰，他將那層灰輕輕拭去，看了看窗外。天已經完全黑了，讓人感到毛骨悚然。在地上鋪了報紙，大家坐著繼續討論。

「第一名被害者是五樓住戶唐真，第二個人是六樓的章秋霞，第三個人是五樓的李元，第四個人是四樓的李冕，第五個人是六樓的羅佳繪，第六個人……」皇甫壑稍微停頓了一下，說出了最後一個名字：「五樓的連天祥。」

「如果兇手是偽裝成了人的話，你認為誰會是兇手？」

裴青衣的問題，問到了大家最關心的地方。兇手，是偽裝成了人還是物？而殺人是否具有選擇性，是否存在觸發死路的條件？

「嫌疑人的話，這個二號公寓樓裏的每個人都有可能。」

皇甫壑說道：「事實上，發生了殺人事件後，有不少住戶搬走了。我媽媽所說的鬼手殺人，雖然大家都不相信，可是不少人心裏還是有了陰影，這件事情被一些媒體報導後，這個公寓的房子也都沒有人敢買，這十幾年來，幾乎沒有新搬進來的人。」

「搬進來？」裴青衣忽然心中一動，「那我問你，有沒有發生案件時剛搬進來的人？」

「嗯，有一個。他叫方天鷹，是個美術學院畢業的漫畫家，就住在四樓。難道你認為……」

「漫畫家？這個人有沒有可疑的地方？」

「這個……事實上，他搬進來的時候，是那起案件發生的一周以前，我和他很少接觸。」

「之後搬走的人有哪些？」

「有五戶人家搬走了。搬走的人也要列入考慮嗎？」

「這個……」

畢竟，案子發生太久了，調查不在場證明、人證、物證都沒有意義了。

「我們去拜訪一下那位漫畫家吧。」裴青衣提議道，「不入虎穴焉得虎子，不四處走走，怎麼能找到生路提示。」

大家也感覺她說得有道理。目前情況下，搜集情報是第一要務。不過，如果有假情報混入的話，後果不堪設想！如何甄別真假情報，自然成為了本次血字的關鍵之關鍵！

「好吧，我和你們一起去。也不知道方天鷹在不在家。」

眾人做好準備，一起出門，把門鎖好後，朝樓梯間走去。大家都有意無意地注意著戰天麟，這個男人，實在沒有辦法不介意。

就在這個時候，戰天麟忽然停下腳步，說道：「你們先下去吧，我突然肚子痛，想上廁所。」

許熊有些關切地問道：「這個時候一個人回去，你不害怕嗎？」

「沒事。」戰天麟拿出一根煙叼上，徐徐吐出一個煙圈：「鑰匙給我吧。」

皇甫壑看向戰天麟，沉默了一會兒，把鑰匙交給了他：「你儘快吧。」

等五個人下樓之後，戰天麟卻露出一絲陰笑。接著，他就朝雪真家走了過去！

此時，雪真正在房間裏無所事事地聽著音樂，忽然聽到門鈴聲，連忙打開門，她看到戰天麟站在外面就是一愣，問道：「你是……皇甫的朋友吧？」

「我能進來嗎？」

「可以。」雪真正是心煩意亂。

戰天麟把門關上，眼中露出濃濃的殺機。既然皇甫壑身上有地獄契約碎片，那麼這個女人，就是最好的用來和他交換契約的籌碼。

戰天麟是一個對研究毒藥極為熱衷，甚至可以說是狂熱的人。他用蠍子、毒蛇、毒蜘蛛等各種具有強烈毒性的動物來研製不同的毒藥，經過多年研究，他研製出了好幾種可以在一瞬間置人於死地，卻讓人無法在體內查出藥物成分的毒藥。

他的身上總是帶著數量相當多的毒藥。這個秘密，縱然是和他結盟的神谷小夜子也不知道。他所合成的毒藥，絕對不比上官眠的蜘蛛毒弱，而且別人無法製出解藥來。

雪真給戰天麟倒了茶。「皇甫的話，到底是什麼意思？」雪真焦急地問，「你知道些什麼嗎？」

「這個嘛，」戰天麟端起茶杯晃了晃，「你想知道嗎？嗯？那邊好像有隻蟑螂？」

「什麼？」女性對於蟑螂自然是深惡痛絕，雪真立刻轉移了視線，而在這一瞬間，戰天麟就將右手移動到她的茶杯上方，食指和大拇指搓了幾下，一些粉末就撒入了茶水中，迅速溶解了。

戰天麟特意用了見效比較慢的一種毒藥。這種毒藥一旦喝下，如果沒有解藥的話，三小時之後，雪真就會感覺全身猶如烈火焚燒一般，大量出血而死。

「沒有啊？你看錯了吧？」雪真回過頭來，卻見戰天麟悠閒地把茶喝下：「嗯，我好像看錯了。」

雪真也把茶杯端起，輕輕地抿了一口。這種粉末，無論稀釋多少倍，藥效都絕對不會減弱。哪怕只喝一口，也足夠了。戰天麟看了看手腕上的錶，雙目露出一股獰色。這麼一來，皇甫壑再不甘願，也必須要將地獄契約碎片雙手奉上了。完事之後，把皇甫壑也一起殺死就行了。能夠在不知不覺中對人下毒的方法有很多，而且毒藥完全無色無味。剛才就算雪真沒有泡茶，戰天麟也有很多方法可以對她下毒。地獄契約碎片，他是志在必得的。

這個時候，皇甫壑等人也來到方天鷹家門口。門鈴按了幾下，方天鷹才叼著香煙來開門。

「嗯？你們是誰啊？」

皇甫壑開口道：「是我啊，方先生，皇甫壑。你還記得嗎？當年你第一次和我見面，說要以我為模特兒畫少女漫畫的。」

「嗯？皇甫……哦！當年那個小正太啊！」方天鷹的面部肌肉明顯抽搐了一下，「你怎麼回來了？有十多年沒見了啊，進來說話吧。」

就在這時，走廊另一頭的一扇門打開了，裏面走出一個穿著風衣、戴著鴨舌帽的男人。男人走到門口的時候，皇甫壑看了他一眼，這時門已經快關上了，皇甫壑忽然身體一顫，隨即立刻又把門打開！

「你，站住！」

那個男人已經走到了電梯口，正是剛偷完情的夏豪。本來他打算玩個通宵的，誰知道張夢霞的丈夫羅成打電話說要提早下班回家，他只好馬上離開。

夏豪嚇得面如土色，實際上他沒有見過羅成，見皇甫壑直衝過來，以為對方就是羅成，發現了自己是姦夫。於是，夏豪立刻衝入電梯。皇甫壑趕到電梯口的時候，門已經關上了。

「手……」皇甫壑悚然地說，「出現了，血手，而且，這次出現了兩隻手，正要掐他的脖子了！快，走樓梯！」

出現了兩隻血手？大家都感到當頭一棒，不禁有點腳軟。開什麼玩笑？哪兒有明知道有鬼還跑過去的？找死嗎？事情到了這個地步，沒有人可以救那個男人了！此時大家都無比緊張。

「皇，皇甫……」裴青衣臉色鐵青地說，「我們就不去了。」

「是啊，主動接近鬼，我們還沒有那個膽子。」

但是，皇甫壑顯然已經對那個鬼仇恨到了毫不懼怕的地步，他正準備衝進樓梯間，被裘青衣一把拉住了。

「你冷靜一點！現在的重點是調查不在場證明！還有就是拍照！看一看有沒有少了什麼『正常姿態』的東西！」

這時候，許熊、蘇小沫和司筱筱都正在用照相機不斷拍照。每個樓層的每個角落都不漏掉。可是，依舊毫無線索。

大家回到房間後，發現戰天麟站在廁所門口。

「怎麼了？」皇甫壑走了過去，「你發什麼呆？」

「你自己看吧。」

皇甫壑走到廁所門口，隨即，他打了個寒戰！

那個戴鴨舌帽、穿著風衣的男人，此時竟然倒在浴缸裏，脖子上有著明顯的紅色手印！

「他死了。」戰天麟冷冷地說，「從脖子的手印和下身失禁來看……他是被掐死的。」

血字的恐怖，終於掀開了第一幕！

那個本來乘坐電梯到樓下去的男人，居然死在了五樓，而且還在皇甫壑的家裏？

「快，快離開這裏吧！」蘇小沫嚇得朝皇甫壑身後躲，失聲大叫道：「鬼，鬼肯定就在這個房間裏！」

裘青衣倒是沒有多大驚訝，對皇甫壑說道：「果然和你有關係，你能夠想到什麼嗎？」

「也不一定。」皇甫壑此時冷靜了下來，將廁所的門關上：「我想，這也有可能是公寓刻意安排的。如果屍體被二號公寓住戶發現的話，就會馬上報警，到時候，只怕警方會將和此事有關係的我帶去訊問，那個時候，我們就不得不離開這個公寓了。」

「原來如此，公寓是為了不讓我們受到血字影響而觸發影子詛咒。」裴青衣不得不承認皇甫壑的話很有道理。這個二號公寓是血字執行地點，在午夜零點以前，絕對不可以離開半步。

「你確實看到了，有兩隻血手在掐住他的脖子吧？」裴青衣問道，「你認識這個男人嗎？」

「不認識。四樓那個房間的住戶，我記得是一對夫婦，這個男人我沒見過，大概是來做客的。這個公寓的情況，我十多年來一直在監視，所以，可以確定那對夫婦沒有搬家。」

裴青衣又看向戰天麟，問道：「說一說你發現屍體的詳細經過。」

「我方便之後走出廁所，回過頭的時候，就發現這個男人倒在浴缸裏了。就這麼簡單。」

莫非那個鬼就在這個浴缸裏？

「我們還是……離開這個房間吧。」裴青衣皺眉說，「待在這裏太危險了。」

「可是……」蘇小沫焦急地問，「我們接下來去哪裏？」

「去雪真家吧？」司筱筱連忙說，「這個公寓裏的人對皇甫的敵意都很深，而剛才雪真還幫你說話，看來她很信任你。」

「不可以！」皇甫壑卻斬釘截鐵地否定了司筱筱的建議，「聽好了，絕對不可以！你們當中任何一個人，都不要再接近雪真！」

裴青衣明白皇甫壑的心思，他是擔心，一旦接近雪真，會讓她也遭受池魚之災。過去的血字中，受到牽連而死的非住戶數不勝數，眼下這個戴鴨舌帽的男人就是個活生生的例子。

「我看，我們不要離開了。」

皇甫壑語出驚人，說道：「你們以為離開就安全了嗎？我認為，生路恰恰和這個房間有關係，我們如果現在離開了，反而是著了公寓的道！」

他這麼一說，五個人都答應了，接下來大家就檢查照片了。這個辦法，以前子夜曾經用過，裴青衣何等精明人物，自然也懂得拾人牙慧，立刻照搬過來。在之前上樓的時候，他們就已經多次拍照了。當時雪真也在，她以為這些靈異研究者是想拍到什麼靈異照片。

只是，對四樓並沒有特意拍太多，照片核對下來，也沒有發現不對勁的地方。裴青衣感到很失望。

「真是可惜，」她歎了口氣，「算了，我們現在就去四樓再多拍點照片……」

「等一下！」皇甫壑突然想起了什麼，「我想起來了，十幾年前，連叔叔給雪真買了一台攝影機，她當時興奮地拉著我在公寓裏到處拍，如果她還保留著……」

「你是說……」

「雖然具體的時間記不清楚，但應該是在案件發生的那一年！也就是說，如果拿來比對現在的照片，說不定就可以發現什麼！我去找雪真，裴青衣，你們到樓道各處再拍照片！」

大家頓時興奮起來！裴青衣等人下樓後，皇甫壑朝雪真家走去。此時已經六點半了，皇甫壑按下了門鈴。

「你，你……」雪真看見皇甫壑，心中忽然湧起一陣酸楚，她剛才內心一直在掙扎，要不要主動去找他，自尊心和對他的思念一直在交纏搏鬥，現在，他居然來了……

雪真看到皇甫壑的一剎那，忽然有種衝動，想撲到他的懷裏，求他不要再離開。小時候開始產生的情愫，隨著時間的流逝，這份愛恨糾葛已經在她心中烙下了極為深刻的印跡，無法抹去了。

雪真終於意識到，其實她也希望孫心蝶不是真凶，那樣的話，她就可以沒有愧疚、沒有罪惡感地和心愛的男人在一起了。

「你……有什麼事情？」

「我長話短說。」皇甫壑回過頭看了看，語速很快地說道：「十幾年前，連伯父不是給你買了攝影機嗎？你當時很興奮，在公寓裏見人就拍，那時候的碟片，你還留著嗎？」

「啊？」雪真被這莫名其妙的開場白弄得很無語，她本來還以為皇甫是來跟她解釋之前那些話的。

「皇甫壑！你葫蘆裏賣的是什麼藥？」

「拜託，快點告訴我！這件事情很重要！」

「都什麼時候的事情了，我怎麼記得，也許扔掉了呢。要不你進來，我找找。」

「那就拜託了。」

雪真帶著他進了書房，打開了一個儲物櫃。櫃子裏都是些發黃的書本。雪真說：「可能放在這裏了吧？應該沒有扔掉。」

二人一起翻找著，可是東西實在太多，找了二十多分鐘，還是一無所獲。最後，雪真站起身拍了拍滿是灰塵的手：「大概真的扔掉了？當時也就是拍了些公寓的普通場景啊，沒什麼特別的。」

「真的沒有？你確定？」皇甫壑卻沒有放棄，還在繼續翻找著。

「皇甫壑！」雪真提高聲音大喊道，「你在玩什麼花樣！告訴我，到底發生了什麼事情！之前你說的話，害我一直擔心到現在！你是不是中邪了？」

「雪真。」皇甫壑咬牙站起來，抓住她的雙肩：「你快走吧，這個公寓真的很危險！現在走還來得及！算我求你了，我不希望你出事！」

「你真的很莫名其妙！到底有什麼危險？你倒是告訴我啊！」

「總而言之……你必須儘快離開這裏！我說的話，你就信一次吧！我不會害你的，到今天晚上午夜零點以前，你都別回來，千萬別回來！」

這時候，皇甫壑踢到了一本書，那本書撞到牆邊，從書裏掉出了一張碟片來！

「就是這個！原來夾在書裏！」雪真拿了起來，「都過去那麼多年了，好懷念啊……」

皇甫壑連忙一把搶過碟片，站起身說：「雪真，你快走吧，快離開這裏！一定要離開這裏！」

「如果真的那麼危險，我就更不能走了！」

雪真卻倔強起來，她終於決定說出心裏話：「如果你有危險，我一定要陪著你，我……我一直都喜歡你！我從小時候就開始喜歡你了！所以，我才更加無法接受孫阿姨的事情，還有……這些年來，我一直都沒有忘記你，從來沒有……」雪真一口氣說了很多話，連她自己都沒有想到，會把這些埋藏了這麼多年的話統統說了出來。

皇甫壑呆呆地站著，猶如失去了魂魄一樣，直勾勾地看著雪真。

「不！」

皇甫壑忽然猛地退後一步，猶如大夢初醒一般說道：「雪真，你別開這種玩笑好不好？又不是玩家家酒，我們……我一直當你是我的妹妹，真的！你快走，你還那麼年輕，我不能讓你出事，你快走！」

「皇甫！」門口傳來一聲呼喊。皇甫壑立刻衝過去開門，外面站著裴青衣。

「找到了嗎？」

「找到了。」

「那就好。」裴青衣走進房間，立刻說道：「還愣著幹什麼？快點放出來看啊！」

「你們……到底要看什麼？」

雪真一頭霧水地看著皇甫壑和裴青衣，「裏面到底有什麼東西？」

「放出來吧，雪真。然後你馬上離開！離得越遠越好！」

雪真的倔脾氣也上來了，上去一把抓住皇甫壑的手臂說：「有本事你就趕走我啊！不管你有什麼事情，我都要和你一起面對，你休想甩掉我！」

「你……連雪真，你不要耍小孩子脾氣！你以為這是開玩笑嗎？這個公寓很快就會很危險，當年的事情會再次發生的，你難道想步你爸爸的後塵嗎？」

皇甫壑的一聲咆哮，讓雪真渾身一顫。

「你……你說什麼？」

「我又看到了，那隻血手。」皇甫壑緊緊抓住雪真的肩膀，「你明白了嗎？當年被我媽媽看到血手出現在身上的人，無一例外都死了！包括你爸爸！我媽媽沒有撒謊，她說的都是真的！你為什麼還不肯相信我！」

他的聲音越來越響，對面那戶人家打開了門。一個中年女人走了出來，大聲道：「吵什麼吵！」

「不好意思。」裴青衣連忙上前陪著笑，「馬上會安靜的……」

這個中年女人名叫張敏，她的丈夫李元也是被害者之一。在這個公寓裏，她是最恨孫心蝶的人。張敏很快注意到了皇甫壑，也是一愣。她感覺皇甫壑很面熟，但是又不記得在哪裏見過他。

「算了，安靜一點就是了！」把門關上後，張敏感到一陣狐疑。那個男人到底在哪裏見過呢？

連雪真家的客廳裏，裴青衣將碟片推入ＤＶＤ機，說道：「總而言之，先看碟片吧。是等大家都來了一起看，還是……」

「我們先看吧，等會兒他們來了再重播一次。」皇甫翺坐在沙發上，雪真則坐在他身旁，臉上像覆蓋了一層寒霜。

碟片播放出的內容是……

「新的希望已經出現，怎麼能夠停滯不前，穿越時空，竭盡全力，我會來到你身邊……」

裴青衣聽到這首歌，覺得那麼熟悉，再定睛一看，電視機上播放的居然是迪迦・奧特曼的主題曲！

16 血手印

裴青衣目瞪口呆地看著電視機螢幕：「這是怎麼回事？」

「啊！」連雪真頓時捂住了嘴巴，說道：「我忘記了，幾年前迪迦・奧特曼在電視上播的時候，正好樓下的陸青要外出，拜託我幫他錄下大結局！也就是說，前面有二十多分鐘的時間都是奧特曼的內容了……」

裴青衣平生第一次那麼憎恨奧特曼！

「碟片錄下的內容有多長？」

「我記得最初錄製的內容應該有一個小時以上。迪迦・奧特曼一集的時間也就二十四五分鐘，應該還有一些內容……」

裴青衣這才鬆了一口氣，還好，如果所有內容都被洗掉了，她真是有要撞牆的衝動了。她馬上按下了快轉鍵，心頭在滴血，那麼重要的、有可能是生路提示的東西居然用來錄奧特曼了！但是，快轉的時候，更鬱悶的事情發生了，當中還有廣告！只怕時間要超過三十分鐘了。這讓裴青衣更加感到心中絞痛不已。

皇甫壑的目光死死盯著螢幕，雪真雖然不知道他要看什麼，但還是和他一起看向電視螢幕。

在螢幕上出現的，是十二歲的皇甫壑！他一直盯著鏡頭看，說道：「雪真，你都拍了那麼長時間了，還不累啊？」

「沒事啦，我想繼續拍一會兒！」攝影機中傳來雪真歡快的聲音，「第一次拿著攝影機哦，回去一定要做成碟片來留念！」

這裏看不出是哪一層樓的樓道，皇甫壑跟著她繼續走著，忽然看向鏡頭說：「我說……雪真，你不感覺剛才那個人有點奇怪嗎？」

「嗯，是啊，我也這麼覺得。」雪真的聲音傳來，「戴著一頂那麼怪的帽子，現在這個天氣還戴著手套，真的好奇怪！我拍他，他也沒有注意到我。」

裴青衣立刻按下暫停鍵，回過頭問道：「你們還記得嗎？什麼戴帽子的人？」

「這個……」皇甫壑一時語塞，隨後搖了搖頭：「真的不記得了，那麼多年以前的事情了。」

雪真也搖頭道：「我也不記得了，就連當時我說的話都不記得了。」

「還有，」少年皇甫壑說道，「你之前拍的那個，我記得，好像公寓裏之前是沒有那個的？」

「什麼？你說哪一個？」

「算了，等以後再看吧。」

再度按下暫停鍵，裴青衣回過頭又問道：「這個呢？也不記得了？」

「我說過這樣的話？」皇甫翾看著螢幕上的自己，搖了搖頭：「完全不記得了，這麼小的事情誰記得清楚！」

「我也不記得了。」雪真同樣搖頭，「真的不記得了。」

「當初還有別的拷貝嗎？」

「沒有。那個攝影機前兩年扔掉了。」

裴青衣咬牙重新按下了播放鍵。她只有寄希望於接下來的內容能夠提及那個戴帽子的男人和那個「以前沒有的東西」，可是她失望了。螢幕上，兩個人完全岔開了話題。

「對了，皇甫。」雪真的聲音再度傳來，「你爸和我媽快結婚了吧？那，以後你就是我哥哥了？」

「嗯，是哦。」少年皇甫翾笑得很燦爛，「媽媽這幾年太辛苦了。」

「我很意外呢，我以為你會反對的。而且我聽說再婚家庭很難相處。」

「沒那回事啊，我很喜歡雪真啊，你能做我的妹妹，我很高興。」

這時候，螢幕明顯抖動了一下。這個細節，三個人都注意到了。

「哥哥啊……也對，以後你就是我哥哥了。也好啊……」

「雪真，我們到六樓去吧。」

鏡頭移向了電梯。就在這時候，令大家的心懸到嗓子眼的一句話，從雪真口中說了出來。

「皇甫，你剛才提到的那個東西，到底是什麼啊？」

「啊，就是那個戴帽子的人從五樓樓梯間走出來的時候，我們看到的那個東西啊？就放在五樓樓梯間轉角的地方！」

「哦，那個啊！我還以為你說什麼呢。看起來很正常啊，沒有什麼奇怪的。」

「也不是說不正常啦，只是不知道是誰放在那裏的。」

「是哦……」

這時候，電梯門開了，雪真和皇甫壑走了上去。然後，他們按下了六樓的按鍵，他們此時在五樓。

然後，電梯門又開了。眼前是一條長長的走廊，走廊上一個人也沒有。

皇甫壑立刻取出手機，撥打了蘇小沫的電話。

「蘇小姐，」皇甫壑死死地盯住螢幕，「你馬上到樓梯間去一下，五樓樓梯間，對，去看一下那裏有什麼東西。」

電視螢幕上，兩個人還在說話。

「雪真，這裏好安靜啊。」少年皇甫壑看著眼前的走廊，笑著說：「你的手別抖啊。」

「嗯，好的。這樣吧，你幫我拿一下。我拿了那麼長時間，手都酸了。」

「好啊，我來拍。」

接著，螢幕中的少年皇甫壑走了過來。少女雪真的身影就出現在了螢幕前方，她穿著一件大紅色衣服，那雙大眼睛倒是一點兒沒變，一眼就可以認出來。

就在這時，前面一扇門打開了，從裏面走出了一個臉上敷著白色面膜的女人。她一出現，把雪真嚇了一跳，後退了好幾步。

那個女人拿著一袋垃圾走了出來，也注意到了皇甫壑和雪真。

「哦，是五樓的小孩吧？攝影機看上去不錯嘛。」那個女人說話有點含糊不清，似乎含著什麼東西：「嗯，現在在拍嗎？」

「是啊。」少年雪真拍了拍胸口，「阿姨，你嚇死我了，大晚上的，別那麼嚇人嘛。」敷面膜的女人連忙整了整衣服，對著鏡頭做了一個「V」的手勢，又低下身子來摸摸雪真的腦袋，說道：「你是連經理家的女兒吧？長得好可愛啊。」

她蹲下身子的時候，由於衣領較低，可以看到，她的胸前紋著一朵黑色的花。這個時候，她身後又跑出一個女的來，一把抱住了她。這個突然跑出來的女人，紮著馬尾，長得還算清秀，穿著一件絲質睡袍，抱住敷面膜的女人說：「我說姐啊，你倒個垃圾這麼磨蹭！是不是打牌打不過我，想逃了？嗯？這兩個小孩好眼熟啊。哇，這男孩子好帥氣哦，長大了一定是個大帥哥！你叫什麼名字？」

「皇甫壑。」

「皇甫？什麼皇甫？」

「你沒文化啊，」敷面膜的女人點了點馬尾女子的額頭，「皇甫是複姓啦！」

「你別點我的頭啦，姐！」

「那又怎麼樣？佳繪？」

佳繪？裴青衣立刻按下暫停鍵，回頭問道：「羅佳繪？第五名被害者嗎？她是那個敷面膜的女人的妹妹？」

「嗯，是的。」皇甫壑指著螢幕上敷面膜的女人說，「她叫羅佳妍，是羅佳繪的親姐姐，後來也因為這個原因，很仇視我和我媽……」

螢幕上，那姐妹倆說道：「你們要不要進來坐一坐？」

「不，不用了。」雪真擺了擺手，「我們先走了。」

這時，前面又有一扇門打開了。只見一個少年被狠狠推倒在地上，然後，一本本書從門裏飛出來。接著，一個拿著掃把的中年男子衝出來，吼道：「你給我滾，我沒有你這個兒子！」

「爸，我錯了，你別打我啊……啊！」

中年男子舉起掃把，對著少年狠狠招呼上去，罵道：「你這小子不好好學習！整天看漫畫，現在成績都是倒數第三了，這還不說，居然還去偷看女廁所，讓老師把我叫到學校去！我的臉都給你丟盡了！今天我非打斷你的腿不可！」

扔在地面上的都是漫畫書，其中還有一本黑皮封面的筆記本。

少年皇甫壑拿著攝影機衝了過去，勸阻道：「鄭叔，別打他了！」那個中年男子，正是之前在樓下出現的鄭健。

「你別攔著我！」鄭健似乎也不在意家醜外揚，他狠狠地看著眼前的少年，大聲道：「鄭大虎！你小子給我滾，我沒有你這樣的兒子！」

「你做什麼！」這時候房間裏衝出了一名中年女子，拉住鄭健的手：「你不要兒子我要啊！房子也有我的一半，你憑什麼趕走他？」

這名中年女子正是章秋霞，鄭健的妻子。看到她出現的時候，皇甫壑的眉頭動了一下。

「這件事情我印象很深呢。」雪真歎了口氣，「那個鄭大虎也的確不爭氣，鄭叔的太太過世後，他沒人管教，更加放肆了，後來沒考上大學，現在好像還在遊手好閒，鄭叔為了這個兒子，不知道操了多少心。」

裴青衣的目光卻集中在那本黑皮封面的筆記本上。

「你給我在外面清醒清醒！」鄭健說完，就拉著章秋霞走進屋裏，把門重重關上！只留下鄭大虎一個人在外面，他狠狠盯著房門，開始收拾散落在地上的漫畫。

這時候，少女雪真走過去，拿起了那本筆記本，翻開來看。然而從攝影機的角度，看不清楚那本筆記本上的內容。

「這是什麼啊？」雪真把筆記本還給鄭大虎，「你畫的是什麼？」

鄭大虎接過那本筆記本，得意洋洋地說：「哼，說了你也不懂。」

接著，二人離開了六樓，回到了五樓。二人先是回了連家，連天祥和孫心蝶都在。門打開時，二人正說說笑笑地看著電視。

「好懷念……」雪真眼中漸漸湧出淚水來，「那個時候，爸爸還活著……」她低頭掩面哭泣起來。

攝影機正面拍攝連天祥和孫心蝶，皇甫壑看到母親的樣子，也抹了抹眼睛。

「他們看起來真的像兄妹呢。」孫心蝶笑吟吟地說，「雪真，阿壑沒有欺負你吧？要告訴我啊！」

「媽！你幫著誰啊！」

「孫阿姨最好了！」少女雪真黏在孫心蝶身旁，依偎著她。

裴青衣仔細看著孫心蝶，對於重點懷疑的對象，自然要好好觀察。孫心蝶的確很漂亮，她很開朗，笑起來的時候，感覺猶如鮮花盛開一般。她的動作優雅從容，顯示出良好的修養。

「雪真，把攝影機放回房間吧。」連天祥笑著說，「以後有的是時間慢慢拍。明天早上，我帶你出去拍，怎麼樣？」

「一言為定哦！」

少女雪真走進自己的房間，把攝影機放在書桌上，就走了出去，門也關上了。畫面就結束了。

雪真搖了搖頭說：「沒有什麼啊，這個錄影我只看過幾次，都快忘光了。」

「不，不對。」裴青衣卻緊鎖眉頭，「不對啊！」

「你發現什麼了？」皇甫壑立刻追問道，「快告訴我！」

「攝影機的電源是誰關的？不可能是雪真啊，你不是把攝影機放在書桌上就離開了嗎？那麼，為什麼會自動關閉了？」

客廳陷入了沉默。雪真這才如夢初醒，她以前從來沒有發現這個問題！那麼……關掉了攝影機的人，是誰？

昏暗的樓道上，許熊、戰天麟、蘇小沫和司筱筱正朝下走去。樓道裏的燈太暗，所以，戰天麟走在最前面打著手電筒。

終於來到了五樓樓梯間。戰天麟緊鎖眉頭地四下照了照，他已經有了最壞的心理準備，但是，卻什麼也沒有看到。這裏非常安靜，空無一物，連一點垃圾也沒有。他手腳利索地取出手機，打給了同在五樓的皇甫壑。

「喂，皇甫嗎？我希望你給我一個確切的解釋。」戰天麟繼續注意著周圍的動靜，「五樓樓梯間裏沒有任何發現。不過，我們會拍照的。告訴我，你到底發現了什麼？」

「沒有？好吧。」皇甫壑的聲音聽起來很低沉，「那就先拍幾張照片，然後你們馬上到雪真家來。」

掛斷電話後，戰天麟取出一根煙叼上。如果皇甫壑敢耍什麼心計的話，他自有辦法對付。在這個公寓裏，他只相信一個人，除了那個人以外，他絕對不信任其他任何人。他製作的所有毒藥的解藥成分，都給那個人保管著。

四個人來到了雪真家中，一起看了那張碟片的內容。

「也就是說，『正常姿態』之物，也許就在其中？」戰天麟狠狠吸了一口煙，「你們也那麼想嗎？」

「不能排除任何可能。」裴青衣坐在雪真身邊，有些警惕地看著碟片的影像：「可惜的是，有一部分內容丟失了，如果是全部內容的話……」

雪真就是再笨，聽到這裏也反應過來了。她站起身，看著屋子裏的這些人，說道：「你們認為，這段影像中藏有什麼你們想找的東西？還是說，皇甫，你認為那個所謂的鬼被拍攝下來了？」

皇甫壑迎著雪真的目光，斬釘截鐵地回答道：「我的確這樣認為。」

戰天麟取下煙，開始思索起來。他組合了一下目前的線索，從剛才看到的影像，有「黑帽子怪人」、「樓梯間的某物」、「羅家姐妹」、「鄭健一家三口」、「攝影機的詭異關閉」五個地方值得注意。而前面兩個，由於內容被洗掉了，無法獲知更詳細的情報。

第一次看到血字的時候，他的第一反應就是，所謂「正常的東西」，肯定是最容易被忽略的東西。比如說，沒有進入過公寓的人，在調查殺人案的時候，絕對不會去考慮凶嫌是「人類」這一點自然與否。但是對於公寓住戶而言，人類殺人在血字中卻是最「不自然」的事情，相反，他們會將鬼魂視為最自然之物。也就是說……對住戶而言，「正常姿態」已經不再是一般人的邏輯認知的東西了。無論表面看起來多正常，在住戶眼中都不會是正常的東西。

第一點，「黑帽子怪人」，因為影像被洗掉而無法看見，所以很難判斷，但是怎麼聽都不能認為是「正常」。

第二點，「樓梯間的某物」，按照皇甫壑和連雪真的對話判斷，刻意用到了「正常」這個詞，怎麼看都像是公寓刻意誤導住戶去做此聯想，也就意味著，這樣東西也不會被住戶視為「正常姿態」之物。

羅家姐妹呢？表面看起來很正常，但羅佳繪是死者，這自然會引起住戶的注意，只怕姐姐羅佳妍也會被視為「不正常」。

接下來的鄭大虎一家和攝影機的詭異關閉，都是如此。最後一點其實也可以解釋為是電量耗盡自動關閉，但是，住戶不會放過任何一個線索。

「皇甫，」戰天麟壓低聲音說，「我有事情想單獨和你談談。」

「什麼事情？」皇甫壑頓時露出緊張的神色，「你發現了什麼？」

「跟我出來。是其他事情，不過你會有興趣知道的。」

皇甫壑沉思了一會兒，回過頭說道：「抱歉，我和戰天麟出去一下。」

二人離開房間後，來到外面走廊上，戰天麟聳了聳肩，對皇甫壑說：「連雪真被我下了一種毒。毒素很快會蔓延她的全身，她的命就在我的掌握之中。如果想要解藥，你就說出地獄契約碎片的下落。你手裏有一張吧？」

皇甫壑愣了一下，面色變幻不定，他隨即一步衝上去，一把抓住戰天麟的衣領，剛要揮拳，戰天麟卻一把扭住他的手，將他反手按在牆壁上，陰狠地說：「我這個人不喜歡動手，聽好了，解藥只有我有。過一個小時，藥效會初步顯現，她的身上會出現大量紅斑。再過一個小時，她身上的紅斑面積會繼續擴大。最後，她會因為大量流血死去，沒有任何辦法可以止血。」

「你……你胡說什麼？」

「解藥的成分很複雜，只有我的同伴有。告訴我藏地獄契約碎片的地方，我會讓同伴去取，拿到之後，我就讓她用一隻信鴿把解藥送到這裏來。」他鬆開了手，「留給你的時間不多了，好好考慮一下。」

戰天麟的眼中露出了凜然的嗜血光芒。十年以前，他就是在露出這種嗜血光芒的時候，用自己製作的毒藥殺害了五十多個人，也因此獲得了自由，和那個人一起。

當時，一個名為「黑迭香」的犯罪組織雇傭他進行毒藥的開發和製作。他是毛遂自薦的，在使用自己製作的毒藥證明了殺人能力之後，立刻被那個組織的首腦賞識，吸納他進入組織的核心。

用自己製作的毒藥殺人，是他唯一的樂趣。就像是操控生命的死神一般，這對他來說是很有成就感的事情。「黑迭香」給他提供了很多藥物和實驗體，足夠他提煉出超乎想像的恐怖毒藥。聞所未聞的下毒手法他都嘗試過，任何辦法都無法防止他下毒。只要他願意，他可以殺死任何人。

其實他本來沒有打算毒死那些人的。因為他很享受那麼良好的實驗條件，而且組織也允許他進行人體實驗。但是，他遇到了她。

她是一直被關押著，被當做那幫人輪番發洩欲望的人，被折磨得不成人形。當時，她負責照顧戰天麟的飲食起居。她已經沒有了逃跑和反抗的能力，「黑迭香」的人告訴他，可以隨便處置這個女人。

那時候，她的一句話讓他產生了興趣：「你幫我毒死他們。」

戰天麟有點意外，這個嬌弱的、風一吹好像就會倒下的女人居然在他面前說出這樣的話，而且看起來一點也不怕他這個研究毒藥的人。

「那麼，你能給我什麼？」

戰天麟當時居然沒有一口拒絕她。事實上，他加入這個組織只是為了方便進行毒藥開發和實驗，其他的事他無所謂。

「我不知道。」女人淡淡地回答，「但是，只要你殺了他們，你想要的，我都給你。」

這個女人的確很美，身材也很好，但是戰天麟對於毒藥的興趣大於女人。她什麼也給不了自己。若想要她的身體，他大可以用強，只是戰天麟對此興趣不大。

他什麼也沒有說，沒有給她任何承諾。他倒了一點綠色的液體，遞給她說：「喝下去。」他只是簡短地命令她。

她立刻毫不猶豫地喝下去了。

當晚，「黑迭香」的五十多個人，全部都莫名其妙地死於非命。只有戰天麟和她沒有死。他是如何下毒的，只有他本人才知道。那種綠色液體是唯一的解藥。

離開那裏之後，他就和她一起來到天南市。她問道：「現在，你要我做什麼？」

「很簡單。將來如果有必要，你要成為我的毒藥的實驗品。所以，你跟在我身邊就可以了。」

她回答道：「我知道了。」離開黑暗的地下，她終於看見了好幾年沒有見到的太陽。

「對了，」戰天麟和她一起上了前往天南市的車，「你叫什麼名字？」

「雨琪。凡雨琪。」

這個女人是戰天麟唯一相信的人。當二人進入公寓以後，戰天麟告訴她，在所有住戶面前，都要隱瞞他們的關係。

「你的命是我的，我想怎麼用都可以。今後，你要按照我的吩咐行事。」

「我知道了。」

這就是戰天麟和凡雨琪的約定。被關在那個地下牢籠那麼多年，讓凡雨琪有了在黑暗中也可以視物的能力，所以受到了許多住戶的矚目。而戰天麟的毒藥天賦卻無人知道。後來，他和凡雨琪一起加入了神谷小夜子同盟。

「你真的對雪真下毒了？」皇甫壑面露殺意，「你居然敢……」

「我再說一次，說出地獄契約碎片在哪裏。我這個人沒有什麼耐心。拿不到碎片，我的同伴不會送來解藥的。而你，現在無法離開這個公寓。」戰天麟整了整衣領，「嗯，忘記告訴你了，雖然我進行過不少實驗，不過也有少部分人在極短時間內就會出現第一階段的毒發症狀，所以你要考慮清楚。」

「你先救她！」皇甫壑咬著牙說，「只要你救了她，我就告訴你……」

惡魔一般的毒藥師，向皇甫壑發出了最後警告！

雪真把頭靠在牆壁上，她感到很疲倦，看了很多遍錄下的內容，可是都沒有什麼頭緒。而她剛才向皇甫壑吐露了自己的愛意，卻從他口中聽到那樣的話。父親的死，是靈異現象？

雪真不想再繼續看下去了，她把遙控器交給裴青衣，說道：「裴小姐，你自己看吧。皇甫回來的話，叫他到書房來找我。」

雪真站起身，緩緩朝書房走去。她的雙腳好像灌了鉛一樣，感覺很沉重。她看向窗外的夜空，好像那裏有著無數鬼魅藏身其中。皇甫壑的話，讓她受到影響了。如果是別人說的話，她可以一笑了之。但是，皇甫壑的話，她就沒有辦法無視了。其實她很瞭解他，他那麼執著、那麼善良、那麼替人著想。就因為這樣，自己被他吸引了，開始注意他的一舉一動。即使發生了那件事情，她也無法忘記他。從一開始，她就根本沒有恨過他。

走進書房後，她鎖上了門，坐在椅子上。「我該怎麼辦啊，爸爸？」她喃喃自問道。

就在這時，對面的牆壁忽然傳來一聲撞擊。她嚇了一跳，這堵牆的那邊就是皇甫壑的家啊，發生什麼事情了？那聲撞擊好像是直接敲擊在牆壁上的。

「救……救命！」

忽然，雪真聽到了一聲清晰的求救聲，從對面牆壁裏傳來！她立刻感到一陣悚然！那個聲音，感覺很熟悉！

但是那個聲音好像被堵住了喉嚨，所以沒法喊得很大聲。她立刻衝出房間，大喊道：「你們快跟我來，隔壁皇甫家好像出什麼事情了！我剛才聽到牆壁那邊傳來求救聲……」

裴青衣立刻起身，一個箭步衝到她面前，說道：「我去看，你別動！」裴青衣衝出房間，只見皇甫壑和戰天麟站在走廊上，她大喊道：「皇甫！你家出事了！」

皇甫壑一聽，馬上衝到五〇一室門口，立刻把門打開。他赫然看到，客廳裏有一個女人。女人的身體倒在牆壁前，身體呈大字形，臉上的表情驚駭欲絕，脖子上有兩個紅手印！

「這個女人……」裴青衣也衝了進來，隨後是許熊、蘇小沫和司筱筱。戰天麟是最後進來的。

「快，快離開這個樓層！」蘇小沫嚇得大喊道，「鬼就在這個樓層！」

「不能離開！」皇甫壑當機立斷地說，「觀察現場，有沒有可以成為生路提示的東西，誰來給屍體拍照？還有，快關門，別讓雪真出來看到！」

戰天麟把門關上了。這個房間裏已經有兩具屍體了。

「你認識這個女人嗎？」裴青衣緊張地看向皇甫壑，「是這個公寓的住戶嗎？」

「不認識。」皇甫壑搖搖頭，「我沒有見過她。」

這個女人看起來三十多歲，頭髮很長，垂到臀部。她身上穿著一件白色襯衫，戴著一對黑色耳環。很明顯，她也是被掐死的，和這個公寓的所有被害者一樣。她的嘴巴張得很大，看上去著實駭人。幾個人對著屍體，從各個角度拍了很多照片。

「把屍體搬到裏面的房間去，想辦法蓋住。」皇甫壑下達指示，「啊，我記得裏面有一個箱子，就把屍體藏進箱子裏吧，一旦屍體被發現，會引發大騷亂的，到時候就麻煩了。」

「我，我不敢！」蘇小沫第一個躲到後面，司筱筱的膽子更小，也連連擺手。

許熊走出來說：「我來吧。皇甫先生，我和你一起把屍體搬進去。」

「好，許醫生，麻煩了。」

二人將屍體搬入裏間，許熊搬運屍體時手也不住地發抖，似乎很害怕這具屍體會突然活過來。

「生路提示，會不會已經給出了？」許熊問道，「皇甫先生，你可不能藏私啊，務必告訴我啊！」

「那段影像裏很可能有生路提示，但是我現在還沒有頭緒。等一會兒我將那段影像發到公寓去，讓李隱、銀夜和神谷小夜子都看看。」

「好啊，這樣比較好。對了，皇甫，我的身上沒有出現血手吧？」

「放心，許醫生，出現的話，我肯定會告訴你的。」

「那就好，那就好。」

「許醫生，等一會兒，你幫我做一件事情。你先跟我一起出來。」

將屍體藏入箱子後，皇甫壑把箱子鎖好，這才鬆了口氣。他一個箭步衝出房間，來到戰天麟面前，從他身邊走過，輕輕地說道：「地獄契約碎片就藏在我房間的保險箱裏，密碼是……」說完後，他走出了房間。

戰天麟冷笑一聲，掏出手機來，給凡雨琪發簡訊。

蘇小沫和司筱筱驚懼地抱在一起，害怕得連路都走不動。

皇甫壑和許熊一起走出房間，只見雪真就在門外。「到底出了什麼事情？」她一臉焦急，「我剛才敲門，裴小姐說等會兒你來和我說。到底怎麼了？」

「沒有人。」皇甫壑面不改色地撒謊道，「我剛才看過了，裏面沒有人。我說過的，這是靈異現象。雪真，你有沒有感覺身體不舒服？」

雪真疑惑地搖了搖頭，說道：「沒有啊，你問這個是什麼意思？」

皇甫壑拉著她的手，走進五〇二室，說道：「那張碟片先借給我，還有，許醫生，麻煩你幫雪真看一下，她的身體狀況有沒有問題。」

跟進來的許熊一愣，點點頭道：「好的。」

許熊開始給雪真進行身體檢查，沒有查出任何問題。

皇甫壑把碟片放入電腦，把這段影像發給了李隱。

「告訴我。」做完這一切後，他走到雪真面前：「你剛才說從牆壁那裏聽到的是誰的求救聲？」

「是一個很熟悉的聲音，但是我一下子想不起來了，是個女人。你剛才不是說沒有人嗎？」

「是的，沒有人。」

「那怎麼會……我聽到牆壁傳來兩下撞擊聲。」

「在哪裏聽到的？」

「書房裏面。」

皇甫壑立刻拉著她，和許熊一起進入了書房。從位置上看，和那個女人倒下的位置的確是對應的。

許熊湊到皇甫壑耳邊問道：「我說，會不會是你搬走後新進來的住戶？」

這時，雪真忽然恍然大悟道：「啊，我想起來了，那是方老師的聲音！她每週都會到五〇四室來給梁先生的兒子補習數學，我和她見過幾次面，所以記得她的聲音。今天的確是她來上補習課的日子。她是一個三十多歲、頭髮很長的女人。皇甫，你是不是有什麼事瞞著我？」

然而，就在這時候……又一聲重重的撞擊聲，在雪真身後的牆壁上響起！

三個人沉默了幾秒鐘才反應過來。皇甫壑馬上衝了出去，站在外面客廳的是戰天麟、裴青衣和蘇小沫。只有司筱筱不在！

「司筱筱呢？」皇甫壑幾乎是咆哮地怒喝道，「她在哪裏？」

「啊？」蘇小沫回過頭看了看，也嚇了一跳：「她一直跟在我後面啊，我還以為她已經進來了呢……」

皇甫壑立刻衝出房間，來到五〇一室門前，將門打開。然而客廳內沒有屍體。皇甫壑又衝進裏間，也沒有！

就在他們打算出去找的時候，忽然，戰天麟的目光看向房間角落的箱子，那個藏著女屍的箱子。他立刻走過去，把箱子打開了。

在那具女屍上面，此時多了一具新的屍體。司筱筱蜷縮在箱子裏，猶如冬眠的蛇。

「這，這到底是怎麼回事！」雪真踏入了房間，看到了這一幕。雪真瞪大了眼睛，兩具屍體疊放在箱子裏，這種在電影中才會有的可怕場景，竟然真的出現在面前！

戰天麟上前一步，皇甫壑馬上伸出手攔住了他，然後走到雪真面前，說道：「你聽我解釋，這個公寓裏藏著一個鬼，從當年直到現在，一直存在著！我回來就是因為我已經有一些頭緒了。殺死她們的人，就是當初殺死你父親的真凶！」

雪真退後一步，身體撞在門上：「你，你在說些什麼……我爸爸，我爸爸怎麼會這麼不明不白地死掉！不，不可能的！」

戰天麟快步走過來，皇甫壑死死地拉住他，大聲道：「你給我住手！」

「她如果報警，你我的下場是什麼，你應該知道吧？」戰天麟目光中的嗜血之色再度出現，「最低限度也要讓她無法和外界聯絡吧？在午夜零點以前。」

「你們究竟在做什麼？」雪真聽到戰天麟的話，眼中滿是驚恐，她很想逃出去。

然而，裴青衣的動作更快，她一個箭步躍過去，抓住雪真的手臂，一把森光寒寒的匕首就出現在手中，架在了雪真的脖子上！然後，她語速很快地說：「抱歉了，連雪真小姐，暫時只能讓你失去自由了。希望你不要做多餘的事情，這樣，我們也沒有必要傷害你。」

「裴青衣！」皇甫壑怒視著她吼道，「你休想傷害她！」

「皇甫壑！」裴青衣也同樣回敬他，「你給我動動腦子！我們是在做什麼？執行血字！走錯一步，付出的就是生命的代價！如果她報警，你想過後果嗎？我們必須要好好待在這裏，直到午夜零點！這不是你個人的問題，是我們所有人的問題！不要以為你曾經在這裏住過，你就是領袖了！這個樓層太危險了，我建議還是先離開，我可不打算成為第二個司筱筱！」

裴青衣擲地有聲的話，讓許熊、戰天麟和蘇小沫站在她的一邊。皇甫壑被他們孤立了。

「你聽著，」裴青衣繼續說道，「她到目前為止都不相信你的話，她不可能和我們合作，既然如此，我們只有囚禁她了。你要是想死，那是你的事情，但是別連累我們！我不會把自己的命搭上去！這個女人，在午夜零點以前必須綁起來關在這裏，至於之後如何處置，到時候再說。從現在起，她由我們全權處置，不許你再靠近她！」

皇甫壑腳步頓了頓，只好讓步：「好，你們可以綁住她，但是絕不能傷害她。」

「我說過，到時候看情況來決定。」

「你們……」

「皇甫壑！你別得寸進尺！」裴青衣毫不讓步，她雖然是女性，但是心思細密、做事果斷，而且精通心理學，在公寓中人緣很不錯。「當然，」她的口氣稍稍軟了下來，「我也不會傷害她，只要不發生意外情況的話。」

「你們到底要做什麼？」雪真此時害怕起來，尤其是看見了那兩具屍體，心中產生了一個個恐怖的猜想。

「你什麼也別想就是了。戰天麟，把她綁起來。對了，把她的嘴巴堵上。」

「等一下！」皇甫壑又開口道，「我們不能夠把她留在這裏，否則和殺死她有什麼區別？你應該知道的，那個鬼很可能……」

「那你說怎麼辦？」裴青衣把問題拋給了皇甫壑，「你有更好的辦法嗎？」

「我和她談一談！我會讓她加入我們的……」皇甫壑將目光移向雪真，說道：「你相信也好，不相信也好，這兩個女人不是我們殺的。你的父親和她們，都是被隱藏在這個公寓裏的一個鬼殺死的。但是我不知道這個鬼在哪裏，之前我們就是在錄影中找線索。所以，算我拜託你，相信我們，好嗎？不要報警。」

雪真看著皇甫壑誠懇的目光，她其實也不相信皇甫壑會殺人，只是那個叫戰天麟的邪氣森森的男人讓她感到一種本能的恐懼而已。她現在終於有點相信了。

「好……」雪真深呼吸了一下，「我相信你。刀子能拿開嗎？這樣很危險啊。」

裴青衣並沒有拿開刀，她依然很警惕地說：「你真的不會報警？」

「是的，不會！肯定不會！」

裴青衣又看了看皇甫壑，放下了刀子。忽然，裴青衣反扭著雪真的手，聲音中帶著怒氣：「你給我聽好了！你如果敢耍花招，做什麼小動作，我一定要讓你生不如死！知道嗎！」

雪真不禁心頭一凜，皇甫這幫朋友到底都是什麼人物？

接下來，一行人離開了五〇一室。這個樓層實在太可怕了，沒有人敢再繼續待下去。而且既然有住戶死去，就意味著生路提示已經給出了，就更不需要待在這裏了。

「到底樓去吧。」皇甫壑建議道，「畢竟底樓相對安全一些。」

大家都對這句話極為贊同。來到走廊盡頭的樓梯間門口，每個人都注意著連雪真，她的手機已經被沒收了。

「你能告訴我嗎？」雪真看著這些人的目光，內心苦澀不已：「告訴我，這究竟是怎麼一回事？裴小姐說的血字是什麼意思？」

「有些事情，你還是不知道比較好。」皇甫壑打開樓梯間的門，先一步走了進去。

許熊朝身後看了看，他凝視著什麼，隨後，也走了下去。

一行人來到了底樓，在大廳的沙發上坐下。

這時候，雪真提出了一個問題：「你們既然覺得樓上危險，為什麼不直接逃出去？」

「我們出不去。」裴青衣指著公寓大門說，「我們絕對不能離開這個公寓。算了，反正解釋了你也不懂。」

「出不去？」雪真完全被搞糊塗了，可是每個人的神色都很正常，完全沒有反駁裴青衣的話的意思。

「簡單地說，就是詛咒。」皇甫壑走到雪真面前說道，「我們現在沒有辦法離開這裏。」

「等一下……」許熊托著腦袋，在思索著什麼，想了一會兒之後說道：「我感覺……好像……」

「好像什麼？」皇甫壑馬上回過頭去，幾個住戶都圍住了許熊，緊張地問道：「你剛才注意到了什麼嗎？」

「如果可以再核對一下那個錄影的話，」許熊說道，「也許我就能知道了。」

皇甫壑從口袋裏取出碟片，說道：「那找個地方播放一下？可是，一樓沒有住戶，至少要去二樓……」

「二樓的住戶我都不太熟悉啊，」雪真想了一下，「最合適的人，應該就是方天鷹了。他肯定會讓我們進屋的。但是……啊，對了！陸青，讓他把筆記型電腦帶下來吧。」

「那個奧特曼迷？」皇甫壑摸了摸腦袋，「那……好吧。」

裴青衣立刻掏出手機來讓雪真打電話，很快接通了：「喂，陸青嗎？是我啊，連雪真，你馬上下來一下，帶上電腦。」掛斷電話後，她欣喜地說：「他說馬上下來，很爽快的。」

許熊看上去很緊張，他托著下巴說：「可能是我看錯了，但是，不確認一下不放心啊，畢竟這關係到我們的生死。」

沒過多久，電梯門開了，一個戴著眼鏡的青年拿著一個筆記型電腦走了出來。他看到雪真後馬上說道：「連雪真，我來了哦！好了，電腦給你，等你用完了拿上來還給我。」

「嗯，好的。」

「那好，各位，拜拜！」

陸青走後，大家把筆記型電腦放在沙發上，將碟片放進去，準備開始播放。

許熊究竟發現了什麼？

此時，在四樓，羅成的家裏。

和死去的夏豪偷情的張夢霞，此時心裏非常不滿。要不是丈夫提前回家，她今天本可以和夏豪好好享受一番魚水之歡的。她對夏豪倒也沒有什麼感情，只是很享受這種偷情的刺激和愉悅而已。丈夫缺乏情趣，太過死板，讓她覺得生活很無趣。

羅成今日提前回家，回到書房，繼續工作，也沒有和妻子多說什麼。張夢霞在書房門外看了看，確定丈夫在全神貫注地看著電腦，就悄悄關上門，走進浴室，給夏豪打電話。

然而，電話通了，卻沒有人接。

「奇怪，怎麼回事？」張夢霞不禁感到有些不對勁，掛斷電話後，又撥了一次，還是沒有人接。發生什麼事情了嗎？

心煩意亂之下，張夢霞走到書房門前，打開門說：「老公，我要出去一下。」

「隨便你，」羅成頭也不回地說，「十點之前回家就行。」

「哼！」張夢霞關上門，立刻穿好外衣，走出門外。當然她不是打算去找夏豪，夏豪可是和他的妻子、孩子住在一起的。只是，對著那個木頭丈夫，太過無聊了，她打算去找樓上的張敏、六樓的羅佳妍和鄭健，四個人打一桌麻將。

張夢霞先來到了五樓，打算先去找張敏。她又拿出手機，給夏豪打電話。忽然，她聽到了夏豪的手機鈴聲！她頓時感到心頭一震，停下腳步，朝旁邊看去，赫然發現，夏豪的手機鈴聲是從牆壁裏發出來的！

「這……」張夢霞很驚訝，夏豪居然在這裏面？

張夢霞隨即走到門口，敲了敲門，卻發現門是開著的。

「門沒有鎖嗎？」她走了進去，輕聲喊道：「喂，夏豪，你在裏面嗎？在不在？」

可是，屋裏沒有任何回應。她狐疑地走了進去。房間裏幾乎空無一物，沒有任何傢俱，地上也積著一層厚厚的灰塵。她繼續喊著：「夏豪？你在不在？快出來吧！你躲在這裏幹什麼？我老公現在在工作，你快出來吧。」

忽然，只聽「砰」的一聲，她嚇得立刻回過頭一看，門被重重關上了。她鬆了一口氣，心想，應該是風吹的吧。於是，又重新回過頭去。其實，如果她仔細看的話，就會發現，在那道門上面，有一個清晰的血手印！

「夏豪，你快點出來……」

前面的一扇門忽然打開了，「嘎吱嘎吱」地作響。張夢霞一步一步朝著那扇門走過去，感到一陣陣心悸。她走進了那扇門，裏面是一個空空的房間。

然後，那扇門在她的身後再度關閉了。

張夢霞再也沒有從這扇門裏走出來。

在六樓，羅佳妍此時正抱著一隻嬌小的蝴蝶犬，瑟縮地坐在床上。她穿著一件低胸黑色睡衣，那隻小狗緊靠著她的胸口，似乎不解主人為何顫抖得如此厲害。

羅佳妍至今還記得，當初妹妹是如何悲慘地死在公寓的天台上的。在那之前一天，孫心蝶來找她們姐妹倆，說羅佳繪的肩膀上出現了血手。這種不可思議的事情，原本二人是不信的，但是鄭健的妻子章秋霞的死，讓她們不能不心有顧慮。當天晚上，姐妹二人睡在一起，門也鎖得好好的。可是，半夜醒來，羅佳妍卻發現妹妹不見了。

當時她很驚訝，滿屋子地找，就是找不到她。直到第二天，妹妹才被發現死在天台的蓄水池旁，死相慘烈。

連天祥死後，孫心蝶被捕，羅佳妍也去聽庭審，她要親眼看著殺害妹妹的兇手伏法。只是，她至今還記得，孫心蝶的兒子皇甫壑，直到搬走以前，一直是那麼堅信，害死所有人的，是那隻「血手」。他直到現在，依舊堅持著這個荒謬絕倫的看法。

抱緊了懷中的小狗，羅佳妍低垂著頭，說道：「波波，他回來了。」

她剛才在下樓倒垃圾的時候，無意中看見了皇甫壑，她一眼就認出了他。皇甫壑沒有看到她。難道他是在追蹤那個「血手」的蹤跡嗎？光是想想，就讓她感到有些毛骨悚然。

她放下小狗，不禁想去五樓看一看。其實，這些年來，她也和連雪真談過皇甫壑的事情，雪真告訴她，皇甫壑仍然在追查當年的事情，並成立了一個「祈靈會」。羅佳妍其實心裏有些佩服他。一個人能夠執著到這種地步，也不是一件容易的事情。

「真的是我們錯了嗎？孫心蝶，不是殺死我妹妹的兇手嗎？」

換上衣服，羅佳妍走出大門，她無論如何也想和皇甫壑再見一面。她沿著樓梯來到五樓。他是回到了五〇一室，還是和連雪真在一起呢？

羅佳妍先來到五〇二室按了門鈴，卻沒有人出來開門。於是，她又走到隔壁五〇一室按門鈴，門鈴卻沒有響。她這才想到，皇甫壑離家那麼久了，門鈴怎麼可能還響？她敲了敲門，門卻直接開了。

裏面是一個空蕩蕩的房間，羅佳妍走了進去。走進房間後，她忽然產生了一種心悸感。這種心悸感的由來是什麼，她一時也說不清楚。

就在這時候，她無意中回頭一瞥……赫然看到，在門上接近把手的地方，有一個清晰可見的血手印！

她倒吸了一口冷氣，彷彿室內的溫度下降了幾度！那個血手印看起來好像是剛剛印上去的，還能聞到血腥味！

羅佳妍決定立刻離開！然而，門忽然自動關上了！她衝過去擰動門把手。門似乎被鎖死了，怎麼都打不開！

房間裏一片寂靜，沒有任何聲音。羅佳妍嚇得不輕，她連忙用身體去撞大門，高聲呼喊著：「有人嗎？有人在嗎？快來救我！救救我啊！」

可是，不管她喊得多大聲，都沒有任何回應。羅佳妍感到莫名的恐懼。她感到這個房間裏彷彿隱藏著什麼，可是，房間裏又沒有任何東西。

她出來的時候沒有帶手機，她只能繼續提高聲音大喊，幾乎要把嗓子喊啞了，可是外面依舊沒有回應。公寓牆壁的隔音效果好到這種程度了嗎？

她想，只有一個辦法了，到裏面的房間去，對著窗戶向外面喊。想到這裏，羅佳妍就朝裏間走去。進去之後，她逕自向窗戶走去。

然而，走到窗前的時候，她停住了腳步。

「啊啊啊啊啊——」她發出了尖利的慘叫，卻沒有任何人聽到。和張夢霞一樣，她再也不能活著走出這個房間了。

17 不存在的房間

在公寓的一樓，大家都凝神屏息地看著電腦。然而，皇甫壑卻注意到了另外一件事情。那就是……雪真的手臂上出現了紅斑！紅斑的顏色還非常淡，看起來就像是被蚊子叮咬的一樣，不會有人在意。

「解藥，」皇甫壑湊近戰天麟輕聲說，「還沒有送過來嗎？」

「急什麼。」戰天麟盯著電腦螢幕，「距離毒發還有一段時間。」

戰天麟已經下定了決心。連雪真非死不可。這個女人留下來是個禍害，就算血字終結，一旦她報警，對住戶而言，依舊是很大的麻煩，就讓她死在這裏好了。至於皇甫壑，一起毒殺就是了。對於殺人，戰天麟沒有任何負罪感。他戴的手錶裏暗藏著一根毒針，只要看準時機，就可以射出，刺入皇甫壑的皮膚，能夠馬上奪取他的性命。

這時候，戰天麟的手機收到了一條簡訊，內容是：「確認，東西到手。」他立刻刪除了簡訊。他站起身，踱著步子走到皇甫壑面前，然後將手腕抬起，準備要對準皇甫壑射出毒針！

恰在此時，許熊忽然從螢幕中看到了他想看的地方！他立刻明白了，原來血字說的是這個意思！

興奮的許熊轉過身抓住皇甫壑的肩膀，說道：「皇甫，不一樣，的確不一樣……」

毒針在這一瞬間射出了，結果，毒針沒入了許熊右手手腕！

許熊馬上感到手一麻，他驚愕地抬起手掌，看到上面插了一根針！

「這，這是什麼？」許熊的頭猛然一歪，倒在了沙發上，雙目露出不可置信的神色，手不斷向上揮舞著，滿臉盡是痛苦之色，卻無法說出話來！

「許醫生，你怎麼了？」

「難道是鬼來了？」

「許醫生！」

大家手忙腳亂地圍在許熊身旁，然而，許熊很快就停止了呼吸。

「許醫生死了！」皇甫壑抓著許熊的手腕，確認他沒有了脈搏，隨後，他注意到了許熊手腕上的細針！

皇甫壑立刻看向身後的戰天麟，戰天麟卻毫無不安的神色，但是他目光中的兇殘，卻讓人感到不寒而慄！人，有時候比鬼更可怕！

皇甫壑一躍衝上去，抓住戰天麟的衣領，一拳就朝他的臉上打去。然而，一句話就讓他停住了拳頭：「你小心別沾上毒啊。」

皇甫壑的拳頭幾乎快要碰到戰天麟的臉了，他停住拳頭，目光中燃燒著怒火，大吼道：「為什麼？你為什麼要殺了許醫生？」

「什麼？」裴青衣大驚失色地看著皇甫壑和戰天麟，問道：「你說……許醫生是被戰天麟殺死的？怎麼可能？」

「就是他！」皇甫壑的聲音裏滿是憤怒，「戰天麟，他是個毒藥師！他對雪真下了毒！啊！你剛才是想殺我，對吧？但是卻誤殺了許醫生！你這個惡魔，快交出雪真的解藥！」

戰天麟的計畫被打亂了。他最初的構想是，先殺死皇甫壑，然後趁亂拔掉那根針，不明死因的皇甫壑只能被認為是死於鬼魂之手了。但是，皇甫壑卻發現了這一點，現在，戰天麟是毒藥師的事情，大家都知道了。而他絕對不允許這件事情被公寓裏其他人知道，否則的話，後果不堪設想。

「你不要含血噴人啊。」戰天麟抿著嘴唇陰笑一聲，「皇甫壑，你說我下毒？你有什麼證據說我下了毒？」

「他沒有理由誣陷你吧？」裴青衣看向戰天麟的目光也開始變得冰冷，「他這麼做有什麼好處？」

戰天麟卻不慌不忙地說：「這可難說，比如，這個男人，真的是皇甫壑本人嗎？」戰天麟接著又說，「皇甫壑，目前還是找到生路要緊，不是嗎？如果你一意誣賴我的話，我也只有懷疑你的用意了，對吧？」

皇甫壑放下了拳頭。他往後退了幾步，猛然回身，一腳狠狠踢在戰天麟的下顎上，隨後一腳踩上戰天麟的胸口，緊接著，一把尖銳的匕首就架在了戰天麟的脖子上。

「這下我看你還怎麼下毒？」皇甫壑用刀子緊緊地抵住戰天麟的脖頸，「給我解藥！讓你的同伴馬上把解藥送過來！否則，我馬上殺了你！」

戰天麟看著那把明晃晃的匕首，面帶殘忍之色說：「皇甫壑，你敢！」話雖如此，他也知道，皇甫壑是真的要拚命了。

彌真還在那個猶如迷宮一般的建築中徘徊。已經過去好幾個小時了，但是她還沒有找到日記中所說的「紅色餐廳」。不過，唯一值得慶幸的是，那個吊死女鬼再也沒有出現過。

彌真朝後面的走廊看了看，這條走廊相當長，走廊兩旁依舊有很多門。她很清楚，這些門所通向的地方，會是一個新的迷宮。

「還是沒有任何頭緒。」彌真看向身旁的李隱，「你有什麼辦法嗎？蒲靡靈說這個迷宮是有生路的。而一路上我們都沒有看到那個女鬼。蒲靡靈可以活著進入這個迷宮並且離開，但是這個女鬼卻依舊存在，就證明不是封印類的生路。」

「我也這麼認為。」李隱贊同地點頭，「生路必定是創造某種條件。」

但是，不是執行血字的住戶，不會獲得生路提示。也就是說，不拿到蒲靡靈留下的日記，就沒有辦法離開這個迷宮。

「紅色一號餐廳。這個地方，真的有什麼紅色一號餐廳嗎？」

這個古怪的建築好像沒有邊際，打開任何一扇門，就會出現無數條岔路，形成了一個無比龐大繁雜的迷宮。

所以，彌真有了一個恐懼的猜測。這個地方……有沒有可能是第十次血字的執行地點？如果是這樣的話，也就意味著，這裏可能是魔王所在空間的一部分！蒲靡靈會不會是在引誘他們，到魔王所在的地方去？

彌真突然停住了腳步。她旁邊的一扇門，稍稍開了一條縫，從縫隙中，她看到了一抹鮮血一般的紅色！

彌真立刻衝過去，把門打開！紅色！牆壁、地板完全是紅色的！大概兩百多平方米的巨大房間裏，中央有一個大吧台，而房間裏到處都是圓桌，圓桌上放著一盤盤熱氣騰騰的飯菜！

最關鍵的是，牆壁上有著極為醒目的一個「一」字！那個「一」也是紅色的，只是，那種紅色更深一些，讓人感到有些妖異。紅色的房間！

「就是這裏了！」彌真沒有立刻跨入房間，只是觀察著。房間裏只有那些桌子，沒有其他動靜。

彌真最終決定以身試險，「李隱，我先進去。我身上受到了詛咒，不可能死在這個迷宮裏，所以我來試試，沒有危險的話，你再進來。」不等李隱回答，她就一步跨了進去，然後走向一張餐桌。

餐桌上的菜很豐盛，彌真早就餓腸轆轆了，其中不乏她喜愛的美食。她注意到，有一張桌子上放著一個盒子。

她走過去，把盒子打開，裏面用一塊石頭壓著一張紙。

不用擔心，儘管坐下來吃吧，這裏的飯菜你們可以隨意享用，絕對沒有問題。

這個建築物裏到處都有這樣的餐廳。接下來告訴你們一件事情吧，這個建築裏，有兩個地方是絕對安全的，一個是餐廳，一個是盥洗室（附帶浴室）。

這兩個地方，就好像公寓內部一樣，是不會有鬼進入的。但是，不能在這些地方待著超過一個小時，一個小時後，你們走出去，鬼就會在外面等著你們。

一旦超過兩個小時，這個地方就會崩塌，徹底消失，你們就會陷入異度空間。而且，進入過一次的餐廳和盥洗室，不可以進入第二次。

怎麼樣，很不錯的資訊吧？接下來，你們要找到白色二號盥洗室。

彌真將日記紙放回桌面，她忽然感到很諷刺。就算知道這個人可能在愚弄他們，但是又有什麼別的辦法呢？只能相信他了。

「看來沒有問題，李隱，你進來吧。」彌真已經坐下了。

這些菜還在冒著熱氣，實在不可思議，李隱和彌真坐到了一起。每張桌子上擺放的食物，都是基本相同的量。彌真端起碗和調羹，給李隱盛了一碗海鮮湯，李隱連忙說道：「我自己來吧。彌真，你也喝一點湯吧。」

「嗯，好。」彌真雖然肚子很餓，但是更加口渴。她盛了一碗雞湯，大口喝起來。至於食物是否有問題，她沒有去考慮，蒲靡靈如果要設計陷阱，也不會低級到設計在食物裏。

暫時可以有一個小時的時間可以休息一下了。但是，必須注意時間，一個小時後離開這裏……

「我還記得呢，你最喜歡海鮮湯。」彌真喃喃說道，「雖然我和彌天都不喜歡海鮮，但是因為你喜歡，我就去學習海鮮的烹飪方法……你第一次喝我做的湯時，露出了很開心的笑容，我到現在也忘不了。」

「是嗎？」李隱冷冷地說。

彌真看起來有些落寞：「你不記得了嗎？」

李隱沒有回答。

「算了，不記得就不記得吧。」彌真擺了擺手，「我又說了莫名其妙的話。吃飽了，我們就要去找那個白色盥洗室了！」

牆壁上，那個阿拉伯數字「二」，猶如一道血淚，驀然灑下……

皇甫壑依舊持刀逼問著戰天麟。

此時，腦子轉得最快的人，是裴青衣！她還記得，銀夜對她囑咐過殺死上官眠的計畫。最初裴青衣還是認為，殺死上官眠，即使利用鬼魂，也太危險了。但是，現在看到戰天麟，卻讓她的心思活絡了起來。這個男人要是真有防不勝防的下毒能力，把他拉攏過來的話，說不定真的能夠殺死上官眠！

當然，這不過是個設想罷了。但是，裴青衣不想讓戰天麟死。公寓住戶目前對上官眠都有極大的恐懼心理，她自然不願意放過這個有可能殺死上官眠的好機會！

「皇甫！你冷靜一下！」裴青衣當機立斷，「不要動手！我想，也許是有什麼誤會。」

但是，皇甫壑對裴青衣的話置若罔聞，他用匕首緊緊貼住戰天麟的脖頸，皮膚上已經滲出一條血線來。皇甫壑此時目光中滿是怒火，在這樣的憤怒下，誰也不會懷疑他真的會殺人！公寓的住戶過著朝不保夕、九死一生的地獄生活，精神本來就已經極為脆弱，一旦發生矛盾，內心對殺戮罪惡感的壓制就會大大削弱。

「說！你給不給解藥！」皇甫壑繼續咆哮道，「戰天麟，不要以為我不敢殺你！我的耐心是有限度的！」

「殺了我，可就沒有人可以給你解藥了。」戰天麟依舊很嘴硬，「我再說一遍，這個世界上沒有其他人有解藥！」

雪真走了過來，她滿臉都是不可置信的神情，露出驚懼的表情說：「你們是什麼意思？皇甫……我，我被下毒了嗎？」

皇甫壑的手在發抖，他從匕首的刀身上，清晰地看到了身後雪真恐懼的表情。但是，就在下一瞬間，皇甫壑的臉上露出了更加恐懼的表情！

「不……不！」皇甫壑立刻回過頭去，可是，他的身後卻空空如也，剛才還站在他身後的雪真，已經無影無蹤了！

「雪真！」皇甫壑猶如發怒的獅子一般狂暴，「怎麼會這樣？」他看著裴青衣和蘇小沫，喝問道：「你們，你們誰看到了？雪真呢？雪真去哪裏了？」

「我……」裴青衣也不敢置信地說，「我也不知道，剛才我只是注意你，不知道什麼時候，就看不到連雪真了。」

「我，我也，」蘇小沫嚇得扯著裴青衣的衣角，瑟縮著說：「我也沒有注意到。等一下，皇甫，你剛才突然回過頭來，你怎麼知道連雪真消失了？」

「匕首！」皇甫壑大喊道，「我看到了匕首映照出來的那隻血手！那隻血手出現在雪真的肩膀上！你們沒有人看到嗎？」

裴青衣雖然也想到了這一點，可是聽到他的話還是不由自主地後退了一步。

「我沒有看到。」裴青衣拚命地搖頭，「你和你媽媽會不會是靈異體質？怎麼只有你和你媽媽才能看到那隻血手？」

其實這個問題，戰天麟等人也非常疑惑。如果真是這樣，這種靈異體質對住戶實在是太重要了。神谷小夜子和柯銀夜都分別囑咐過戰天麟和裴青衣，盡可能保護好皇甫壑。事實上，兩大聯盟都曾經和皇甫壑接觸過，但是他沒有加入任何一方，一直獨善其身。

「雪真，她死了嗎？不，不對。」皇甫壑拿著匕首踱著腳，自言自語道：「其他人都留下了屍體，那麼，雪真如果死了，也應該會留下屍體……」

這時候，戰天麟站起身來，陰狠地看著皇甫壑。對這個男人，他原本已經起了必殺之心。然而，剛才裴青衣的一番話，卻讓他猶豫了。他回想起神谷小夜子說的話，如果這個男人真的有靈異體質，殺死了豈不可惜？他打算壓下對皇甫壑的殺念。

就在這時，皇甫壑的手機突然響起！他立刻取出手機，來電顯示竟然是雪真！他馬上接通了手機：「喂，雪真？你在哪裏……」

「五樓！皇甫，真的有鬼，你救我，快來救我啊！」

皇甫壑立刻拔腿衝向樓梯間，朝樓上跑去。裴青衣等人也跟了上來。剛才裴青衣湊得比較近，所以也聽到了手機裏的聲音。

裴青衣在後面追逐的時候說道：「五樓絕對有問題！否則屍體為什麼都被弄到你家裏去？」

最初大家懷疑過鬼會不會是那個浴缸，可是後來那個方老師卻死在浴室外面，莫非，整個五〇一室就是一個鬼？

然而，戰天麟有更進一步的推測。其實誤殺許熊也讓他頗為懊悔，因為他顯然在死前發現了重要線索，也許就是生路提示。

裴青衣也在考慮同樣的問題。那張碟片中拍攝下來的影像裏，有某個東西和現實看到的不一樣吧？但是，碟片中拍攝到的只有五樓和六樓，而且是用電梯上去的，樓梯間根本沒拍到。又或者是人嗎？出現過的人有皇甫壑、連雪真、羅佳妍、羅佳繪、鄭健、章秋霞、鄭大虎、連天祥和孫心蝶。而許熊只見過皇甫壑、連雪真和鄭健，這三個人，除了年齡的變化，有什麼不一樣嗎？

皇甫壑上到了五樓，他一踏出樓梯間，就直朝五〇一室衝去！到了門口，他發現門沒有鎖，而他出門的時候明明是鎖上了門的！

進去以後，室內空無一人！

「怎麼會……雪真，雪真！」皇甫壑大喊道，「你在哪裏啊，雪真！」

「吵什麼吵！」

一個聲音從背後傳來，皇甫壑回過頭去，只見一個頭髮蓬亂的中年女人站在門口，她嘴裏叼著一根煙，雙手插在口袋裏，說道：「又是你！你是誰，我好像見過你？」

「你看到了雪真嗎？」皇甫壑急切地問她。

「連小姐？沒有啊。你真的很眼熟啊，我在哪裏見過你呢……」

「啊啊啊啊啊——」讓人毛骨悚然的慘叫聲，從牆壁裏傳了出來！是五〇二室！雪真在五〇二室！

皇甫壑立刻衝向隔壁房間，他轉動著門把手，可門是鎖住的！

「雪真！雪真！」

裴青衣等人也衝了過來。戰天麟一把拉開皇甫壑：「給我讓開！」他從身上取出一個小瓶子，裏面裝著一些淡紫色的液體。

皇甫壑立刻抓住他的手，喝問道：「你要做什麼？」

「不相信我就隨便吧，但是你能弄開這扇門嗎？」

「誰會相信你！」

裴青衣連忙過來打圓場：「就讓他試試吧，現在大家面對的是鬼，還是團結一點好。」裴青衣知道，只有利用共同敵人這一點，才能在心理上將皇甫壑和戰天麟的對立減弱。

戰天麟打開小瓶子，稍稍灑出一小滴在門上。接著，不可思議的一幕出現了。那滴液體很快擴散，接著，那扇門的中心不斷銹蝕脫落，出現了一個臉盆大小的洞！

這種恐怖的毒素是戰天麟合成的，是一種可以破壞物質分子結構的超強毒素，無論是金屬還是生物體，都能夠迅速破壞。

皇甫壑、裴青衣等人臉上都露出極度驚愕的表情。皇甫壑迅速把手伸入門洞裏，把鎖打開，衝了進去！

「雪真！」

戰天麟將小瓶子收好，警惕地看著門內的情景，並不急於進去。連雪真是死是活，他根本不關心，怎麼可能進去陪皇甫壑送死？裴青衣也一樣，明知道裏面危險還進去，她還沒有那麼高尚的情操。至於膽小的蘇小沫，更是噤若寒蟬，躲在裴青衣的後面。

衝入房間的皇甫壑，卻沒有在客廳裏看到雪真。他繼而衝進臥室，沒有，進入書房，還是沒有。所有房間都找遍了，依舊沒有雪真的蹤跡。

「怎麼會這樣？雪真在哪裏？她在哪裏？」

連雪真就這樣消失了。

在門外看著猶如無頭蒼蠅一般的皇甫壑，裴青衣皺緊了眉頭。她之所以跟上來，是因為感到五樓是生路的關鍵。但是，這個地方也實在太危險了，繼續待下去，只怕隨時隨地都會死得不明不白，還是走為上策！

其實，戰天麟和蘇小沫的想法也一樣。但是，縱然離開了五樓又能如何？連雪真不就是待在一樓的時候死的嗎？

皇甫壑確認雪真不在房裏後，衝了出來，眼中帶著一絲猙獰，說道：「雪真，她不見了！」

「等一下……」裴青衣忽然打斷了皇甫壑的話，「好像還有一個人不見了。」

「誰？」皇甫壑立刻追問道。

「剛才那個抽煙的女人呢？」裴青衣說的是張敏。她剛才還好好地站在旁邊的，只是大家都把注意力放在了皇甫壑身上。

「她回去了吧？」戰天麟完全沒有注意那個女人，但是現在又感到不對勁。

剛才，他用毒破壞雪真家的大門時，完全沒有聽到張敏的聲音。按理來說，一個人看到這麼駭人的景象，肯定會受到很大的驚嚇，半點聲音都不發出，根本不合理。可是，那個時候，她就已經回去了嗎？就算回去了……也沒有人聽到她關門的聲音。弄開門後，戰天麟和裴青衣的視線恰好是相對的，那個時候張敏無論朝哪個方向走，他們都至少有一人可以看見她。

莫非她也……

裴青衣的臉色更加鐵青。雖然死的不是公寓住戶，可是誰都知道，這有多麼可怕。司筱筱已經死去二十多分鐘了，這個血字的總時間不過六個小時，最好的情況下，是一個小時死一個人，如果時間間隔再短一點的話……那就太可怕了！

「皇甫，我們走吧！」裴青衣拉著蘇小沫，頭也不回地朝樓梯間跑去，經過戰天麟身邊的時候，還說道：「你也跟我們一起走吧，快啊！」

戰天麟迎向皇甫壑那幾乎要殺人的眼神，說道：「別這麼看著我，就算沒有我下毒，她現在也活不了了。我已經改變主意了，不打算殺你了。你也別來招惹我，否則的話……」

皇甫壑卻不再看他，逕自從他身旁走過，走向五〇一室。戰天麟立刻明白了，皇甫壑是想去確認，五〇一室內是否出現了新的屍體！

戰天麟自然不會奉陪，他立刻回過頭，跟上了裴青衣和蘇小沫。裴青衣回過頭，卻只看見戰天麟，連忙焦急地問道：「皇甫呢？」

「他又回五〇一室去了。」戰天麟陰笑了一聲，「罷了，不妨就讓他死了，好拖延一下時間，我們就有時間找到生路了。」

聽到這句話，蘇小沫狠狠地瞪了戰天麟一眼，說道：「你這個殺人魔！許醫生真的是你殺的吧？」

「別說了。」裴青衣連忙打斷了蘇小沫的話，她知道，戰天麟或許是公寓裏唯一一個有能力殺死上官眠的人。只要那個女人在，公寓住戶的性命會一直被她捏在手裏。而且，和鬼魂不一樣，她可以進入公寓。所以，住戶們沒有地方可逃。好不容易有了戰天麟這個人可以克制她，裴青衣自然不能夠放過。

當然，和戰天麟的下毒相比，皇甫壑的靈異體質更加有價值。但是，如果皇甫壑自己找死，她也不會去救他。走錯一步，就可能萬劫不復，首先要考慮的是生存。

皇甫壑站在空空蕩蕩的五〇一室裏。他打開了浴室的門，夏豪的屍體還在那裏。他走進裏間，箱子也在那裏。皇甫壑走過去，顫抖著手打開箱子，裏面只有司筱筱和方老師的屍體。

皇甫壑又來到旁邊一個房間，那是以前他母親的臥室，他推開了門。

門剛一打開，一張鐵青的面孔就出現在他面前。隨後，一個女人的屍體倒在地上！這個女人剛才就橫靠在門上！而房間裏還有另外一具屍體！

另一具女屍的脖子上也有同樣的掐痕。她們的面部表情扭曲得相當厲害，即使是生前認識她們的人，只怕現在都認不出她們來了！這麼駭人的樣子，讓皇甫壑也倒退了好幾步！

他很快就注意到，倒在他眼前的這具屍體，衣領敞開處，胸口有一個黑色花紋身，和剛才在碟片中看到的黑花紋身是一模一樣的！這個死去的女人，絕對就是羅佳妍了！

那麼，另外一具女屍呢？皇甫翌看過去，那具女屍身上穿的衣服和雪真不一樣，這才讓他稍稍鬆了一口氣。

這是最後一個房間了。他走出房間，把門關上。此時，冷清的房間裏靜寂無聲。連雪真，就這樣人間蒸發了，連屍體都沒有找到。

皇甫翌回過頭，眼前的一幕，再度讓他瞳孔一縮！

客廳的正中央倒著一具新的女屍！那具女屍的面容扭曲得更加厲害，整個面部拉長了十幾釐米，嘴巴裂開得像碗口那麼大，眼球幾乎瞪了出來！在屍體的脖子上，也同樣有鮮紅的掐痕。這個女人的衣服，和張敏所穿的一模一樣！掉在她身旁的一根煙，也證明了這是張敏。

連續三具女屍，彷彿是那個隱藏於暗處的惡靈對住戶的威脅！司筱筱之後，下一個會輪到誰？

皇甫翌每走一步，都感覺重如千鈞，陰森的氣氛揮之不去。他想起了許醫生說的話。是什麼「不一樣」？血字指示所說的「正常姿態」究竟是什麼？

他緩緩走到張敏的屍體跟前，那張駭人的臉，雖然很不想看，但是，他還是得看一看。

等等……皇甫翌忽然僵住了。後面……後面是誰？

一道視線彷彿從他背後刺入，緊接著，一股腥臭味在空氣中瀰漫，皇甫翌的腳，連挪動一步都做不到。

後面是誰？他可以確定後面有人，絕對有人！

不知道過去了多久，一種奇怪的觸感襲上了他的……肩頭！

他把視線移動了過去，一寸，又一寸。是血。

被鮮血染紅的一隻手，一隻他無比熟悉的手，正抓著他的右肩！那隻手，就這樣宣告著皇甫壑的命運。

「不——」他立刻回過頭去！然而，後面沒有人，後面什麼也沒有……

裴青衣、戰天麟和蘇小沫來到了四樓。他們剛走了幾步，就看到走廊對面，方天鷹和陸青並肩走了過來。

「啊？是你們？」陸青驚訝地說，「你們看完了嗎？」

「是你啊。」裴青衣連忙走過去，「你叫方天鷹，是吧？」

「是啊。」方天鷹撓了撓頭，「我剛才本來在畫漫畫的，可是不知道怎麼的，有一種非常詭異的感覺，所以，就走出來了，看到了陸青。他也有同樣的感覺。」

陸青的臉色很沉鬱：「是啊，好像有什麼不好的事情會發生一樣。這麼說會不會很奇怪？」

他們也感覺到了？裴青衣身體一震，她深呼吸了一下，說道：「二位，給你們一個忠告，儘快離開這個公寓吧。相信我，多年後你們一定會發現，這是你們一生中最英明的決定，沒有之一。」

「嗯？這是什麼意思？」方天鷹露出困惑不解的神情，「你知道什麼嗎？說給我們聽聽？」

「不，沒什麼……」

皇甫壑衝出了五〇一室的大門，拚命朝樓梯間跑去……他回憶起了很多事情。就在他即將衝到樓梯間的時候，樓梯間的門卻突然關上了！他去轉動門把手，可是，卻根本轉不動！

當皇甫壑再次衝回五〇一室門口的時候，他忽然感到一陣恐懼。從門的縫隙裏，他又看到了一具新的屍體！

他推開門。客廳裏居然多了好幾具屍體！

皇甫壑不知道，五樓的所有住戶，此時全部都在這裏了。現在，他是五樓唯一一個還活著的人……

皇甫壑感到天旋地轉。唯一可以離開的通道，只有電梯了！但是，他怎麼敢去坐電梯？在狹小的封閉空間裏，死多少次都不夠啊！

皇甫壑不斷後退，離五〇一室越遠越好！他在心中默默地說：媽媽，我也許不能為你報仇了……我什麼也做不到，連雪真也救不了……

皇甫壑再度看向樓梯間的門，他又一次衝過去，想再試試看，能否逃出去！到了樓梯間門口，他對鎖住的門重重撞擊過去。一下！兩下！三下！可是，那扇門紋絲不動。他意識到，這一切都是徒勞的。現在，唯有找到生路，才能有希望。

許醫生說的，到底是哪裏不一樣？那一天，他和雪真拍下了什麼？就在這個時候，更可怕的事情發生了。

走廊的燈，居然一盞一盞地熄滅了！由遠及近，光線不斷變暗！很快，皇甫壑眼前變成了一片黑暗！

他還來不及恐懼，一個聲音傳來了：「壑……救，救我！」

這個無比淒厲的呼救聲，不是雪真，還能是誰？這個聲音聽起來很近，可是又好像很遠。

「救我！救我啊——啊啊啊啊——」

聲音變得微弱起來。可是，皇甫壑卻挪不動步子。伸手不見五指的黑暗，將他心中最後一點希望吞噬了。

「雪真，我救不了你，我沒有辦法救你了。」

他知道，雪真已經死了。這個他視為妹妹的女孩，母親深愛之人的女兒，和他度過童年最美好、也是最痛苦時光的雪真……就這麼死了。

「開啊！開啊！開啊！」皇甫壑喊得嗓子都快啞了，恐懼已經快把他徹底壓倒了，絕望讓他連站著的力氣都沒有了。

忽然，他感覺到有一雙手碰到了他的脖子。一雙極其冰冷的手，將他的脖子掐住了。

他的脖頸被那個看不見的鬼魂死死掐住了！他感到身體開始懸空離地，意識漸漸模糊了……

良久，五樓再度恢復了光明。但是，皇甫壑已經不在樓梯間入口了。他成為了五〇一室那些屍體的一員。直到死，他都沒有看見殺死他的鬼是什麼樣子；直到死，他都無法完成為母親洗脫冤屈的夙願。

同一時刻，四樓的走廊上。

「一生中最英明的決定？」方天鷹愣愣地看著眼前的裴青衣，他感覺這個女人好像不是在開玩笑。

剛才，的確有一種陰森詭秘的感覺，就好像踏入了塵封千年的古墓一般，就連呼吸的空氣都好像變得陰慘慘的。而此刻，裴青衣這番鄭重其事的告誡，讓方天鷹有一種感覺，不能夠輕視這個女人的話。

「另外……」裴青衣拉開隨身帶的背包，取出了裏面的筆記型電腦：「陸青，這是借你的電腦。我還想問你一些問題。」

「哦？什麼事？」

「你幫我看一下。」裴青衣將筆記型電腦打開，然後點擊播放那段視頻。

「能幫我看一下嗎？」裴青衣神色冷峻地問，「你感覺有什麼地方和平時不一樣？哪怕再小的事情也可以。方先生，你也來看一下。無論有什麼發現，請務必告訴我。」

戰天麟不禁向裴青衣多看了幾眼。她在那麼危急的關頭迅速帶上筆記型電腦，臨危不亂，還有了新的對策，確實很不簡單。

「不過，裴小姐，」戰天麟提醒她，「許熊能看出的事情，就意味著你也看到過吧？我們和許熊沒有分開過啊。」

「我知道啊，許熊……」裴青衣說到這裏，忽然面色一變！她發現，忘記了一件極為重要的事情！一件足以讓他們所有人萬劫不復的事情！

許熊的屍體還在一樓！

一旦有人發現許熊的屍體，一定會馬上報警，員警就會立刻來到這裏！萬一為了錄取口供而將他們強行帶走怎麼辦？影子詛咒就會啟動啊！

「戰天麟！」裴青衣馬上按下暫停鍵，面色蒼白地說：「我們都忘記了，許熊他……還在一樓啊！」

「還在？」陸青卻搖搖頭，「沒有吧？我剛從一樓上來的。因為我在家很煩悶，所以就下來想向你們拿回筆記型電腦。」

「我發現了一件事情。好像從來沒有住戶變成鬼的先例。」戰天麟提出了這一點，「死去的厲鬼可以輕易操縱活人的生死，甚至連人的記憶都可以篡改，但是，住戶死去後，卻沒有任何一個人變成鬼魂，和公寓的鬼展開較量。」

即使是唯一的例外——慕容蜃，也是被蒲靡靈的亡魂操縱的，在蒲靡靈死後，慕容蜃也徹底消失了。住戶死去後，沒有辦法變成鬼。事實上，如果有這樣的事情發生，那麼血字的難度制衡就不存在了。

受到常規觀點的影響，人們始終認為死亡是生命的絕對終點，不敢選擇自殺。但是，被逼到極限的一些住戶，也曾經考慮過，通過自殺來逃脫血字，化為厲鬼來對抗公寓。可是，至今為止，懷有這種意圖的人，沒有一個成功過。戰天麟感到一陣自嘲，研究毒藥學，從來不相信人死後會有感知的他，如今卻要考慮這個問題。

「那個……」方天鷹不解地問道，「你們在討論恐怖電影嗎？」

「沒什麼。」戰天麟搖搖頭，「你繼續看吧，到底有什麼地方不一樣？」

裴青衣忽然感覺戰天麟這個男人真是可怕。他居然可以如此面不改色，到底是不是個正常人？還是說他另有打算？

方天鷹和陸青都被吊起好奇心來，開始仔細觀看影像的內容。方天鷹忽然說道：「說起來，我也看到過啊。他們說的那個戴古怪的帽子、還戴著手套的人。」

「你記得嗎？」裴青衣立刻追問道。

「嗯，對。」方天鷹說道，「那一天，我看到一個男人在走廊上走過。我之所以特別注意到他，是因為，當時他戴著一頂帽沿上有一道長長裂縫的帽子，並且戴著一副棉手套。當時已經是五月了，他還又戴手套又戴帽子的，實在非常奇怪。不過，讓我印象那麼深刻，還是因為他的面孔。」

裴青衣緊張地問道：「他的面孔是怎麼樣的？」

「怎麼形容呢？」方天鷹歪著頭想了想，「那張面孔太可怕了。臉上沒有一絲血色，雙眼也沒有一點兒神采，面部好像僵住了，嘴巴也好像凍傷一樣顯出紫色。怎麼看，都像是一個死人！」

「你當時……確定看到了嗎？」裴青衣繼續追問道。

「當然了！」方天鷹毫不猶豫地說，「那時候我嚇了一大跳，印象太深刻了，所以到現在都還記得。」

六樓，鄭健的家中。

鄭健躺在沙發上，看著坐在他對面的兒子鄭大虎。鄭大虎現在都沒有找到工作，成天遊手好閒，鄭健心急如焚。自從妻子死後，他悲痛之下，把所有心思都放在這個兒子身上，只希望兒子能成才。可是，鄭大虎實在不是讀書的料，現在不但沒有工作，還厚著臉皮向父親要錢。

「大虎！」鄭健看著眼前的兒子，心中一陣絞痛，他語重心長地說：「你現在二十多歲了，不是小孩子了！以前做臨時工，都因為打架被開除了！你說我該怎麼辦！」

鄭大虎也滿臉愁容，他抬起頭來說：「爸，我現在也沒有辦法，你再給我點錢吧。」

「你回來就是向我要錢的？你當我是提款機嗎？」鄭健勃然大怒地站起身痛罵道，「我到現在還要養你嗎？你整天在外面瞎混，和一幫不三不四的人混在一起，你知不知道，你這個樣子，死去的媽媽會有多難過！我幹不了幾年就要退休了，到時候你該怎麼辦？」

鄭大虎連忙辯解道：「爸！你別著急，你也知道，我在外面認識一些人，才好辦事嘛。你再給我一點錢吧，上次的錢都用得差不多了，我這次肯定會找到工作的……」

見兒子這麼執迷不悟，鄭健怒從心頭起，他狠狠地說：「你想氣死我嗎？你媽死後我就發誓，一定要讓你成才！可是你現在這是什麼樣子？穿耳洞、紋身、抽煙，你都做了些什麼！」

鄭大虎看父親還不肯給錢，口氣也硬了起來：「別老是提我媽，你不嫌煩啊？今天你給不給我錢？給不給？」

「不給！」鄭健下定了決心，「你休想再從我這裏拿走一分錢！」

「你不給，我自己拿！」鄭大虎說完就衝進臥室，然後翻箱倒櫃地找了起來！他這段時間一直在賭博，現在已經欠下了一屁股債，但他還是死不悔改，打算再拿點錢去翻本。

鄭健衝進來，抓住鄭大虎的手說：「你這個混蛋！我的錢都是攢下來準備養老的，你休想拿走！有本事自己去賺！」

「你給我放手！」鄭大虎狠狠地推開鄭健，然後拉出了整個抽屜，扔在地上！

一堆東西掉了出來，其中有一本黑色封皮的筆記本。窗外的風吹進來，筆記本一頁一頁地翻了過去。

鄭健又衝了過來，剛想要繼續痛罵兒子，目光卻鎖定在筆記本打開的一頁上，停住了動作。

「這……這是什麼？」鄭健抓起筆記本，揪住鄭大虎的衣領：「你這畫的是什麼東西？」

鄭大虎只粗粗看了一眼，依舊去翻找東西，隨便應付道：「小時候隨便畫的，怎麼了？」

「你怎麼會畫出這種東西？」鄭健將筆記本丟過去，怒罵道：「你給我老實說！」

「你煩不煩！」鄭大虎怒氣沖沖地回過頭吼道，「是我初中的時候，有一次在五樓樓梯間裏看到一個畫架上的一幅油畫，隨手臨摹下來的。怎麼了？」

「五樓樓梯間？」

「對啊！怎麼了？那幅畫蓋著畫布，我走過去拉開畫布看了看，覺得很有意思，就隨手臨摹下來了。」

「這是……這是……」鄭健抓著筆記本，也感到糊塗了。

「對了！」鄭大虎想起了什麼，「我記得那一天……」

在四樓。戰天麟抬起頭，看著頭頂的天花板。樓上的皇甫壑，只怕是凶多吉少了。他一死，也可以省去自己不少力氣。但是，生路是什麼呢？

雖然在製作毒藥上他頗有心得，但是，面對這吉凶莫測的血字指示，他也感到絕望。不過，在製作出那個藥以前，他還不能死，他要不擇手段地活下去。

所有的資訊他已經匯總發給了神谷小夜子，她還沒有任何回覆。而裴青衣也同樣求助於銀夜，希望得救。

至於李隱，大家都不指望了，這個男人現在連求生意志都快要喪失了，誰還能指望他幫著出謀劃策？

沒有皇甫壑，現在誰也不知道那隻鬼手什麼時候會搭上自己的肩膀。究竟該怎麼辦？

就在這個時候，戰天麟的手機響了，他立刻接通了手機！

「喂，神谷小姐？」戰天麟馬上問道，「你……」

「我剛剛推理出來。」神谷小夜子用肩膀夾著電話筒，她的對面坐著羅蘭，二人面前的桌子上是一大堆寫得滿滿的紙：「我現在有六成把握。當然，這個生路的前提條件，是要到五樓去。你考慮清楚了嗎？」

「我明白了。六成嗎？比我預想中高一點。」戰天麟倒也沒有失望，在希望幾乎為零的血字中，能有六成的希望，已經很不錯了。

「你已經知道『正常姿態』是什麼了嗎？」戰天麟繼續問道。

神谷小夜子點點頭說：「我和羅蘭一起分析得出了這個結論。那個『正常姿態』，指的應該是……」她沉默了一下，才開口道：「其實，血字所說的『正常姿態』，從一開始就是用來迷惑你們的，這樣你們就會留意所有你們可以『看到』的東西。」

「可以『看到』的東西？」戰天麟將手機開了擴音，讓裴青衣和蘇小沫也可以聽到。

「對。與其說鬼是以『正常姿態』出現，倒不如說鬼是以讓你們認為根本不存在的形式出現。所以，這個血字最大的一個陷阱，就是皇甫壑和他母親看到血手這一點。他們母子倆並不是有靈異體質才能看見那隻血手的。」

戰天麟已經有些明白了，陰森的目光看向頭頂，說道：「你是說，皇甫壑看到鬼手這件事情本身，就是公寓的生路提示？」

「確切地說，是讓你們捕捉到鬼的一部分形體，從而更去注意有形的『正常姿態』，讓你們進一步掉進這個陷阱。」

戰天麟的聲音更加陰冷了：「神谷小夜子，說重點！我沒有時間聽你的推理過程！」

「好吧，我擔心你不相信我的推理，才給你解釋一下。那個鬼現在應該就在……五〇一室和五〇二室中間，一個虛無的夾層空間裏！」

這句話，戰天麟、裴青衣和蘇小沫，全都聽得清清楚楚。

「恐怖電影裏經常有這種劇情吧？不存在的房間，不存在的樓層，不存在的建築。五〇一室的皇甫壑家和五〇二室的連雪真家，中間夾著一個不存在的房間！」

「喂！」裴青衣對著手機大喊道：「你開玩笑吧，神谷小夜子？這麼異想天開的胡亂推測，你有什麼證據？」

「當然有。」神谷小夜子自信滿滿地說，「我看過戰天麟發給我的所有資料，發現了一件事情。那就是，方老師死的時候，連雪真在書房聽到了對面牆壁傳來的聲音，還聽到了呼救聲。然後你們過去，就看到方老師死在那裏。你們自然而然地認為，方老師是死在五〇一室的。但是，方老師真的是在五〇一室死的嗎？沒有人在五〇一室裏看到鬼吧？也沒有人親眼看到她是在五〇一室被殺的吧？」

「你是說……」戰天麟始終仰頭看著天花板，「她是死在五〇一室和五〇二室之間的那個『不存在的房間』，然後被鬼搬到了五〇一室？」

「對，你們沒有人親眼看到她是在五〇一室死去的，也只是隔著牆壁聽到了聲音。你們恐怕都認為，她是來不及離開五〇一室的時候死的。可是，如果反過來考慮呢？她實際上已經離開了五〇一室，在即將走到旁邊的五〇二室時，突然，牆壁上多出一扇門來，鬼把她抓進了那個房間，在牆壁上弄出聲音，然後再將她的屍體放回五〇一室。」

「我明白了！」裴青衣大喊道，「所以，當時我們衝進五〇二室，卻沒有看到連雪真，就是因為……」

實際上，連雪真當時就在那個不存在的房間裏！

「那麼，」蘇小沫問道，「神谷小姐，你知道許醫生看到的是什麼嗎？他所說的『不一樣』指的是什麼？」

「那個，我大致知道。」小夜子打開戰天麟發過來的視頻，一邊快轉一邊說：「許醫生應該是無意中看到的，在他走到樓梯間準備下去的時候，他看見……五〇一室和五〇二室之間好像多出了一扇門，那應該是鬼打開門的一瞬間。然後，他查看錄影，是為了確認，五〇一室和五〇二室的房門間隔距離。因為多出了一個空間，房門之間的距離就應該不一樣。所以，他說的『不一樣』，是指房門的間隔距離！」

五〇一室和五〇二室中間的牆壁上，忽然出現了一道細小的黑色裂縫。裂縫開始擴大並向左右延伸，然後，一扇門出現了。對於不是常住在這個樓層的人來說，到五樓來，如果不注意，從五〇二室那邊走過來，就會以為這是五〇一室，反之亦然。

那扇門，現在被打開了，開門的是一隻滿是鮮血的手。而在那道門上，有著一個清晰可見的血手印！

張夢霞和羅佳妍進入的，都是這個房間。羅佳妍當時進入裏間，走到窗前打算呼救的時候，才注意到，窗外根本不是風景，而是一堵黑色的牆壁！

接下來，這道門的縫隙中又伸出了一隻手，抓著一個女人的頭髮。那正是連雪真！她的屍體被拖入了五〇一室。而在大門口，躺著皇甫壑。死去的皇甫壑，依然大睜著眼睛，似乎想看清楚這個殺害了他和他母親的兇手。

連雪真的屍體被拖到了客廳中間，和其他屍體疊放在一起。在連雪真身旁，還躺著一具屍體，就是許熊！而這裏，很快就會添加新的屍體！

戰天麟、裴青衣和蘇小沫在通向五樓的樓梯上，緩緩向樓上走去。三個人的表情充滿決絕，就連最膽小的蘇小沫，眼神也堅定了起來。

「不能原諒，這個惡魔……」蘇小沫回想起，剛才給皇甫壑打電話始終打不通，就知道他已經凶多吉少。想起他那番雄心壯志，要替母親血洗冤屈的心願，她就感到一陣心酸。

三個人重新回到了五樓。皇甫壑始終撞不開的那扇門，此刻卻大敞著，彷彿在歡迎著這三位客人造訪地獄。長長的寂靜走廊，讓人如履薄冰。

裴青衣感慨道：「皇甫壑應該已經死了。我們會不會步上他的後塵，就看接下來的了。」

五〇一室和五〇二室近在眼前。此時，牆壁很正常，沒有半分古怪。

戰天麟拿著手機，死死盯著眼前的牆壁，電話接通後，他立刻說道：「聽著，我現在，也不知道能不能活著回去。」

電話另外一頭的人，自然是凡雨琪。戰天麟問道：「靜婷……她的情況怎麼樣？」

凡雨琪答道：「醫生說，病情惡化了。」

「如果我死了，你就到我的房間去，把〇四八九號試管裏的藥給她服用。雖然不到萬不得已，我不想用那個藥，但是現在沒有辦法了。」

「我明白……靜婷的情況真的已經……」

「好了，我先掛了。好好照顧她……這些年來，謝謝你了。」

凡雨琪很驚愕。這個毒藥師，是第一次對她說「謝謝」。

戰天麟掛斷了電話，取出了先前破壞房門的那個小瓶子。這個小瓶子是用一種特殊的金屬材料製作的，所以，不會被這種液體腐蝕。

接下來，他們要執行的是神谷小夜子提出的計畫。破壞掉中間這段牆壁，把這個虛無房間的入口徹底摧毀！

彌真和李隱離開了紅色一號餐廳。

「李隱，」彌真不禁問道，「你說你有遏制影子詛咒的辦法，是真的嗎？」

李隱點點頭道：「的確有這樣的辦法。」

「那告訴我，是什麼辦法？」彌真很好奇。要知道，一旦影子詛咒能夠解除，住戶面臨的所有問題就都不是問題了。

李隱卻沒有回答。這也是自然的，因為，根本就沒有這種辦法存在。

現在的他，已經擁有正常人一樣的表情了。但是，也僅僅如此罷了。在本質上，他依舊只是一個和死屍沒有區別的軀殼。

這時候，他們看到，眼前的走廊拐角處，前方一個房間的門開著。裏面是一個盥洗室！和餐廳比，盥洗室小了許多。而在盥洗台上，有一個紫色的木盒。

彌真興奮地衝了過去，差一點跌倒。她看到了，牆壁上確實寫著一個「二」。彌真衝到木盒前，把它打開，裏面放著一張日記紙。而這一次，日記紙上的內容很離奇。

恭喜來到這裏！

當初這個血字發佈的時候，時間總長是一個月。

住戶待在這裏，如果無法休息的話，是根本支撐不下去的。所以，除了餐廳和盥洗室之外，還有一個地方能夠長時間擺脫鬼魂……

皇甫壑的屍體，依舊倒在五〇一室冰冷的地板上。他空洞的雙眼大睜著，在臨死前的一剎那，他想著，如果自己可以化身為厲鬼，那麼，至少可以為母親報仇。

臨死前的一瞬間，他想了太多，太多。他不知道，那個鬼其實一直就在他的後面，一直都和他們母子倆朝夕相處。他更不知道，從一開始，母親和他看見血手，就是血字的一部分。即使懷著強大的怨念，他還是無法變成鬼。住戶永遠也不可能靠自己的意志變成鬼魂，一如鬼魂無法踏入公寓一樣。

五〇一室和五〇二室之間，有一段兩米多寬的牆壁。只要將這段牆壁破壞，那扇門就無法出現了。

戰天麟把小瓶子的瓶蓋打開，剛要動手，卻停住了。

「不對！」他後退了一步，目光看向旁邊的五〇一室！因為……五〇一室的門把手上，有一個血手印！那些血明顯還沒有乾！

裴青衣和蘇小沫也注意到了。那個鬼，現在很有可能就在五〇一室裏！三個人都感到頭皮發麻。

鬼如果在五〇一室，現在破壞牆壁就毫無意義了。必須要等鬼回到那個不存在的房間裏去才行。

當然，三個人還不知道神谷小夜子的推理是否正確。只是，現在他們已經沒有別的選擇了。雖說有可能存在多重生路，但是誰知道第二重生路是什麼？

現在問題在於，鬼何時回去呢？如果鬼一直到血字結束的時候還不回去，他們就死定了！

就在這時，走廊另外一頭的電梯門開了，一個人從電梯裏跑了出來。三個人定睛一看，那個人是鄭健！他的手上，正拿著一本黑色筆記本！

鄭健跑過來看到戰天麟等人，急忙問道：「是你們？皇甫壑呢？」

戰天麟注意到，鄭健手上那本黑色筆記本，正是錄影上看到的、鄭大虎的那一本！

「我想問他一些事情！」鄭健舉著筆記本說，「關於當年他母親所說的話，我必須要問一問！」

「和這本筆記本有關係嗎？」裴青衣已經有所察覺，立刻問道。

「你們知道嗎？」鄭健翻開筆記本，指著其中一頁：「你們看這個！」

只見那一頁上，是一幅鉛筆畫。

不得不說，鄭大虎在繪畫上真是頗有天賦。畫中，五〇一室和五〇二室之前，多出了一扇門，而那扇門微微敞開著，一隻手從裏面伸出來，那隻手上抓著一個女人。而那個女人，正是連雪真！她的眼神空洞呆滯，身體癱軟地倒在地上！

「這幅畫讓我感覺很詭異！」鄭健看著那幅畫，感到很陰森，不禁打了個冷戰。

「我兒子告訴我，這是他多年前臨摹的一幅畫，但是……這幅畫太栩栩如生了，就好像真的發生過一樣。」

「臨摹？」戰天麟的聲音頓時冷了下來，他一把搶過筆記本，仔細看著。在這幅畫的左下角，寫著一行字：「一九九九年五月一日。」

五月一日！蒲靡靈！這個名字立刻在所有住戶的腦海中閃現出來！

「快！」裴青衣立刻說道，「帶我去見你的兒子！」

然而，就在這時，戰天麟赫然看到，五〇一室的門把手居然自動轉了起來！隨後，門開了！

皇甫壑的屍體赫然出現在門口！

三個人都不由自主地後退，雖然他們早就知道皇甫壑凶多吉少，可是，在沒有看見屍體之前，還抱有一絲僥倖。

不過，這已經不重要了。更重要的是……門，被打開了！也就是說，門後面有……

對此一無所知的鄭健，一看見皇甫壑，頓時大驚失色，他衝過去抱起皇甫壑的屍體，大喊道：「這是怎麼回事？啊！」

他看到屋子裏有許多屍體，連雪真、許熊、五樓的其他住戶，全部都橫屍於此！而連雪真屍體的樣子，和鄭大虎畫的一模一樣！

然而，鄭健還來不及細想，門的後面，又一個身影悄然倒下，竟然是剛剛還站在他面前的蘇小沫！他眼睜睜地看著，門後面，有一雙鮮血淋漓的手，正掐著她的脖子！

血手已經不需要隱藏了。在住戶已經發現生路的情況下，公寓的限制削弱了。

「啊！」鄭健立刻衝出五〇一室，連帶著把皇甫壑的屍體也拖了出來。面如土色的鄭健，看著那雙血手，昔日孫心蝶所說的話，自然浮現了出來。

五〇一室的門，一下子又關上了！

和連雪真消失的時候一樣，他們剛才根本沒有發現，蘇小沫是什麼時候被弄進五〇一室裏的！

裴青衣向後退著，卻被戰天麟拉住了袖子：「你逃？逃到哪裏去？快！」

戰天麟拉著裴青衣到了張敏家門口，取出那瓶藥，灑在門上，門上立刻出現了一個洞。他打開門，把裴青衣拉了進去，隨後將門關上！

戰天麟關掉客廳的燈，然後拉著裴青衣伏下身子，捂住她的嘴巴，輕聲說：「我們必須等！等那個鬼回去！」

鄭健此時想要逃走，可是，卻感到渾身癱軟。他勉強支撐著站起來，頭卻很暈，一下子又倒在了地上！

抓著那本黑色筆記本，戰天麟的手顫抖著。他和裴青衣伏在門邊，連大氣也不敢出。很快，他們聽到五〇一室的門被重重關上了！接著，又聽到牆壁裂開的聲音。然後，牆上有一扇門打開了，又再一次關上了！

戰天麟屏住呼吸，撐起身體，通過門上的洞向外看。鄭健和皇甫壑的屍體倒在地上，而在五〇一室和五〇二室之間，那扇多出來的門正在逐漸縮小，慢慢變成了一條線。

戰天麟抓住這個時機衝了出去，他手上拿著毒藥瓶，準備向門上灑過去！

忽然，他頭頂的燈滅了！隨後，身後響起了裴青衣的慘叫聲！

戰天麟獨自一人站在黑暗中，他左顧右盼，卻什麼也看不見。接著，一股腥臭的氣息向他逼近。他明白，自己已經不可能活下去了……

毒藥瓶掉在了地上。因為瓶子很堅固，所以沒有摔壞。燈再度亮起了，走廊上，只有皇甫壑和鄭健倒在地上。

執行本次血字的住戶，無一倖存。

皇甫壑的屍體依舊大睜著眼睛，他的身後，是五〇一室和五〇二室之間的牆壁。牆壁上，那扇多出來的門變成了一條黑線，然後消失了。害死他母親、殺死了他和雪真的兇手，就在那堵牆壁的後面。可是，這個二號公寓的其他住戶，沒有人知道這一點。

皇甫壑的手距離那個毒藥瓶，只有短短的幾釐米。如果他還活著，就可以用那瓶毒藥，徹底毀掉這堵牆壁，永遠地將這個惡魔封鎖在牆壁中的虛無房間裏。

但是，他無法做到了。

這個世界上，即使再怎麼不甘心，再怎麼渴望改變結果，還是有一些事情是無法做到的。

皇甫壑那雙哀傷不甘的眼眸，恰好對著牆壁的方向，看著那離他僅僅幾釐米遠的毒藥瓶。

僅僅……幾釐米……

請續看《地獄公寓》卷五　終極逐殺令

地獄公寓 卷4 不存在的房間

作者：黑色火種
發行人：陳曉林
出版所：風雲時代出版股份有限公司
地址：105台北市民生東路五段178號7樓之3
風雲書網：http://www.eastbooks.com.tw
官方部落格：http://eastbooks.pixnet.net/blog
Facebook：http://www.facebook.com/h7560949
信箱：h7560949@ms15.hinet.net
郵撥帳號：12043291
服務專線：(02)27560949
傳真專線：(02)27653799
執行主編：劉宇青
美術編輯：MOMOCO

法律顧問：永然法律事務所 李永然律師
北辰著作權事務所 蕭雄淋律師

版權授權：蔡雷平
初版日期：2016年11月
初版二刷：2016年11月20日
ISBN ：978-986-352-330-7

總 經 銷：成信文化事業股份有限公司
地　　址：新北市新店區中正路四維巷二弄2號4樓
電　　話：(02)2219-2080

行政院新聞局局版台業字第3595號 營利事業統一編號22759935

定價：350 元　特價：299 元

國家圖書館出版品預行編目資料

地獄公寓 ／ 黑色火種 著. -- 初版-- 臺北市：風雲時代，
2016.04 -- 冊；公分

ISBN 978-986-352-330-7（第4冊；平裝）

857.7　　105003553